國家社科基金重大招標項目
國家古籍整理出版專項資助項目
北京師範大學中華文化研究與傳播學科交叉平臺項目

杜桂萍 主編

清代詩人別集叢刊

允禧集

顏子楠 點校

人民文學出版社

圖書在版編目（CIP）數據

允禧集/杜桂萍主編；顔子楠點校. --北京：人民文學出版社，2024
（清代詩人别集叢刊）
ISBN 978-7-02-018462-0

Ⅰ.①允… Ⅱ.①杜…②顔… Ⅲ.①古典詩歌—詩集—中國—清代
Ⅳ.①I222.749

中國國家版本館 CIP 數據核字(2023)第 240590 號

責任編輯　董岑仕
裝幀設計　黄雲香
責任印製　張　娜

出版發行　人民文學出版社
社　　址　北京市朝内大街 166 號
郵政編碼　100705

印　　刷　三河市中晟雅豪印務有限公司
經　　銷　全國新華書店等

字　　數　513 千字
開　　本　880 毫米×1230 毫米　1/32
印　　張　21.375　插頁 4
印　　數　1—1500
版　　次　2024 年 4 月北京第 1 版
印　　次　2024 年 4 月第 1 次印刷

書　　號　978-7-02-018462-0
定　　價　129.00 圓

如有印裝質量問題，請與本社圖書銷售中心調换。電話：010-65233595

花間堂詩鈔

紫瓊道人著

七言古

琴詞○擬一

秋風沆瀣閒蟹行虛堂脈脈通元冥夜深雨細楓江鳴
闌珊北斗低玉繩四座無言香篆凝一聲澹泊空谷清
悠悠萬籟同希聲乾坤空莫萬古情

梅花歌○擬

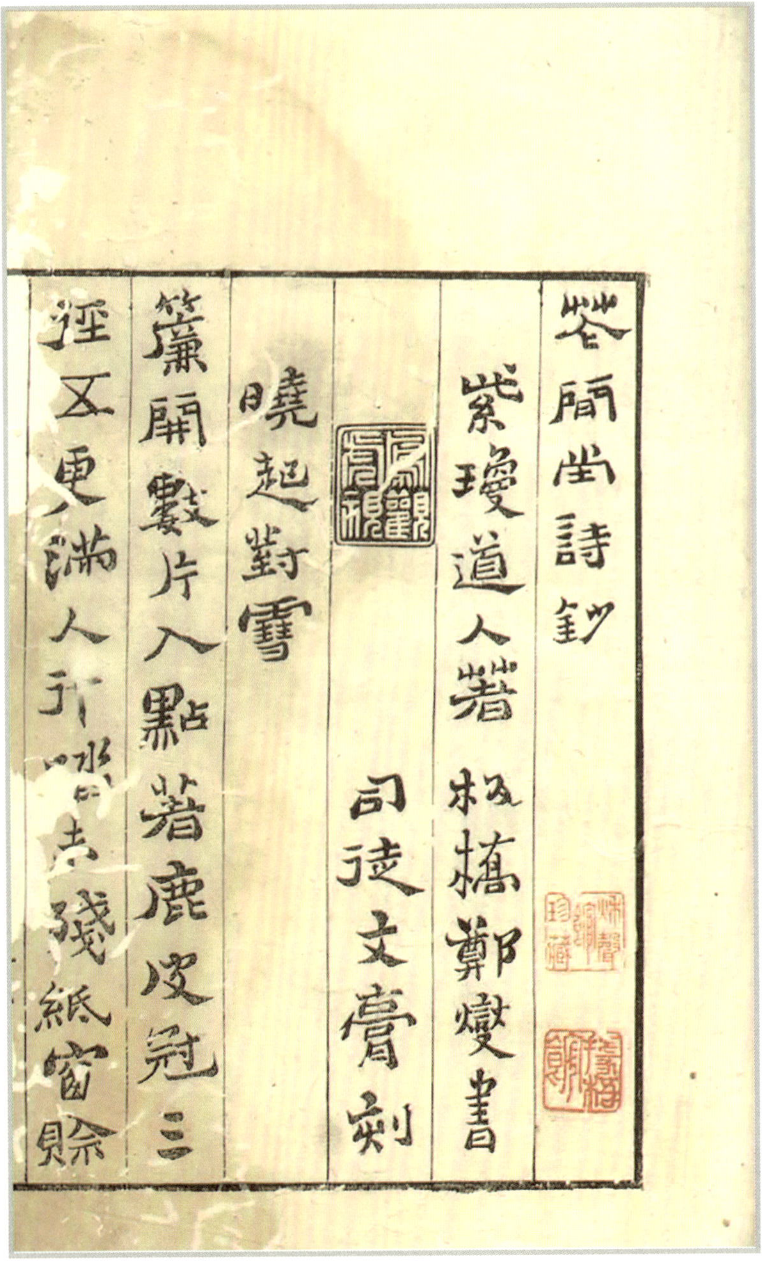

花間堂詩鈔

紫瓊道人著　板橋鄭燮書

司徒文膏刻

曉起對雪

簾開數片入點着鹿皮冠三

徑又更滿人行跡去殘紙窗餘

鄭燮書、司徒文膏刻《隨獵詩草　花間堂詩鈔》

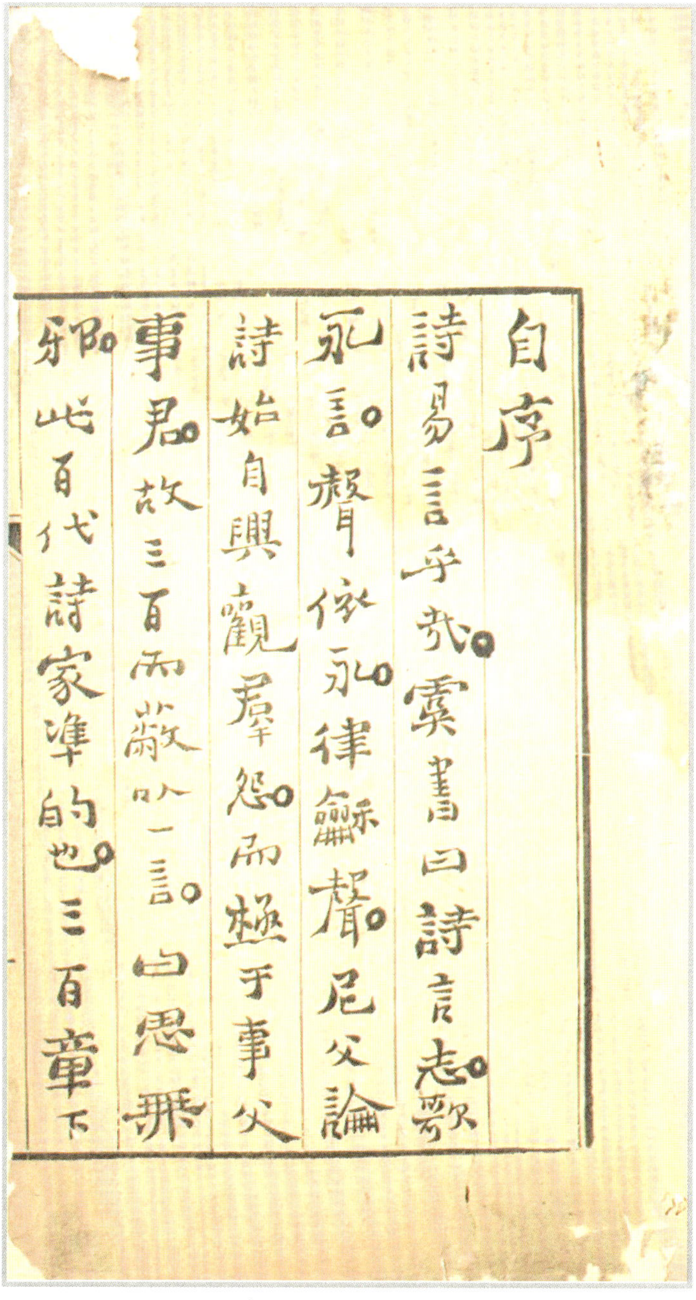

自序

詩易言乎哉。虞書曰詩言志。歌永言。聲依永。律龢聲。尼父論詩始自興觀羣怨。而極于事父事君。故三百而蔽以一言。曰思無邪。此百代詩家準的也。三百章下

《花間堂詩鈔》刻本

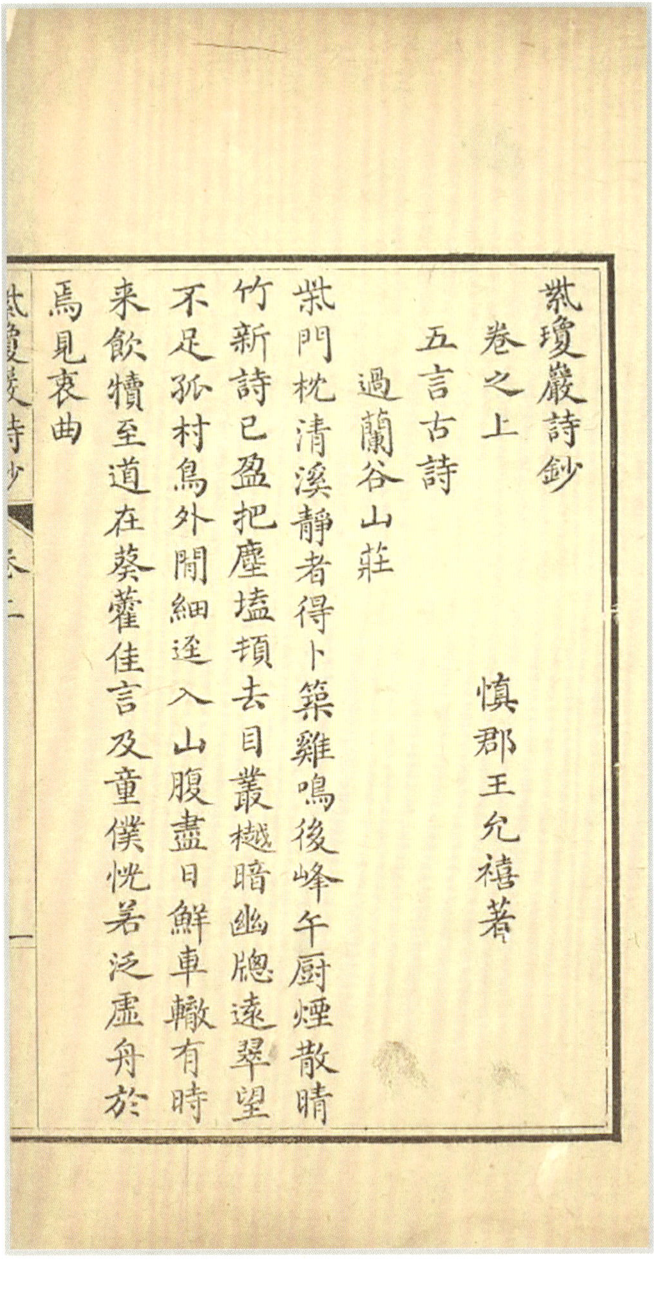
紫瓊巖詩鈔
卷之上
五言古詩
慎郡王允禧著
過蘭谷山莊
柴門枕清溪靜者得卜築雞鳴後峰午廚煙散晴
竹新詩已盈把塵壒頓去目叢樾暗幽牕遠翠望
不足孤村鳥外閒細逕入山腹盡日鮮車轍有時
來飲犢至道在葵藿佳言及童僕恍若泛虛舟於
焉見衷曲
紫瓊巖詩鈔　卷上　一

弘瞻、永瑢刊《紫瓊巖詩鈔》

清代詩人別集叢刊總序

昔人謂『文以興教，武以宅功』。古時國家以興學崇教爲首務，議禮以定制度，考文以興禮樂，乃有文治彬彬稱盛。於今『文化强國』，亟需傳承弘揚中華優秀傳統文化。古籍整理作爲其中關鍵之一環，具有極爲重要的意義。近三十年來，古籍整理日趨興盛，已經成爲學術研究的時代熱點和文化傳承的日常内容。各類型的整理工作可圈可點，各維度的文獻整合則又增添了別樣的景觀。新世紀以來，明清文獻整理和研究異軍突起，引人注目，如今已成爲古籍整理領域的重頭戲。

相比於清代戲曲、小説文獻的整理，清詩文獻的整理工作開始並不算晚，幾乎與清詞文獻的整理同步啓動。可惜的是，儘管有好古敏求之士多次倡導，皆因時機不够成熟而没有形成規模和氣候。其中主要的因素，當與清詩數量巨大直接相關。據估算，清人各種著述總約有二十萬種，其中詩文集超過七萬種，存世約四萬種，有作品傳世的詩人約十萬家，有詩文集存世的作家當在萬人以上，詩歌作品近千萬首。庋藏情況尚需進一步調查，大量文獻尚散存於民間，以及相關文獻狀態駁雜不易辨析等，也是很多工作推進困難的重要原因。總之，難以一時彙爲全璧，始終是《全清詩》文獻整理不能全面展開的歷史與現實之惑。

儘管如此，相關的學術準備始終在進行著，且日見規模。譬如，上世紀开始由上海古籍出版社出版的《中國古典文學叢書》、中華書局出版的《中國古典文學基本叢書》（以別集論，前者約收一百二十種，後者約收九十種），都包含了一定數量的清代詩人别集（至二〇一六年，前者共收九種，後者共收四種）。新推出者新意頗多，如陳永正《屈大均詩詞編年輯校》（上海古籍出版社二〇一七年版），而一些修訂重版者則顯爲精進，如俞國林《吕留良詩箋釋》（中華書局二〇一五年初版，二〇一八年再版），皆以不同面相爲清代别集文獻的整理和研究提供了新的理念和視野。其他出版機構也在留意清人别集的整理和研究，如國家圖書館出版社影印出版《清代家集叢刊》（徐雁平、張劍主編）、鳳凰出版社陸續推出《中國近現代稀見史料叢刊》（張劍、徐雁平、彭國忠主編）等。人民文學出版社也在高度關注這一重要領域，先後出版《明清别集叢刊》、《乾嘉詩文名家叢刊》等，集中力量於明清文人别集的整理和研究，實有後來居上之勢。凡此也表明，學界和出版界皆已體現出高度的學術自覺，意識到清代詩文文獻的重要性。尤其是人民文學出版社，已不僅僅著眼於名家之作，對那些於文學史、文學生態結構中發生重要影響或特殊作用的文人及其文獻遺存也予以關注，這既符合文獻整理的基本原則，又有利於彰顯文學研究的開放性視角，進行多面向的學術路徑的拓展。

正是在這樣的學術語境中，由我擔任首席專家的國家社科基金重大招標項目《清代詩人别集叢刊》於二〇一四年獲批，有計劃的系統性的清代詩人别集整理工作得以展開。相關成果陸續成編，彙爲《清代詩人别集叢刊》，以奉獻給學界。

我們並没有選擇原書影印的整理方式，而是奉行『深度整理』的基本原則。以影印方式整理，固然可以使研究者得窺作品之原貌，也有利於及時呈現和保護一些珍稀古籍版本，如上海古籍出版社出版的《清代詩文集彙編》、國家圖書館出版社出版的《清代詩文集珍本叢刊》等，都具有重要的學術價值。

不過，點校、注釋、輯佚等整理方式無疑更能體現出古籍整理的學術深度。事實上，隨著文化語境的改變和學術研究的深入，文獻整理的功能也在不斷拓展，不僅應提供基礎性的文獻閱讀，還應具有學術研究的諸多要素，即在學術史的視野中呈現文獻生成的複雜過程和創作主體的生命形態，而這正是《清代詩人別集叢刊》選擇『深度整理』方式的理念和前提。

『深度整理』指向和强調『整理即研究』的古籍整理思想與學術精神。以窮盡文獻爲原則，以服務於學術研究爲目的，於整理過程中注入更明確、豐富且具有問題意識的科研内涵，使古籍整理進一步參與當代學術發展。也就是説，在一般性整理的基礎上，借助於多種方法的綜合運用，爬梳文獻，考證辨析，去僞存真，推敲叩問，完成既收羅完備、編排合理，又在借鑒以往成果基礎上推進已有研究、表達最具前沿性的科研創獲的詩人別集整理本。這既是古籍整理基本要義的延伸和拓展，也符合與時俱進的學術發展訴求，應是整理工作之旨歸所在。

如是，《清代詩人別集叢刊》突出了以下幾個方面的整理工作。

一、前言。『前言』的撰寫，不泛泛介紹作者生平和創作的一般狀況，而注重於文獻、文學、文化等視角，對著者生平進行考述，對著述版本源流加以梳理，對別集的文學價值、影響進行具有文學史意義的判斷。『前言』應是一篇具有較强學理性、權威性和前沿性的導讀佳作。

二、版本。別集刊刻與存世情況往往因人而異，或版本複雜，或傳本稀少。『必先定其底本之是非，而後可斷其立説之是非。』（段玉裁《與諸同志書論校書之難》）本叢刊堅持廣備衆本，謹慎比對，選出最佳的工作底本和主要校本，力爭使新的整理本成爲清詩研究的新善本和定本，爲學界放心使用。

三、輯佚。清代文獻去今未遠，除大量别集、總集外，清人手稿、手札、書畫題跋等近年時有發現，散存於方志、家譜的各類佚文亦在不斷披露中。故以求全爲目的，盡力輯佚，期成完帙，並合理編纂。務使每一種整理本成爲該詩人别集的全本，這也是提升整理本學術含量的重要舉措。

四、附録。附録豐富與否是新整理本學術含量高低的重要標志，實爲另一種形式的研究。如年譜簡編以及從族譜方志、碑傳志銘、評論雜記中勾稽出的相關研究資料等，對全景式展現詩人生命歷程、深入探究詩人乃至其時代的文學創作十分必要。有時文獻繁雜，需精心淘擇和判斷，强化『編纂』意識，避免文獻堆積，充分體現深度整理的學術含量。

古籍文本生成於歷史，負載了豐富的歷史文化信息。對於整理者而言，不僅應使古籍文本能够被有效閱讀，還應借助閱讀活動等促其進入公共和現實視域，成爲當下文化結構的有機組成部分。也就是説，整理活動本身應始終處於在場的文化狀態，立足於學術史，並直面其所處之研究領域的一些難點、疑點和熱點問題，進而通過整理過程中的辨析、考論解決文學演進中的某一方面或幾個方面的問題，形成專題性研究，這是深度整理應達成的重要目的。所以，整理活動其實是一個思維創新的過程，指向的是知識和觀念整合的結果。考訂史實，發現文本之間的各種意義和多層面内涵，使之成爲當代人可閱讀的文學文本，並參與歷史與現實文化建設，其實也是在回答我們進入歷史的方式。

總之，以窮盡文獻、審慎校勘爲路徑，以堅實、充分的文獻史實研究爲基礎，通過對文獻的慎用和智用，借助歷史的、邏輯的思路甚至心靈的啓迪，系統、全面地收集、篩選史料，勾連、啓動其内在聯繫，從而將古籍整理與史實探析深度結合，强化了整理性學術著作的研究内涵，是一種真正包含了主體自由性的學術實踐活動。這種由專門研究完善古籍整理、由古籍整理深化專門研究的深度整理方式，對整理者的研究意識和整理本的學術含量都提出了更高的要求，不僅標示了整理觀念和方法上的更新，更是當代學術發展的必然訴求。我們願努力嘗試之，並推出一系列具有較高水準和重要學術意義的整理成果。

杜桂萍　二〇一八年十二月十六日

總目録

前言

愛新覺羅·允禧，康熙五十年（一七一一）生，卒於乾隆二十三年（一七五八）。允禧是康熙皇帝第二十一子，雍正皇帝之弟，乾隆皇帝的叔父，在乾隆皇帝即位後被封爲慎郡王。允禧號『紫瓊道人』，亦被稱爲『紫瓊主人』『紫瓊巖』『紫瓊崖』等，另有『春浮居士』之號。

由於所處時代的原因，身爲皇子的允禧在清代政治史中並沒有任何表現，因此《清史稿·諸王列傳》中關於允禧的記録甚至不到百字：

慎靖郡王允禧，聖祖第二十一子。康熙五十九年，始從幸塞外。雍正八年二月，封貝子。五月，諭以允禧立志向上，進貝勒。十三年十一月，高宗即位，進慎郡王。允禧詩清秀，尤工畫，遠希董源，近接文徵明，自署紫瓊道人。乾隆二十三年五月，薨，予謚。

在清代文學史中，允禧被認爲是宗室詩人群體中最爲傑出的人物之一。同時，允禧擅長繪畫，在清代繪畫史中亦占有一席之地。

一、允禧生平

允禧出生於康熙五十年正月十二日（一七一一年二月二十七日），是康熙皇帝所生的第三十一位皇子。由於官方記録將之前幾位夭折的皇子排除在外，允禧被正式認定爲皇二十一子。允禧生母陳氏（一六九〇—一七三七）是漢人陳玉卿（生卒年不詳）之女，由於身份較低，在康熙時期並没有封號，是爲庶妃。雍正皇帝即位時（一七二三），陳氏被封爲『皇考貴人』。乾隆皇帝繼位時（一七三五），陳氏被封爲『皇祖熙嬪』；至於《尊封聖祖仁皇帝熙嬪册文》的文稿，則爲翰林萬承蒼（一六八二—一七四六）所擬（見《孺廬全集》卷八）。

有關允禧在康熙時代的記録較少，《清史稿·諸王列傳》中僅有『康熙五十九年，始從幸塞外』的記載。康熙六十一年（一七二二），康熙皇帝將年幼的弘曆帶入内廷讀書，允禧成爲弘曆的同窗。允禧與弘曆的生年相同，兩人的友誼也維持了較長時間。按《清史稿·高宗本紀》所載，弘曆曾經『學射於貝勒允禧，學火器於莊親王允禄』。此外，二人在學習期間偶有詩歌唱和（見《御製樂善堂全集定本》）。當弘曆成爲乾隆皇帝之後，偶爾也會寫詩回憶之前叔侄二人同窗的經歷。

（一）雍正朝

允禧在雍正前期的經歷依舊没有太多記録。由於年紀較小，允禧躲過了雍正前期的政治鬥争。直到雍正八年（一七三〇）二月，允禧被晋升爲貝子；僅僅在三個月之後，允禧被晋升爲貝勒——這次的破格提拔與怡親王允祥（一六八六—一七三〇，排行十三）的離世有直接的關係。

雍正皇帝最信任的弟弟即爲允祥。允祥在雍正初期被直接晋升爲怡親王，自此掌握大權，在朝廷中的實際地位僅次於雍正皇帝本人。允祥於雍正八年五月逝世，雍正皇帝悲痛萬分，寫長詩憑弔允祥。從政治層面考慮，雍正將允祥的職權分割，以莊親王允禄（一六九五—一七六七，排行十六）與果親王允禮（一六九七—一七三八，排行十七）共同接替允祥。至於爲何提拔年輕的允禧，雍正在上諭中寫道：

朕之諸幼弟，朕向來不能深知。從前曾據怡親王奏稱，二十一阿哥允禧，立志向上，且深知感朕之恩，恭敬之念，出於至誠。朕從前降旨，將伊封爲貝子。著晉封貝勒。

《清實録·雍正八年五月乙未》

由此可見，雍正皇帝之所以晋升允禧，很大程度上還是出於對已逝的允祥的思念之情。允禧在雍正朝幾乎没有參與任何政治活動；直到雍正十一年（一七三三），二十三歲的允禧才被正式任命：

貝子允祜，著同莊親王學習辦理正黄旗滿洲事務。貝勒允禧，著同果親王學習辦理鑲紅旗滿洲事務。

《清實録·雍正十一年八月己酉》

雍正皇帝的這一安排似乎有著更深層的含義。允祥去世後，允禄與允禮作爲允祥的替代，以類似『皇帝代理人』的身份掌握了朝廷的權力。當時的雍正皇帝年紀已經超過五十歲，允禄與允禮則接近四十歲，因此，皇帝或許在考慮培養未來能够接替允禄與允禮的人選。這時，二十多歲的弟弟允禧和允祜（一七一一—一七四四，排行二十二）從年齡上看是最合適的。雍正皇帝此時對於允禧和允祜的任命，或許是想讓二人先獲取一些行政的經驗，爲將來授予他們更多的職權做準備。然而兩年後（一七三五），雍正皇帝去世，乾隆皇帝繼位。雍正皇帝對於允禧到底有何種期待，則永遠無法探知了。

允禧『春浮居士』之號似乎與雍正皇帝對於佛學的熱衷有著密切的關係。雍正皇帝在其統治晚期尤好佛法，他自號『圓明居士』，於雍正十一年（一七三三）刊行《御選語録》，其中附有自己所撰寫的《圓明語録》《圓明百問》等探討佛法的著作。同年，他召集全國的名僧來到宫中舉行法會，並親自登壇説法，收門徒十四人，其中包括五名宗室貴族：愛月居士允禄、自得居士允禮、長春居士弘曆、旭日居士弘晝、如心居士福彭。由此或許可以推測，允禧『春浮居士』之號在雍正十一年時便開始使用了。

（二）乾隆朝

乾隆皇帝初政不久，即任命允禧爲正黄旗漢軍都統；數日之後，皇帝再次提及允禧，並將其封爲『慎郡王』：

貝勒允禧，幼好讀書，識見明晰，辦理旗務，亦屬妥協，朕意欲封爲郡王。

又諭：朕以近日八旗辦事，徒增事款，頭緒紛繁，恐舊時淳樸之風，漸致湮沒。曾降旨詳加申飭，嗣後務須恪遵舊制，以期實效，不可妄事更張，徒滋紛擾。今覽允禧所奏，實屬切中情弊。著允禧會同八旗大臣，將從前條奏事件，應如何定例通行之處，斟酌畫一。務期從簡從易，經久可行，以副朕整飭旗務之至意。

《清實録・雍正十三年十月己酉》

在皇位交接的過程中，新即位的乾隆皇帝或許期待著允禧在政治方面有所作爲；而這一時期的允禧在政治活動方面也頗爲主動。《清實録》中有三條關於允禧在乾隆元年（一七三六）議政的記録；《皇清奏議》中也留存有一篇允禧在乾隆元年提交的《敬陳實政二事疏》，其中提出了朝廷用人『一在保舉之宜慎也，一在彈劾之宜實也』的觀點。不過，允禧的政治活動在乾隆二年（一七三七）之後便基本上消失了。

乾隆初期的政策是排除宗室成員對於政治的影響，並藉此樹立自己的絶對權威。對於乾隆皇帝來講，諸多叔父的存在無疑是一種威脅，尤其是掌握實權的允禄和允禮。允禮於乾隆三年（一七三八）病逝；允禄則被捲入了乾隆四年（一七三九）的『弘晳案』，此後被徹底驅離了朝廷中樞。涉及此案的主要人物是：莊親王允禄、理親王弘晳（一六九四—一七四二）、正黄旗滿洲都統弘昇（一六九六—一七五四）、貝勒弘昌（一七〇六—一七七一）、寧郡王弘晈（一七一三—一七六四）、貝子弘普（一七一三—一七四三）。其中弘晳是康熙時期皇太子允礽（一六七四—一七二五）之子，弘昇是已故恒親王允祺（一六八〇—一七三二）之子，弘昌、弘晈是已故怡親王允祥之子，弘普是允禄之子。

按乾隆皇帝的説辭，此案的關鍵在於弘晳自詡爲康熙朝皇太子之嫡子，對於乾隆繼承大統頗有不滿，因此與這些皇室宗親一起『結黨營私，往來詭秘』。然而從案件處理的結果來看，弘晳、弘昇被永遠圈禁，其餘幾位宗室只是被革去了差事，而都保留了相應的爵位。這或許意味著幾位宗室實際上並非有所圖謀，或許只是相互之間經常走動，但對乾隆造成了一定的心理壓力。而『弘晳案』的直接影響是：其一，宗室貴族不再參與最高層的政治決策——這成爲了朝廷的法度，直到清代晚期才被打破；其二，宗室成員之間的往來減少——這一現象在乾隆二十年後逐漸緩解。

乾隆年間，允禧一直擔任宗人府左宗正的職務，直到乾隆二十一年（一七五六）因管理不嚴而被皇帝罷免。除此之外，允禧自乾隆四年（一七三九）起，頂替弘晈、允祜擔任『内廷行走』。乾隆五年（一七四〇），允禧開始負責管理正白旗滿洲都統。乾隆七年（一七四二），允禧與鄂爾泰（一六七七—一七四五）共同擔任玉牒館總裁。此後，允禧大多是以宗室貴族的身份進行祭祀活動，譬如代替皇帝祭大社、大稷，或者參與祭孔儀式等等。

乾隆二十三年（一七五八），允禧重病，乾隆皇帝前往允禧府邸探病。數日之後，允禧去世，享年四十八歲。乾隆皇帝親自前往允禧府邸祭奠，賜謚號曰『靖』。允禧的病因可能是無節制地飲酒而導致的『消渴癥』。

允禧娶有一位嫡福晋、三位側福晋，總共生育兩子四女。然而允禧的兩個兒子弘昂（一七二八—一七四二）與弘旬（一七三一—一七四九）皆早夭，導致允禧的爵位無人繼承。鑒於此，乾隆皇帝將自己的第六子永瑢（一七四四—一七九〇）過繼給允禧作爲嗣孫，於乾隆二十五年（一七六〇）正式繼承允禧的爵位，降等爲貝勒。乾隆三十七年（一七七二），永瑢被晋升爲質郡王，五十四年（一七八九）晋升爲質親王。永瑢逝世後，其後裔世襲此爵位，逐漸降等至鎮國公。

二、文學創作

在清代詩歌史的框架中，宗室詩人是被稱爲『朝中之野』的特殊群體，允禧則是這一群體中最傑出的代表人物：

> 皇子們所作詩不外乎逞才自娱而已，難脱『熙朝雅頌』的堂皇富貴味，就中若自號紫瓊道人的慎靖郡王允禧兼有一種高士與名士氣者實乃例外。

允禧的好結交漢族文人在康熙諸子中是最突出的一個，慎王府邸撒開的網絡，在乾隆前期自成一番景觀。

慎郡王『紫瓊道人』允禧的影響在乾隆前期二十年中，爲『朱邸』群中所空前未有……

嚴迪昌《清詩史》

從滿族文學史的角度觀察，允禧的詩作也極具特色：

允禧以富貴之身，處繁華之境，將自己幽居起來；　不問功名榮辱，以養魚、種蔬、吹笛、弄琴爲務；　沉溺於詩、書、畫之中，逃避罪惡的追逐，唯與小僧、野老爲伍，過著清心寡欲的恬淡生活；　成爲另一種『富貴閑人』。這種經歷與性格是時代的產物，是皇帝宗親、近支所特有的。

趙志輝主編《滿族文學史》第二卷

儘管一些其他宗室詩人也都在滿族文學史中占據了一定的地位，例如高塞（一六三七—一六七〇）、博爾都（一六四九—一七〇八）、文昭（一六八〇—一七三二）、塞爾赫（一六七七—一七四七）、恒仁（一七一三—一七四七），又如允禧之後的永瑆（一七五二—一八二三）、奕繪（一七九九—一八三八）等人，但相比之下，允禧在他所處時代的詩壇中擁有更大的影響力，他成名的過程也更爲複雜，且具有一定的偶然性。

允禧一生的詩歌創作活動可以被分爲三個階段：　第一階段大致從雍正十一年（一七三三）前後開始，至乾隆十二年（一七四七）左右結束；　第二階段大致是乾隆十二年至二十二年間（一七四七—一七五七）；　第三階段是允禧逝世之前的兩年，即乾隆二十二年至二十三年（一七五七—一七五八）。

(一)早期幕客易宗瀛

允禧第一階段創作活動所留存的文獻材料最爲豐富。允禧最早的詩歌創作活動大多記録在湘鄉名士易宗瀛(一六七七—?)的《授簡集》中。易宗瀛字公仙，號島庵，他從雍正十年到乾隆二年間(一七三二—一七三七)在允禧府邸擔任私人講師，同時也是允禧的幕客。在此期間，允禧與易宗瀛、易祖栻(易宗瀛之子，生卒年不詳)以及其他幾位幕客有著極爲頻繁的聯句及詩文唱和活動。

除了易宗瀛自己的作品，《授簡集》中還抄録了二十一首允禧寫給易宗瀛的詩作，以及允禧在各種雅集場合所作詩的元韻，其中十一首没有被允禧正式刊行的詩集收録。此外，仔細閲讀《授簡集》可以發現一些有趣的文學現象，並且可以還原允禧詩歌創作的情境。例如在《國朝詩别裁集》中被沈德潛(一六七三—一七六九)所稱頌的《樵歌》，原本是一首允禧與四位幕客共同創作的聯句詩，而允禧在刊行《花間堂詩鈔》時抹去了幾位幕客的名字，將其納爲自己獨立創作的作品。又如允禧的《琴歌》爲《晚晴簃詩匯》所收録，不過這首七言七句的古體詩，其中有五句都是從易宗瀛的《琴歌應教》中『抄襲』過來的。

易宗瀛對於允禧的貢獻不僅僅是教授知識和詩文唱和。易宗瀛在京城内小有名氣，因此不少與易宗瀛相交的友人，也逐漸成爲了允禧的座上賓。其中最重要的人物便是李鍇(一六八六—一七五四)。李鍇字鐵君，號眉山、鷹青山人(亦作『豸青山人』)、幽求子、焦螟子，當時居住於京東盤山；他雖然身爲布衣，但出於鐵嶺李氏家族，早年娶康熙朝重臣索額圖(一六三六—一七〇三)之女爲妻。李鍇很可能是通過易宗瀛結識了允禧，此後則成爲了允禧一生中最爲珍重的忘年交，以至於法式善(一七五三—一八一三)有『花間孰酬酢，只得李公麟(謂李豸青山人)』之説(見《存素堂詩初集録存》卷十四)。

（二）博學鴻詞與社交網絡的擴大

客觀上講，讓允禧的聲名在京城廣爲流傳的契機是乾隆元年舉行的博學鴻詞科考試。早在雍正十一年，皇帝下詔徵集人才，以舉行第二次博學鴻詞科考試； 然而兩年之内，幾乎没有大臣響應。乾隆繼位之初，立刻降旨斥責群臣，並勒令一年之内舉行考試。於是總共有一百九十三人被推薦，其中允禧推薦了三位： 易宗瀛、李鍇、王長住(原名王蓮，字松儕，號蘭谷，生卒年不詳)。

不過在此之前，易宗瀛已經離開了允禧的府邸，前往南方就任『曹娥場鹽課大使』這一不入流的職位。當乾隆皇帝敦促舉行博學鴻詞科考試之後，允禧立刻將易宗瀛召回北京。此外，易宗瀛的弟弟易宗涒(一六八二—一七七二)也在前一年由湖南巡撫推薦參加考試； 易宗涒到達北京後，便立刻與允禧建立了聯繫。李鍇是當時京城中較爲知名的人物； 除允禧之外，宗室德沛(一六八八—一七五二)也推薦了李鍇參加博學鴻詞科。李鍇本無意參加這一考試，因此撰寫了《辭薦舉詞科與友人書》婉拒允禧與德沛的推薦； 不過李鍇最終還是參加了考試。王長住是滿洲貴族查郎阿(？—一七四七)的妹婿，居住於馬蘭峪，也就是康熙皇帝的景陵附近。王長住當時擔任『八品茶上人』的職務，且與負責景陵工程的淳郡王弘暻(一七一一—一七七七)有固定的往來。

然而此次博學鴻詞科的結果是僅有十五人被録取——李鍇、王長住、易宗涒均落選； 易宗瀛則更爲不幸，他因爲重病而雙足無法行動，根本没有參加考試。在休養了一段時間之後，易宗瀛離開了允禧的府邸，回到了曹娥場鹽課大使的職位上。易宗瀛的兒子易祖栻則留在了允禧的府邸，一段時間之後獲得了外放主簿的任命。易祖栻在繪畫方面也有所成就。易宗涒則接替了兄長，作爲允禧的私人教師和門客在京城又滯留了五年。李鍇、王長柱繼續與允禧保持了詩文往來； 李鍇還經常前往允禧的府邸參加各類雅集活動，允禧也經常前往盤山拜訪李鍇。

大部分參與博學鴻詞科的文人並没有被録取，但是因爲獲得了參加考試的資格，他們得以揚名海内。在考試之後，他們之中很多人選擇留在京城，也有不少被貴族或重臣招爲幕客的例子，譬如歸於慎郡王府邸的易宗涒、李鍇，歸於淳郡王府邸的王長柱、祝維誥（一六九七—？）等。這些留在京城的文人逐漸形成了一個社交圈子。由於他們經常相互走動，而作爲博學鴻詞科推薦人的允禧，也有了更多的機會認識其他文人。

借助博學鴻詞科這一契機，在此後的幾年，允禧的名聲得以傳播。他在京城的社交網絡也逐漸擴大，並且與當時很多名人也建立了聯繫——其中包括深慕王士禛（一六三四—一七一一）的老詩人謝芳蓮（生卒年不詳），指畫畫派開創者高其佩（一六六〇—一七三四）的弟子傅雯（生卒年不詳），滿洲貴族後裔馬長海（一六七八—一七四四），同樣隱居盤山的陳景元（一六九六—一七五四）、陳景中（亦作陳景忠，生卒年不詳）兄弟等； 不過其中最著名的，還要數以『板橋』爲號的鄭燮（一六九三—一七六五）。

（三）鄭燮入幕與刊刻詩集

鄭燮於乾隆元年（一七三六）得中進士，於乾隆六年（一七四一）再次入京。這一次，允禧非常主動地聯絡了鄭燮：

紫瓊主人極愛惜板橋，嘗折簡相招，自作駢體五百字以通意，使易十六祖式、傅雯凱亭持以來。至，則袒而割肉以相奉，且曰：『昔太白御手調羹，今板橋親王割肉，後先之際，何多讓焉！』

鄭燮《板橋自序》

允禧寫有七絶《喜晤鄭板橋》，前兩句爲『十載名知鄭板橋，北來握手是今朝』；另有七古《題板橋詩後》，其中寫道『十載相知皆道路，夜深把卷吟秋屋』。由此可見，乾隆六年應爲兩人第一次相見；此後，鄭燮入允禧幕。

在乾隆七年（一七四二），鄭燮得到了朝廷任命，啓程前往山東范縣擔任縣令。臨別之際，允禧作詩《送鄭板橋令范縣》，鄭燮答以《將之范縣拜辭紫瓊崖主人》。此外，鄭燮集中另有詞作《玉女摇仙珮寄呈慎郡王》，其中有『一别朱門，六年山左，老作風塵俗吏』句，則可以斷定爲乾隆十三年（一七四八）鄭燮在擔任濰縣縣令時所作；允禧集中則有《喜鄭板橋書自濰縣寄到》一詩，應該便是對應這首《玉女摇仙珮》而作的。

儘管鄭燮在允禧府邸只停留了一年左右，他對允禧在詩壇確立地位有著巨大的貢獻。允禧的第一種詩集《隨獵詩草　花間堂詩鈔》的刊行與鄭燮有關。《隨獵詩草　花間堂詩鈔》由鄭燮寫樣，司徒文膏刊刻，全書由極具風格的板橋體書就。此集僅收録了允禧的七十六首作品；前半部分《隨獵詩草》乃是乾隆六年（一七四一）允禧隨乾隆皇帝出行塞外時所作，共二十七首；後半部分《花間堂詩鈔》，共四十九首。由於此集的禮物酬贈性質，其流通範圍，以及是否大量印行，都很難判斷。此外，鄭燮爲此集撰寫了近千字的題後，將允禧的人格、學問、藝術進行了全方位的褒揚。尤爲重要的是，鄭燮將詩書畫『三絶』的頭銜賦予了允禧（鄭燮自己也被後人稱爲詩書畫『三絶』）：

主人有三絶：曰畫、曰詩、曰字。世人皆謂詩高於畫，燮獨謂畫高於詩，詩高於字。

鄭燮之後，後世的評論家在探討允禧的貢獻時幾乎都無法跳出『三絶』的論述框架，例如允禧晚年的門客朱文震（字青雷，生卒年不詳）就曾提到『紫瓊三絶名素彰』（見《清朝野史大觀》卷十）。總而言之，鄭燮手書上板並由司徒文膏刊刻的《隨獵詩草　花間堂詩鈔》，曾經寄給允禧；以極具風格的『六分半』體寫就付刻的詩集與鄭燮所作跋文，可以看作是鄭燮對於『親王割肉』禮遇的回報。

（四）在西園的雅集與隱逸生活

允禧經常召集幕客和友人前來參加各類雅集活動，而這些雅集活動一般都在他的私人園林舉行，即『西園』（另一個名稱是『隨園』，見李鍇《隨園雪夜歌》）。西園位於北京城西北郊區，屬於海淀皇家園林群落之一。允禧在園中設有十二個景點，並寫有組詩《西園十二詠》：桐露堂、掃石堂、紅藥院、平安亭、清吟亭、畫笥樓、花間堂、紫柏寮、雙徑、冽井、鶴柵、月廊。不同景點的功能也在允禧其他的作品中有所反映，例如花間堂爲允禧書房，故而他的詩集以此爲名；桐露堂是允禧舉行雅集的地方；紅藥院以邀客賞花爲主；畫笥樓可以直接眺望西山。

在當時的京城，最爲知名的兩處宗室貴族園林，其一便是允禧的西園，而另一處是寧郡王弘晈的『東園』。允禧的西園以詩歌與繪畫等雅集活動受到文人的重視，而弘晈的東園則是以種植上百種不同的菊花而聞名。允禧的不少友人也都曾在弘晈的東園參加雅集活動，例如李鍇、馬長海等；但允禧與弘晈私下是否相互拜訪則不得而知。在此期間，或許是由於『弘晳案』的影響，允禧與弘晈在私生活方面有必要保持一定的距離以避免皇帝的猜忌。直到乾隆二十二年（一七五七），弘晈刊行其《菊譜》時，譜前附有允禧所寫的序文，藉此才能確定二人之間的交遊酬唱。

除了接待客人，西園也是允禧享受隱逸生活的地方，其組詩《春日園居雜詠》《夏日園居雜興》《夏日園居雜詠》等就較明顯地模仿陶潛，例如：

寂寂三條徑，閑閑十畝園。竹聲風到枕，花影月當門。事幻知人貴，心安識道尊。半生何所得，俯仰荷乾坤。

《春日園居雜詠》其一

鑿沼自種魚，疏圃亦種蔬。魚肥蔬復甘，卧起飽有餘。櫪上不喧馬，門外但回車。絺綌有至理，蘿幌挂輕裾。鳥鳴落花静，風窻展我書。

《夏日園居雜興》其二

任達非吾事，糟丘漫築臺。悠悠同野老，款款盡餘杯。童子撈蝦至，園丁送菜來。蕭然田舍意，醉飽亦佳哉。

《夏日園居雜詠》其六

在這一階段，與允禧偶有詩歌往來的宗室貴族，似乎僅有允禧的二十三弟、自號實齋主人的貝勒允祁（一七一四—一七八五）一人而已。允禧寫給允祁的《春日閑居次二十三弟實齋主人見懷韻》一詩描繪了他自己悠閑的生活狀態，同時也强調了自己作詩『苦吟』的習慣：

東風深掩白茅居，夢草池塘過雨初。日課丁男教種樹，時傾卯酒爲澆書。山桃花落閑行裏，畦韭根留晚飯餘。吟減帶圍渾自苦，惟應阿弟獨憐予。

正像鄭燮跋文中所寫的那樣，允禧對詩歌創作有著較高的熱情，並且極爲認真。允禧在另一首《二十三弟寶嗇主人索近詩書以呈應兼用自嘲》中也提及了他對於詩歌創作的態度：

忽枉新書辱索求，獨憐吟苦未嘗休。驚人覓句真無賴，隨事關心不自由。從古文章妨僞體，他時風雅許清流。烏絲細寫聊投贈，敢望天邊五鳳樓。

此詩頷聯『驚人覓句真無賴，隨事關心不自由』兩句道出了允禧『苦吟』的狀態。而尾聯『五鳳樓』則是化用了楊億（九七四—一〇二〇）《談苑》中的典故：韓溥、韓洎咸有詞學，洎嘗輕溥，語人曰：『吾兄爲文，譬如繩樞草舍，聊庇雨風而已；予之爲文，如造五鳳樓手。』允禧在此則是反用這一典故以表自謙。

（五）在盤山的旅遊與交際生活

儘管允禧大量的作品都是其園居生活的寫照，或會客雅集、或獨居隱逸，但他的生活並非僅僅是在園林中以詩歌自娱。允禧對於遊覽山水的興致也非常强烈。不過，由於朝廷有著皇子無故不得出京的限制，因此允禧行旅的路綫僅有兩條：京西西山與京東盤山。

當時北京西山的遊覽路綫主要是以一些寺廟爲主，譬如易宗瀛曾有『西山三百六十寺』之説（見《授簡集·送彌勒院量周和尚歸西山》）。允禧經常遊訪的則是潭柘寺、翠微寺、香樹庵等；允禧的一位友人量周上人（生卒年不詳）即居住於西山彌勒院。

相比之下，京東盤山對允禧的吸引力更大。由於地理位置的關係，盤山在康熙年間便是皇帝出巡時偶爾停留的驛站。乾隆初年，皇帝斥資經營盤山，建立了行宫『静寂山莊』，並完善了外圍寺廟群落。静寂山莊屬盤山『御定内八景』之一，另有『御定外八景』『十六景』等——每次來到盤山，乾隆皇帝會在這些景點駐蹕賦詩。從規模上看，當時的盤山静寂山莊僅次於承德避暑山莊；然而與避暑山莊不同的是，静寂山莊並没有被賦予任何政治意義，純粹是作爲皇帝的私人休閑場所而興建的。

乾隆皇帝對於盤山的熱情實際上也影響了允禧。乾隆九年（一七四四），允禧扈從皇帝出巡，在回京途中路過盤山，乾隆皇帝作《命慎郡王寫盤山山色口占詩以贈》：

吾叔詩才素所知，於今學畫畫尤奇。同來勝地寧無意，爲寫山容更詠之。

受命之下，允禧繪製了一套册頁《田盤山色圖十六幀》；乾隆皇帝御覽之後，在其上題詩十六首。當允禧得到皇帝的御製詩之後，又再度繪製了一套增大尺幅的《田盤山色圖十六幀》，將皇帝的御製詩抄録其上，並和詩十六首，即現存的《恭和御製田盤十六景元韻》。這兩套《田盤山色圖》均被《石渠寶笈》收録，並定爲『上等』。

隨皇帝前往盤山是不能讓允禧盡興遊玩的。因此在閑暇之時，允禧會與自己的幕客一起前往盤山並賦詩記録，賦有《春日同周山怡孫履安遊盤山》《春日携李眉山彭湘南王蘭谷藏上人重遊盤山……》等作品。允禧的足迹遍布盤山，在『御定外八景』和『十六景』均有相關吟詠。按允禧所述，他在盤山行旅時，偶爾會在亂石中攀爬前行，有時還需要用繩索上下：

……一杖捨衆人，日暮窮躋攀。横穿虎豹林，探奇無乃頑。插脚苦犖确，傴面驚孱顔。力盡興頗餘，騰挐學猱猿。……

《遊盤山自萬松登舞劍臺回宿天成寺》

上有可攀下可援，亂石插脚松礙肩。……不愛坦夷愛險仄，縋身却下千仞淵。……

《春日携李眉山彭湘南王蘭谷藏上人重遊盤山……》

此處『探奇無乃頑』『不愛坦夷愛險仄』等句子，與允禧平日在西園享受隱逸生活時所寫的那些具有强烈隱逸色彩的作品，形成了較大的反差。

由於允禧的友人李鍇長年居住於盤山，這更爲允禧的旅遊提供了便利。李鍇不僅僅會充當允禧的嚮導，還會將其他隱居盤山的僧人或隱士介紹給允禧認識，其中藏山上人（一六七一—約一七五二）與允禧的交流最爲頻繁。藏山上人名釋雲恒，字法天，居住於西甘澗的浄土庵（『十六景』之一），爲李鍇摯友。李鍇寫有《法天禪師生塔銘》，談及了藏山上人的生平：

九歲剃髮盤山萬松寺。年二十餘，修白業於西甘澗，遂不出山，與盤相終始五十年……性喜詩，無事即微吟，稿成輒毁之，世無得而傳者。

或許是由於藏山上人『性喜詩』的緣故，允禧集中寫給藏山上人的詩作頗多，約二十首。另外，藏山上人『雅好客，余每至，必置酒叙話』（允禧語，見《藏山法師年登八十……》）；允禧在遊覽盤山時也喜歡在藏山上人處過夜，因此留下了《早春遊盤山歷天成萬松宿西澗藏上人庵》《春山宿西甘澗藏上人庵》《自蘭陽回留宿藏上人西澗》《自蘭陽歸重過西澗留别藏上人》等作品。

允禧的二十三弟允祁與藏山上人也有較爲密切的往來，在長詩《題西澗》的小序中，允禧寫道：

桂峰二十三弟心契之（藏山上人），或過宿于寒巖老屋中，雪燈蘿月，軟語相接，輒復終夕。其屋後石屏青插，沙坂瑩如，遂欲因勢藉隙，締構亭宇，挹疏曠而攬清謐，良勝舉夫！

允祁出資在藏山上人的凈土庵後修築了『高寄亭』；　李鍇則專門撰寫了《高寄亭記》紀念此事。

（六）從審定刊行別集到贊助編選總集

乾隆朝最初的十餘年間，允禧的文化生活似乎頗爲豐富。無論是園居休閑還是行旅冒險，他的詩歌作品中都表現出了較爲積極的情緒；　而允禧『苦吟』的狀態，則恰恰反映了他對於詩歌創作行爲的重視。除了自身興趣之外，鄭燮幫助允禧刊行詩集一事或許也讓允禧更加有意爲詩，繼而整理自己的詩集——在乾隆十年之後至十二年之前（一七四五—一七四七）的這一段時間内，允禧親自編輯審定了自己的詩稿，撰寫序文，並將其付梓，這就是在後來流傳最廣的《花間堂詩鈔》。《花間堂詩鈔》共存詩二百一十六首，不過這個數字應該遠遠低於允禧在乾隆初年詩歌創作的總量。由於此前刊行的《隨獵詩草　花間堂詩鈔》並没有廣泛流傳，因此後人多誤以爲這一版本是允禧的第一種詩集，而《欽定八旗通志》的編者對詩歌數量的計算也有失誤，且此錯誤後被《欽定熙朝雅頌集》繼承：

初集名《花間堂詩鈔》，王自編、自序，合古今體詩二百六十六首。

編定刊行自己的詩集，一方面的意義在於確立了允禧『詩人』的身份，另一方面則開啓了允禧的作品被選入各類詩文總集的可能性。

允禧的詩作首次被選入總集是在乾隆十二年（一七四七），總集的名稱是《國朝詩選》，編者爲出生於湖廣攸縣、曾任河内縣丞的彭廷梅（字湘南，生卒年不詳）。彭廷梅是康熙朝大臣陳鵬年（一六六六三—一七二三）的女婿；而允禧曾作組詩《六賢詠》，其中便有一首《陳恪勤》專門稱贊陳鵬年。

彭廷梅《國朝詩選》的刊行與允禧關係極爲緊密。首先，《國朝詩選》很可能是在允禧的資助下刊行的；後世幾位詩評家都認爲是允禧授意彭廷梅編輯《國朝詩選》的（見法式善《陶廬雜録》、鄧顯鶴《沅湘耆舊集》、楊鍾羲《雪橋詩話》），不過他們也可能是將彭廷梅之前刊行的《據經樓詩選》與《國朝詩選》相混淆了（《據經樓詩選》似乎没有流傳）。其次，彭廷梅有兩位助手，其一是易祖榆（常誤作『祖愉』，字天有），正是允禧幕客易宗涒之子；另外一位是張大法（字鑒亭），允禧集中有《贈張大法》一詩。然而，允禧在爲《國朝詩選》作序時，將選詩説成是彭廷梅一人的作爲；彭廷梅自己所寫的序文中，也没有提及允禧授意一事，只是强調『余選此凡三十餘年』。

在鄧顯鶴（一七七七—一八五一）的眼中，《國朝詩選》編選體例極爲糟糕，是純粹以相互標榜爲目的而刊行的：

> 文集日興，散無統紀，網羅删汰，總集以興。……若叔師《楚辭》之録，并入《九思》，則以己作入選，與徐陵《玉臺新詠》同。唐芮挺章《國秀集》亦然。《提要》詆之，以爲雖有例可援，不可爲訓。至《國秀集》前有天寶進士樓穎序，而其詩即列集中，《提要》以謂，『一則以現存之人，采録其詩，一則以選己之詩，爲之作序，後來互相標榜之風，已萌於此』，其言可謂深切。近代吾楚陶煊《國朝詩的》、彭廷梅《國朝詩選》均坐此病。今本以蓋棺爲定，差免詩社錮習。
>
> 鄧顯鶴《南村草堂文鈔》卷三

鄧顯鶴對如《國朝詩的》《國朝詩選》等的批評，主要是承《四庫全書總目》中對《國秀集》的體例批評而來。鄧氏以爲，《國朝詩選》中選録彭廷梅自己作品及爲《國朝詩選》作序的允禧作品，不合選例。事實上，彭廷梅選取了大量與自己有私交的詩人的作品，而没有保持一個詩評家的客觀性：彭廷梅姻親陳鵬年的家族，幾乎人人都有詩作入選；彭廷梅的諸多同鄉友人，也就是出身湘潭、寧鄉、攸縣等地的詩人收録極多，這其中也包括允禧幕客易宗瀛、易宗涒、易祖栻等人。如果計算每個詩人被選録的作品數量的話，《國朝詩選》中收録最多的是竟然是彭廷梅自己的詩作，總計四十七首（按彭廷梅的説法，另一位助手張大法收録了彭廷梅的作品）；而其次多的，就是慎郡王允禧的三十六首作品。至於當時公認的詩歌大家，王士禛的作品有二十八首被收録，排在第三位；而錢謙益（一五八二—一六六四）、施閏章（一六一九—一六八三）、吴偉業（一六〇九—一六七二），人均收録不過數首而已。另外，《國朝詩選》的編輯校訂工作頗爲粗疏，各類文字錯誤都相當常見，甚至在選録允禧作品時也有疏忽：《國朝詩選》中允禧的《畫竹歌贈墨君易張有》一詩，比之《花間堂詩鈔》中的原詩少了第七、八兩句。

《國朝詩選》所選取的允禧詩作來自于不久前刊刻的《隨獵詩草　花間堂詩鈔》和允禧親自編訂的《花間堂詩鈔》。從選詩數量來看，《國朝詩選》在刻意强調允禧的詩歌成就——如此就可以解釋允禧和彭廷梅爲何在序文中如此遮掩，兩人都不想明言允禧與《國朝詩選》之間的贊助關係。允禧又爲《國朝詩選》撰寫了序文，這也印證了鄧顯鶴評論中提及的『互相標榜之風』。除了標榜允禧之外，《國朝詩選》中還收録有允禧兩個兒子（弘昂與弘旬）的作品。弘旬在《國朝詩選》編選時尚在人世；然而長子弘昂已經夭亡多年。

《國朝詩選》中選録弘昂的作品或許也是允禧的意思。允禧極爲看重弘昂，因爲年少的弘昂在詩歌創作方面展現出了天賦：

> 弘昂字據庵，慎郡王子。六歲解諧聲，十歲下筆，輒有可觀。十五歲而殁，梵家所謂『優曇花』，頃刻開謝耶。慎王喜方外交。一日，招李鐵君、陳石間賞花賦詩，據庵口占待教，今所存《即景》詩是也。鐵君、石間以奇才目之，識者以爲詩讖。
>
> 法式善《八旗詩話》

這首弘昂的《即景》詩也僅存於《國朝詩選》中：

> 斗酒雙柑幾日情，紅飛將盡緑初成。傍人莫道鶯喉老，猶向高枝弄幾聲。

儘管彭廷梅《國朝詩選》存在種種問題，從客觀上講，允禧作品被這部總集所收録，也是其在詩壇成名過程中必不可少的一步。從鄭燮的禮物《隨獵詩草　花間堂詩鈔》開始，到允禧自己編訂刊行《花間堂詩鈔》，最後到彭廷梅《國朝詩選》中的大肆標榜——這一過程所展示的不僅僅是客觀的文獻發展的脉絡，或許也可以看作是一種主觀的詩名構建的方式。

（七）高峰期、空白期、復興期

綜上所述，在第一階段，即雍正十一年到乾隆十二年左右（一七三三—一七四七），允禧不僅結交了許多當時的著名人物，還在京城中建立了較大的交際網絡，非常積極地組織、參與了各種雅集和文化活動，並且親自編訂刊行了自己的詩集，甚至贊助了一部總集的編撰工作——這是允禧詩歌創作活動的『高峰期』，允禧在詩壇的地位便是在這一階段被確立的。

後世評論家看待允禧，認爲他『愛與寒素俱，好賢下士，海内宗仰』（法式善語，見《八旗詩話》）。關於這一觀點，可以參考允禧創作的組詩《十詠詩》。這十首詩列舉了在乾隆初期與允禧關係最親密的十位友人，而且很可能是按照人物年齡而降序排列的： 易宗瀛、馬長海、李鍇、量周上人、彭廷梅、介庵上人（生卒年不詳）、鄭燮、易祖栻、保禄（字雨村，生卒年不詳）、傅雯。除了兩位僧人之外，剩下八人幾乎都是低級官僚和布衣。當然，允禧也與其他貴族或高級官僚有一定往來，但僅僅局限於滿人，如鄂爾泰（一六七七—一七四五）、塞爾登（號紫峰，生卒年不詳）、塞爾赫； 允禧與當時朝廷中的漢人高級官僚幾乎没有任何詩文交際。至於允禧與乾隆皇帝的交流，則僅限於創作『臣』字款的繪畫以供皇帝玩賞而已，而乾隆皇帝自有文學侍從之臣與其頻繁地詩歌唱和。

允禧詩歌創作活動的第二階段大致是乾隆十二年到二十二年間（一七四七—一七五七）。在此期間，允禧早年結交的友人或離京、或逝世，而允禧的兩個兒子也已夭亡。不知出於何種心態，允禧似乎并没有刻意保留或整理自己這一時期的詩作，而一些零散的詩篇也很難確定具體的創作時間。因此從文獻的角度來看，或許可以將第二階段看作是允禧詩歌創作活動的『空白期』。這一時段允禧最具代表性的詩篇是《憶昔行》。這首詩寫於乾隆十九年（一七五四），允禧在詩中追憶了故去的幾位友人： 馬樸臣（字相如，？ —一七四七）、保禄、李鍇、易祖栻、馬長海。除此之外，寫於乾隆十七年（一七五二）的《壬申七夕重宿盤山千像寺有感》一詩反映了李鍇老病和藏山上人去世對於允禧心理的衝擊，其中『年華暗逐交遊盡』一句便是針對允禧這一階段生活的較爲真實的總結。

允禧詩歌創作的第三階段極爲短暫，只是允禧逝世之前的兩年，即乾隆二十二年和二十三年（一七五七—一七五八）。然而在此期間，允禧與其他年輕宗室詩人之間的文學唱和忽然變得頻繁起來，尤其是果親王弘瞻（一七三三—一七六五，乾隆皇帝之弟）、怡親王弘曉（一七二二—一七七八，允祥之子）以及皇四子永瑆（一七三九—一七七七，乾隆皇帝之子）。因此，第三階段可以看作是允禧詩歌活動的『復興期』。

（八）宗室詩人的唱酬

在乾隆初期，允禧的友人都比允禧年長；在經歷了『空白期』之後，允禧身邊再也沒有任何知名的人物，而一些相對年輕的、在當時毫無名氣的文人相繼投入允禧門下，例如顧元揆（字端卿，約一七一九—？）和朱文震。這些年輕文人的身份僅僅是允禧幕客，很難像之前『十詠詩』中提及的那些年長的名流一樣與允禧平等地交游。這一現象或許也導致了允禧將社交重點逐漸轉移到了與其身份相當的詩人，也就是宗室後輩。

在乾隆二十二年（一七五七）的夏天，允禧與果親王弘瞻正式結交。弘瞻號經畬主人；他的府邸與允禧府邸相鄰，中間夾有一條隔道，然而二人在此前並沒有任何社交往來。

> 紫瓊叔雅擅三絕，而作畫尤自矜貴，不肯苟作。生平落落寡合，與余雖並邸居，蹤迹頗淡。丁丑之夏，始結翰墨緣，自是吟牋往還，幾無虛日。
>
> 弘瞻《紫瓊道人山水二幀・序》

不過弘瞻所謂『吟牋往還，幾無虛日』，這在現存的允禧的詩集中並沒有明確的反映，反而是弘瞻在《鳴盛集》中記録了許多他寫給允禧的作品。

弘瞻當時年僅二十餘歲，允禧四十七歲，因此弘瞻將允禧看作宗室詩人的楷模，例如他在《紫瓊巖石硯歌》中就稱允禧爲『方今海内推宗匠』。同時，弘瞻極爲看重允禧的繪畫作品，他在《題紫瓊主人畫梅坡精舍圖……》中則提及『興來但乞紫瓊老，揮毫寫出江南圖』。弘瞻《鳴盛集》中有很多題畫詩，這些繪畫作品大多是允禧所作。正如弘瞻所説：

憶從庚午歲蒙聖恩出就藩邸，與道人居址相接。初猶僅通問而已。既偶見余詩，即色喜，謂客曰：『宗室中不乏人也。』自是書册畫卷，悉屬余題，且必得余手書爲快。

弘瞻《紫瓊巖詩鈔》序

《鳴盛集》中記録的弘瞻與允禧在一起的社交活動頗多，例如《秋日紫瓊主人過訪留坐臨漪亭小飲，以荷芰水亭開爲韻分得荷字》《山寺同紫瓊主人夜坐口占兼以留別》《石鐘山房落成招飲爲紫瓊主人題壁》等。然而最具代表性的活動，則是弘瞻與允禧各作組詩《雪窗雜詠》三十首，並結集刊刻一事。《雪窗雜詠》的創作和刊刻，源起於弘瞻閲讀了符曾（字幼魯，一六八八—一七六〇）乾隆八年（一七四三）的以『雪』爲主題的組詩（見《春鳧小稿》），繼而引發了弘瞻與門客的雅集。按弘瞻《鳴盛集》卷四中所載：

丁丑長至偕施静波顧端卿坐醇雅堂時積雪初晴偶檢符幼魯集喜其參雪諸詠因廣其意得若干題命二客和之且請紫瓊主人同作先成長句一首

促膝聯吟擘綵牋，重簾燈火夜忘眠。已欣詞客相如最，更有家風阮籍賢。深院茶香烟起户，虚窻人静月當天。他時記取今宵景，冰雪襟期翰墨緣。

弘瞻和允禧分別創作了《雪窗雜詠》組詩。組詩分三十題，依次爲：雪意、初雪、雨雪、風雪、聽雪、踏雪、雪徑、雪屋、雪村、雪寺、雪山、雪江、雪溪、雪篷、雪樵、雪漁、雪松、雪竹、雪梅、雪月、雪鴻、雪鶴、煮雪、嚙雪、積雪、晴雪、殘雪、掃雪、再雪、賦雪。然而允禧的詩集中並沒有收録這組詩。

除了弘瞻之外，允禧與當時三十餘歲的怡親王弘曉也多有詩文往來。在弘曉的《明善堂詩集》中，録有組詩《恭和廿一叔雪窻雜詠》共三十題。此外，允禧集中有《大熱行》詩，詩題下有小序云『時丁丑六月，冰玉主人索詩，作此答之』；『冰玉主人』即是弘曉之號。弘曉集中則有《廿一叔以大熱行佳章見示，走筆敬和元韻》。與此同時，弘瞻《鳴盛集》中也出現了以《大熱行》爲題的詩作。類似的例子還有組詩《紅橋别墅六景詩》。紅橋别墅是弘曉的私人園林，允禧與弘瞻的詩集中均有相關吟詠。以上現象都可以證明，允禧、弘曉、弘瞻三人之間的交遊酬唱在此期間相當頻繁。

弘曉平日與他的兩個兄長弘昌與弘晈經常有詩文往來。由於這層關係，允禧在二十二年時爲弘晈的《菊譜》作序一事，或許也是弘曉居中介紹的結果（弘瞻、弘曉均爲《菊譜》作序）。另外與允禧有詩文聯絡的是乾隆的第四子永珹，而永珹則是經由弘瞻介紹的——弘瞻平日與乾隆皇帝的幾個皇子有較多的詩文往來，如皇長子永璜（一七二八—一七五〇）、皇三子永璋（一七三五—一七六〇）、皇四子永珹、皇五子永琪（一七四一—一七六六），因爲幾人年紀相近，曾在一起讀書。永珹對於允禧推崇備至：

> 數十年來，位在藩王而以詩名家者，主人一人而已……余少未嘗學問，然心竊慕之。幸一再晤，稍及倡和，遂荷主人之知，降尊取友，與經畬主人共結西園之契。余以爲芝蘭之臭味，自此不

孤，而吟社騷壇，得主人以爲盟主，則追隨杖履之下，推敲於一二字中者，沾丐寧有極耶？主人嘗謂余曰：『子耽詩成癖，直號「詩饞」。』予笑而受之莫逆焉。是真知我者耶！是其戲謔中亦見性情之投契者耶！余方欲奉爲依歸，奈何其竟棄予而長逝也。

永珹《紫瓊巖詩鈔》序

然而正當允禧在宗室詩人群體中被推舉爲『盟主』之際，允禧病逝，時爲乾隆二十三年（一七五八）。乾隆皇帝爲允禧題寫《二十一叔父慎郡王輓辭十韻》：

同庚亦契韻，年少久相隨。膝下陪聞禮，床前領弄飴。後來雖各學，時復有聯詞（見《樂善堂全集》中）。及我親機政，惟王合表儀（乙卯冬，由貝勒晋封郡王）。嘉言聞進牘，碩畫見司旗（曾命管理旗務）。閑趣兼工畫，清辭獨剩詩。晚年務置醴（用杜甫句），雙鬢早添絲。都爲（去聲）一兒棄，遂教百事隳。未能規子夏，因與繼孫枝（王早失子，無嗣，因命皇六子出嗣祀事）。叔輩晨星在，顧瞻寧弗悲。

《御製詩二集》卷七十八

除了皇帝之外，與允禧曾有詩文往來的幾位皇子也紛紛爲允禧題寫挽詩，這些宗室後輩對於允禧的詩歌和繪畫成就也都予以了極大的肯定。

允禧去世後不久，弘瞻與永珹一起刊行了《紫瓊巖詩鈔》三卷，按不同詩體分爲八部分，共收詩一百八十六首，其中有一些與《花間堂詩鈔》重出的作品。這也是允禧的第三種正式刊行的詩集，在後世流傳較廣。弘瞻在《紫瓊巖詩鈔》序中提到：

道人詩甚多，日久未有定本，晚乃得吴郡顧端卿，令其選擇，得十之三四，已而自取視，又去其三之一焉。凡三卷，共一百七十餘首。

從序言來看，該本祖出允禧删定本。允禧在平日並没有刻意整理自己的作品，此處『一百七十餘首』之説可能是允禧删減、審定後的詩作數量。而此集最終收詩一百八十六首，或許是弘瞻和永瑊在允禧死後，詩集正式刊刻之前又加入了一些。從《紫瓊巖詩鈔》的跋文來看，真正執行編輯整理允禧遺稿工作的是允禧的兩位幕客顧元揆和朱文震，其中顧元揆負責選詩與抄寫，朱文震負責校對。在一開始，顧元揆在允禧與弘瞻之間充當的是聯絡人的角色，後來被弘瞻看中而納入門下。朱文震則在《紫瓊巖詩鈔》刊行之後也轉投到了弘瞻門下；而數年之後，他又被允禧的嗣孫永瑢召回到質郡王府，以至于陳兆崙（一七〇〇—一七七一）作詩感慨：『風流帝子此承祀，招要故客還山阿。相如自昔推居右，枚叔重來欲成叟。』（見《紫竹山房詩集·慎邸客朱青雷有復至西園詩見示》）

（九）沈德潛的疏忽

從允禧晚年的交遊情況來看，允禧在宗室詩人之間享有較高的詩名。不過從乾隆中期整體詩壇的角度觀察，當時詩壇上最著名的人物是沈德潛，而決定沈德潛盟主地位的是乾隆皇帝。這也就是説，允禧的詩名在當時僅僅被局限在一個特殊的小圈子之内。然而在允禧去世後不久，詩壇盟主沈德潛在編輯《國朝詩别裁集》時的疏忽反而使得允禧的名聲在整個詩壇得以傳播。

在休致之後，沈德潛從乾隆十九年（一七五四）起著手編輯《國朝詩别裁集》，於二十三年（一七五八）完成了初刻本。但是初刻本中錯誤較多，沈德潛繼續修訂增删，於二十五年（一七六〇）完成了重刻本。乾隆二十六年（一七六一），沈德潛將重刻本進呈乾隆皇帝。在這部總集中，允禧有八首作品入選——相對於收録作品數量最多的王士禛（四十七首），沈德潛或許並没有太看重允禧的詩歌成就。沈德潛所選的八首詩均來自允禧親自編定的《花間堂詩鈔》，由此可以推斷，沈德潛在選詩時尚未見過弘瞻與永瑆於乾隆二十三年（一七五八）刊行的《紫瓊巖詩鈔》。

十年前，乾隆十六年（一七五一），沈德潛將自己的《歸愚詩鈔》進呈御覽，得到了乾隆皇帝破例書寫的序文，序文中盛讚沈德潛：「歸愚叟於近代詩家，視青丘（高啓，一三三六—一三七三）、漁洋（王士禛），殆有過之，無不及者」（見《御製文初集》卷十一）。而此次進呈《別裁集》，沈德潛或許也在期待同樣的恩遇，結果却遭到了乾隆皇帝的批評。《別裁集》中以錢謙益冠首、選入錢名世（一六六〇—一七三〇）等人的作品是沈德潛所犯的嚴重的政治錯誤，另外一個不甚嚴重、但有失禮法的疏忽是《別裁集》中直接使用了「允禧」二字：

> 而慎郡王則朕之叔父也，雖諸王自奏及朝廷章疏署名，此乃國家典制，然平時朕尚不忍名之。德潛本朝臣子，豈宜直書其名？
>
> 乾隆皇帝《欽定國朝詩別裁集序》

乾隆皇帝命翰林臣子删改《別裁集》，後定名爲《欽定國朝詩別裁集》。在欽定本中，允禧被改稱「慎郡王」；重刻本中允禧被放置於第三十卷的卷首，在欽定本中則被放置於全書的首位，以頂替重刻本中的錢謙益。除允禧外，另外幾位宗室詩人也被安排在了首卷，置於允禧之後。這種調整，從沈德潛原來的以年齡資歷排序的方式改成了以血統爵位排序，實際上是官方修書的標準排序方式。然而欽定本《別裁集》畢竟還是被冠以沈德潛的名字刊行的，由於沈德潛在詩壇的影響力，《別裁集》中排序第一的允禧自然也會更加被讀者所重視，尤其是沈德潛對於允禧的整體評價在後世流傳最廣：

> 王勤政之暇，禮賢下士，畫宗元人，詩宗唐人，品近河間、東平，而多能遊藝，又間、平所未聞也。
>
> 沈德潛《國朝詩別裁集》

（十）後世的接受

乾隆四十八年（一七八三）十二月朔，允禧的嗣孫、乾隆第六子質郡王永瑢刊行了允禧的第四種詩集《紫瓊巖詩鈔續刻》。永瑢爲此集撰寫了一篇很短的跋文，其中談到了他所知的允禧已經刊刻的詩集和詩歌留存數量的情況：

> 王祖詩已刻者二種，曰《花間堂詩鈔》，王祖所自訂；曰《紫瓊巖詩鈔》，則果王叔父與先四兄同輯。二集所收，皆清超雅健之作，凡奉敕應制及他篇什多未備。余奉恩命嗣王祖後，披尋遺稿，手澤猶新，塗乙點竄，丹墨燦然，想見揮毫落紙之雄，與夫按律敲吟之細，玉幢風定，桐露春深，書畫餘閑，硯琴左右，澄思渺慮，動與天游，清德懿徽，邈焉塵外矣。梨棗所傳，十僅三四；篋衍之儲，往往而有。因重爲撿録，復得一百六十九首，付諸梓人，庶以垂範磐盟，括囊錦製。至詩之出入雅騷，兼備衆美，前二刻諸序已詳之，無俟贅言。

首先，《紫瓊巖詩鈔續刻》在開卷處收録了一些允禧的應制詩，這是當時的慣例。其次，永瑢爲允禧嗣孫，居所即允禧舊宅，因此他能够接觸到允禧『篋衍之儲』的遺稿。值得注意的是，《紫瓊巖詩鈔續刻》中有些作品與《花間堂詩鈔》《紫瓊巖詩鈔》中的作品題同，但内容和措辭却往往有異。儘管《紫瓊巖詩鈔續刻》刊刻時間較晚，但這些同題的詩作却可能是更早草稿的反映。最後，『復得一百六十九首』之數不確，實爲一百七十二首。

除永瑢之外，乾隆皇帝第十一子永瑆（一七五二—一八二三）也撰寫過一篇《慎郡王詩序》，但撰寫時間不詳，大約是乾隆晚期到嘉慶初年。永瑆在序中提及『余嘗得二十一叔祖慎郡王詩』，但並没有説明是哪一个集子。同永瑢一樣，永瑆對允禧的詩歌成就表示了極大的肯定，同時又提及了允禧撫琴和繪畫方面的造詣：

> 吾聞王善琴，又善繪事；鼓琴未嘗終其曲，繪而善者，必自削之。詩獨存之，何耶？

允禧詩作再次被收入總集是在嘉慶九年（一八〇四），即鐵保（一七五二—一八二四）與法式善（一七五二—一八一三）共同編選的《欽定熙朝雅頌集》。此書收録了五百三十四位八旗詩人（滿八旗、蒙八旗和漢八旗）約六千餘首作品，其中收録允禧詩作九十八首，而收録詩作數量較多的宗室詩人還有：永珹詩作一百三十九首、文昭一百二十四首、塞爾赫九十八首、永瑢八十六首、書諴（生卒年不詳）八十四首、弘曕七十六首、博爾都七十六首、永瑆（一七五二—一七七六）五十九首、岳端五十三首。儘管收録允禧詩作並非最多，但數量也相當可觀。

到了民國時期，徐世昌（一八五五—一九三九）編選的《晚晴簃詩匯》中收録了二十首允禧的詩作，這在『允』字輩皇子之間是最多的。《晚晴簃詩匯》中總共收録有六十七位宗室詩人的作品，其中收詩數量超過允禧的有五位：永瑆三十首、文昭二十六首、書諴二十四首、博爾都二十三首、塞爾赫二十三首。

三、版本情况

刊刻的允禧詩集共有四種：鄭燮、司徒文膏刊刻的《隨獵詩草　花間堂詩鈔》不分卷，允禧親自編訂刊刻的《花間堂詩鈔》一卷，弘曕、永瑊刊刻的《紫瓊巖詩鈔》三卷，以及永瑢刊刻的《紫瓊巖詩鈔續刻》一卷。

鄭燮寫樣、司徒文膏刊刻的《隨獵詩草　花間堂詩鈔》收録允禧作品七十六首，集後附有鄭燮跋文。鄭燮跋文作於乾隆七年（一七四二），集亦於是年刊成。此詩集刷印不多，目前公藏僅見上海圖書館藏有一帙。在《隨獵詩草》卷首，槧有『谷口』『慎郡王』之篆印，卷尾槧有『廣文館』『板橋』『橄欖軒』之篆印。在《花間堂詩鈔》卷首，槧有『鳳觀虎視』篆印，卷尾槧有『此玄鳥』『書帶草』『游思六經結想五岳』之篆印。在鄭燮題後部分，前槧有『書被催成墨未濃』印，後槧有『滎陽鄭生』『二十年前舊板橋』印。

允禧親自編訂刊刻的《花間堂詩鈔》收録允禧作品二百一十六首，集前有允禧自序，從書風上，此篇自序或爲鄭燮寫樣。此詩集的具體刊刻年份未知，從詩集内容判斷，應在乾隆十年至十二年之間（一七四五—一七四七）。此詩集流傳較廣，國家圖書館、中國科學院情報文獻中心（國家科學圖書館）、中國社會科學院、首都圖書館、吉林大學圖書館、哈佛大學燕京圖書館等機構有藏。此詩集亦被收録於《四庫未收書輯刊》第九輯第二十二册，影印采用的是中國科學院圖書館所藏本，該本並未收允禧自序。

弘瞻、永瑆刊刻的《紫瓊巖詩鈔》收録允禧作品一百八十六首，集前有弘瞻、永瑆序文各一篇，集後有顧元揆跋文，書末署『門下士平陵朱文震恭校、元和顧元揆謹書』，知由顧元揆寫樣，朱文震校勘。此詩集刊成於乾隆二十三年（一七五八）允禧去世之後。據弘瞻序，知爲允禧生前請顧元揆遴選，其後允禧又删汰顧元揆所選中的約三分之一，在允禧去世後不久，由弘瞻、永瑆刊刻。此詩集分爲三卷，卷上爲五言古詩、七言古詩，卷中爲五言律詩、七言律詩，卷下爲五言排律、五言絶句、六言絶句、七言絶句。此詩集流傳較廣，國家圖書館、中國科學院情報文獻中心（國家科學圖書館）、北京大學圖書館、復旦大學圖書館、哈佛大學燕京圖書館等機構有藏。《四庫未收書輯刊》第九輯第二十一册、《清代詩文集彙編》第三百一十七册中收録影印。

永瑢刊刻的《紫瓊巖詩鈔續刻》收録允禧作品一百七十二首，集前有永瑢跋文。此詩集刊刻於乾隆四十八年底（一七八四）。此詩集流傳較廣，現有數本分别存於國家圖書館、中國科學院情報文獻中心（國家科學圖書館）、北京大學圖書館、南開大學圖書館等機構。此詩集亦被收録影印於《四庫未收書輯刊》第九輯第二十一册、《清代詩文集彙編》第三百一十七册。

除以上四種詩集刻本之外，遼寧省圖書館藏有題爲《花間堂詩鈔》的八卷稿本，書有缺頁，現共收録允禧詩作七百一十二首，超過以上四種刻本收詩的總數。其中二百二十一首詩作未見於任何刻本之中，也有刻本中所收詩作而有異文者。

此本無格，半頁八行，行二十一字，書首當有缺頁，正文各卷均另頁，首行題『花間堂詩鈔』，次行書『紫瓊道人著』，第三行書如『五言古』之類的詩體，雖未明標卷數，實分八卷。書前有盧世瑞（生卒年不詳）序文，並有『花間堂詩鈔目録』，後有盧世瑞跋文，均撰寫於『辛未』年（可能是嘉慶十六年，即一八一一年；或同治十年，即一八七一年）。盧氏序文部分，前鈐有『以禮制心』印，後鈐有『世瑞私印』『心圃氏』印。目録處鈐有『存君子心行丈夫事』印。按序文中所述，盧世瑞從『小圃夫子』處得到此本。『小圃夫子』不知何人；盧世瑞在序中書寫其名號時空抬一格，『小圃夫子』或爲某位宗室貴族。

盧世瑞認爲此本是允禧『初稿』『全稿』，因此本收詩數量甚多，且其上已有朱筆和墨筆的批注與增删。不過盧世瑞所得本應爲殘本，開卷有三詩，后空白，約闕九頁，而首三詩，盧氏以爲乃『小圃夫子』從《欽定熙朝雅頌集》中抄録。此外，此本前附有目録，次行署『紫瓊道人著』，後言：卷一、五古七十八首，卷二、七古一百〇七首，卷三、五律一百六十三首，卷四、七律一百八十首，卷五、五言絶句八十首，卷六、六言絶句六首，卷七、七言絶句七十首，卷八、五言長律十三首；共七百一十七首，然而統計數字與詩集中實際的存詩數量有誤差，書中也有闕頁。今見八卷收詩，分别爲八十首、一百零七首、一百六十一首、一百八十二首、八十九首、七首、七十四首、十二首，共七百一十二首。

此本部分詩作旁邊寫有墨筆及朱筆所書『選』字，因此很可能曾作爲某一刻本的底本。從批注的内容看，朱筆並非允禧所批；墨筆筆迹有兩種。綜合考察允禧生平，並審度弘曕、永瑆所刊《紫瓊巖詩鈔》寫樣書風，此本極有可能是弘曕、永瑆刊行《紫瓊巖詩鈔》時，顧元揆整理所依據的底本，抄手爲顧元揆，其中一種墨筆批注的筆迹可能是朱文震的校對，朱筆可能爲弘曕所作的批注删改。在永瑢刊刻《紫瓊巖詩鈔續刻》之時，此抄本似乎也被用來參考。故綜上來看，此本實屬稿本。

另外，中國社會科學院文學所藏有題爲《慎郡王詩稿》的抄本一卷。書共二十九頁，有倒頁，收録允禧詩作共一百五十首，按詩體分爲五律四十七首、七絶四十五首、七律五十八首。此本按體收詩而所録詩體不全，當爲殘本，暫時無法判斷此本與底本及各刻本之間的關係。此本中有五首作品未見於他本之中（七言絶句《萬松寺》二首，雖續刻本有同題七律；七言律詩《雪中鶬集戲成一首》《虎丘》《西湖》三首），詩作中亦間或有異文。

此本封面題『慎靖郡王詩鈔墨蹟』『劉瑞琛題』，下鈐有『劉瑞琛印』。此本無格，半葉九行，行二十三到二十七字不等。書前有劉瑞琛（字佩珩）所作一序一跋，書中鈐有『佩珩祕玩』『劉瑞琛印』（朱文、白文皆有）等印。書末寫有『共貳拾玖頁』，並鈐『佩珩祕玩』印。

按序文中所述，劉瑞琛於一九〇〇年自書肆購得此本，後於一九一一年將此本與沈德潛編選《國朝詩别裁集》及鐵保、法式善編選《欽定熙朝雅頌集》中所收允禧詩比對，繼而認定此本爲允禧『初稿』，且爲其親筆所書。然而劉氏並未提及允禧的任何其他刻本，故劉氏對於此本的判斷未必準確。

此本每頁正面天頭中央均有墨筆題字，分别爲『春、城、無、處、不、飛、花、寒、食、東、風、御、柳、斜、日、暮、漢、家（按，宮之誤）、傳、蠟、輕、燭、烟、散、入、五、侯、家』，實爲唐代韓翃《寒食》詩，共二十八字；最後一頁爲『終』字。此二十九字當爲標頁所用，其中『輕』『燭』兩頁倒置。

此本有朱筆標記五處：《題馬大鉢山人詩後》，天頭有朱筆大字『欽』；《十詠詩》其八《上湘主簿淑南易祖栻》，朱筆整首圈點，眉批朱筆文字『滴水不漏』；《獨坐》後兩句朱筆圈點；《喜鄭板橋書自濰縣寄到》與《挽馬相如》間有豎行朱筆大字『春風不動屏』；《虎丘》與《西湖》間有豎行朱筆大字『春風不動屏中』。

凡例

一、鑒於遼寧省圖書館藏《花間堂詩鈔》八卷收録詩歌數量最多且文字準確性較高，本書以該本作底本進行整理。該本各卷原未標卷次，今依目録等添加『卷一』之類。書前序、書後跋整理入附録之『詩集序跋』。凡底本中極少數因抄手筆誤而造成的錯別字，本書中徑改本字，不出校。

二、本書采用以下參校本：上海圖書館藏，乾隆七年鄭燮書、司徒文膏刻《隨獵詩草 花間堂詩鈔》不分卷（簡稱『鄭本』）；乾隆十年至十二年之間允禧親自審定刊刻《花間堂詩鈔》一卷（簡稱『花間本』）；乾隆二十三年弘瞻、永瑢刊刻《紫瓊巖詩鈔》三卷（簡稱『紫瓊本』）；乾隆四十八年永瑢刊刻《紫瓊巖詩鈔續刻》一卷（簡稱『續刻本』）；清劉瑞琛所獲抄本《慎郡王詩稿》（簡稱『劉本』）。本書用以上版本對底本進行校訂與輯佚，凡有異文，一律出校。

三、彭廷梅於乾隆十二年編選刊刻《國朝詩選》中，收録允禧詩作三十八首。允禧與彭廷梅是主客關係，故《國朝詩選》可以視爲一部刻意標榜允禧詩名的選集。《國朝詩選》刊行時間較早，其所録允禧詩作與花間本關係較爲密切，凡有異文，一律出校。《國朝詩選》用《四庫禁燬書叢刊補編》影印清乾隆十二年金陵書坊刻本。

四、沈德潛於乾隆二十五年完成的《國朝詩別裁集》收録允禧詩作八首，其所依底本爲『花間本』；　詩下有沈德潛評語，均收入附録。《國朝詩別裁集》用中華書局影印清乾隆二十五年教忠堂重刻本。

五、清乾隆六年官方重加增輯的《皇清文穎》收録允禧詩作三十八首，部分詩作未見於其他詩集。清嘉慶十五年官方編選刊刻的《皇清文穎續編》收録允禧詩作五首。由於清代官修書籍的特性，《皇清文穎》《皇清文穎續編》中所録允禧詩作有部分經過刻意的修改，凡有異文，一律出校。《皇清文穎》用清乾隆十二年增輯本，收於乾隆四十三年成書的《四庫全書薈要》中；《皇清文穎續編》用《續修四庫全書》影印清嘉慶十五年武英殿刻本。

六、允禧的詩歌輯佚，按照底本的分體，依『鄭本』、『花間本』、『紫瓊本』、『續刻本』、『劉本』、《皇清文穎》的順序輯出。允禧的佚文僅六篇，依次從《皇清奏議》、『花間本』、《國朝詩選》、《御製樂善堂全集定本》、《明善堂詩集》、《菊譜》輯出。

七、本書附録一至三，收録弘瞻《雪窻雜詠》、易宗瀛《授簡集》及弘昴、弘旬遺詩。弘瞻於清乾隆二十三年刊刻《雪窻雜詠》，其中，以弘瞻七律一首爲唱酬之始，後收録弘瞻《雪窻雜詠》組詩三十首及允禧和詩三十首。允禧和詩，未見於其他詩集。考慮到詩集的完整性，本書將《雪窻雜詠》全文附録。《雪窻雜詠》用哈佛燕京圖書館藏本。弘瞻詩作，另校以弘瞻乾隆二十三年《鳴盛集》四卷本、乾隆二十七年《鳴盛集》二卷本。易宗瀛於清乾隆六年刊刻《授簡集》，其中附有允禧詩作二十一首，其中十一首未見於其他詩集。此外，《授簡集》中留存有許多允禧與其門客共同創作的聯句詩，以及大量易宗瀛針對允禧的『應教』之作，這些作品對於理解允禧早年的文化生活極爲重要。考慮到詩集的完整性，本書將《授簡集》全文附録。又，《授簡集》中允禧唱和之作，原僅題『慎王元韻』之類，因屬宗室而不書名，今均校補『允禧』之名。《授簡集》采用上海圖書館藏清刻本。《雪窗雜詠》與《授簡集》中允禧所作詩題均列入『詩文輯佚』中之『《雪窗雜詠》《授簡集》收録允禧詩存目』。

八、今整理允禧生平，編撰《年譜》，收入附録五，並彙編允禧生平資料、諸家唱酬題贈，整理入附録六至七。《年譜》中，官方記録均出自《清實録》。《清實録》用中華書局一九八五年影印本。由於允禧的詩作大多没有標注具體寫作年份，因此僅有少量作品能够準確繫年。

九、鐵保、法式善編選《欽定熙朝雅頌集》收録允禧詩作九十八首，經比對，其所依底本爲『花間本』、『紫瓊本』、『續刻本』、《皇清文穎》，其中偶有異文，或爲編選者所改。徐世昌編選《晚晴簃詩匯》收録允禧詩作二十首，經比對，其所依底本爲『花間本』和『續刻本』，其中偶有異文，或爲編選者所改。由於二集並未參閱底本，故不出校。

十、凡異體字、古今字，除生僻者外，一律改回本字，不出校。避諱字，如『玄』、『弘』、『歷』等，一律改回本字，不出校。凡書籍殘損等故致無從辨別補足者，均用『□』予以標注；因漫漶難識者，用『■』予以標注。

目録

花間堂詩鈔

卷一　五言古

卷二　七言古

卷三　五言律

卷四　七言律

卷五　五言截

卷六　六言絶

卷七　七言絶

卷八　五言排律

詩文輯佚

五言古

七言古

五言律

七言律

五言截

七言絶

五言排律

七言排律

《雪窻雜詠》《授簡集》收録允禧詩存目

奏議

序文

附録

附録二　授簡集

附録三　弘昻弘旬遺詩

附録四　詩集序跋

附録五　年譜

附録六　允禧生平資料

附録七　諸家唱酬題贈

花間堂詩鈔

花間堂詩鈔卷一　五言古

讀淵明詩〔一〕

尺沼無泳鱗，叢棘無翔鸞。方穿無轉輪，亂杼無長紈。淵明賦《歸來》，三徑當盤桓。彈琴與飲酒，笑歌雜慨歎。微辭契道化，冥心無躁言。遺編照寰宇，把讀怡心顏。娟娟松柏林，惠風流其間。精金豈辭煅，良玉無煩鎸。眷懷世已遠，斯人古所難。

【校記】

〔一〕花間本全詩作：『輕重若云殊，毫末形泰山。此身亦外物，窮達應齊觀。淵明瑰偉人，畢世空投閑。彈琴與飲酒，笑語雜長歎。微辭契道妙，冥心何怨言。遺編照寰宇，把讀怡心顏。娟娟松柏林，惠風流其間。精金寧畏煅，良玉非待鎸。眷懷世已遠，知音古所難。』

遊碧雲寺〔一〕

清暉蕩諸峰，行行入空翠〔二〕。雲來路忽迷，盤折轉幽邃。萬木翳前谿〔三〕，疏鐘出鄰寺。古殿僧未歸，荒厨一犬吠〔四〕。

【校記】

〔一〕《國朝詩選》卷五全詩作：『清暉蕩諸峰，行行踏空翠。雲來路忽迷，盤折轉幽邃。萬木蒙後溪，疏鐘出何寺。即此無住心，了明真實意。長揖謝山僧，林隈整歸轡。』

〔二〕『入空翠』，紫瓊本作『踏空翠』。

〔三〕『前谿』，紫瓊本作『後溪』。

〔四〕『荒厨』，紫瓊本作『荒階』。

過蘭谷山莊

柴門枕清谿，静者得卜築。雞鳴後峰午，厨烟散晴竹。把臂匪城市〔一〕，况復快遊目〔二〕。叢樾暗幽窻，遠翠望不足。孤村鳥外閑，細徑入山腹。盡日鮮車轍，有時來飲犢。至道在葵藿，佳言及童僕。恍若泛虚舟，於焉見衷曲。〔三〕

【校記】

〔一〕『把臂匪城市』，紫瓊本作『新詩已盈把』。

〔二〕『况復快遊目』，紫瓊本作『塵壒頓去目』。

〔三〕此詩後，此頁空白，上有盧世瑞貼籤：『此下尚須九頁方接。首三詩自《熙朝雅頌集》鈔來。辛未仲秋心圃氏識。』

古意贈王蘭谷

姑射有仙人，綽約冰雪姿。雲霞爲衣裳，渺然不可期。朝遊扶桑巔，歸來息咸池。遥指東海水，幾見清淺時。不有王方平〔一〕，下界何人知。蔡京愛爪甲，鞭箠安能辭。

【校記】

〔一〕底本自此頁左半面『王方平』始，前闕詩題并句，據花間本補。

將旱喜驟雨至〔一〕

遲雨不嫌驟，已覺清塵坱。奔雷殷層軒，忽電劃修莽。流膏涣田畦，耕人就林餉。山禽入户來，風竹當階響。卷荷半舒焦，含滋借蕭爽。宛此緑芳臯，觀物深吾養。清時無夭閼，至理信指掌。玄化閟其藏，橐籥含靈仰。龍行寧偶然，陰陽賴消長。

【校記】

〔一〕花間本全詩作：『驟雨嚮梧竹，暝色壓屋低。驚禽不避人，飛入檐間棲。引領愜凉思，天澤膏田畦。净荷停浪花，病果委階泥。雨止禽飛去，聲在山館西。宛此緑芳墅，何謝碧玉溪。緬彼南畝農，晴烟掀鋤犁。静觀感玄化，莊論物難齊。』續刻本題作《喜雨》，全詩與花間本同。《國朝詩選》卷五全詩與花間本同，唯『梧竹』作『桐竹』，『掀鋤犁』

作『欣鋤犁』。

月夜池上納凉懷馬大鉢〔一〕

林暝氣尚蒸，雲情浩難歇。臨流展瑶席，坐此石上月。芳蓮静朱華，輕漪𪋻細雪。疏螢媚近楹，暗鳥迴遠樾。銀河淺不流，玉井淡無色。花磁粲清冰，珠果紛羅列。蒲葵亦在御，幽籟稍相發。佳人虚素賞，年芳坐超忽。紛吾望蒹葭，一水不可越。何時雙琱璫，雄談快霏屑。

【校記】

〔一〕花間本全詩作：『病軀避炎景，逐凉甚飢渴。前池暝色來，興爲軒楹發。一樽酌荷香，選石愛平滑。目淨天際雲，心清波上月。深叢暗螢委，凉蔭高蟬歇。中夕此低徊，芳年坐超忽。平生西里人，况兹良會闕。欲乞冰雪文，一洗煩襟熱。』

春日郊居聞量上人山中開講却贈

其一

晨興啓山齋，清光静天宇。汲井盥漱餘，蕭然曳步屧。空階落餘花，虚窗散香縷。忽見西山雲，似共幽林語。

其二

西山無百里，溪林深萬重。杳杳猿鳥群，依依雲水蹤。吾師行道處，鶴飛峰頂松。流風梵唱交，巖洞聲玲瓏。妙味灑甘露，人天多景從。講罷獨歸院，應鳴夕陽鐘。焚香掩虛堂，策杖臨前峰。素侶擔簦去，花潭時一逢。

春夕得易島庵浙江書〔一〕

我意類焦土，故人如甘霖。相思隔萬里，何以潤寸心〔二〕。燕山一以峻〔三〕，越水一以深〔四〕。燕山越水間，中有明月臨。不照合歡被，獨照孤桐琴〔五〕。盤中雙鯉魚，袖裏雙南金。清淚掩離緒，悲喜交中襟。書中多箴規，古道良足欽。花前一展讀，空階凝碧陰。

【校記】

〔一〕『春夕』，花間本、《國朝詩選》卷五作『夏夕』。

〔二〕『何以』，花間本、《國朝詩選》作『何能』。

〔三〕『燕山一以峻』，花間本、《國朝詩選》作『相思燕山峻』。

〔四〕『越水一以深』，花間本、《國朝詩選》作『相思越水深』。

〔五〕『孤桐琴』，《國朝詩選》作『古桐琴』。

摇動石

盤山千相寺後〔一〕，衆石下負，一石上出，圓頂高揭，孤根戌削，一人撼之即動，多人反不爾。

盤山石如人，浮生不根蒂。噴薄玄化中，上下隨附麗。其勢乃流水，滚滚無滯泥。不知開闢初，一一誰次第。瑰詭萬千狀，其數不可計。瑣委雀鼠鬭，駁沓鱣鮪逝。峆岈虎豹蹲，突兀牛羊觢。棋布與星羅，雲奔而鳥厲。粼粼自排山，歷歷生決眥。有如帝駕臨，萬乘屯輿衛。又如大將營，部伍不敢離。巨細固紛糅，各自成畦畷。逞異復標奇，山志嘗表揭。我來遊此山，正當春雨霽。山口清瑶流，鯨甲（石名）成小憩〔二〕。其大容兩屋，瑩浄明沙汭。文漪漫靡靡，玉砌櫳珠綴。掬水坐盥漱，拭目醒塵翳。蠟屐更尋源，十里石路細。攀蘿躋上方，懸空（石名）遥在睇。欲躡愁飛猱，絶壁畏顛蹶。但隔蒼蒼烟，青天仰一碣。石面乾殘陽，青紅燒弱荔。險仄萃墋黷，蒙茸披毶罽。西瞰嶣嶤峰，雄長争兄弟。亭亭競孤高，意象一何戾。當前萬境空，翹然遂出世。似共老瞿曇，空中傳半偈。以指自畫腹，慘淡寫其勢。山僧驅人去，日晚虎方噬。荒怪心怦營，遄歸色侘傺。投宿千相寺，筋勞興方鋭。耳熱摇動名，披榛杖還曳。從者四五人，如聽軍中誓。濟勝鼓餘勇，幽蹬踏竹筀。是時已昏黄，返照微嘒嘒。風中然兩炬，照我褰衣袂。陂陀莽回複，行行亂松檜。信哉此石公，聚族出斯際。始識面目真，磊落鮮其儷。居然程不識，餘子悉奴隸。傲睨烟霞隈，箕踞始何歲。施設得天巧，人間失莊攦。十指何其神，妙用通關捩。奚爲蚊撼山，千夫反蹠盭。通靈合自然，豈小物輕脆。造物之所鍾，强詞墮疣贅。山窻磨隃麋，薊酒酌山蕙。小紙聊述遊，挑燈夜迢遞。名石舊有八，三處得親詣。餘者尚有五，未領神已締。好奇類奇章，幽討後當繼。

【校記】

〔一〕『相』，底本作『像』，據紫瓊本改，詩中同。

〔二〕『石名』二字底本脱，據紫瓊本補。

水軒對雨寄西甘澗藏上人

好雨自東來，溶溶暑雲起。水檻飛明珠，荷光浄緑綺。抽毫吟晚涼，遥憶棲禪子。終歲獅子林，鐘聲泠泠耳。内觀五蘊空，翻畏聲華弛。一切慣掃除，乃落風人軌。山深得句清，茹淡詞吐旨。古玉渾鋒稜，春松盛容止。年來雙澗遊，一讀香沁齒。悠悠起滅因，陰晴無百里。那得空階聲，添入琴泉水。

贈易寔庵南歸

風前黄鳥鳴，相和聲悠揚。物情有定期，人事何難量。離琴怨鶴悲，别路孤鴻翔。大江送歸舟，春山圍故鄉。湘風吹夢魂，日夜遥相將。雖云返君初，嗟非吾所望。豈厭授簡勞，乾坤雙鬢蒼。素懷委琴書，舊業歸農桑。交情已疇昔，見重録寸長。願言復何言，永矢勿相忘。

秋日偕朱青雷陸蘭坡遊萬壽寺

杲日皋原明，山青夜來雨。石林起清颸，奄靄帶前隖。因之素心人，竟造青蓮宇。洄洄緑灣迴，水雲浄衣屨。入門仙梵聞，香厨罷齋鼓。東軒啓空扉，院静花竹午。木棉居士服，草具棲禪侶。一讀杼山詩，幽懷杳何許。

九月廿七日復至萬壽寺用前韻

到門風蕭蕭，落葉亂如雨。下馬不逢人，遠近見林隖。天寒浄霜水，僧閑深屋宇。繞砌菊亦殘，苔徑斷遊屨。心耳離垢氛，時聞報鐘鼓。稅駕方凌晨，宴坐已停午。地爐歇茶烟，吟詩對静侶。初地多往還，誰能繼支許。

春日郊園病中簡唐熙載〔一〕

閑階深落英，簾開杏花屋。晨窻盥漱餘，時把丹經讀。觀心閲物華，高暉散林木。悁勞疏酒盞，思君動朝暮。

【校記】

〔一〕紫瓊本有《春園卧病簡城中諸客》，全詩作：『閑階掃落英，春深杏花屋。晨窻盥漱餘，時把丹經讀。念我二三子，盍來慰幽獨。黄河不西返，車馬爲陵谷。觀心齊萬化，彈琴樂三福。旨酒娱嘉賓，吉日行可卜。』

韓欽甫主簿之任八桂别將匝月擬其舟抵巴陵作此懷之

别離何匆遽，索居誠寡儔。山川一以眺，雲水空悠悠。簿領桂陽郡，旅懷洞庭舟。遥思巴陵酒，故人醉芳洲。日落紅蘅夕，香飄碧杜幽。援琴不成弄，孤齋生暮愁。

題秋林高隱圖

水流石澗絶，木落秋山空。蕭然曳孤杖，領此松下風。朝出每乘興，暮返蒼崖東。相於采芝客，時訪祝雞翁。矯矯烟霞表，人間路莫通。

秋日巡城有述〔一〕

和鑾歷康衢，按轡凌高堞。秋氣正西來，蒼蒼望何極。渾濬闢地軸，星雲焕天闕。黄扉映佳麗，紫陌交繡錯。市聲騰青旻，冠蓋紛雜遝。邦家萬年基〔二〕，政簡民所悅。馬前黄蝶來，秋草争顔色。燕子故飛飛，霜華猶未落。倏職省在躬，閲世理無隔。覆載鎮清寧，隆古宛如昨。

【校記】

〔一〕紫瓊本全詩作：『按轡遵嚴城，和鑾歷廣陌。秋氣正西來，蒼蒼望何極。渾濬闢地軸，星雲焕天宅。臺閣映佳麗，溝塍紛鏤刻。市聲騰青旻，冠蓋何絡繹。爲邦百年餘，政簡民食德。馬前黄蝶來，秋草争顔色。燕子故飛飛，霜華未凝夕。倏職省在躬，閲世理無隔。覆載鎮清寧，熙皞宛如昔。』

〔二〕『邦家萬年基』，底本墨筆改作『爲邦百年餘』。

晚至郊居

其一

茆茨帶近郊，所得乃清曠。瑶華謝春庭，翠靄迷夏嶂。豈無朝請暇，一曳青蚨杖。到門静烟火，林塘月微上。天高虚籟生，凴軒凝睇望。

其二

犬眠籬落静，鳥還人亦稀。山瓢進濁酒，此樂寧重違。童子候柴荆，村沽深夜歸。始識静居者，勞情百念非。

早春遊盤山歷天成萬松宿西澗藏上人庵

雙崖夾危蹊，懸石辟行人。初來倦登頓，再至情彌親。群峰何蒼蒼，松枯含其真。路轉境偕變，目寓趣逾新。僧房層雲中，獨卧空山春。夜久風籟寂，暗泉時一聞。悠然平旦會，清曠空埃塵。

恭和御製桃花寺八景元韻時乾隆十年二月廿日〔一〕

湧晴雪

在山本同源，迸石非一穴。倏驚龍劍飛，恍聽冰柱裂。風來吹不斷，月照更奇絶。會令詩思清，況對前山雪。

小九疊

激越復清泚，底事憶苕霅。迴溜漱石齒，噴沫濺鯨鬣。一曲奏流水，緑綺出古匣。何當風雨會，飽看鳴玉疊。

吟清籟

半壁韻松絃，飄來虛牖外。泠泠太古音，適與天風會。孤月發山磬，輕烟散蘿帶。悠然足清聽，不用奏笙籟。

坐霄漢

碧巘敞層軒，紆覽舒宸翰。瑶水自漩階，珠雲時結幔。花發欲無地，鳥飛不及半。三字揭璇題，昭回麗雲漢。

雲外賞

磵户繞琪花，宛在仙源上。晴霞煉朝暉，錦段一千丈。雲外躡丹梯，高居福庭爽。欣兹景氣佳，長年邀睿賞。

滌襟泉

浴日開丹嶂，涵虚啓梵天。瑩然龍樹外，流注翠華前。上善應如此，臣心冀並傳。扈遊同被澤，獻賦遜《甘泉》。

點筆石

不惟供作箋〔二〕，還可當硯席。端倪忽呈露，詩成衆山碧。潤流沆瀣漿，黑入蛟龍迹。濡翰洽宸襟，美哉此片石。

繡雲壁

月斧鏤雲崖，天巧孰與敵。無心施綵繪，有耀昭閑寂。盡日供吟賞，彩翠屢變易。便擬倩荆關，摹寫向齋壁。

【校記】

〔一〕續刻本題下無注。

〔二〕『供作箋』，續刻本作『供作對』。

春盤分賦

攝提運帝車，嵎夷宅羲仲。土牛已適郊，彩燕初翻棟。春事併春人，流玩相播弄。春盤亦時尚，高門遞傳送。游目欣履端，溷俗豈殊衆。早來食單陳，水珍雜山貢。細縝青絲縷，香芽白玉潼。地脉噤未蘇，天氣暖餘凍。論錢買菜把，驚問出土洞。曛灌先陽和，人力巧鑿空。用以順節序，匪徒飫嫩蕻。

持底可娱客，登堂恣喧鬨。嘉肴各舉箸，香醪屢剖甕。白日照几席，青天開霧霿。果然其復望〔一〕，幸而無齲痛。行嚼杏花餳，更嘗碧筩糉。饕餮有戒懲，風土實諷詷。大哉造物恩，一物未足諷。萬事付等閑，斯言亦微中。賦罷春盤詩，晴窻酣午夢。

【校記】

〔一〕『復望』，續刻本作『腹堅』。

東軒春宴

陽春開淑景，上日富嬉遊。梅繁正馥砌，柳早不遮樓。嘉賓宜介酒，煖室未更裘。金橙紫鱗膾，玉茗白瑶甌。飛藻月光映，徵歌雲欲留。已醉衆歡洽，方知勝賞收。

四槐

杜陵有四松，欲作棟樑器。我亦種四槐，儼有端人致。一槐撐青冥，衮延蒼霞際。一槐樹高標，萬綠攢鱗崒。旁餘有兩槐，長霑露華施。清風時一來，日影籠烟翠。有如惠愛人，群物恣凉吹。柔草與纖英，其下得蒙被。交柯蔭中庭，丰茸足生意。所以貴培養，成陰十年事。永絶斧斤侵，兼無艷夢至。托根幸深幽，乃能高位置。不見道傍柳，攀折日憔悴。

灌花

階砌羅群芳，宛然如藻繢。照日相鮮新〔一〕，臨風各向背。體茲造化心〔二〕，澤物恐不逮〔三〕。苟能有區畫〔四〕，遇境生慈愛〔五〕。欣欣忘憂子〔六〕，淡然此相對。榮謝寄流轉，采色看迭代。園丁汲井欄，時時自灌溉。〔七〕

【校記】

〔一〕『相鮮新』，花間本、《皇清文穎》卷五十九作『相新鮮』。

〔二〕『體茲造化心』，《皇清文穎》作『蓮邀茂叔賞』。

〔三〕『澤物恐不逮』，《皇清文穎》作『菊受淵明愛』。

〔四〕『苟能有區畫』，《皇清文穎》作『心苟有區畫』。

〔五〕『遇境生慈愛』，《皇清文穎》作『遇境生取廢』。

〔六〕『欣欣』，花間本作『盱睢』，《皇清文穎》作『何如』。

〔七〕《國朝詩別裁集》卷三十前四句與後二句不變，中間八句調換順序並有所刪改，全詩作：『階砌羅群芳，宛然如藻繢。照日相鮮新，臨風各向背。盱睢忘憂子，淡焉此静對。榮謝寄流轉，采色看迭代。體茲造化心，澤物恐不逮。園丁汲井欄，時時自灌溉。』

戒壇示住僧

蟻蛭苦擾攘，奔逐浩茫茫。朗然水精域，擺脱辭羈韁。善哉此壇坫，降心歸法王。三牒浴德水，七條薰妙香。湛湛滿月白，爛爛明星光。慧日無曲照，寶雲爲蓋張。八萬天龍神，擁護古道場。我聞如是説，撫衷增徬徨。吾儒服古訓，慎此操存鄉。衣冠械何有，山澤喧寧忘。無端迷路歧，空嘆多亡羊。

再遊潭柘〔一〕

古佛遺象教，遠自唐宋朝。緇流揚其瀾，祇林相崇高。上方布黄金，梵宇何岧嶤。信此棲禪地，峰巒莽周遭。金輪插天中，鐸振層雲標。説法二六時，聞者悉得超。殿角來薰風，旛幢花雨飄。青螺結寶鬘，榮光壓蘭苕。莊嚴盡功德，瞻仰息煩囂。寺傍開行宫，聖人曾駐鑣。泉聲奏玉琴，竹韻迴雲璈。勝迹耀今古，來者方滔滔。

【校記】

〔一〕花間本題作《遊潭柘》。續刻本有《遊潭柘》，全詩作：『山水入清霽，蓮宫況秋爽。彩霞泛金輪，白鴿翻珠網。松雲遞崇高，房廊匝軒敞。縱目太虚前，山下復山上。佳懷擬昔遊，深宵符獨往。似聞前峰雨，滿院風篠蕩。人静圓月生，人空數泉響。巾舄挂烟霏，高眠謝塵鞅。此際琉璃心，寒花發高掌。』

對雨

青苔上墻垣，細草迷行路。長日客來稀，倚窻時索句。雨聲自東西〔一〕，先入高梧樹〔二〕。枝柯洗更清〔三〕，悠然足良晤。不離塵市喧〔四〕，自得幽居趣。烟雲秀可餐，徘徊共朝暮。

【校記】

〔一〕『自東西』，《皇清文潁》卷五十九作『自東南』。

〔二〕『高梧樹』，《皇清文潁》作『高桐樹』。

〔三〕『洗更清』，《皇清文潁》作『洗更青』。

〔四〕『塵市』，《皇清文潁》作『城市』。

宿人家溪上亭子

高雲媚川原，夕陽散林麓。遥山帶孤亭，虚窻延野緑。久坐戀光景，暮氣旋轉速。微颸一蕭瑟，秋碧森清肅。淅瀝動枯荷，琳琅曳疏竹。溪流入静夜，歷歷勝琴筑。萬籟競高爽，幽賞平生足。一枕日三竿，瓦銚茶聲熟。

藤花〔一〕

庭前紫藤樹，敷榮亦青蒼。雖然有所託，枝蔓渾能長。清香飄户牖，牽花上古墻。根株截作杖，扶人勝棟樑。

【校記】

〔一〕《皇清文穎》卷五十九全詩作：『庭前紫藤樹，敷榮亦青蒼。根株有所托，枝蔓渾能長。輕陰蔭棋局，落花飄酒觴。欣然樂時物，日夕恣徜徉。』

恭和御製田盤十六景

静寄山莊

别館枕巖阿，飛甍凝積翠。天開聖人居，林巒拱位置。烟雲目與澄，木石興所寄。懿此知仁樂，寧間宵旰意。

天成寺

靈山擁曲室，九疊屏風開。峭蒨騁外寫，幽曠浹中懷〔一〕。泉無翼而飛，樹不土以胎。爲愛此絶奇，高閣題詩來。

萬松寺

松會而都茲，茲山實宜松。風戰月影闊，海水浮蒼龍。石蟠古根固〔二〕，天接來雲濃。僧樓坐清晝，萬籟吹長空。

盤古寺

花霧閟静深，雨泉助遠噴。松栝互虯紐，蘿薜恣延蔓。即事自有欣，樂天者無悶。聖世空隱淪，誰與效李愿。

東竺庵

他寺盡奇險，平淡屬東竺。峰峰遞磬聲，閑消時一六〔三〕。僧雛静於鶴，松肪甘勝肉。願作畫中人，面壁對尊宿。

雲净寺

雲峰結奥區，供養西方聖。尋僧話枯禪，香風漾麈柄。萬象各紛紜，同歸大圓鏡。幻法有去來，心雲自清浄。

少林寺

紺宇深且閑，危磴莽重疊。澗餘何歲雪，林鋪幾峰葉。尋山杖横肩，品水經在篋。小坐紅龍池，烟嵐紛應接。

雲罩寺

山無留雲心，山空雲自起。山雲相吐吞，起滅知何底。無上大雄頂，進步得如是。對鏡即是花〔四〕，見月乃非指。

千相寺

名因實際證，相以心境成。諸相本無相，浄名何由名〔五〕。前臨洗鉢池，坐石翻金經。舌含青蓮花，耳聽迦陵聲。

古天香寺

招提記昔遊，初日照高殿。地僻一徑閑，天晴數峰見。小院寂無人，春鶯相語轉。空中天女花，散入香積膳。

古中盤

中盤寺最古，五松堂幽幽。元氣何絪緼，上下光與流。六月無炎蒸，颯然涌清秋。景物淡如此，倚杖忘前疇。

雙峰寺

雙峰嵌蘭若，可望復可攀。霞照暈紫蕤，月落洗翠寒。一念證菩提，無勞扣還丹。瞻禮青螺髻，安得牛頭檀。

東甘澗

心影凈可照，愛此活水源。其中亦何有，晴沙走白蘋。溪聲咽今古，纍纍石子孫。焉用廣長舌，瀾翻不二門。

西甘澗

潛流忽分注，芳冽其味同。瓶汲不勞綆，鐺煮旋斫松。持此八功德，上爲天王供。聖情眷山澤，臣心懷悰悰。

上方寺

躡屐登羊腸，回首迷下方。縹緲天風寒，颯颯吹衣裳。瀑布界雲垂，焉能測尋常。四時灑珠雨，草木霑瀼瀼。

金山寺

危巖懸屋影，雪徑眇難得。想像江南山，低徊手中墨。衆皴辨毫芒，峰骨挺幽側。寫神勝寫形，布意漫布色。

【校記】

〔一〕『浹中懷』，續刻本作『沃中懷』。

〔二〕『古根固』，續刻本作『去根固』。

〔三〕『閑消』，續刻本作『悶消』。

〔四〕『對鏡』，續刻本作『對景』。

〔五〕『何由名』，續刻本作『何用名』。

雙鶴軒静夜聞馬龍叟樵歌音有感隨筆述此

聖人製斯器，原以治人心。人心不和平，何能符至音。一彈音已畢，再彈意自深。三彈四五彈，五降乃非琴。世遠調則變，器在理可尋。畸人馬龍叟，以玆暢幽襟。空堂静如水，樵唱出空岑。烟月生淡白，萬境皆蕭森。余詩每隨興，當琴尤不任。詩興會琴趣，外物孰與侵。非絃亦非筆，妙義融古今。庶可付同調，閑時一泠吟。

曉自西城上小西天觀藏經洞諸勝〔一〕

寒日闇不開，寒山淡無色。人馬積澗隅，披榛一徑仄。天迥走霜風，陰崖氣轉逼。濟勝信有具，奇境歷險得。雲構架松巔，步躡入天石。洞穴貯龍藏，碑版唐字勒。繡澀青蒼苔，愛之不可拭。緬懷開山人，俯仰增嘆息。

【校記】

〔一〕『西城』，底本、續刻本作『西域』，據詩意改。

園中雜詠十首并序

玩物所以適情也。園池花木之玩，情之所寄尤雅矣。或者尚華麗而求其備，是則役于物，而非以物爲玩也。若夫山林之士，志趣孤高，苟物之不近清品者不蓄，斯又任己傲物，而非與物爲適也。己巳夏，園居多暇，偶録其中所有十品，物不必備，而品不必高，寓目道存，聊爾成詠。

子鶴

皓鶴翻烟汀，歲久已生子。顧步曳童衣，襹褷水雲裏。杳彼江海心，糧稻暫棲止。

庭榆

老幹立庭隅，密葉覆古瓦。寧依水中央，生成珍拱把。夜半風雨來，精靈颯瀟灑。

雙鹿

致此遠山中，養向疏闌内。呦呦共相逐，頭角漸長大。不爲梃險驚，那復虎狼害。

練雀

山禽好毛羽，匹練曳林間。飲啄得所適，空巖花木閑。此地無羅網，彌覺清心顔。

玫瑰

濃花合香閣，乃生空階前。緑苞含紫萼，香亂數叢烟。叢外多芳草，青青不記年。

戎葵

花生不擇地，紅紫各芳菲。弄色照人眼，覘土知瘠肥。何必金錢會，高筵錦帶圍。

蒲

青青緑茸毡，曲曲清流岸。策策水中魚，噭噭沙邊雁。去去把釣竿，遲遲坐日宴。

合歡

當軒風日清，枝葉何婆娑。紅蕊剪猩絨，朝來香露多。懿此忘憂樹，怡顔庭畔柯。

七里香

異域遠移來，孤根加意植。花葉類山礬，香酣色微白。不似戎王子，紛披漫開拆。

文杏

文杏四五株，條流翠相映。山窻自清妍，絳雪風前凝。引觴酬鳴禽，寧勞管絃盛。

曉發通州至燕郊鎮二十里

一盞琉璃燈，晚龕同彌勒。去住無定因，曉發通州北。暗塵蕩野氛〔一〕，殘星送曙色。秣馬初渡河，騰踏浮橋直。村墟沙霧黄，烟景意猶嗇。日光地上動，林靄紛如織。豁達野天開，蒼茫望何極。欲趁打包僧，中飯燕郊食。

【校記】

〔一〕「野氛」，《皇清文穎》卷五十九作「夜氛」。

閑居

閑居暮春中，小園晴暖時。和風被衆草，緑色融軒墀。隨意啓南窻，無營睡起遲。群木敷蒙茸，高花多紛披。好鳥相與静，細語庭前枝。留賓引一觴，有酒斟酌之。酣歌自爲勸，爛醉誠不辭。且復盡涓滴，寧憂明日爲。放懷豈我道，已遂鄙人私。流景苦難及，浮埃不可期。矯首眄青霄，虛明鎮如斯。至理匪言宣，幽情當語誰。

種紙亭納凉得瀟字

空亭會清風，嘉樹凉陰飄。脱帽挂石上，幽事恣逍遥。聚此不羈輩，但來何用招。張琴鶴步閑，酌酒鳥韻嬌。掬水灑蕉葉，時疑雨瀟瀟。曠然心慮清，盡日辭煩歊。

初夏偶成

庭草日夜長，階苔日夜緑。柳影散清圓，幽禽更相逐。有形寄大塊，得時善亭毒。紛華非可矜，所樂在遊目。堂宇絶塵轍，種花復種竹。花自悦人性，竹更醫人俗。况此清和時，天氣少寒燠。齊紈列團扇，吴綾製單服。一飯飽有餘，時把丹經讀〔一〕。

【校記】

〔一〕『丹經』，《皇清文穎》卷五十九作『舊書』。

園中四詠〔一〕

蘊桐

堂前青桐樹，娟好如静女。不上春風臺，抒情向寒圃。繁枝任蕭疏，挺幹薄婀娜。披衣行空庭，落葉襯我履。俯首問其情，斜陽默無語。呼童具畚鍤，殷勤擔沃土。培力非泛愛，辭勞愧深惰。皎皎碧玉姿，寧甘桃李伍。諒非丹穴雛，何堪託毛羽。

障竹

結障障寒竹，毋令中朔風。不辭督責勞，愛此瑯玕叢。編茅蔭其下，悠然樂歲終。經冬不脱葉，幽鳥棲冥濛。一節此相守，徒憐凡卉空。

收梨

滿園種梨樹，收梨饒清貲。清霜落前夜，垂寔何離離。黄金團嫩色，白玉含芳脂。繞林方自喜，采擷不知疲。堆屋簍常結，挂壁筐屢移。回憶未熟時，憎彼雀鼠窺。挾彈引弓弩，牽繩綴鈴旗。善守諭童僕，禁竊增垣埤。一味適衆口，偏嗜良己私。荔枝遠莫致，楊梅徒夢思。渴來屢嚼雪，眷眷三冬時。日共素心人，同泛黄花巵。一顆送一杯，未醉顔先怡。却笑東坡老，唯參玉版師。

割蜜

香結百花心，論味甘于蔗。採及三春時，成蜜蜂仍餓。衆作争飛揚，得食人安坐。潏潏春波分，片片秋雲破。甆罌貯寒香，金刀落纖炙。所愧昧物情，于人豈相借。

【校記】

〔一〕易宗瀛《授簡集》中《恭次慎王秋日四詠》組詩後《附慎王元韻》，即此組詩，而各詩均大異。詳見附録。

雨中至五松堂

長雲亘萬峰，蕭晨昧獨往。行行空濛中，盤迴路微上。虚堂開五松，幽懷在奇賞。古幹棲神靈，勁質翻偃仰。不到所歷深，安知世界廣。林巒變氣色，水石互激蕩。老僧一何閑，向前合兩掌。爲語山中佳，留人待晴朗。叢竹石壁陰，長廊春雨響。住好去自佳，兹遊吾亦倘。

夏日園居雜興

其一

苔草過時雨，曉緑浄軒墀。枕凹青珊瑚，簟展黄琉璃。水檻交凉風，坐愛清漣洏。獨抱琴一張，閑飲酒兩巵。雞犬何閑閑，妻孥何熙熙。無慮復無營，即此良自怡。

其二

鑿沼自種魚，疏圃亦種蔬。魚肥蔬復甘，卧起飽有餘。櫪上不喧馬，門外但回車。絺綌有至理，蘿幌挂輕裾。鳥鳴落花静，風窻展我書。

其三

論世必論人，讀書須讀律。眷言古聖賢，歷陳經世術。徒焉尋空文，坐而愒時日。惟人度天憲，惟天降陰騭。萬事各有程，萬彙各有秩。嗟彼孳孳徒，貪墨稔如一。矯情在飛鶱，孤坐掩緗帙。

其四

王良以執靶，結駟驂盜驪。馳逐九萬里，降真會瑶池。蓬丘餐明霞，瑶圃擷紫芝。碧成十二樓，處處恣遊嬉。蘭香與飛瓊，婉孌揚明徽。仙樂奏未央，抵戲龍鸞儀。南極酌玉醴，東皇前致詞。跨凌日月上，壽與天地齊。

盤谷寺晤藏上人

春寒蘭若高，虛谷清遥夜。林霧集昏鴉，澗風鳴墜雪。相對支公禪，由來泯生滅。

花間堂詩鈔卷二　七言古

琴詞〔一〕

秋風縮澀聞蟹行，虛堂脉脉通玄冥。夜深雨細楓江鳴，闌珊北斗低玉繩。四座無言香篆凝，一聲澹泊空谷清。悠然萬籟同希聲，乾坤定奠萬古情。

【校記】

〔一〕花間本題作《琴歌》，共七句，前五句同，後二句作『撥剌一聲空谷驚，乾坤奠定太古情』。《國朝詩選》卷七全詩與花間本同。此詩第一、四、五、七、八句自易宗瀛《授簡集》所録《琴歌應教》而出，並有改寫。

梅花歌

江城花落玉笛清，佳句細嚼同芳馨。挼烟剪水鏤層冰，亦既見止歡我情。雪深杖短寒凌兢，叩門夜高呼酒聲。幽枝手拗插帽頻，冰天瘦骨生精神。枯槎僵立長如人，頹崖不夢羅浮春。

樵歌〔一〕

不聞人聲，但聞斧聲。空谷響答飛鳥驚〔二〕。負薪換酒〔三〕，醉歸踏月山歌清。友木石，無衰榮，白雲流水自朝暮，萬山漠漠烟光青。

【校記】

〔一〕此詩易宗瀛《授簡集》收録，屬諸人聯句。

〔二〕『空谷響答飛鳥驚』，花間本、《授簡集》作『寂寂巖響答，丁丁飛鳥驚』。

〔三〕『負薪』，花間本、《授簡集》作『得柴』。

漁歌〔一〕

扶桑紅綻玻璃烟，一絲晞露飛虹竿。芒針獨繭雙笤懸，黄金轂轆風車旋。得魚引酌酬東山〔二〕，欸乃響徹壺中天。

【校記】

〔一〕此詩第一、二、三、四、六句出自易宗瀛《授簡集》所録諸人《漁歌聯句》。

〔二〕『酬東山』，底本墨筆改『東』作『青』。

春日與易嘯溪飲花下

青旗插羽馳珠宫，裁紅剪緑催春工。吹霞染天作香海，花枝無語春濛濛。月有輪，日有脚，晝夜催花爲人發。不知賣盡洞中春，能博詞人幾丸墨。酒入詩腸不醉花，花爲人忙空復嗟。但使看花雙眼在，春蕊秋英任擷採。

聽秋吟

九皋鳴鶴聲驚天，素娥唤起花龍眠。花龍渴飲銀漢邊，銀漢仙槎聞扣舷。風箏拉雜霜笛傳，塵埃野馬蒼蒼然。雙荷籋雲藤在肩，月輪空啞金餅圓，霜林葉撒珊瑚錢。

春風篇〔一〕

天上有春風，鼓蕩浩劫開鴻濛。地上有春風，昭蘇品彙離包蒙。人心有春風，消除泥滓如虚空。今風接古風，一片春融融。層冰消大壑，生意到微蟲。塵埃野馬吹不盡，但見翠虚之府高暢春風中。天根月窟秘真氣，春風在天不在地。披拂草木流山川，春風在地不在天。春風天地本無私，人心尚保春風時。

【校記】

〔一〕花間本共十九句，除第四句『離包蒙』作『雜包蒙』外，前十六句與底本同，後三句作『春風天地俱無私，含蠕有物舒而滋，人心尚保春風時』。《國朝詩選》卷七題作《春風篇贈彭湘南》，全詩除第四句作『離包蒙』外，與花間本同。

書寄送易公仙之越赴舊任〔一〕

明燈緑酒張高堂，曉風殘月催行裝。臨觴不御各相視，離憂惻惻纏中腸。人生那得無分手，道誼相親惟可久。須知別後夢魂牽，何如且盡杯中酒。揚州遠在天之涯，悲君萬里不還家。青雲有路應須致，白首微官亦可嗟。夕陽衰草關河道，南雁聲中霜信早。長途努力更加餐，無計爲君慰衰老。來往京華十載餘，空憐此別恨何如。更爲後會知難再，莫惜因風數寄書〔二〕。

【校記】

〔一〕易宗瀛《授簡集》中《出都恭次慎王送別元韻便爲留別》詩後《附慎王送別元韻》，即此詩。

〔二〕『數寄書』，《授簡集》作『每寄書』。

薜荔〔一〕

薜荔條長散烟翠，離披門徑紛如織。纏松絡石費夤緣，影月篩風足幽致。天光掩映閉柴關，恍似千巖萬壑間。好製爲衣學山客，虛窗高卧弄清寒。

【校記】

〔一〕《皇清文穎》卷六十一全詩作：『薜荔條長散烟翠，纏松絡石紛如織。離披轇葛復騰拏，影月翻風足幽致。寂寥盡日掩柴關，恍似千巖萬壑間。更待夜凉殘醉醒，虛窗高卧弄清寒。』

題板橋詩後〔一〕

高人妙義不求解，充腸朽腐同魚蟹。此情今古誰復知，疏鑿混沌驚真宰。振枯伐萌陳厥粗，浸淫漁畋無不無。按拍遥傳月殿曲，走盤亂瀉鮫宫珠。十載相知皆鹿鹿〔二〕，夜深把卷吟秋屋。明眸不識烏雌雄，罔與盲人辨烏鵠〔三〕。

【校記】

〔一〕鄭本題作《題板橋詩鈔》。

〔二〕『鹿鹿』，花間本作『道路』。

〔三〕『罔與』，鄭本作『妄與』。

畫竹歌贈墨君易張有〔一〕

一草一木亦有神，不獨此君爲墨君。畫竹人如畫中竹，畫中竹如畫竹人。雪練千槌玉杵光，看君動筆聲琅琅。森稍解籜萬千个，嫩粉如聞破鼻香。〔二〕一葉一葉復一葉，一節一節復一節。掃開月殿桂花寒〔三〕，照見湘靈夜啼血。老毚噴雨墨龍叫，翠鳳刷羽瓊娥笑。不敢挂向我齋頭〔四〕，明夜後夜心夷猶。中有千秋萬古之冰雪〔五〕，吹出一片寒颼飀。蕭郎不作與可死，今人畫竹凡有幾，嗟君墨妙遽如此。枕上初飄梧葉風，知君夢落湘江水。

【校記】

〔一〕底本另有七言古《畫竹歌贈易張有》録於後，與此詩多有不同，唯第五、六句作『畫竹人如畫中竹，畫中竹如畫竹人』，與本詩第三、四句重。

〔二〕《國朝詩選》卷七録此詩，無『森稍』『嫩粉』二句。

〔三〕『月』，紫瓊本作『玉』。

〔四〕『不敢』，《國朝詩選》作『不可』。

〔五〕『千秋』，《國朝詩選》作『千古』。

題虎兒圖歌

石家兄弟不可當，鳳毛驥足相焜煌。射策聯飛繼伯仲，瀛洲高躡流清芳。有客携圖索我題，云是季子能爾爲。等身巨石隨提携，昂藏不逐群兒嬉。見者駭異聞者疑，不信人間信有此。定然天上石麟子，謫向名門作虎兒，天公報德今焉是。我亦久聞石翁賢，四知三畏常凛然。楊環何策符後大，枝枝玉樹庭階前。此兒更學萬人敵，我其洗眼觀他年。

放歌行題丁補庵披笠小照〔一〕

朝蓬島，暮滄洲，人生快意何所求。左三江，右七澤，遨遊天地同終極。令威羽化三千年，不意狡獪來仙仙。昨來遊戲試小術，顛倒陰陽弄五色。不圖果老謁帝朝元宮，不圖回仙袖内藏蛇龍。自圖負笠一小照，布帆無恙開烟蓬。屬我題詩却怪我，我句不如砥柱雄。焉得如爾雲夢胸，華軒佩馬聲隆隆。不如浮家泊宅忘西東，錦袍照地腰鞓紅。不如荷衣蕙帶裊裊江上摇清風，炊金饌玉鳴歌鐘。不如碧鱸紅稻日，兒孫吹火荻花中。不羨樓閣倚雲虹，不要金帛盈箱籠。床頭有酒樂復樂，囊底無錢空復空。眼前不見市朝事，身後便稱江上翁。向天大笑且長往，夫豈不如陸龜蒙。

【校記】

〔一〕花間本有《題丁補庵披笠圖小照》，全詩作：『對君已是知君心，對畫仍復識君面。君言此即是我身，使我茫茫不能辨。知君爛熳京華春，少日交遊多貴人。美酒十千寧惜價，黄金一擲不知貧。韶華倏忽同秋葉，雄劍哀鳴悲在匣。床頭已無淵明琴，肩上惟餘伯倫鍤。故鄉渺渺烟水空，征魂夜逐南飛鴻。雨笠烟蓑似圖畫，五湖三江處處通。』

題畫贈易祖栻

天上擲下碧玉環〔一〕，飛龍遊雲藏其間。黑松使者管城子，奪取秀色歸屏山。天孫機杼垂天巧，尺素徘徊度青鳥。第一峰頭金餅圓，雲霞照破壺天小。松年院本非士夫，大年一派傳倪迂。鄭虔王維真秀絶，丹青想像開元初。十里江南小平遠，湖山是處情繾綣。漁艇泊香蓮浦秋，隴犢眠青稻畦晚。男兒生來心好奇，天地畫筍真吾師。揭來坐我孤亭上，貌取橫塘烟雨時。

【校記】

〔一〕『天上』，花間本作『天工』。

題易張有爲處士李眉山畫蘿村圖歌〔一〕

易君不費三日工，青山移向晴窗中。猩猩毛枯鮫血死，河漢月黑垂長虹。盤山磊落千萬峰，豸峰峻聳如獰龍〔二〕。秋烟古翠洩靈秘〔三〕，墨沼流瀋山香空〔四〕。君言峰好人更好，豸青山人世間少。山人我亦舊相知，聞君此言更傾倒。唐宋丹青大有人，每逢佳士乃傳真。此子正宜置巖壑，筆中有道交有神。仙李盤根千五百，曚瞳毷氉遭重謫。耻將鷗鷺共飛騰，甘與鰍蜓同窟宅。白板青蓑歸去來，緑蘿陰處讀書臺。紫蘭飄香黃鶴舞，金花孔雀同徘徊。冥心披髮成長往，五雲無恙三芝長，此村此畫世無兩。

【校記】

〔一〕『處士』，花間本作『隱士』。

〔二〕『峻聳如獰龍』，花間本作『聳快稱厥雄』。

〔三〕『秋烟』，花間本作『塊然』。

〔四〕『墨沼流瀋山香空』，花間本作『入君墨沼無隱蹤』。

題保雨村碣石觀海圖

大地一塵何處著，浩浩滄溟等杯勺。莫羡鵾鵬笑鷃雀，擊水搶榆隨踔躍。仙人撫掌自云樂，白眼翻光天上落。指顧天吴驅海若，欲生羽翰辭棲泊。積酥歷塊紛城郭，縹緲中有三神山。東跳西擲雙紅丸，盪胸浮雲相往還〔一〕。

【校記】

〔一〕『相往還』，花間本作『空往還』。

題仇十洲雙駿圖〔一〕

君不見周穆當時厩中馬，千古群空冀北野。盜驪騄駬最稱雄，祇恨時無能畫者。又不見勝國丹青仇十洲，慣拈秃筆掃驊騮。躞蹀連錢五花影，等閑貌出胡天秋。電行山立何神王，馬客胡奴宛相向。一匹鞍韀一匹牽，似貫千金誇駿上。不貴黄金貴畫圖，眼底英雄似此無。珍珠絲絡蒲桃錦，細草平沙興不孤。

【校記】

〔一〕花間本全詩作：『君不見穆王當日厩中馬，千古群空冀北野。其間赤驥與華騮，祇恨時無能畫者。勝國妙手推仇英，碧瞳炯炯雙珠明。能從標格出神駿，説與時流應不信。一馬滚塵蒼龍蟠，珊瑚翻碎七寶鞍。一馬伏櫪俊鶻歇，玉花凋敝千金骨。電行山立森庭隅，眼底英雄如此無！吁嗟乎！眼底英雄如此無！何不添六騶，壓倒松雪八駿圖。』

謝塞侍郎酒

平生所事惟酒鎗，酒渴正思酒解酲。曹丘有地倩誰築，耑車八甕堆連城。能分清俸買上若，龍頭甘露噴赤瑛。無乃酌我以酒德，知我酒狂非酒兵。亭南芙蓉笑初日，亭北烟柳啼秋鶯。百年對此真快意，且盡沙頭雙玉瓶。青蓮居士有同好，鯨吞欲變春江傾。不慣澆書作小飲，癡守蠹簡如凍蠅。西山射獵逐年少，金鞍白羽紛縱橫。歸來笙歌且醉耳，入門北斗光熒熒。

春日携李眉山彭湘南王蘭谷藏上人重遊盤山自西甘東甘二澗歷上方東竺

上有可攀下可援，亂石插脚松礙肩。盤山之遊信奇絶，我今不到又幾年。西峰朵朵開青蓮，東峰半綰湘娥鬟。中峰鵠立峙雲漢，遊人迹絶終古寒。招呼勝友理幽事，山瓶載酒春風顛。陰崖未放百草坼，暖溜暗滴層冰穿。兩澗猿鳥猶依然，山中老僧還晏眠。青冥可望不可躡，軋軋筍輿争後先。一折一轉歷幽邃，那知半嶺平如氈。不愛坦夷愛險仄，縋身却下千仞淵。雲根或有龍精纏，不然棲止飛行仙。攀蘿曳葛遞偃仰，斷壁置屋琉璃懸。綿塠退谷乍娟秀，東庵錯錦花連天。興闌亦復舍此去，山靈啞啞嗤愚頑。恨無奇句壓百怪，只有爛醉輕萬緣。後人莫惜破兩屐，覓我題字春巖烟。

謝香祖詩庸題詞

文字毛角麟與牛，名世一隔五百秋。運隆天府供琳璆，一鳴一和聲相求。前有阮亭後滄洲，二鳥各自歸一丘，如今百鳥徒啾啾。阮亭美人裝翠金，可憐宛轉隨人心。春閨花深紅袖倚，崑山玉碎箜篌音。滄洲酷似夷門客，仗劍揮金渾落魄。長篇短幅總天真，下筆如風無下格。初月先生何處來，亦如初月無塵埃。苦將風調追前輩，月脇天心費剪裁。

題西澗并序〔一〕

藏山上人住盤山西澗六十年，喪我得天，一行深入，不轉物亦不迓物。桂峰二十三弟心契之，或過宿于寒巖老屋中，雪燈蘿月，軟語相接，輒復終夕。其屋後石屏青插，沙坂瑩如，遂欲因勢藉隙，締構亭宇，挹疏曠而攬清謐，良勝舉夫！ 昔郗嘉賓聞有嘉遁者，輒爲之造屋，迹固斯符。 而穆然之懷，準古爲先矣！ 爰賦長句，樂觀其成云。

天人人天人豈知，萬古一刹流星馳。 人間不住住山谷，山谷何曾有住時。 年年澗水聲中坐，日誦楞嚴外緣破。 香傳空翠冷山風，千樹梅花僧一個。 我曾石上小乘禪，寒流作鏡雲作氈。 是喧是静兩不管，但愛閑就僧房眠。 君言幽處結茅宇，兹義不貪天或許。 暮汲山泉供茗飲，曉飯僧寮隨粥鼓。 富貴何妨清凈身，朱門曉月静黄塵〔二〕。 三間老屋棲猿鶴，松菊憑誰作主人。

【校記】

〔一〕底本另有七言古《題西澗》録於後，首句作『盤山何處不可遊』，序略近而全詩異。 續刻本小序、全詩與底本此首幾同。

〔二〕『朱門』句，續刻本作『莫嫌朱户翳黄塵』。

山水歌贈唐侯毓東

初見長林巨壑，含風碍日，層叠綿邈，中有一徑可以策杖入。 更見飛湍激石，萬斛鮫珠，一瀉訇訇而鴉軋者，若雷輥電轉之勢，不可方以舟。 坐中無夏無冬秋，廬霍雲氣瀟湘流。 我心愛山澤，神遊蔑昕夕，不得見真乃見畫。 昭代畫手稱王翬，唐侯後出復精好。 片楮未肯散容落，何如王畫恣狂掃。 自言曾過西子湖，醉壓蹇驢敲冷月。 歲月無情一秃翁，繪壁僧廊空堵窣。 紫宸别殿春晝開，粉本跪進開天顔。當年足迹今手迹，坐令野鶴同祥鸞。我得侯畫一對之，耳目視聽皆希夷。世人造境不造意，青緑泥金徒爾爲。得見唐侯經營慘澹，猶未捲袖破墨以前時。

山水歌維揚余洋南歸〔一〕

笑君空將好身手，不握雄劍逐佽飛。决雲霓，駕景風，上謁玉晨君，朝隨列仙後。水調幻藥儲墨斗，逢人往往稱雞口。人巧奪天信有之，墨翟飛鳶班氏梯。縮取五嶽入短紙，頗能仿佛窮毫釐。一葦航江光出匣，蛟龍欲得張鱗而。我乞一幅却擲與，邗水平山生斷取。夕陽篷底起，炊烟江水上，千峰初過雨。開頭捩柁去閑閑，天隨艇子滄波間。松篁積翠青山寺，鷗鷺群飛白塔灣。

【校記】

〔一〕底本此詩題『山水歌』後朱筆添『送』字。花間本有《山水歌贈維揚余洋》，全詩作：『此君畫山真是山，千丘萬壑藏雲烟。陰洞長松闢太古，往往静夜風雷還。不住雷塘花柳田，疲騾破帽黄塵間。袖中短紙有五岳，囊底新沽無百錢。我有一古劍，贈君千里遊。我有一素屏，乞君千頃秋。徘徊屢瞪目，造意初向蒼茫求。蟾蜍貢津鳳輸髓，堆鉛拂黛移滄洲。雪浪翻江老蚌泣，霜林碍石孤猿愁。遠帆著天天著水，淡黄月上紅霞流。粗豪一變入幽細，水邊衡劑成飛樓。靚妝團扇者誰子，垂手凝睇當樓頭。一筆一墨盡心血，吁嗟此情爲誰發。君不見洪谷子，丹丘生，胸中磊塊誰能平，飛沈亦足稱厥名。胡爲刻削琢元氣，剡溪之藤今欲貴，君今方飽鹽虀味。』

冬夜喜眉山過訪〔一〕

老樹當窻立，霜濃葉盡飛。枯枝瘦影弄清峭，東南月上流寒輝。朅來蛩聲破僵卧，空谷驚傳豸青過（李眉山號豸青）〔二〕。四海論交不乏人，相識知心能幾個。豸青豸青爲無爲，蜉蝣天地身如遺，年年高卧白雲陲。何爲騎鶴策紫芝，新著幽求慰所思。幽求幽求入吾手，相對無言惟索酒。呼童掃葉煖茆柴，鱻薨拔綿恕粗醜。一杯寒氣消，兩杯胸臆澆。三杯五杯復不記，詞瀾翻動三江潮。但得與君煨芋擲栗圍爐剪燭促膝坐，何必用錦屏珠帳五夜歌吹酣羊羔。

【校記】

〔一〕花間本題下有自注『別號幽求子』。

〔二〕『李眉山號豸青』，花間本作『李號豸青』。

觀傅雯指頭作畫歌

傅生，傅生，爾既不學昌黎手分天章抉銀渚，復不學倪寬帶經把鋤樂園圃。胡爲經年以指代毫錐，破墨頹箋如糞土。靈山秀色不自惜〔一〕，時爲人家掃廊廡。長安酒肆半題名，石魄松魂亂撑拄〔二〕。當其醉後狂叫疾走不可當，墨海掀翻落烟雨。青天晝陰，黑蛟騫舉。小將軍，大劈斧〔三〕，齬齪紛紛不足數。時秋八月日十五，置酒高堂還擊鼓。解衣爲我掃素楮，奮臂怒搏氣如虎，觀者如堵目眩不得語。日岫雲濤樓觀飛，圓不因規方遁矩。橫搶秋水暝烟生，亂點春風落花舞。顛復連，倒還豎，物類輸形各就伍。吁嗟乎！昔日張顛以髮濡墨得曾聞，今日傅生以手代墨誰見許〔四〕。會當爲爾致墨千萬車，共老雲莊爲墨侶。

【校記】

〔一〕『秀色』，花間本作『秀水』。

〔二〕『石魄』，花間本作『石塊』。

〔三〕『劈斧』，花間本作『斧劈』。

〔四〕『以手代墨』，底本墨筆改『墨』作『筆』。

贈沈生

蘭蕙生空谷，不與衆草殊。伯樂一當群，乃知千里駒。沈生遊學幾載餘，青氈坐守忘榮枯。忽枉過我驚喜俱，一枝瓊樹春華敷。雄談迸落千斛珠，人世相逢亦偶爾。沈生沈生毋自挼，豈不聞扒羅剔抉有韓子。

盤山李隱士鍇見過詩以贈之

七襄雲錦垂天長，西披黄竹東扶桑。誰見金妃下刀尺，夕霞朝旭空輝光。嗟君奮臂善裁剪，胡不載筆登建章。鸞鶴不入近檻玩，梗楠徒老空山陽。盤陰足松石，水月同蒼蒼。松下結舍惟清凉。歸來三十載，朝朝野飯松花香。好風從天來，吹出青霞岑。明月照物本難染，白雲出岫原無心。借君袖中詞，置我文犀几。瓔珞綴明珠，錯雜還委靡。空窻落冰雪，暑風忽如洗。化爲五色雲，夭矯西北駛。君不見廉溪之水清且泚，萬古愚頑可鞭箠。

題吴門曹生畫百花圖

青油幕帳臨水鋪，腰鼓百面雷聲俱。長安二月滯餘凍，病眼逢春空未蘇。昨夜緑萼破紙帳，三更夢醒羅浮嵎。世外佳人去鉛飾，神山姑射冰雪膚。百花頭上逞標格，千嬌萬艶空步趨。幾日閉關避醉客，北窻爛睡鼻息粗。曹生打門送墨戲，黄荃寫生曠代無。屏山折枝妙點染，晨露調色生扶疏。百花新圖更奇絶，晴窻氣煖香糢糊。漢家離宫宫六六，椒蘭粉黛三千姝。白玉畫又曬簾底，粉來蝶翅偕蜂鬚。曹生自號群玉主，家在芙蓉江上居。胡爲售技來上都，食指屢空羞青蚨。我欲與爾奏吴歈，花前日日傾百壺。吟成短章一擊盌，汲泉又課長鬚奴。

春起登畫笥樓望西山晴雪〔一〕

三更滕六翻雪車，香篝宿火重簾遮。街鼓鼕鼕破殘夢〔二〕，巡檐起視庭前花。弄寒作暖兩無賴，東風潦倒紛騰拏。振衣高樓試騁目，柳絲不見黄金芽。城頭好山如揖客，界天一道瑶光斜〔三〕。何處三百六十寺，老松壓折空杳丫。我欲策杖訪流水，屐齒破凍穿峆岈。日出忽聞作檐溜〔四〕，嗒然坐對春無涯。

【校記】

〔一〕『春起』，花間本、《皇清文穎》卷六十一作『曉起』。

〔二〕『破殘夢』，花間本、《皇清文穎》作『破初日』。

〔三〕『瑶光斜』，《皇清文穎》作『霞光斜』。

〔四〕『日出』，花間本作『琤鏦』，《皇清文穎》作『雪消』。

題翁照春篷聽雨圖小像

一夜春濤打船尾，雨聲夢破催人起〔一〕。推篷曉失四山青，柔櫓摇摇水雲裏。借問扁舟何處歸，去來長在釣魚磯。幽人事業渾如此，卧看江天白鷺飛。

【校記】

〔一〕『夢破』，《皇清文穎》卷六十一作『破夢』。

凍雲行〔一〕

霜花王母翻瓊箱，青鸞無聲歸雲鄉。凍雲墮影推月忙，雪風剪燈腥紅凉。寒生體栗身蠶僵，西南夢斷梅花香。亂筳撞鐘搜枯腸，十句新詞寫蠻紙。高堂夜潑青溪水，向火眠童呼不起。

【校記】

〔一〕底本此詩上有朱筆眉批：『自《凍雲行》起，至《夜》一首，俱係紫瓊巖主人戲筆，不可入選也。』

朔風行

箕尾捭天摧霞垣，羲和澀轡飛廉奔。神山霹靂雲旗翻，萬木鏖戰愁猱猿。龍綃覆海淺光碧，鐵網珊瑚纔一尺。

夜醉歌

煖爐香入春音通，玉山烟醉桃花紅。詩魔夜守朱衣宮，墨海汲瀋翻寒空。酒豪吟興相抵雄，窮谷虎嘯生天風。

山夜吟

老雲踸結玻璃堅，瑯玕子孕青泥烟。長藤挂巖縫青天，秋草不死仙人眠。呼龍破壁耘芝田，孤猿嘯夜夜風羶。細剥松皮不盈把，小篆山書夜深寫。

曉歌

石羊叱起崑山麓，玉書把作吴音讀。閶闔鑰請禹餘天，天雞夢醒羽肅肅。火輪煮海雲霞熟，非花非霧明烟縠。緑窻朱户闕春光，金埒銅溝響脂盝。

醉歌

夜堂沉沉蓮花清，金荷蘭膏標霞城。手板北斗馳南星，百川一飲吞長鯨。銀海滉漾玉山傾，泰山瞥然秋毫輕。瑶臺夢到客不到，斑麟砍膾芝爲羹。珊瑚紫，玫瑰紅，黄龍垂涎海烟空。喝斷銀灣聚牛女，溪南歸路無樵風。金蛇一掣眼光紫，千番璚雲薄如紙。倒騎玉蛟鞭紫霓，鰲翻海天神魂駛。洞門草緑散老瓶，梅花睡熟驚金雞。落落晨星伴天曙，白鹿青天夢中語。

憶雪吟

瓊箱扃鍵十二樓，睡酣青女閑花虬。白龍怯戰聲啾啾，玉馬斂迹金羊廋。恨不揉碎水晶球，化爲飛絮盈齊州。鴉背晚光學電流，雲同霰積急短謳。

夜

火龍抱珠睡潭底，金烏蹋翅翔禽起。媧皇煉出紫玉天，脉脉如烟薄如紙。非雲非霧忽朦朧，閶闔漠漠來香風。老人拄杖撑地軸，傴僂步過瑶臺東。璚雲凉，松花結，石洞彈棋賭環玦。青猿暗度天台梁，偷窺瓊樹枝頭月。高攀斗杓餐霞漿，酒旗摇動聲琅琅。細聲飛過鵲橋畔，織女今宵織錦裳。鴻濛杳莫菱花暗，七襄新樣無人辨。凍膠河漢凝冰凌，八月仙槎還泛泛。

江南行秋日送易張有主簿青浦〔一〕

君行江南白蘋洲，此身願爲江上舟。君泊江南楊柳渡，此身願作江南樹〔二〕。亂愁如雲不可停，聽我送君江南行。請以勖之雙玉觥，一片浮塵皆碌碌。古今遊宦誰知足，玉驄烏帽赤欄橋，之子風流殊不俗。江南到日梅花春，北望江頭有渡人。

【校記】

〔一〕花間本題作《秋日送易張有之官江南》，全詩作：『君行江南白蘋洲，此身願爲江上舟。君泊江南楊柳渡，此身願作江南樹。十載重相依，難輕一旦離。有剪不斷愁中絲，有酒難禁別後思。絃管未終秋草暮，席上回尊勸童僕。玉驄烏帽赤闌橋，薄宦風流殊不俗。君看江上梅花春，來往多逢北上人。』

〔二〕『江南樹』，底本墨筆改『南』作『頭』；紫瓊本作『江頭樹』。

幕中諸客欲爲西堤之遊作此遣興并以示之

芳郊賞春春欲暮，黄鳥喚春且須住。玉壺春酒解醺人，携向落花深處去。湖上東風特地吹，堤邊楊柳不勝垂。相將遊賞拚沉酒〔一〕，正是牽情惹恨時。

【校記】

〔一〕『沉酒』，花間本作『沉醉』。

夜宿湖上小軒

平湖素練横高秋，小軒獨在湖上頭。酣歌高枕自清夜，那復俗事相追求。青天萬里飛明鏡，照我軒前之幽静。片影當窻石氣高，暗香入户苔花冷。玉宇冰壺絶點塵，孤懷此際託高旻。烏鵲空驚多自起，林間雙鶴最相親。

友人藏松雪翁八駿卷子求題率賦〔一〕

不遇造父善控縱，日一萬里何所用。棗秣棘養無所施〔二〕，一一已多寧八爲。松雪畫馬真是馬，一匹千金堪貰者。坐見騏驎地上行，遂同星宿天邊下。當年苕上避風塵，枉與龍媒自寫真。天閑舊種復誰識，只恐流傳誤後人。年年牧馬天山道，苜蓿場空秋色老。十萬鬃蹄氣盡低，嘶向雲沙無白草。圖贋圖真君則那，卷却圖畫爲君歌。世間良馬豈足多〔三〕，伯樂不逢奈馬何〔四〕。

【校記】

〔一〕花間本有《趙松雪八駿圖》，全詩作：『八尺曰龍龍數八，松雪老人能畫之。千載絹素神奕奕，觀者咋舌生嗟咨。虚堂恍若大漠移，天風欲下雲夔夔。圖中六馬皆姸姿，駰騮驄黄白與騅。嚙草嘶鳴各盡致，色映雲日生光儀。一牝月滿埋尻脽，一駒索乳如嬰兒。牝馬上有奚奴騎，馬逸欲墮顔色危。吁嗟怪誕不可知，無乃朽腐稱神奇。上師李龍眠，天閑萬匹皆吾師。下傳仲穆爲肖子，駿發不啻千霜蹄。不解馬理入骨髓，何敢放膽戲拈秃筆爲。君不見昔日穆天子作八極遊，葡萄之錦珠絡頭。不遇造父善控縱，泛駕敗轅何可用。』

〔二〕『養』，紫瓊本作『豢』。

〔三〕『豈足多』，紫瓊本作『良足多』。

〔四〕『伯樂不逢奈馬何』，紫瓊本作『勖君珍重金盤陀』。

聽琴偶作

晴空無雲鶴唳高，虛堂颯颯生松濤。忽如壯士奮酣戰，刀鎗迸出聲相交。繁音入耳熟能辨，只覺動色聞蕭騷。古人至樂可移人，流水一曲稱絶倫。或連又斷意自遠，如響還沉音不淪。抱琴十年誇妙指，海水天風參妙理。日長曲罷香篆凝，未遇古人慚俗耳。

題布將軍嘯山瀟湘圖歌

幽居習嬾朝慵起，有客敲門投卷子。將軍弟子索題詩，入手乍開雙目眯。今人畫手知有幾，藍瑛老去王翬死。舉世從誇點染工，要是胸中富神理。將軍作意亦可喜，廣眉大顙圖山水。枯墨離離半有無，雲耶山耶類如此。倭紙截肪長數丈，雲水昭丘宛相向。江楓漁火岸烟昏，一葉扁舟白頭浪。乍似秋陰凝夜雨，鷓鴣啼處行人苦。雲旗深鎖二妃祠，萬竿斑竹臨江滸。君不見米南宮，高居海嶽稱豪雄。生綃解作無根樹，已見雲山落掌中。

題婁真人小照

好山青青芙蓉妍，好水涓涓清且漣。人在好山好水間，優遊便是真神仙〔一〕。手策葛陂龍蜿蜒，輕身信步躡紫烟。行逢梅花堪盤桓，摘花聊當紫霞餐〔二〕。長松百尺勢參天，白雲無心出層巔。嘆息世人争煉丹，黄芽爲根水火煎。豈知道在形象先，拈花微笑空言詮。還真反朴歸自然，此身已與雲俱閑。幽尋愜意可忘年，何必丹砂能駐顔。君不見仙人常隱鹿門山，一去千秋還不還。

【校記】

〔一〕『優遊』，續刻本作『翛然』。

〔二〕『摘花聊當紫霞餐』，續刻本作『饑來擷取花萼餐』。

月波艇子歌

方舟落落無根荄，渺如一葉滄溟洄。今古滔滔逐流水，人間之世信可哀。而我此室容太虚，亦復無住無去來。空庭花影鋪藻荇，明月時出東墻隈。不施篙櫓睡自穩，何愁浪打風霧埋。眼前長物亦何有，三人相對空徘徊。清光洞徹入肺腑，一引一百玻璃杯。如此三萬六千日，悠悠迭爲賓主無嫌猜。

題吕祖師像

蓬萊羽士朝元客，岳樓飲罷入空碧。相逢一笑已千秋，重向花間睹標格。如今四海空妖氛，腰間龍劍休浪擲。蕭然坐對但守雌，焚香几静生虚白。

過燕郊訪雪亭上人

路傍塵土不可到，滿架西天貝葉書。浄居於此了無事，三衣挂定牟尼珠。平蕪緑入遠天際，高柳黄摇殘照餘。嗟余勞足去復去，門外蹔來停板車。

至盤山晤藏上人喜賦〔一〕

筍輿肩夢一百里，夢中彷彿盤泉水。村人報到道人迎，勿言吾已清凉矣。襹褷野鶴緇衣襟〔二〕，依然孤立青松陰。相逢一笑石橋畔，坐聽微鐘出晚林。

【校記】

〔一〕續刻本題作《至盤山晤藏上人》。

〔二〕『野鶴』，續刻本作『野室』，然疑爲『野雀』之形訛。

題放鴨圖

放鴨圖，圖作春波亂浴凫。浴凫滅没蒲塘曲，飛破沙洲一篙緑。君不見柳堤桃塢水雲寒，萬頃琉璃天地寛。又不見川光故故摇空碧，鴛鴦如錦鷺鷥白。雨笠烟蓑趁鴨群，莫教辜負野塘春。金籠鸚鵡空愁思，慚愧江湖蕭散人。

趙子昂硯歌爲人作

墨雲冉冉飛八極，水晶宫裏端州石。手把芙蓉賦玉樓，天閽擲下人間璧。昆明劫火燒不得，秋江月抱蟾蜍脊。魏國夫人亦好手，想瀹春泉同洗滌。書畫當年號無敵，何物唐寅繼標格。蠆尾蠅頭泐紺碧，五字亦可千金直。短窻花底開晴空，舐毫抽藟思難工。君不見當年玉堂様，顛米爲庵易長公。

園中太湖石歌

羌彼積塊砐硶，谽谺碨硊復磦砢。荃如雲奔棋置，虎闘鳥厲者。乃産乎笠澤之中，洞庭之下。大圜靈氣复蟠凝，方舟神光仡徂問。没人巧入蛟龍洲，鈎挽千尋垂鐵鎖。始從水府發幽奇，流散人間罕不夥。雙南十乘等蜚聲，輂曳仍兼致包裹。五枚白傅洛中園，曠代何人繼瀟灑。搜披遐異良苦艱，馳念横江載樓柁。城南廢圃有雲根，散盡風烟數土苴。傍人市鬻適相聞，失喜新將俸錢賈。眼前森列壺中峰，暈碧挼藍兼渥赭。連朝架叠自經營，撲面不辭塵堀堁。平泉作記戒兒孫，駒隙茫茫妄爾我。千秋解事米南宫，袍笏淋漓吾祖左。春風把酒藤花陰，箕踞科頭傾百斝。

路上望盤山作

紅盆金柱丈五懸，鄰雞咿喔客不眠。夙駕云邁戒徒御，清風十里心魂便。嶙峋烟翠破殘夢，好山落我車箱前。神氣飛揚逐矯翰，秋毫决眥分娟妍。徐無老臂自蹲踞，兒孫羅列紛綿綿。九華東走忽蟠注，削成當面青天蓮。我聞上盤最奇絶，松枝鸛啄皮蚪纏。中盤富石下饒水，金沙布地分紅泉。天門晝闢閶闔外，佛燈夜焰毗羅顛。景武摩崖亦何壯，子春辭世良已賢。孤光英氣照巖壑，緬懷風景今遷延。蓬萊可望不可即，嗟余裹足心茫然。二十四峰自無恙，峰峰白雲蓊欲連。何當布襪躡蘿薜，肩横楖栗排雲烟。絶頂爛睡坐長嘯，一覽積塊罡風邊。

題畫

昔我遊名山，烟霞自怡悦。仰面看秋雲，幽懷待明月。邇來放手染丹青，丘壑渾如宿所經。生綃一匹光凌亂，繞屋雲蘿點翠屏。静時梧竹清，白日松杉冷。東皋有牧地，夕亂牛羊影。小橋流水一徑紆，沿流曲折穿漁艇。君不見林園佳處遠囂塵，風光滿眼太平春。但使相逢皆勝侶，丹崖與緑嶼，自在適閑身。

臘八粥

京師臘日好風俗，赤豆黄粱煎作粥。朱門矜尚鬬時新，曉食加籩同白屋。香秔玉雪粲生光，糁之珍果珠瓔香。流匙滑笏羹入口〔一〕，傳餐正席先飫嘗。君不見茅檐老叟欣腹鼓，少慰三時農作苦。兒婦團圞競粗糲，一飽居然歌樂土。又不見東家粥濃甘如飴，西家粥薄酸如虀。更有無錢無米者，冷竈空窻寒日遲。

【校記】

〔一〕『羹』，底本作『美』，據續刻本改。

硯歌〔一〕

人墨相磨無了時，一石足供寧衆爲。顛米嗜痂不可療，欲蹙瀛丈賓書幃。劃水割雲役萬象〔二〕，直抉九府窮坤維。一片太古不死月，挂在端溪松樹枝。爬蘿剔抉列棐几，發興揮毫快一時。纍纍積塊静且壽，空齋晝永伏玉龜。墨華滿眼餐秀色，連峰倒暈浮蛾眉。作詩畀石石不知，石來壽我我自怡。朗吟獨追李太白，寫字尚法王羲之。二子遠矣不可問，碧空月冷秋香吹。

【校記】

〔一〕續刻本題作《秋香碧月硯歌》。

〔二〕『役萬象』，續刻本作『役萬匠』。

千葉梅花

睡起倦眼昏朦朧，扶頭小榼愁不空。驚傳緑萼破紙帳，粲然一笑玉頬同。搓蘇滴粉未必似，鏤冰刻雪難爲工。醞釀韶光落庭户，孤冷一片生和融。香清色正謝妖艷，掃盡膩紫羞嫣紅。一歲又見花到眼，况是清友標丰茸。流光無心任遷轉，浮生有足渾西東。但向花前留片刻，盎然惟覺春滿胸。呼兒洗盞理殘酌，玉缸斟盡香醪濃。坐令薊北風霜地，恰似江南烟靄中。

郭外見桃花

東風吹花太倉卒，數日園梅頓無色。馬蹄惟惜踏芳郊，對此涎垂去不得。何用繁葩照綺春，可憐獨樹最宜人。青苔墻角明瀟照，流水橋頭隔暗塵。幾回吟望空延佇，深深似聽新鶯語。萬朵紛披晝正開，數枝亂落春無主。霞章火急色通明，須爲海棠燒爛炬。

十二月詞

正月

金花寶勝宜春字，春鬬天花作天瑞。稱觴阿母祝長年，明波倩惹雙蛾翠。門外蕭郎白馬聲，椒葉千杯五陵醉。

二月

美人捲珠簾，紅日遲遲光。良人在天涯，春草依依芳。東園草已青，西園芽始萌。不怨良人怨芳草，可憐芳草驚雷早。

三月

三月日又三，玳瑁上鈎簾。鶯語留杯酌，蟾光寫鏡奩。桃花亂落如紅雨，榆錢拍絮應難數。無限春光最可人，只送秋千不顧身。

四月

緑樹成陰纔結子，狂痴蛺蝶尋香死。前歲櫻桃今歲華，花飛漫落傍人家。燕子有情巢舊屋，銜泥還向梁間宿。

五月

夜短苦晝長，晝眠多繼夜。夢長夢短竟何凴，門外江帆櫓咿啞。鴛鴦鸂鶒滿晴沙，望斷江天日又斜。可憐蕩子不還家，君不見，紅榴花。

六月

火雲燭天天幕低，槐陰幕翠深紅閨。迴文小簟波連漪，珍珠粉汗勻香肌。斑騅何處緑楊堤，一抹輕紅夕照迷。

七月

長河萬古無風浪，鵲橋已駕層霄上，織女停梭開月帳。若蘭自解織迴文，七襄何似璿璣樣。

八月

秋月不似春月圓，秋月可悽春可憐。能低繡户，只照無眠。倚屏不語，空鬭嬋娟。

九月

砧杵搗秋秋欲老，天涯盡處無芳草。閨中長念客衣單，客中應念閨中寒。

十月

冬月始長夜，孤燈偏自紅。魂夢隔關河，有路實難通。枕倦頻自移，繁憂集于中。對影不得語，所思良已窮。

十一月

雙丸跳擲天東西，曉風作寒雲四垂。雪車冰柱寒，撑支小姑團。雪成水自起，開簾立簾底。

十二月

桃笙凍澀啼孤凰，夜半啼烏空斷腸。衾寒枕冷不成寐，金猊撥火重温香。一樹梅花開屋角，清香襲人人自覺。欲喚雙鬟索醁醽，敲斷玉釵呼不譍。

洞房五歌仿西崑體

春

東風剪水梨花醒，重門細雨香塵静，剪刀欲落金泥冷。梁間燕子雙偎並，十二闌干清晝暝，漏聲戛珮銅壺永。火鳳鸞絃五雲影，階前桐樹孫枝穎，藍田日暖爐千頃。

夏

碧烟如絲罥芳樹，鶯鶯燕燕紛來去。抹斷霞光西海東，新凉香惹紅薇露。錦雲半捲珠簾清，瑶房幾夜閑銀箏。支機月冷黄牛喘，天河但有西流聲。沉檀暗動芙蓉語，明鏡分嬌恰如許。五月榴花羞見人，風前一霎胭脂雨。

秋

西風吹日如吹烟，東風吹日如吹火。鋤雲不到扶桑巔，胭脂浪笑珊瑚朵。彩鸞寫韻明天月，紅鱗夜聽芙蓉篇。石家金谷作平地，青峰江上湘靈絃。長天露淨琉璃碧，玉井蓮房子初結。桃錦千叢不見秋，解弄柔紅春一色。

冬

不周破雪石作叢，烟馳霧逸閑斑龍。美人不睡愛長夜，金槽暖滴真珠紅。白榆丹桂無寬窄，星旗未展蟾車入。呵手攀香香到天，翠禽拍翅梅花國。

曉

黃鶯喚夢花滿枝，海棠凝露紅冰垂。天西明月妒妝鏡，孤光却避雙蛾眉。東墻墮影西墻上，流雲不度如罘罳。金埒銅溝漲粉水，雙鬟笑靨和春嬉。珠簾乍捲香冉冉，魚鱗鴛瓦紅參差。玉虎牽絲響金井，春葱瀹茗烟如絲。長袖倚闌半天上，賣花聲過鞦韆旗。一抹飛塵亂烟海，垂楊長解繫斑騅。

瑞雪謡

北風料峭雲紛糾，一夜雪深三尺厚。紫宸朝罷早歸來〔一〕，道傍偶遇擔柴叟。凍梨皴錯苦禁寒，挽衣及脛帛勒首。此時家家盡閉門，問叟何爲此奔走。叟言生遇太平時，春種秋收樂畎畝。及此三冬農務閑，賣得枯柴足餬口。今歲雨暘更時若，小麥百錢换一斗。東家西家多蓋藏，兒婦團圞酌春酒。糶粟輸租百事完，閉門那有三更叩。冬來雨雪稍愆期，未雨綢繆安可後。人生百歲貴辛勤，胼胝餘三必經九。今朝偶爾出門來，鵝毛雪片盈林藪。漫空珠玉眼中投，入地蝗蝻泉底朽。明春畢竟是豐年，好培嘉禾除莨莠。含哺永作太平民，華封願祝吾君壽。老叟言畢倏然去，我聞此言立良久。九重無逸坐明堂，挾纊恩覃愜黄耇。文囿先知稼穡艱，作民父母惟元后。補入豳風七月篇，永樂昇平歌大有。

【校記】

〔一〕『早歸來』，《皇清文穎》卷六十一作『晝歸來』。

眉山自盤來過我携紫瓊漿一瓻松花二囊見貽詩以致謝

君不見海上有山名蓬萊，珠宫琳宇何崔嵬。中有仙家五百萬，渴酌霞髓餐瓊瑰。又不見崑崙之頂爲縣圃，西母高居隔風雨。呼吸大道飲清和，下界無人知處所。我昨夢謁方諸宫，羽衣芝蓋乘天風。

一肩獨横九節杖，雙鳬遍踏千芙蓉。琪花五綵競紛郁，鳳鳥八音相和同。瑶户勾連碧海底，丹甍高瞰青冥中。中有仙人顔如童，鬚而且頎方兩瞳。爲我燒雲煮白石，碧樹砍膾羞斑龍。開眉大嚼腹已果，忽排四極朝太空。我聞肉芝食之壽龜鶴，西堂夢引東坡翁。罷朝三日睡更濃，不知日上東窗紅。揭來剥啄驚周公，故人持贈珍品重。花瓷美醞結琥珀，素囊切玉緘雙封。泥印乍開蘭桂馥，金樽滿注膏脂醲。松花採焙盡如法，嬌黄透紙輕濛濛。良會有兆不易逢，再拜受之充清供。佳話欲傳青玉簡，新詩聊寫紫烟峰。

謝西林相公惠蒙頂雲霧茶〔一〕

上清高峰入雲日，相公採茗春山碧。山山包裹春風芽，雨細雷輕始驚蟄。紗帽何妨對客煎，軍門日静桐陰直。絳囊截玉遠封題，搜我枯腸消肺渴。夢回齒頰留清甘，笑示花磁有餘瀝。

【校記】

〔一〕花間本有《西林相公貽蒙頂雲霧茶謝之》，全詩作：『君不見蒙山雲霧茶中龍，一啜煩渴無留蹤。天然老氣芬且烈，武夷陽羨俱兒童。十年持節天之南，高懷雅好窮搜探。香香色色飽所耽，酪奴效品庋雲龕。牙門清肅白日静，桐陰趺坐傾箱奩。大笑坡公作解事，甲乙此種倫羅黔。歸裝滿載薄珠玉，一甌賓客顔皆酣。分烹競啜飽清德，夢回齒頰留餘甘。微軀病渴偏嗜此，不擇其粗况厥美。退朝日唤清風使，作詩苦追玉川子。惠然肯囊紅碧紗，玉泉味似中冷佳。松風颼颼吹乳花，不忍炙背如蝦蟆。但得腸脾潤枯澀，何用紛紛與人相鬭誇。』

與西林相公索蒙頂雲霧茶

古不飲茶惟飲水，淡然取釋渴而已。後人品泉爲品茶，碧雲引風凝白花。龍團鳳餅貢天子，社前火前分妙理。至今微論邁陸蔡，地宜採製窮精美。余生嗜苦不嗜甘，蔗漿蜜汁非所耽。郝源族氏葉嘉後，一一與予情意酣。遠物包裹動色喜，時揩倦眼開封緘。君不見上清峰頂三兩能換骨，重雲積霧藏日月。五色漫空天爲容，老僧仙去峰猶兀。去年感公持贈來，白雲液幻紫雲堆。一盞芳香旋竟體，清風兩腋登蓬萊。閉門長晝暑正溽，赤龍吐火當空燭。此時更欲乞蒼頭，浄洗塵歒琢冰玉。

爲李眉山題盤山圖

蛟龍十萬紛挐空，屈盤鬱聿之而同。雲牙筵之莽顛頓，怒攖疾走相磨礲。昔年讀爾山中作，怪石長松宛如昨。意中流水滌氛埃，天外孤峰鎖寥廓。小園花老鶯盡呼，垂簾清夢生匡廬。有客打門遞此卷，索我題字抽穎奴。笑我平生趙天水，歲歲橋山還奉使。漁陽古道相經過，空憶金庭探石髓。處士流風想故居，將軍劍氣餘荒壘。雲烟過眼不留人，剩有丹青歸筆底。好山如此未扶笻，羡爾窻中獅豸峰。雪月花時嘗獨往，芒鞋踏碎千芙蓉。

冬日烹茶歌

東莞飲酒善品騭，濁者爲賢清者聖。東坡飲茶更煩細，和正妖邪莫兼并。余生百事皆隨緣，偏嗜此物成心病。搜羅探討無不至，友朋包裹勞相贈。北苑輕質豈足矜，武夷重色寧標勝。就中最愛陽羨春，樽節留烹同性命。寒冬日短深閉門，地爐火熾回春温。獨識古人煎水意，雙眸凝視身猿蹲。古鐺瑟瑟松風起，傾耳一聽馳心魂。飛珠迸沫江潮駛，叠花簇浪雲頭翻。下葉注水雨有次，始覺香味消渴煩。中冷泉水稱第一，夢落金焦知幾日。玉泉一派供天厨，何處從人乞消滴。萬壽寺傍珍井華，短轅日日軀牛車（寺在玉泉東偏，有井水甘冽，日以車載供給）。城中有井不肯汲，舍近求遠寧非奢。上世飲湯順時序，末世飲茶何所取。頭綱八餅亦多名，月團龍鳳紛難數。遂令人税累端明，作俑寧知從陸羽。

撥火吟

庭柯無葉風滿枝，清霜暗落盈前墀。寒燈耿耿照無寐，銅瓶貯水凝冰澌。披衣起坐撥殘火，深冬忽覺回春熙。四肢和暢百骸適，呼吸仿佛通希夷。含生已覺人爲貴，萬物適用會有時。熱則飲冰寒撥火，此身端荷天公慈。

和島庵端溪子石硯歌〔一〕

東臺老人酒酣脱帽落筆氣勃勃，爲我端溪舊坑子石硯之歌〔二〕。歌清越，一讀静詩魂，再讀蘇詩骨〔三〕。使我刮目叫嘯鬚眉張，口誦此歌手撫石。吁嗟乎，誰謂寒山之石頑無知，有時精英與人相映發。明窻浄几佐揮毫，玉德金聲誰比埒。把向墨池不敢洗，黑蛟恐驚風雨夕。不有神物相麗附，曷來此歌之奇絶。君不見東坡龍尾硯作歌，黄琮白琥歸吟哦。〔四〕又不見米海嶽，少時有俳辭〔五〕。供奉書御屏〔六〕，寶硯懷歸之。置之致爽軒，筆墨生光輝。我今好硯如二子，得此不覺歡顔生。桐露堂前滴秋露，注之硯上光瑩瑩。而我復何幸，此硯亦有逢。洗硯盥手和君歌，瓦釜何以企洪鐘〔七〕。逡巡拂衣起舞爲君壽，願君永年，如石之介，久久無衰癃。

【校記】

〔一〕易宗瀛《授簡集》中《端奚子石硯歌應教作》詩後《附慎王和韻》，即此詩。

〔二〕『坑』，底本作『玩』，據《授簡集》改。

〔三〕『詩』，《授簡集》作『病』。

〔四〕此句下，《授簡集》多『玉局堂中偕鳳味，不辭日日頻摩抄』二句。

〔五〕『時』，《授簡集》作『而』。

〔六〕『屏』，《授簡集》作『前』。

〔七〕『釜』，《授簡集》作『缶』。

同諸客登畫笥樓玩暮霞歌

樂情人之相叙，時望遠以登高。高樓出林壓城郭，夕陽百里明秋毫。乾端坤倪自呈露，長風飛雲駕神尻。明霞一抹忽散彩，髣如天孫之錦披林梢。須臾變化無定象，殷紅叠蹙翻江潮。十二紅闌相照耀，日華浮動花茸袍。携手眺玩蕩胸臆，雙眸洞豁清塵囂。我聞赤城之山霞爲標，又聞仙人之衣霞爲綃，金庭玉府不可到，乘鸞跨鶴誰相招。詩卷酒瓢自娱樂，口吟謝朓散綺之句斟香醪。

途中寒食憶城中諸客

麥苗亂茁垂楊短，流水東西春不管。匆匆寒食客中過，曉食春盤無畫卯。白澗村頭西日斜，墓田麥飯盤烏鴉。獨穿磽角去不已，山蹊惟見棠梨花。欲借人家初改火，手掬新泉煎麥顆（坡詩『茶烟槐火一時新』）。此時遥憶鳳城人，何處湔裙呼白墮。五鳳城中烟景新，家家寒食太平人。青精杏酪隨人意，無限鶯花作比鄰。

賞名花飲醇酒短歌行

賞名花，飲醇酒，復有吴兒唱銅斗。人生對此不盡歡，世事浮雲復何有。西園明月映窗紗，良夜留賓興最賒。銀甕初開千日酒，玉闌開遍殿春花。十分瀲灧凝仙露，萬纈毰毸焰絳霞。携酒探花何處客，對花飲酒幾人家。人生萬事無窮已，花發年年却相似。不知花酒待何人，但覺春光似流水。忽聞啼鳥喚春聲，可憐微物亦多情。青春背客堂堂去，不飲能教萬恨生。四序平分春九十，相知況復仍難集。莫遣紅英點緑苔，此際相留盡十石。春色宜人能幾時，花光照眼却千枝。去年城北看花處，今歲花前憶故知。花城酒國春如海，酒解消愁愁復在。花枝偏反解羞人，一年一度朱顔改。覆雨翻雲亦等閑，花前月下且開顔。猶聞東閣千年鶴，難乞西山五色丸。徐福乘槎空不返，蕭梁仿佛也無端。何如歲歲春風裏，酒滿杯中花滿欄。

雙雉

錦羽明秋花簇簇，來與詩人伴幽獨。雄鳴雌和階墀前，山梁碧雲空日暮〔一〕。朝暾射地竹間眠，晚烟流水苔邊浴。休傷飲啄共家禽，稻粱一飽真爲足。稻粱一飽真爲足，虞人夜火秋山麓。

【校記】

〔一〕『暮』字右有朱筆點，天頭有朱筆批：『暮字韻要改。』

憶島庵詩以代書

山川如舊人來去，十年一夢驚心遽。中間委曲結愁腸，峻坂雙輪誰得禦。君當於古人中求，念余最少相追遊。神采東溟上杲日，談笑太華橫清秋。快如銛刀割亂絲，浄若芙蓉生芳洲。士有如此不得志，沉埋寮底心煩憂。憶昔裹裝九秋月，丹楓白雁催行色〔一〕。離觴擲下寒日短，夢魂遥遥扁舟發。坡公多才落儋耳，鐵漢微銜走蠻越。又向京華候館居，掄文曾應九重書。此時唐勒偏膺病，文章憎命天何如。南北雲鴻一聚首，西窗剪燭驚前後。合浦珠光尚委塵，酆城劍氣徒沖斗。蓬飛離根那得住，嚴冬更醉旗亭酒。屈指相思歷歲時，君今老矣吾添髭。樂莫樂兮新相知，悲更悲兮生别離〔二〕。

【校記】

〔一〕『催行色』紫瓊本作『催人别』。

〔二〕兩句『兮』字，底本原作『于』，朱筆改『于』作『兮』。

冬夜觀易嘯溪所藏張瑞圖草書歌

地爐活火篝燈紅，易君携卷相過從。開函恍惝昧魚魯，揩眼尋繹何騣騣〔一〕。勝朝草法數誰者，瑞圖迹並枝山翁。快刀斷水秋山麓〔二〕，饑鳶投渚鵰摩空。右軍人品不世出，萬古矜式方無窮。蔡京巧佞世所棄，遂令籍籍端明公〔三〕。天啓宦豎竊天柄，屠肆士黨幾一空。瑞圖以書得倖進，明珠投暗真盲聾。此卷維何盤谷序，徒留遺墨包塵濛。韓文李愿兩高絶，追迹往哲誰雌雄。圖書雖佳殊鑿枘〔四〕，南轅北轍西而東。易君好書入骨髓，搜羅片紙離蒿蓬。兼收並取及此輩，此中空洞真有容。會見他年稱具眼，勿使蔓草侵長松。

【校記】

〔一〕『何駸駸』，紫瓊本作『驚蛇龍』。

〔二〕『秋山麓』，紫瓊本作『斧砍地』。

〔三〕『籍籍』，紫瓊本作『籍甚』。

〔四〕『枘』，底本原作『柄』，據紫瓊本改。

曉發遇雪

夜深但覺衾如鐵，曉起開門滿天雪。風静雲低勢轉嚴，冷灶無烟客先發。忍凍酸吟牙齒寒，未覺枯腸回煖熱。天公似慰行役勞，笑口横開相喜悦。玉屑嫌重鵝毛輕，何物堪將比鮮潔。宜將比作姑射人，皓態纖姿兩殊絶。灞橋驢背亦吾儔，白眼連天飛鳥滅。

十一月廿二日夜雪得深字

白駒過隙何騣騣，幸逢好友多素心。陰晴寒燠各有致，春宵何獨宜千金。凍雲壓墻天盡陰，凄風慘澹鳴空林。木落水盡見真意，好景此復能追尋。詩篇豈足較長短，杯杓還應論淺深。庭院無聲四壁靜，但聞滿座撚髭吟。壺觴欲罄且復斟，何以享之青瑶琴。熱酒澆腸我自得，冷眼看世誰相禁。填溝塞壑亦多態，可使道路無崎嶔。若將憂樂逐冷暖，求道不異商與參。更漏欲下勢轉急，錚鏦竹動霜鐘音。

十五日雪中花間堂小集分賦七言古

萬樹作花粘玉霙，陽氣已降陰氣升。皇天勝日降膏澤，我人得樂胸臆行。我酒既旨肴載烹，疏弛禮法無逢迎。酣歌酬唱且相勸，纖喉何必嬌如鶯。惟楚有材江漢靈，翩翩一妙光輝併。吴君磊落太湖精，維揚好客余與丁。雄詞妙意絶塵俗，天風海雨飛珠瑛。余也疏懶無他能，遠遜河間羞東平。每逢佳士炁先慴，唯當令節心猶驚。詞鋒詩壘每戰北，制勝所資惟酒兵。追賞不惜十千價，恐遲歡伯澆愁城。長筵申穆事齊肅，四座毛薛皆峥嶸。此時萬里無一滓，上下四表俱空明。晴雲歷亂欲吐月，迴廊窈窕初上燈。莫當快境虚此生，人生歡會誰能凴。

題周山怡秋山卷子

迴溪倒影天光朗，前峰後峰遞偃仰。萬葉吟風百泉響，斷崖亭閣憑高敞，遊屐躡雲時一兩。秋來谷口稻粱肥，人家雞犬相因依。床頭閑殺緑蓑衣，晴則出遊陰便歸。不聞索租人扣扉，須知此樂人間稀。

携朱青雷遊上方寺戲作

兩人拄杖爭後先，春山發興尋幽偏。懸崖古寺燕壘懸，危棧木末窮攀緣。雲尻霧趾飛行仙，入門禮佛空階前。老僧喜客自汲泉，亂斫澗篠生茶烟。對客無語渾似禪，屋頭絶壁撑空天。石花繡澀青銅錢，藤蘿結繩不可穿。客子一笑春風顛，夜夢山靈拍我肩，此中許君三日眠。

畫竹歌贈易張有〔一〕

易君胸中無一塵，易君腕底有鬼神。對客揮毫意灑落，一掃萬个琅玕新。畫竹人如畫中竹，畫中竹如畫竹人。窻間忽破瀟湘夢，座上全生淇澳春。野叟山僧亦相狎，倭紙長箋堆滿榻。熟將古法恣臨摹，寧與時師鬭妍捷。風枝雪幹玉琤瑽，霧縠烟綃墨淡濃。恍疑坐我篔簹谷，饞眼終朝看籜龍。

【校記】

〔一〕底本天頭有朱筆批：『句重出。』按，底本前有七言古《畫竹歌贈墨君易張有》，與此詩多有不同，唯第三、四句作『畫竹人如畫中竹，畫中竹如畫竹人』，與本詩第五、六句重。

題西澗并序〔一〕

藏山上人住盤山西澗六十年，喪我得天，一行深入，不轉物亦不迕物。桂峰二十三弟心契之，或過宿于寒巖老屋中，雪燈蘿月，款語相接，輒復終夕。其屋後青屏插石，沙坂瑩如，欲因勢藉形，締構亭宇，挾疏曠而攬清幽，良勝舉也。昔郗嘉賓聞有嘉遁者，輒爲之造屋，斯穆然之懷，符古先矣！爰賦長句，以樂觀其成云。

盤山何處不可遊，我獨愛尋西澗幽。澗花扶屐古錦段，澗泉濯纓清瑶流。縱使石路碍車馬，策杖便踄山岡頭。群侶歌呼競然竹，曛黑投宿多前疇。柴門反闗春色晚，丁香半落薔薇抽。東嶺蒼黄吐微月，階前坐見空嵐浮。小童狎客若馴鹿，老衲忘言如秃鶖。短屏曲几丈室供，黄蘑紫蕨香厨羞。遠憶題詩到則那，一歲能幾來淹留。陰晴風雨豈盡好，要得此境醒塵眸。君胡嗜痂更成癖，茅茨擬結巖之陬。飲水眠雲聽齋鼓，松菊早晚山堂秋。

【校記】

〔一〕底本另有七言古《題西澗》録於前，首句作『天人人天人豈知』，序略近而全詩異。紫瓊本小序、全詩與底本此首同。

憶昔行并序

念故友也。二十年所接數君者，皆海内名輩，奇文妙墨，輝映一時。今皆下世，長日悶甚，且病足數，偃卧題罷，不知涕霰落。時乾隆甲戌四月也。

憶昔西園引飛蓋，擊節論文三數輩。登壇入社盛意氣，賞識而今更誰在。春門酣呼金叵羅（馬相如，酒酣耳熱，譚鋒無敵），雨村纍砢節目多（長白保禄，號雨村，倚醉白眼望天，有所問難，微言輒中）。鐵君之筆易君墨（眉山，善詩古文，隱盤山，歲時一至；易君嘯溪，氣豪邁，詩文字畫，座上揮毫，烟雲滿紙），皎如雲日輝山河。大盇老眼詩畫癖（馬匯川，善賞識，於人多所獎藉），懷袖珠玉頻摩挲。雨窻風榻二十年，時時聯臂來經過。古今萬事俱等閑，得句但向花間歌（余花間堂成，延諸君多於此）。白雲在天不可呼，鯨魚入海隨烟波。春風花木空前度，故人逝矣春奈何。人生俯仰成今昔，身後微名竟何益。睡起閑庭日正長，洗硯清池望空碧。

秋江載水圖爲李眉山作

揚子江心第一泉，水記載録今猶傳。方民慣飲豈知貴，遠客聞之心盡徧。鹰青當年擅遊迹，酣歌迸落江天石。小艑長綆犯蛟淵，曾試驚雷陽羡白。四正山高歸去來，玉川舊好登蓬萊。繞澗尋源汲清淺，甘寒仿佛心相猜。昨聞江客東南至，郭公墓畔勞相致。花磁穩置送輕橈，紅紙封題書細字。鐵甕城南天下稀，金焦對峙弄清暉。社前分火鬬茶處，古寺殘僧今是非。大鐺煮月傾瓶杓，夢破松陰還獨啜。也知不作水仙人，文字撑腸聊忍餓。妙手筆墨如水清，泠然寫出滄洲情。長風吹船天萬里，江水淼淼秋冥冥。携來過我云視此，少年好奇老能已，書句分君一杯水。眼見秋江載水圖，人間清樂何可無。

銅劍

陸離尺半青金蚪，精鋩結束同吴鈎。千年水花吐蘭葉，五夜星文纏斗牛。蠻人僻遠致奇寶，駕天海舶來蠻陬。沙魚皮鞘細纈碎，玉靶珠口連城求。從來利器在一試，俠客欲問人恩讎。書生得此自知無所用，但愛把玩吟詠娱雙眸。盤匜鐘鼎埒品騭，錦囊檀匣藏床頭。已令空齋四壁古色映白日，何須雷雨吼嘯萬里驚清秋。

戲題潘南田荔支圖

南天荔支賤如棗，不獨供人兼飼鳥。北人耳食皆朶頤，口腹未饜神先怡。潘生寫生真好手，幻出芳鮮自烏有。筆端宛轉風露香，低枝密綴紅紗囊。想見山園成熟日，照徹霞天爛朱實。馳驅萬里療一饞，漫笑當年蘇子瞻。卷中陳紫紛錯落，似過屠門而大嚼。人生南北各有宜，爽脾且啖常山梨。

爲朱青雷作修竹吾廬圖并題

净几與明窻，人生足清福。而況溪流帶遠山，繞屋團欒遍脩竹。山水一曲清且長，琅玕萬个如瀟湘。幽人老屋當中央，此景寫之真尚羊。朱君能事自精好，却要醉墨狂塗掃。袖裏詩篇階下竹，對竹哦詩外緣了。我有西園竹樹圍，水光山態共清暉。即教横卷開生面，也似君家白版扉。

雙峰寺

竹杖山兜款段馬，相將直到雙峰下。溪頭石溜濺人衣，谷口松風吹殿瓦。林深時見麕迹奔，春淺未遭鶯語駡。僧厨茗椀豁煩襟，複徑迴岡恣取捨。

鍾峰落照歌

鍾峰不見三十年，今朝重睹峰依然。敲磬仙人去何處，鍾峰冉冉空雲烟。落照蒼茫一千里，烟雲變幻成紅紫。雲中隱見磬鍾峰，常對離宫送流水。宫前流水去悠悠，馬上少年今白頭。注目鍾峰看落照，一杯濁酒醉山樓。

聽雪上人琴用眉山和東坡韻

雪眉老人心太平，琴音清比清泉清。十指天調應宫角，妙用非絃亦非木。夕陽銜山月到門，罷曲對客客莫嗔。孤鶴在天雲在水，水雲何處傾雙耳。

時坐客有請再奏者疊前韻

隱囊方罫斐几平，登床摻縵爲長清。乍從變徵入清角，破壁風雷振林木。藝成何必過雍門，古調自寫誰能嗔。三峽泠泠渡流水，世叩此聲須此耳。

石花魚并序

出殺虎口，溪中惟食石花，以此得名。品味與關東赭鱸魚並爲上珍，歲時入貢。王蓮溪榷稅關門，遺余兩尾，因紀以詩。〔一〕

關門溪水石峆岈，溪内遊魚吞石花。脂香味勝長尺半，歲歲包貢供天家。數載何嘗食指動，故人遠道驚相送。出網裁看玉枕明，帶冰乍見金鱗重。旋芼川薑翠釜鳴，賓筵交錯飛籌觥。寧思吴客秋風鱠，不羨何家醒酒鯖。平生自哂公儀子，能從丙乙分腸尾。灤河之鯽未能如，易水重唇差可比。品物由來地産殊，可堪菹醢當園蔬。千金下箸空慚汗，回首松江柘绿魚。（赭鱸一名浙鱸，一名蔗鱸，蓋似吴淞之産也。《香蘡集》中書之爲柘绿魚。）

【校記】

〔一〕底本此詩詩題及小序有校改，天頭有朱筆眉批：『題從「王蓮溪」寫起』；朱筆圈去詩題及小序大部分文字，校改後詩題作『王蓮溪榷稅海寧以殺虎口所出石花魚見遺因紀以詩』。

大熱行〔一〕

時丁丑六月，冰玉主人索詩，作此答之。

火雲如繖撑青天，水閣夜起仍晝眠。緑陰不見一鳥下，嘒嘒萬木唯鳴蟬。紫宸朝退思息肩，僕夫道渴鼻出烟。蒼蠅集繞驅不去，前林歇馬漚流泉。何來使者跪道邊，殷勤達意進語虔。停輿揮汗更相詢，云是索取新詩篇。歸廬卧向冰紋絹，山館招凉且開宴。醉墨漫灑桃花牋，狂歌欲碎青泥硯。聞王之園冰玉壺，無塵妙句無日無。南窗好置龍鬚拂，北壁休張雲漢圖。

【校記】

〔一〕按，底本此詩抄手字迹行款與他詩不同，似爲墨筆批校者補抄。

花間堂詩鈔卷三　五言律

雨後見新月作〔一〕

孤月新含霽，餘雲破尚飛。片陰流處濕〔二〕，凉意静中歸。夏木動栖鳥〔三〕，山齋開夜扉。清光滿懷袖，獨照素心微。

【校記】

〔一〕花間本題作《雨後見月作》；《國朝詩選》卷一題作《月》。

〔二〕『片陰』，底本原作『片雲』，據花間本、劉本、《國朝詩選》改。

〔三〕『動栖鳥』，《國朝詩選》作『驚棲鳥』。

塞外秋望〔一〕

秋清曠何極，望迥步初停。一雁來空闊，千峰入杳冥。炊時烟獨白，牧處草猶青。古塞殘陽下，低徊記所經〔二〕。

【校記】

〔一〕『塞外』，《國朝詩選》卷一作『塞上』。

〔二〕『記』，《國朝詩選》作『舊』。

曉起對雪

簾開鷺落雪〔一〕，點著鹿皮冠〔二〕。三徑五更滿，人行踏未殘。紙窻明曉色〔三〕，竹閣廠高寒〔四〕。尚有一尊酒〔五〕，長吟拭玉盤〔六〕。

【校記】

〔一〕『鷺落雪』，鄭本、花間本作『數片入』。

〔二〕『點著鹿皮冠』，《國朝詩選》卷一作『颯索墜雲端』。

〔三〕『明曉色』，鄭本作『賒曉色』，《國朝詩選》作『移曉色』。

〔四〕『廠高寒』，鄭本作『廠清寒』，《國朝詩選》作『閉清寒』。

〔五〕『尚有』，鄭本作『坐對』。

〔六〕『長吟』，鄭本作『孤吟』，《國朝詩選》作『微吟』。

和易張有聞雁

故人有歸夢，夢入故園深。何事旅鴻唳〔一〕，偏傷遥夜心。疏燈炧華館，片月在西林。夢覺驚聞處，邊聲亂楚吟。

【校記】

〔一〕『唳』，原作『淚』，據鄭本、花間本改。

寄贈湖湘易公蘇

日月歸文藻，朝廷借羽儀。盛時猶不仕，垂老欲何爲。掘芋秋田飯〔一〕，評花午檻詩〔二〕。不知濯纓者，獨與水雲期。

【校記】

〔一〕『秋田飯』，花間本作『秋來飯』。

〔二〕『午檻詩』，花間本作『午後詩』。

六賢詠〔一〕

趙端毅

持節東南重，廉能四海知。生逢堯舜世，歷陟紀綱司〔二〕。輸轉蕭何力，風霜韋陟宜。只今聞峴首，墮淚獨留碑。

陳恪勤

勤恪仗風節，昂藏一丈夫。衡湘留間氣，父母誦三吴。終見登龍尾，真成捋虎鬚。蓋棺名自定，姦宄浪揶揄。

王阮亭

吾愛阮亭叟，平生湖海情。看梅玄墓觀，釃酒石頭城。兄弟聯冠蓋，文章際盛明。漁洋詩卷在，不羡浣花名。

沈繹堂

載筆西清日，名高侍從臣。蓮華移燭送〔三〕，玉版賜金新〔四〕。濡髮狂誰繼，書裙妙入神。平生董文敏，爛熳足天真。

查二瞻

懶乞長安米，高懷重薜蘿。日傾中散酒，慣養右軍鵝。賓榻無勞下，高軒每見過（宋牧仲巡撫蘇松常造其居〔五〕）。清風概今古，邗水自東波。

王石谷

詩畫王摩詰，神仙郭恕先。掉頭只雲卧，點筆足腰纏。陶令難爲子，蘇卿自有田。人生行樂耳，温飽即陶然。

【校記】

〔一〕鄭本所録詩題依次作：《王阮亭》《武進趙端毅》《長沙陳恪勤》《沈繹堂》《查二瞻》《王石谷》。

〔二〕『歷陟』，花間本作『歷涉』。

〔三〕『蓮華移燭送』，鄭本、花間本作『金蓮宫燭送』。

〔四〕『玉版賜金新』，鄭本、花間本作『賜硯玉堂新』。

〔五〕『蘇松』，鄭本作『蘇淞』；『常』，鄭本作『嘗』；『其居』，鄭本作『其宅』。

聽蓮上人琴〔一〕

上人彈素琴，湯湯流水音。能使座中客〔二〕，俱生塵外心。意變烟雲動，聲寒冰雪深。此中三十載，與物共浮沉。

【校記】

〔一〕花間本題作《聽蓮舟彈琴》。

〔二〕『座中客』，劉本作『坐中客』。

初夏題雲巖寺上方〔一〕

絕頂隨僧到〔二〕，開窻坐萬峰。草青林過鹿，水黑澗藏龍。鳥韻生禪悦，山香静客容。素懷良可愜，高瞰俯雲松〔三〕。

【校記】

〔一〕鄭本題作《初夏題栲栳山雲崖寺上方》；《國朝詩選》卷一題作《初夏題栲栳山雲巖寺上方》。

〔二〕『隨僧到』，鄭本作『遊僧到』。

〔三〕『俯雲松』，《國朝詩選》作『俯長松』。

題王石谷仙掌雲氣圖畫卷

溪頭黄葉落，谷口白雲飛。林屋滿秋色，漁樵相掩扉〔一〕。高蹤塵外想，遺墨世間稀。鳥目山前路，何人更拂衣。

【校記】

〔一〕『相掩扉』，花間本作『對掩扉』。

早春遣興

小園問花事，春意始溶溶。晴雪梅花路，西山第幾峰。故人有同好，我欲一携筇。惆悵石門外，烟蘿億萬重。

夏杪花間堂偶句

虚室生空翠，琴書盡日張。西園過雨浄，北牖得風凉。苔密沈衣色，花深和酒香。翛然媚幽獨，一鳥下斜陽。

春曉過山莊

行行時引領，溪曲幾人家。重露疑輕雨，迴風起落花。山深春尚冷，天曉月猶斜。欲覓柴門入，朦朧柳半遮。

月夜臺上聽友人彈琴

高臺夜色深，月下聞清琴。古調久不作，斯人誰見尋〔一〕。石泉瀉寒碧，霜竹折孤音。曲罷長天静，忘言一整襟。

【校記】

〔一〕『斯人』，劉本作『斯入』，眉批『入係人字之誤』。《國朝詩別裁集》頷聯作『能使座中客，俱生塵外心』，即與《聽蓮上人琴》頷聯同。

即事

暑雨來無定，宵雲闇不收。竹烟留墨沼〔一〕，花霧擁書樓。蠟屐從吾好，冰飱不外求。古今俱野馬，身世任虚舟。

【校記】

〔一〕『留墨沼』，花間木作『流墨沼』。

秋日雨

積雨催黄落，蕭然風更吹。聲繁秋枕厭，凉入夜燈知。生理已如此〔一〕，吾人多所思〔二〕。空堂時坐起〔三〕，雲外曉鐘遲〔四〕。

【校記】

〔一〕『生理已如此』，花間本作『濕砌堆梧葉』。
〔二〕『吾人多所思』，花間本作『虚檐亞果枝』。
〔三〕『空堂時坐起』，花間本作『閉門理幽獨』。
〔四〕『雲外曉鐘遲』，花間本作『睡起得遲遲』。

味甘亭聽琴

空亭張緑綺〔一〕，一弄覺神清。山月檻前出，松風絃上生。遥思洞庭野，夜静浪花平。欲使魚龍聽，扁舟應共行。

【校記】

〔一〕『空亭』，劉本作『空庭』。

暝

徑静人稀過，茆堂幽復清。飛蟲粘硯沼，歸鳥撲簾旌。捲幔通花氣，回燈待月明。更聞風入户，時動壁琴聲。

午後池上納凉分賦

雲氣千章木，天光數畝池。黄鸝聽自好，白鷺晝偏宜。炎景稍西下，閑人坐詠詩。更爲碧筒飲，荷氣晚香吹。

春日午後出西直門至賜園

春山帶烟郭，十里畫中行。籃轝穿田翠，僕人話鳥名。忽看垂柳合，依舊小橋横。墻角高花出，枝枝似笑迎。

過丁總管園亭

十畝緑溪邊，心知種藥田。林陰荒野日，亭影破山烟。水竹通橋過，風蘿夾道懸。暫來休沐地，幽賞獨翛然。

贈張大法

不識南州尉，傳聞一代豪。宦情緣酒薄，春恨入花消。判事過烟寺，尋山問野樵。遥知爲政暇，獨詠白雲謡。

題蘿村圖爲李眉山作〔一〕

李愿幽棲處，風蘿四壁看。人烟雲外少，山閣雨中寒。猿狖朝親灶〔二〕，驚龍夜换灘。自憐風俗甚〔三〕，點筆狀皆難。

【校記】

〔一〕底本此詩題下有朱筆批：『重出，已刻。』按，底本另有五言律《題蘿村圖爲李眉山作》録於後，第五句作『蒼鼠晨窺灶』，第七句作『徒憐心迹遠』，餘同此詩。紫瓊本全詩同底本後一首。花間本題作《題蘿村圖爲眉山作》，全詩作：『蘿塢幽居勝，含毫欲狀難。人烟雲外少，山閣雨中寒。隔水清猿嘯，當門瀑布看。遥憐習静者，終歲對三盤。』

玩新月三首〔一〕

其一

乍挹金波爽，經心破晚塵。捲簾纔近夜，對酒恰依人。掩映華池淺，徘徊小閣頻。軒窻濕花露，清迥夢魂新〔二〕。

其二

火鏡入滄海，玉鈎横絳霄。中庭何所有，良夜坐相邀。避扇藏蕉葉，爲眉著柳條。無妨一回照，休待颯風飄。

其三

桂樹娟娟静，低檐故故斜。孤光濯遥漢，微影媚餘霞〔三〕。羃䍥千竿竹〔四〕，朦朧一徑花〔五〕。殷勤見華采，隨意度窻紗。

【校記】

〔一〕鄭本題作《新月》。

〔二〕『清迥』，花間本作『清絶』。

〔三〕『餘霞』，鄭本作『殘霞』。

〔四〕『冪歷千竿竹』，鄭本作『盈手不成攬』。

〔五〕『朦朧一徑花』，鄭本作『整襟情復賒』。

春分日雨

雨以當春降，雲惟觸石濃。如膏知離畢，膚寸必從龍。潤澤蘇萌蘗，耕耘愜老農。年豐占十日，飄灑豁心胸。

夜雪

稍稍當空亂，盈盈著地融。作泥因帶雨，入夜欲兼風。嶰谷吹噓切，陰山氣候通。山桃凡幾樹，明日蕊應紅。

次日復雨

春寒雨不定，信宿更霏霏。草色入簾好，茶烟著樹微。園林變昏曉，燕雀自翻飛。坐愛莓苔徑，蕭然俗客稀。

薊州即古漁陽〔一〕

曉日漁陽郡，經過萬古思。千峰來大漠，二水會何時。寺古餘殘碣，天清絶戰鼙。高樓春酒美〔二〕，繫馬獨遲遲。

【校記】

〔一〕底本另有五言截《薊州》録於後，題注「古漁陽」，全詩同此詩頷、頸二聯。花間本録此詩，全同此五律。

〔二〕「春酒美」，劉本作「春酒滿」。

夜坐

旅舍近山居，寒深九月初。月臨秋塞迥，星度夜窻虚。下酒探筐果，移燈照壁書。蕭蕭霜露重，坐覺滿庭除。

漫興

朝回頻鼓腹，閑似野人家。盡日無來客，空庭自落花。竹書連几静，藤杖倚床斜。孤坐還延眺，山光向夕佳〔一〕。

【校記】

〔一〕「向夕佳」，紫瓊本作「向夕嘉」。

贈王蘭谷補官歸里

小堂置杯酒，高唱送君行。歸馬識村路，閑官無俗情。山空宜夜讀，雲暖想春耕。最愛萊衣影〔一〕，兼之晝錦榮。

【校記】

〔一〕「萊衣影」，花間本作「萊衣彩」。

房山道中復尋賈島墓不得悵然有作

豪士不得志，才人多屈聲。誰知一抔土，而有千古名。日落野狐嘯，風吹春草生。林丘不可見，駐馬若爲情。

北河放舟

利涉欲貪程，扁舟一葉輕。宿霾沈日氣，積水挾風聲。雲鶴何時下，沙鷗太易驚。酣歌聊試險〔一〕，端坐信吾生。

【校記】

〔一〕『試險』，底本作『試劍』，據花間本改。

秋日偕諸客遊彌勒院〔一〕

散步因公退，禪扉静客過〔二〕。空壇秋色遠，精室妙香多。僧鉢餘烏飯，人烟隔女蘿。從來塵外賞，不愛接鳴珂。

【校記】

〔一〕花間本題作《秋日偕諸客過彌勒院》。

〔二〕『静客過』，花間本作『與客過』。

書謝芳蓮詩後〔一〕

春静鳥嚶嚶，瑶華照晚晴。吟心何限苦，句法可憐清。翰墨横今古，雲霞綈性情〔二〕。騷壇看奪幟，不獨爲時名。

【校記】

〔一〕花間本題作《書謝芳蓮書後》。

〔二〕『綈性情』，花間本作『是性情』。

聖感寺〔一〕

疏簾捲空翠，坐對千雲山。欲證無生理，何如半日閑。秋厨烟火静，溪樹暝禽還。老衲忘言説，呼童又閉關。

【校記】

〔一〕花間本全詩作：『上方鐘磬寂，隨意啓禪關。欲證無生理，何如半日閑。疏簾捲山翠，獨鳥下溪灣。曠望窮寥廓，白雲相往還。』劉本全詩與花間本同，唯第三句作『借問無生理』，第八句作『呼童更閉關』。

漁陽道中望盤山有懷李處士鍇二首

其一

山光馬首懸，行李飽風烟。遥憶西甘澗，應添雨後泉。村橋迴野水，秋稼滿平田。此際空延眺，徘徊返照前。

其二

伊人高卧處，乃在北山陲。流水去無盡，白雲閑有期。讀書忘歲月，辭世避親知。古木蒼苔路，何因慰所思。

村夜〔一〕

旅舍燈猶在，村人語漸稀。山兼寒月静，葉帶暗霜飛。櫪馬嬌芻玉〔二〕，鄰雞唱翠微。烟霞惹殘夢，幽思滿柴扉。

【校記】

〔一〕底本另有五言律《村夜》録於後，前六句同，尾聯作『東方看漸白，渾是促征衣』。花間本、紫瓊本所録同此首。

〔二〕『櫪馬嬌芻玉』，《國朝詩别裁集》作『廐马嚙槽櫪』。

雨

滿天雲氣生，匼匝暗層城。雨脚未到地，樹頭先有聲。移書淋幔急，謝客捲簾清。檐溜聽高枕，蕭蕭喜徹明。

樓上喜晚晴

風好初過雨，樓高正坐花。亂山空外合，獨鳥望中斜。疏磬鳴孤寺，殘烟帶數家。凭闌吟未就，城角變餘霞。

幽居

幽居依僻地，託意在松蘿。長烟向空盡，老樹得秋多。隱几遊仙夢，開樽鼓腹歌。乾坤真浩蕩，歲月任蹉跎。

薊州道中桃花寺小憩〔一〕

桃花山半寺，駐馬看花行〔二〕。芳樹千花滿，東風三日晴〔三〕。石懸斜引徑，崖轉背開楹。最好題詩處，高窻野緑明〔四〕。

【校記】

〔一〕鄭本題作《桃花寺小憩》。

〔二〕『看花行』，鄭本作『此中行』。

〔三〕『東風』，鄭本作『春風』。

〔四〕『野緑明』，鄭本作『萬里明』。

秋日桐露堂與諸客即事〔一〕

空翠來何極，寒聲静欲無。碧疏枝脆柳，黄墜葉辭梧。流玩時牽幔〔二〕，清言共倒壺。真成人倚玉，虚愧句連珠。

【校記】

〔一〕鄭本題作《桐露堂即事分韻》。

〔二〕『搴幔』，鄭本作『褰幔』。

席上分賦得秋柳送別島庵同用秋字

西風吹萬里，柳色滿離愁〔一〕。摇落今如此，傷心可自由。寒條牽落日，敗葉送高秋。攀折情何限，依依南陌頭。

【校記】

〔一〕『滿』，花間本作『綰』。

宿岫雲寺

懸燈對雪峰，脱帽挂雲松。山鵲叫寒月，澗風流夜鐘。平生愛丘壑，於此憩塵蹤〔一〕。明發桑乾水，回看積翠重〔二〕。

【校記】

〔一〕『憩塵蹤』，花間本作『歇塵蹤』。

〔二〕『回看』，花間本作『因看』。

哭昂兒

怕罹卜賢痛，難禁兩淚傾。瞻依猶昨日，面目是前生。夜月寥天鶴，西風滄海鯨。半窻燈影下，恍聽讀書聲。

冬曉赴圓明園奏事馬上口占

珮馬朝天路，寒烟下翠微。月華林際動，風葉水中飛。野火看來小，村雞聽漸稀。夙興發深省，不敢事輕肥。

贈晴崖上人〔一〕

黄葉西風寺，碧雲鳥道邊。猶思一夕話，深愛上方眠。選杖搜巖竹，分茶試澗泉。再來何日好，應及筍櫻天。

【校記】

〔一〕底本第二句有墨筆删改，改前作『憑高欲到天』；第七、八句有墨筆删改，改前作『寥寥鐘磬寂，此際隔人烟』。劉本詩句與底本改前同。底本另有五言律《贈晴崖上人》録於後，首聯作『絶頂詩僧住，秋空鳥道懸』，第八句作『櫻筍及春天』，餘同改後此本。續刻本此詩前四句與底本同，後四句作：『谷韻交松響，厨香破竹烟。老僧無出處，禁足到何年。』

贈上方寺百超上人

天外長峰迴，翻經獨掩關。十年修白業，一杖住青山。絶澗松杉古，深宵虎豹閑。笑看巖下水，流去到人間。

清和閑晚喜雨村見過

鶯喧蝶亂飛，花盡覺春歸。孤館滿芳草，空林間夕暉。渴懷名下久，佳句眼中稀。一奏高山曲，黄金可餙徽〔一〕。

【校記】

〔一〕『黄金可餙徽』，續刻本作『黄金自可徽』。

雨中宿西澗山莊俗名丁家窪〔一〕

天河開一道，林樹緑周遭。不謂青山盡，翻令白水高。乘風披澗户，冒雨貫村醪。坐覺斜陽斂，千峰捲翠濤。

【校記】

〔一〕劉本全詩作：『冒雨投西澗，空崖積翠深。路危妨馬滑，衣冷訝雲侵。迸水秋愈響，重蘿晚更陰。再來重借問，亦擬買山林。』

元夜宴蘭谷宅〔一〕

雲山明月夜，樽酒故人情。亦復能高唱，蕭然得此生。燈流屏上錦，漏盡斗邊城。團坐欣酬酢，天河且莫傾〔二〕。

【校記】

〔一〕續刻本題作《春夜晏蘭谷宅》。

〔二〕『且莫傾』，續刻本作『旦暮傾』。

春日園居雜詠

其一

寂寂三條徑，閑閑十畝園。竹聲風到枕，花影月當門。事幻知人貴，心安識道尊。半生何所得，俯仰荷乾坤。

其二

縛草新爲屋，環花築舊亭。苔深墻染緑，山霽闥排青。俗迹無相溷，幽人或見經。聖恩容懶慢，朝罷醉兼醒。

其三

種樹乘時令，栽培未覺難〔二〕。欲成喬木蔭，先作密林看。果待經秋熟，根從此日盤。一枝棲自穩，小鳥有巢安。

其四

一勺猶名沼，開渠日引泉。恰能深似蠡，已覺浄涵天。輕縠交風細，虚規抱月圓。朗吟支一榻，高興渤溟前。

其五

小臺頗清迥，寧勞高築爲。静思雲共憩，閑與月相期。城郭長開畫，風烟各寫姿。登臨無次第，樽酒日能持。

其六

墻隅數步地，脩竹已成叢。當馬分兒輩，爲笻許老翁。盛年吾自得，佳境此相同。剪伐還須慎，青青保歲終。

其七

長晝多餘暇，風光潑眼濃。草翻晴日蝶，花亂午時蜂。至理無深解，玄談有定宗。滔滔者皆是，好要任吾從。

其八

得歡已爲樂，此歡寧復窮。天光在酒盞，春色滿詩筒。滴盡柳梢雨，稍來花下風。昭蘇偕品物，慶愜集微躬。

【校記】

〔一〕『未覺難』，花間本作『亦不難』。

秋日遊西山雲居寺

燈焰紅樓敞，旛花碧殿深。鳥鳴虚谷應，雲度一峰陰。浄土香爲樹，祇園地是金。正逢凉冷後，高處足幽尋。

村夜〔一〕

旅舍燈猶在，村人語漸稀。山兼寒月静，葉帶暗霜飛。櫪馬嬌芻玉，鄰雞唱翠微。東方看漸白，渾是促征衣。

【校記】

〔一〕底本題下墨筆注『重出』二字，另有五言律《村夜》録於前，前六句同，尾聯作『烟霞惹殘夢，幽思滿柴扉』。劉本所録同此首。

喜李眉山見過

縹緲神仙侶，塵中不可尋。忽迴孤鶴馭，來駐小山岑。灝露滋幽草，清風灑素琴〔一〕。園林浮爽氣，披豁一開襟。

【校記】

〔一〕『琴』，底本原抄作『襟』，韻字重用，後旁校改作『琴』。

春日有懷李眉山〔一〕

谿鳥解依人，林花自笑春。朗吟山答響，静照水傳神。獨往貴天爵，盛時矜逸民。睫巢詩一卷，捧誦是奇珍。

【校記】

〔一〕續刻本題作《懷李眉山》。

諸友人九月望日貫臺賞菊〔一〕

其一

風雨過重九，徒憐細菊斑。花添晴後蕊，人共晚來閑。永以杯中物，兼之籬外山。楓林生點綴，葉葉著霜殷。

其二

烟叢和露移，月朵帶風披。只許幽人來，寧容浪蝶窺。清芳常獨抱，晚節自能持。可比凡葩卉，中心其好而。

其三

九曲闌干外，長歌送夕曛。連裀迴竹影，行屐破苔文。不少春花看，能辭俗累紛。於兹成静玩，幽意在孤雲。

其四

淡遠神偏絶，中和味獨甘。金銀凝日爛，紅紫帶霜酣。茗理生新句，蘭心吐妙談。更邀佳客坐，月上小亭南。

【校記】

〔一〕續刻本題作《貫臺賞菊分韻》，僅録組詩其三、其四。

贈晴崖上人〔一〕

絶頂詩僧住，秋空鳥道懸。猶思一夕話，深愛上方眠。選杖搜巖竹，分茶試澗泉。再來何日好，櫻筍及春天。

【校記】

〔一〕底本題下墨筆注『重出』二字，另有五言律《贈晴崖上人》録於前，首聯作『黄葉西風寺，碧雲鳥道邊』，第八句作『應及筍櫻天』，餘同。他本校參前詩。

九日西園假山登高分賦得花字

其一

地僻招尋便，秋光許我賒。曉來籬下菊，放到幾叢花。把酒思陶令，臨風憶孟嘉。淮南空往事，浪笑學仙家。

其二

三磴風烟迴，題糕記歲華。堆盤霜熟蟹，引領樹棲鴉。雜坐冠誰整，酣吟字半斜。殷勤重問菊，又看一年花。

四月十八日西堤泛舟至萬壽寺訪調梅上人不遇

紺宫依緑水，松曉氣氤氲。野日樓臺迴，天風鐘鼓聞。僧衣迎客結〔一〕，佛火向茶分。坐愛烟波外，迴思鷗鷺群。

【校記】

〔一〕『迎客結』，續刻本作『迎客繫』。

贈上方寺僧

其一

終年過客稀，路迴亂泉飛。古屋一僧住，高峰萬嶺圍。松間吟半偈，石上挂三衣。寂寞無人見，焚香滿翠微。

其二

一從修白業，無復記年華。古屋堆殘葉，高峰鎖斷霞。浮圖當漢挂，略彴逐門斜。盡日無人見，山風吹澗花。

同楊竹軒給諫西園新秋雨霽即事賦得鞭西金牙四韻

時有幕中畢清楓易嘯溪周山怡共余五人

其一

聞道才開美，寧論斗十千。盍簪佳日數，投轄泥人偏。白簡誰能敵，青門汝最賢。秋城鞍馬好，爲我下吟鞭。

其二

翠雨收池館〔一〕，清遊手一攜。園葵冠影側，檻草屐痕齊。共發風前詠，偏宜石上題。投壺兼散帙，不覺夕陽西。

其三

已奏雲和瑟，還彈爨下琴。由來竭情興，常是爲知音。日月留青眼，丘園愛素心。同袍俱在賞，鄭重徽黄金。

其四

夕靄分爐篆，凉颸入扇紗。秋蟲聞蟋蟀，更柝亂蝦蟆。密坐欣情話，經過念歲華。玉蟾渾解意，流影駐檐牙。

【校記】

〔一〕『翠雨』，底本原作『翠羽』，墨筆改『羽』作『雨』。劉本作『雨』。

題蘿村圖爲李眉山作〔一〕

李愿幽棲處，風蘿四壁看。人烟雲外少，山閣雨中寒。蒼鼠晨窺灶，驚龍夜换灘。徒憐心迹遠，點筆狀皆難。

【校記】

〔一〕底本題下墨筆注『重出』二字，後又圈去。按，底本另有五言律《題蘿村圖爲李眉山作》録於前，第五句作『猿犹朝親灶』，第七句作『自憐風俗甚』，餘同。他本校參前詩。

淑南服闋來京叙歡未久即補粤中主簿祖道贈言情見乎詞

其一

不到孤征地，曾爲萬里心。君仍遠遊子，桂水與楓林。峒雨蠻村瘴，江烟驛樹深。高堂有老母，叱馭愼登臨。

其二

賣文爲活計，前路漫興嗟。一夜雨兼竹，三秋夢到家。宦途艱旅食，儒服載書車。蹤迹湲湖海，心清氣自華。

宿雲居寺

禪榻茶烟歇，山空夜氣寒。磬聲生樹杪，佛火出雲端。浄域曾無住〔一〕，經文喜借看。遥知塵境外，妙覽得應難。

【校記】

〔一〕『曾無住』，續刻本作『僧無住』。

眉山有書到兼寄山中諸什寫作卷子並索近稿此答

其一

已復少塵事，胡爲多苦吟。石蘭瘦無土，天風吹至今。杖過飛鳥外，屋老碧潭陰。寫景每持贈，此中幽意深。

其二

忽忽歲云暮，寒雲隔薊城。天空秋望迥，山静夜魂清。塵漬蟾蜍硯，春浮玳瑁罌。憑君問消息，晏坐得吾生〔一〕。

【校記】

〔一〕『晏坐得吾生』，續刻本作『端坐愧生平』，劉本作『晏坐念生平』。

冬日有書呈眉山不知近寓轉求藏上人作達兼寄鄙懷

寂寞西園夜，霜天月一弓。初圍竹爐火，遥憶草堂風。白社留宗炳，青山問遠公。幾宵拂磐石，相對萬緣空。

余星源掣内樞南歸賦此贈行不勝惘然

其一

惜别重開樽，臨歧敢贈言。鬢絲牽歲月，畫卷老乾坤。野火青楓寺，山橋白雨村。倦遊尋故迹，愁絶劇堪論。

其二

宛在蒹葭水，西風江上廬。蛩吟南去思，雁字北來書。生死經心後，交情見面初。此行遂烏烏，不用學鰥魚。

應制題畫〔一〕

其一

巖居多古木，繞屋更雲屏。衣滴林花翠，天分石路青。盪胸烟漠漠，清耳水泠泠。延賞凴高得，山腰一古亭。

其二

磊落石爲骨，紛披樹作衣。千重雲木外〔二〕，一道石泉飛〔三〕。漁艇穿烟渚，人家傍翠微。仙源路咫尺，流出玉泉肥。

【校記】

〔一〕續刻本詩題作《題畫應制》。

〔二〕『千重雲木外』，續刻本作『千重青嶂合』。

〔三〕『一道石泉飛』，續刻本作『一片白雲飛』。

哭子

其一

病骨支離立，倉皇四十秋。魂驚人已遠，淚盡痛難收。老馬嘶殘照，鶺鴒隱故丘。長風吹繐帳，蕭瑟白人頭。

其二

爲眼寧非淚，誰知又哭兒。冠裳成異物，霜雪殞駢枝。痛切心皆碎，遭逢數自奇。猶憐聞病起，幾夜夢空疑。

李眉山將有東南之遊豫爲賦此贈行〔一〕

其一

西風動班馬，尊酒惜離群。一片蘆溝月，清光遠送君。寒衣催晏歲〔二〕，行迹寄孤雲。是處青山好，題詩落葉聞。

其二

南州饒勝概，杖履好追尋。一水通吴會，扁舟入武林〔三〕。越山江路別，閩嶠海雲深〔四〕。萬狀雕鎪得，雙魚慰素心。

【校記】

〔一〕『將有』，底本原作『時有』，墨筆改『時』作『將』；續刻本題作《李眉山有東南之遊作此贈行》。
〔二〕『晏歲』，底本原作『宴歲』，墨筆改『宴』作『晏』。
〔三〕『武林』，底本原作『武陵』，墨筆改『陵』作『林』。
〔四〕『閩嶠』，底本原作『閩水』，墨筆改『水』作『嶠』。

春日同周山怡孫履安遊盤山歷雲净東竺雲罩萬松諸勝藏公亦俱往〔一〕

其一

山暖餘花合，沙輕細路開。不知春色裏，曾有幾人來。空谷泉爲雨，諸天石作臺。遠公真愛客〔二〕，杖履獨相陪〔三〕。

其二

春風翠微寺，到來俱可憐。未妨分茗供，只欲破僧禪。松徑冷殘照〔四〕，石雞啼暗烟。千峰一迴首，孤磬落清圓〔五〕。

【校記】

〔一〕底本此詩上有朱筆眉批：「已入《詩鈔》。」

〔二〕「真愛客」，劉本作「渾愛客」。

〔三〕「獨相陪」，劉本作「亦相陪」。

〔四〕「冷殘照」，劉本作「冷斜照」。

〔五〕「落清圓」，劉本作「落孤圓」。

自蘭陽回留宿藏上人西澗

白石龕前路，輕寒生澗陰。數花清晝暝，一飯碧雲深。遠道長年客，空山不住心。忘言兩相對，巖際喚春禽。

夏日至五華寺留宿

策杖妨危步，淙流没石磯。烟霞心共遠，夢幻事多非。古殿雙高樹，閑僧百衲衣。由來堪寄傲，茶話夜忘歸。

詠雁和丁補庵〔一〕

相傳是陽鳥，秋至即南征。天地風霜日，江湖旦暮情。雲飛殊自得，水宿漫多驚。菰米蒼苔岸〔二〕，三湘處處清。

【校記】

〔一〕鄭本題作《詠雁龢韻》；《皇清文穎》卷六十六題作《雁》。

〔二〕『蒼苔』，鄭本作『蒼蒼』。

題正法禪院上方〔一〕

雲巒幽絶處，精舍古中盤。石氣青天逼，松聲白晝寒。客凴孤杖到，僧打晚鐘殘。的有尋山分，登樓共諦觀。

【校記】

〔一〕底本另有五言截《題盤山正法禪院》録於後，全詩同此詩首、頷二聯。

冬日過雪亭上人庵廬有賦〔一〕

其一

佛家真弟子，亦復事躬耕。飯後野烏下，林邊村徑成。寒畬對精舍，暮雪掩柴荊。喜接故人語，仍聞佳句清。

其二

爐煨霜葉濕，衣載犢車輕。自識栖心地，何勞問世情。客來無梵唄，坐對又詩成。寂寞竹房裏，已超前後生。

【校記】

〔一〕底本此詩上有墨筆眉批：『此首係排律，至「何勞問世情」止，後四句删。』底本另有五言排律《冬日至樊村因過雪上人庵廬有賦》録於後，合此二首爲一首，並删去最後四句。劉本有同題組詩二首，其一作：『列岫寒雲白，虛沙落日黄。言尋薊門路，忽到贊公房。畫壁餘枯木，熏爐有定香。翻憐車馬客，身境一清涼。』其二作：『軒窻無别物，佳句獨縱横。以爾棲心地，深余問世情。坐來松塌冷，梵罷竹房清。煮雪能茶話，歸期欲計程。』

夏夜獨坐〔一〕

獨坐延疏爽，澄懷證静因。露添花氣味，水借月精神。消暑揮青拂，輕風起白蘋。心閑少機事，魚鳥自相親。

【校記】

〔一〕《國朝詩選》卷一有《夏夜對坐》，全詩作：『脱帽乘風切，開尊卜夜頻。露添花氣味，水借月精神。地迴能無暑，庭虚不受塵。心閑少機事，魚鳥自相親。』

冬暮僧理齋渴病郊居時余寓居海淀獨處有懷因寄〔一〕

其一

息影耽林卧，天寒晏歲侵。風高群木下，雪急閉門深。不舍烏皮几，能操焦尾琴。只應杜陵叟，竟日白頭吟。

其二

乍可維摩室，心情木石爲。硯耕真代稼，篋衍半爲詩。覓紙臨新帖，呼兒補舊籬。誰爲親故者，藥裹致參蓍。

其三

粉署含香外，烟村策杖中。夕陽高度鳥，野水遠歸鴻。身世悲明鏡，生涯笑轉蓬。會須營百味，珍重一詩翁。

【校記】

〔一〕劉本題作《冬暮寓居海淀僧理齋以渴病郊居獨處有懷因寄四首》。其一作：『見説文園卧，清居自掩關。霜侵烟著樹，雲暗月沉山。脱帽親鳥鹿，開籠放白鷴。應知玉堂伴，鈴閣憶仙班。』其二作：『秀出京華彦，風流亦吾師。硯分江客石，篋護岳僧詩。課子臨新帖，呼童補舊籬。十年相賞處，未許外人知。』其三作：『眷言香案吏，獨愛野人廬。息影揮琴罷，端居拜石餘。生衣時换酒，溪叟每分魚。淳樸渾成俗，憂君禮數疏。』其四作：『暫别金鑾月，風烟溪上村。虚簷風鳥影，寒泊曉冰痕。浮世窮途恨，吾人拙養尊。倘容門外迹，捫虱聽高論。』

過燕郊

人烟古雄鎮，形勝國門東。坼堠青天静，街衢春市同。農商存古道，雞犬識王風。童叟紛看客，神怡駐玉驄。

遣興三首

其一

紫槿開還落，黄鶯去復來。横斜驟雨過，倏忽夕陽開。科跣翻書卷，團欒送酒杯。無詩不遣興，有客好相陪。

其二

半世身多病，經旬髮不梳。閑看列仙傳，懶與故人書。臨水時相照，看雲只自如。寒暄凂造化，渾自不關渠。

其三

寂寂雙扉掩，沉沉一徑清。手移花近座，心愛柳當楹。籬缺時教補，溝淤且自平。無機猶本性，抱甕足吾生。

偕友人過維庵道人芥園林亭

籍是青門舊，歸治白社新。抱琴非傲吏，學圃乃村民。亭小惟容鳥，林疏不避人。由來謝勳業，即此樂清真。

春日過陳孝廉山莊二首

其一

愛爾能無住，留人信有辭。山晴看花路，春好種田時。爲黍寧須饌，開尊却聽詩。此翁多古意，忘勢豈吾私。

其二

豈爲交遊慣，相知亦有初。酣歌聖明世，佩服古人書。竹樹開三徑，荆花榮一居。更看好兒子，衮衮上公車。

公退

倚杖風初軟，横琴日未斜。身榮緣聖澤，興逸趁年華。小徑聽啼鳥，閑階數落花。閉門公退暇，非寂亦非譁。

秋日漫興

爽塏華林地，蕭清秋氣中。水寒朝自霧，竹密夜猶風。玉盌溪菱白，筠籃山果紅。從知多雅興，能使酒尊空。

晚春朝罷石君將軍邀同人遊王氏園亭即席分賦得吹字

杜鄠亭皋僻，尊罍此暫移。亂花開徑仄，繫馬入林遲。過客渾欺酒（孫玉峰在座）〔一〕，將軍自愛詩。興酣情不極，還倩玉笙吹。

【校記】

〔一〕劉本無注。

豐臺看花

花樹千家業〔一〕，林泉一徑通〔二〕。杖藜甦病眼〔三〕，搦管眷春風。物態晴暉借，人生樂事同〔四〕。城隅歸路遠，愁煞夕陽紅〔五〕。

【校記】

〔一〕『花樹千家業』，劉本作『林塢家家似』。

〔二〕『林良一徑通』，劉本作『芳菲處處同』。

〔三〕『甦病眼』，底本原作『醒病眼』，墨筆改『醒』作『甦』。劉本作『醒病眼』。

〔四〕『樂事同』，劉本作『樂事空』。

〔五〕『愁煞』，劉本作『石郵』。

倒影潭觀泉

石罅淙流下，山寒水氣陰。泠然哀玉響〔一〕，静與碧潭深。風定含群動，天空見此心。桃花何處落，數點共浮沉。

【校記】

〔一〕『泠然』，劉本作『泠然』。

癸酉仲春同朱青雷王朗仲將之盤山燕郊值雪因宿雪上人精舍分賦得春字〔一〕

郊路風初軟，沙平細草新。駕言偕二妙，幽谷赴先春。巾疊憐花水，輪蹄散玉塵。入門成一笑，愛爾虎溪人。

【校記】

〔一〕『燕郊』，底本作『烟郊』，據題意改。

春日過龍灣村叟

曉來凴一杖，隨步過西堤。春山碧連寺，落花紅滿溪。林皋雨鳩喚，村舍午雞啼。欲識幽栖者，桃源路不迷。

曉過清濯亭同青雷朗山小坐〔一〕

澗曲徑行好，茅亭結構新。坐來宜野飯，偶語值樵人。水氣全凝夜，山容半試春。能教無静侶，吟苦獨傷神。

【校記】

〔一〕底本此詩上有墨筆眉批：『此首已入《詩鈔》。』

秋日晚至五華寺

紅葉秋林外，間停瘦馬鞭。更尋烟際寺，瀹茗竹房眠。早月破山翠，寒花香石泉。已知塵慮浄，何必問僧禪。

送韓欽甫自洞庭之官粤中二首

其一

南看羅浮蝶，仙衣五色霞。邇來探玉籙，此地足丹砂。澗亞闌天竹，梅傳過嶺花。無須憐遠宦，舊是葛洪家。

其二

日夕秋風起，懷君芳杜洲。還携洞庭酒，醉上木蘭舟。楚些終多怨，湘靈不可求。只應載明月，吹笛夜深遊。

題朗齋尊師坐石像

道冠兼野服，玉貌自高深。片石意何古，閑雲栖至今。妙香澄鼻觀，空籟静琴心。幾向仙壇上，親聆鸞鳳音。

春日至法藏寺〔一〕

天空青嶂走，地僻白雲荒。老樹虬龍化，高僧窟宅藏。澗苔融霽雪，林鳥哢春暘。試問西來意，金函貝葉香。

【校記】

〔一〕底本另有五言排律《春日遊法藏寺》録於後，全詩異，唯第三、四、五、六句作『連空青嶂走，浩劫白雲荒。老樹虬龍化，高僧窟宅藏』，與本詩有重合，改寫。

送宋蒙泉太史請假還山左

邇來京雒客，佳句眼中無。五畝吟歸去，三秋興不孤。看雲華柎注，載酒大明湖。更説都門外，人傳祖餞圖。

同友人登大湯山

不有登臨興，誰能破寂寥。呼童携小榼，牽馬過危橋。地接皇都近，山連紫塞遥。從來休沐日，良友慣相招。

遊湯山

僧房倚絶巘，小徑曲通門。怪石不生蘚，寒荆盡露根。亂山横落照，蒼隼擊高原。孤坐方延眺，風來野氣昏。

奉祀畫眉山黑龍潭作

其一

煒焕龍宫啓，明廷報祀虔。上方頒玉酒，内府算金錢。静夜朝山鬼，空林聚水仙。爲霖知不易，須及早春天。

其二

拂曉禮初成，潭邊坐復行。龍因爲雨貴，泉是在山清。古甃千霜氣，陰廊萬葉聲。怳然鱗甲意，水底出霓旌。

春日杏花庵同松泠青雷小飲

其一

漠漠虚檐北，茸茸小檻東。十弓芳草地，三面杏花風。岸幘驚山鳥，提壺問社翁。年年春色好，開到六分中〔一〕。

其二

園居鮮塵事，詩筒招客來。遲暉麗烟墅，宿雨清莓苔。携手緑楊岸，高興蒲桃杯。花下一成醉，爲君懷抱開。

【校記】

〔一〕『六分中』，底本墨筆改『六』作『幾』。紫瓊本作『幾』。

哭易淑南二首

其一

竟使斯人殁，驚聞訃信傳。藝蘭空九畹，瘗鶴足重泉。廳事清風在，歸期素旐懸。摩挲雙淚眼，翹望瘴雲天。

其二

寥落縈新恨，蒼茫念舊遊。張燈花院夕，泛酒水亭秋。詩畫知王宰，乾坤失馬周。無因歌薤露，扳輓向林丘。

夏日園居雜詠十首〔一〕

其一

習静多幽事，人閑日正長。撥醅花露滑，燒藥朮烟香。林鳥拖紅練，庭榴綴絳囊。壁間題句罷，高枕到斜陽。

其二

林塢霑新雨，披衣愛早晴。小池閑洗研，深木静聞鶯。白榻擎茶坐，青鞋散飯行。此中誰得似，真契道家情。

其三

一室無塵夢，寧殊安樂窩。窻虚爲月宇，地僻即巖阿。竹樹連階合，書籤列架多。呼童頻灑掃，永日獨婆娑。

其四

編籬緣曲岸，宛爾一溪村。水榭新荷葉，柴門老樹根。鳧鷺常作隊，雞犬静無喧。佳客時來往，幽期不待言。

其五

不厭扁舟小，滄浪興不迷。釣緡閑自放，詩草醉能携。緑篠攢汀密，青茭夾岸齊。微風斜日裏，多少水禽啼。

其六

任達非吾事，糟丘漫築臺。悠悠同野老，款款盡餘杯。童子撈蝦至，園丁送菜來。蕭然田舍意〔二〕，醉飽亦佳哉〔三〕。

其七

晴色分桐井，風光漾竹扉。徑猶翻蛺蝶，花漸過薔薇。正席嘗新麥，巡檐換薄衣。自能無俗累，不是學忘機。

其八

芍藥煎仍設，玫瑰醬亦醃。中之桑落酒，佐以水晶鹽。輕箑時時把，新題旋旋拈。梁間憐燕乳，自起上鈎簾。

其九

經時獨吟望，欹側帽檐斜。石路接荒圃，柳陰浮斷槎。高懷輸酒伴，清景屬詩家。更見兒童喜，持竿下晚沙。

其十

退朝花底散，幽思復何如。息影揮琴罷，端居拜石餘。終朝在圖畫，半席奪樵漁。消夏灣邊住，應名亦愛廬。

【校記】

〔一〕底本此詩題朱筆改『十』作『八』，且其三、其八二詩以朱筆勾去，天頭均有朱筆眉批「此首删」字樣。

〔二〕『田舍』，底本朱筆改作『淳古』。

〔三〕『醉飽』，底本朱筆改作『鼓腹』。

乙亥初夏信宿嶂巖臺范尊師丹房偶作〔一〕

爲問餐霞客，烟嵐值幾錢。試沽雲裏酒，一醉洞中天。床卧青羊石，苔沉緑玉篇。不知春去盡，庭户百花燃。

【校記】

〔一〕按，底本此詩起於卷末，抄手字迹、行款與他詩不同，似爲墨筆批校者補抄。

過萬壽寺集二憨後圃

憨公開後圃，隨意坐春沙。緑茂芳溪樹，香濃野菜花。看山心共遠，把酒日將斜。不是忘機客，誰能問法華。

自萬壽過齊年寺因題

閑僧不出户，一徑深莓苔。墅竹無人緑，山花盡日開。夕陽滿春水，幽鳥送茶杯。爲問栖心者，相於幾度來。

晚陰

碧雲將野色，并作晚來陰。亂竹圍秋屋，高花帶暮林。更添秋水闊，似借溆烟深。坐愛茆茨下，蕭森萬籟沉。

野望

長天凴曠望，屏迹遠人村。臨水心懷遠，經秋鬢髮髠。蟲聲邀展席，草色傍開尊。拄杖柴門月，朧朧影漸昏。

殘夜

珠斗垂銀漢，闌干轉户陰。野凉摇几榻，露氣浥山林。濁酒長年病，殘燈永夜心。迢迢更漏斷，無那二毛侵。

新寒

不寐披衣起，星稀雁在天。歲華看欲度，秋事詎能捐。種秫懽重九，占風問有年。園林足清興，隨意一陶然。

雨中踏青過齊年寺

幾度香林寺，令人心境開。桃花落未盡，春雨更飛來。自有僧厨火，能無詩客杯。油雲遮曠野，不畏夕陽催。

新秋日小集紅橋别墅分賦得桐字〔一〕

幽居養拙疾，誰訪王君公。花裏携青杖，池邊飲碧筩。水雲鳴子鶴〔二〕，山雨挂殘虹。看送歸鴻去，閑横爨下桐。

【校記】

〔一〕紫瓊本題作《秋日紅橋小集》。

〔二〕『鳴子鶴』，紫瓊本作『叫馴鶴』。

題青雷山水

青雷吾弟子，學畫意將成。巖壑有餘態，雲嵐非世情。黄茅無過客，紅樹動秋聲。自顧顛毛白，能無畏後生。

花間堂詩鈔卷四　七言律

丙辰元日早朝恭紀

雲開三素斗杓明，玉漏金雞遞曉聲〔一〕。良史紀元書上瑞，聖皇馭統著鴻名。天臨華蓋星辰正，日照觚稜海宇清。濟濟師師成贊美，蕭曹房杜盡公卿。

【校記】

〔一〕『遞曉聲』，花間本作『催曉聲』。

元日陪駕叩覲慈寧宮崇慶皇太后禮成恭紀長句

太平天子拜慈顔，虎衛鵷行趨百官。日麗萱階籠瑞靄，風迴蘭禁送春寒〔一〕。寰中共睹千年勝，膝下新承萬國歡。何幸兩宫清切地，追隨長在五雲端。

【校記】

〔一〕『送春寒』，花間本、《皇清文穎》卷七二作『掃春寒』。

元日早朝恭紀〔一〕

金壺傳箭度銀臺，蒼璧臨春淑氣迴。舜籥八風全協奏，堯蓂一葉已先開。齊瞻麗日黄金捧，更睹遐陬白雉來。薄海履端同獻歲，萬年枝畔喜趨陪。

【校記】

〔一〕鄭本全詩作：『春光瑞氣滿樓臺，綵仗森嚴玉漏催。北極星迴三殿曉，東華日麗九天開。一人端拱垂裳治，萬國梯航重譯來。欣睹聲名洋溢世，班聯麟鳳喜趨陪。』花間本與鄭本相近，唯『星迴』作『斗回』，『梯航』作『航梯』，『洋溢世』作『溢中外』，『班聯麟鳳』作『太平元會』。

圓明園召看烟火恭紀

銀漢星橋不動塵，燭龍銜火逐年新〔一〕。一聲雷起地中蟄，萬樹花開天上春。太乙高樓燈似晝，未央前殿月移輪。昇平樂事當三五〔二〕，先遣恩光被近臣〔三〕。

【校記】

〔一〕『燭龍銜火逐年新』，花間本作『斜飛火鳳入勾陳』。

〔二〕『昇平樂事當三五』，花間本作『君王行樂新年盛』。

〔三〕『先遣恩光被近臣』，花間本作『先使恩光遍近臣』。

旅舍寒食日偕易張有時上陵歸〔一〕

莫教冷節過匆匆〔二〕，坐對山窗臘酒紅。麥隴喜沾三月雨〔三〕，藜床怯受五更風。情深饘粥加餐裏〔四〕，序變槐榆改燧中。猶聽隔鄰深夜話〔五〕，占年先自有村翁〔六〕。

【校記】

〔一〕花間本題作《旅舍清明偕易祖栻張有》。

〔二〕『莫教』，花間本作『不教』。

〔三〕『喜沾』，劉本作『喜占』。

〔四〕『饘粥』，花間本作『粥酪』。

〔五〕『猶聽隔鄰深夜話』，花間本作『猶聽隔林深夜語』，劉本作『猶聽鄰人深夜語』。

〔六〕底本詩後有墨筆批語：『此一首下寫《清明日回程宿石亭驛舍》。』

李眉山約過蘿村以道迂不果行寄贈〔一〕

其一

君邀忙客興偏餘，我少閑情俗未除。花鳥欲迎梁苑馬，烟霞空愛剡溪居。風前倚樹翹雲鶴，松下通泉灌野蔬。逢著山僧頻借問，新詩封作八行書。

其二

行藥常過雙澗濱〔二〕，風恬雲暖緑蘿春。朝廷未乏徵賢詔，巖壑終歸姓李人。日晚漁樵閑逐侶〔三〕，山中雞犬自爲鄰。如何白石青泉路〔四〕，肯惹緇衣道上塵。

【校記】

〔一〕花間本題作《眉山約過蘿村以道迂不果行寄贈》；《國朝詩選》卷三僅録組詩其二，題作《寄李處士鍇》。

〔二〕『行藥』，花間本、《國朝詩選》作『行樂』。

〔三〕『閑逐侶』，花間本、《國朝詩選》作『多静侣』。

〔四〕『青泉路』，花間本、《國朝詩選》作『清泉路』。

春日呈寶嗇主人

金從百鍊玉千礲〔一〕，艷錦芳馨幾萬重〔二〕。奇句重如鰲戴嶽，新思清比月當空。重門小院梨花雨，畫閣湘簾燕子風。睡鴨添香無個事，一春都在好詞中〔三〕。

【校記】

〔一〕『百鍊』，花間本作『百煉』。

〔二〕『芳馨』，底本墨筆改『馨』作『蘭』；『幾萬重』，底本墨筆改『重』作『叢』，花間本此句作『艷錦芳蘭幾萬叢』。

〔三〕『好詞中』，花間本作『好辭中』。

春日閑居次二十三弟寶齋主人見懷韻〔一〕

東風深掩白茅居，夢草池塘過雨初。日課丁男教種樹，時傾卯酒爲澆書。山桃花落閑行裏，畦韭根留晚飯餘〔二〕。吟減帶圍渾自苦，惟應阿弟獨憐予。

【校記】

〔一〕花間本題作《春日次二十三弟見懷》。

〔二〕『根留』，花間本作『根拋』。

園中曉起次彭湘南韻

林端紅旭破烟遲，山館從容款客時。杖引曉風穿蘚翠，研添清露折花枝。欲過竹所誰爲主〔一〕，閑聽鶯聲擬賦詩。童子更言春酒熟，好携幽興醉前池。

【校記】

〔一〕『誰爲主』，花間本作『堪爲主』。

重過雲巖寺再題

山腰結宇佛燈照〔一〕，孤磬還敲積翠邊〔二〕。古木片雲香界地，斷崖流水夕陽天〔三〕。一來問道齊空有〔四〕，三度題詩改歲年〔五〕。惆悵下山山下路，馬蹄踏破碧溪烟。

【校記】

〔一〕『山腰結宇佛燈照』，花間本作『珠燈朗徹法輪圓』。

〔二〕『孤磬還敲積翠邊』，花間本作『樓閣飛空尚宛然』。

〔三〕『斷崖』，花間本作『斷霞』。

〔四〕『齊空有』，花間本作『忘空有』。

〔五〕『改歲年』，花間本作『易歲年』。

書西甘澗藏上人壁

覓句長年對石屏，清吟只許野猿聽。烟蘿碍石藏高磴，山月隨泉入短瓶。筆底機鋒穿浩劫，卷中冰雪落空青。天花香散維摩室，一首新詩一帙經。

戲贈傅雯

入座曾聞衆不如，十年塵土曳長裾。心勞更學屠龍技，舌辨應修駡鬼書。白髮緣愁生曉鏡，青雲失脚老吾廬。春風紫陌看花出，人識疲牛薄笨車。

冬日送玉有歸里

一帆高挂暮江頭，萬里歸心葭葵洲。早歲莫吟平子賦，春風還上仲宣樓。山圍落日催寒葉，水下平沙滯遠舟。尊酒重傾歌未斷〔一〕，翔雲南雁動離憂。

【校記】

〔一〕『尊酒』，劉本作『樽酒』。

夏日病中〔一〕

長日關門晝景清，空齋伏枕暗魂驚。古瓻換水花留艷，小徑稀鋤草亂生。錦鯉不來人更遠，碧雲無際雨還成。可知病骨緣詩瘦，猶對風爐詠藥鐺。

【校記】

〔一〕花間本全詩作：『長日關門晝景清，空齋伏枕暗愁生。孤琴自挂壁塵滿，雙屐猶閑階草平。錦鯉不來人更遠，碧雲無際雨還成。百年身世渾多病，獨對風爐洗藥鐺。』劉本全詩作：『晝掩蕭齋枕簟清，年來難遣病中情。東陽瘦盡吟偏苦，潘岳閑居感易生。錦鯉不來人更遠，碧雲無際雨還成。孤琴挂壁塵侵屐，猶對風爐聽藥鐺。』

登平山絶頂在馬蘭峪東北

關山萬里望中收，策杖危巖最上頭。畿輔西來雄鎮列，漁陽東去大江流〔一〕。歸樵獨立看雲晚，遊騎閑盤射雁秋。今日三邊烽燧息，晚烟斜照恣夷猶。

【校記】

〔一〕『大江流』，花間本、《皇清文穎續編》卷八十二作『大河流』。

寄王蘭谷

與君相知數載餘，與君相親還復疏。去歲蘭陽一見面，今年鳳城三得書。黄華頂上應屢宿，紫蓋峰前時暫居。少年豪興每飛動，讀騷飲酒當何如。

書寄島庵

衰年作吏壯心違，誰識風塵老布衣〔一〕。花外帆過隨苑迴〔二〕，雪中人到海門稀。朝廷有道應須報，賓主兼忘辱久依。幾度離魂逐南雁，碧山叢桂又斜暉。

【校記】

〔一〕『誰識風塵老布衣』底本有朱筆校勘，改作『潦倒緇塵化素衣』，紫瓊本作『潦倒緇塵化素衣』。

〔二〕『隨』，花間本、《國朝詩選》卷三作『隋』。

贈易寔庵南歸

樓頭歌管梁園月，岸上鶯花楚澤烟。五夜離懷桑落酒，三春歸興木蘭船。製荷自擬開新沼，種秫惟應治舊田。何限長安名利客，浮雲回首已茫然。

和易天有早春出郭原韻

遊屐踏青初及時，東風小榼携青絲。半陰半晴雲照水，欲開不開花滿籬。田畬深耕有故土，琴酒逸興多新知。嗟余疏懶真堪笑，郭外尋春出較遲。

贈法天上人〔一〕

烟紅塵海火輪浮，下界茫茫俯十洲。數片閑雲雙樹晚，一聲清磬萬山秋。即心已熟黄梅子，露地誰牽白牯牛。借問遠公蓮社畔，幾人來往虎溪頭。

【校記】

〔一〕花間本、紫瓊本題作《贈西山僧》。底本另有七言律《送曉上人歸東林寺》録於後，首聯作『匡廬瀑布溢湖水，景象都從杖底收』，餘同。

贈藏山上人〔一〕

常著空桑壞色衣〔二〕，南能北秀兩依稀〔三〕。却憐頭白知名久〔四〕，直以詩高入道微。飲水自知雙澗味，面山誰道九年非。他時一謁安禪處，松柏蒼蒼静掩扉。

【校記】

〔一〕劉本題作《贈法天上人》。

〔二〕『常著空桑壞色衣』，花間本作『京國人傳相見稀』。

〔三〕『南能北秀兩依稀』，花間本作『緇塵不染水田衣』。
〔四〕『却憐』，花間本、劉本作『却緣』。

夏日雨晴書寄盤山李處士鍇

山前山後雨初收，山口飛泉百道流。日出烟霞分鳥道，天晴雷電下龍湫。挂瓢樹老經樵斧，種玉田荒長石頭。今夜豸峰峰上月，羨君茆屋坐銷憂。

量周上人近住西山書懷奉寄〔一〕

盧師棲處到人稀，疏磬茅堂泠翠微。定入秋空黃葉墮，閑看澗户白雲歸。每聞梵唱心先喜，擬赴齋期願重違。春韭夕葵嘗飯客，灌園猶有未忘機。

【校記】

〔一〕鄭本題作《量周上人近住西山》，全詩作：『寥天孤鶴任騫飛，一錫年來卓翠微。入定自鋪黄葉坐，閑行應傍白雲歸。林間素侶談經慣，物外知心見面稀。擬向杼山問詩法，笻枝蠟屐叩禪扉。』花間本題作《量周上人近住西山》，前六句與鄭本幾同，唯第四句『應傍』作『應伴』，尾聯作『好把如蓮參半偈，行縢穿雪到禪扉』。《皇清文穎》卷七十二題作《送僧住西山》，前七句與鄭本同，第八句作『携笻蠟屐叩禪扉』。

早春送易天有爲越中尉兼寄島庵

故人南去草萋萋，心逐春光送馬蹄。山水窟中宜獨往〔一〕，神仙班裏未全低〔二〕。松門醉月因詞簡〔三〕，天姥尋僧有句題〔四〕。癡叔若逢相問訊，重傾别酒醉如泥。

【校記】

〔一〕『山水窟中宜獨往』，花間本作『山水平分花縣外』。

〔二〕『神仙班裏未全低』，花間本作『烟霞常在赤城西』。

〔三〕『松門醉月因詞簡』，花間本作『鳴騶野店風初暖』。

〔四〕『天姥尋僧有句題』，花間本作『喚渡官津日又低』。

早春遣興

檐鳥喚晴曙色動，花間堂前春可憐。樹底殘雪半成水〔一〕，墻頭遠山猶帶烟。酒伴已拚良夜醉，朝回深愛竹林眠。金盌玉盤隨所有，園蔬鄰果不論錢。

【校記】

〔一〕『樹底』，花間本作『樹根』。

清明日出郊外〔一〕

緑楊紅杏滿城春，踏盡香塵踏遠塵。幾樹濃花開斷隴〔二〕，誰家新塚哭陳人。村墟影裏疏烟禁，簫歌聲中賽社神〔三〕。惟有牧童牛背笛〔四〕，斜陽山路草如茵〔五〕。

【校記】

〔一〕《國朝詩選》卷三題作《清明日郊外》。

〔二〕『開斷隴』，花間本作『間斷隴』。

〔三〕『簫歌』，花間本、《國朝詩選》作『簫鼓』。

〔四〕底本『牧童』前脱二字，據花間本、《國朝詩選》補『惟有』。『年背笛』，花間本、《國朝詩選》作『牛背穩』。

〔五〕『斜陽山路』，花間本、《國朝詩選》作『斜陽山外』。

送鄭板橋令范縣〔一〕

萬丈才華繡不如，銅章新拜五雲書。朝廷今得鳴琴令〔二〕，江漢應閑問字車〔三〕。四郭桃花春雨後，一缸竹葉夜凉初。屋梁落月吟瓊樹，驛遞詩筒莫遺疏。

【校記】

〔一〕鄭本題作《送板橋鄭燮爲范縣令》。

〔二〕『鳴琴令』，鄭本作『鳴琴牧』。
〔三〕『問字車』，鄭本作『問字居』。

二十三弟寶齋主人索近詩書以呈應兼用自嘲

忽枉新書辱索求，獨憐吟苦未嘗休。驚人覓句真無賴，隨事關心不自由。從古文章妨僞體，他時風雅許清流。烏絲細寫聊投贈，敢望天邊五鳳樓。

淳邸幕客祝宣臣自里來京相過遂贈〔一〕

掉臂初歸檇李城，又聞潦倒客燕京〔二〕。看山不厭柴車緩，弔古能將絜酒行。老至翻憐辭故國，才高何必逐時名。江南春色還無賴〔三〕，次第關河動早鶯。

【校記】

〔一〕劉本詩題作《淳邸幕客祝舍人宣臣自里來京相過遂贈》。花間本、《國朝詩選》卷三有《淳邸幕客祝宣城自里來都見過遂贈》，全詩作：『湖海襟懷見古人，於今古道久湮淪。經過一顧光輝遍，問訊移時笑語真。旅館月明沽酒夜，故園花放按歌春。江南暖氣知先到，驛路隨君柳色新。』
〔二〕『又聞』，底本墨筆改『又』作『重』，紫瓊本作『重』。
〔三〕『還無賴』，底本墨筆改『還』作『渾』，紫瓊本作『渾』。

送靈巖上人歸南嶽〔一〕

閉龕趺坐不知年，暫出人間亦偶然。如意瓶添千澗月，菩提珠捻百花烟。鶴盤塔影閑春院，龍聽經聲繞夜船。初地無勞更飛錫，松枝一夕向東偏〔二〕。

【校記】

〔一〕底本另有七言律《送靈巖和尚歸衡山》録於後，全詩異。

〔二〕『一夕』，花間本作『一夜』。

重過雲巖寺

振衣人語翠微西，度石穿雲路不迷。却試巉巖千仞險，重尋古壁十年題。群峰合沓窻中列〔一〕，萬木參差檻外低〔二〕。何事緣空置樓閣，老僧曾共鳥巢栖。

【校記】

〔一〕『群峰合沓窻中列』，花間本、劉本作『日張火傘臨窻過』。

〔二〕『萬木參差檻外低』，花間本、劉本作『峰簇瓊蕤繞檻低』。

拈花寺無量上人索詩書贈

聞道拈花無量師，常修清淨畏人知。香薰瓶錫貪看藏，衲挂松雲喜賦詩。心境懸空蓮湧處，禪燈續照月明時。俗塵已盡應難染，閑借寒泉滌硯池。

新正侍柏梁宴恭紀〔一〕

銅墀淑景漾晴暉〔二〕，三殿春明接紫微。沆瀣杯傳鸚鵡麗〔三〕，咸韺樂奏鳳凰飛〔四〕。詩吟湛露承天澤，手捧彤雲拜禁闈。願共華封齊獻祝，鬱葱佳氣滿皇畿。

【校記】

〔一〕花間本題作《侍柏梁宴恭紀》。

〔二〕『銅墀』，花間本作『銅池』。

〔三〕『鸚鵡麗』，花間本作『鸚鵡動』。

〔四〕『咸韺』，花間本作『韶韺』。

送曉上人歸東林寺〔一〕

匡廬瀑布溢湖水，景象都從杖底收。數片閑雲雙樹曉，一聲清磬萬山秋。即心已熟黄梅子，露地誰牽白牯牛。借問遠公蓮社畔，幾人來往虎溪頭。

【校記】

〔一〕底本此詩題下有墨筆『重出』二字，天頭有朱筆眉批：『已入《詩鈔》。』按，底本另有七言律《贈法天上人》録於前，首聯作『烟紅塵海火輪浮，下界茫茫俯十洲』，餘同。

寄懷張有時主簿青浦

芝蘭叢裏鳳凰雛，玉磬朱絃韻有餘。上達正逢堯舜世，中年補讀父兄書。烟雲滉漾盈殘匣，風雨蕭條掩敝廬。聞道長官多惠政，江南景物近何如。

陶士僙以兵部主事出爲柳州知府詩以送之

漢庭循吏得人時，五馬車前甘雨隨。事業新傳黄綬珮，聲華舊在白雲司。十年膏火書千卷，百粤山川酒一卮。若道夢魂能識路，秋風香繞桂花枝。

西澗寺〔一〕

盤回一徑入青螺，竹屋松扉枕澗阿。樵唱歸時銜嶺月，僧衣挂處裊風蘿。林香暖動春前少，水味寒添雪後多。禮罷栴檀叩方丈，半龕花雨病維摩。

【校記】

〔一〕續刻本歸入《遊盤山十二首》組詩其四，詩題作《西甘澗》。

東澗寺〔一〕

東甘澗接西甘澗，一水平分兩派流。老衲不知塵世事，空堂長閉古時秋。石湍細籟開琴匣，松蔭寒青泛茗甌。久坐渾忘歸騎晚，夕陽春草鹿呦呦。

【校記】

〔一〕續刻本歸入《遊盤山十二首》組詩其三。

上方寺〔一〕

一僧兀坐萬山隈，霽後柴門鑿雪開。野老脩齋供米爨〔二〕，潭龍問法作人來。閑尋古屋書黄葉，細讀殘碑拭緑苔。林下泠泠孤磬發，又看明月到荒臺。

【校記】

〔一〕續刻本歸入《遊盤山十二首》組詩其五。

〔二〕『供米爨』，續刻本作『供米炊』。

雲罩寺〔一〕

筇枝風磴何盤跚〔二〕，屐齒濕滑夜聲乾〔三〕。下方回視飛鳥絶，上頭但覺青天寛。一峰日色半峰暝，四時雲氣三時寒。瞪目忽然成獨嘯，山山流韻似青鸞〔四〕。

【校記】

〔一〕續刻本歸入《遊盤山十二首》組詩其七；《國朝詩選》卷三題作《登雲罩寺》。

〔二〕『何盤跚』，續刻本作『何盤踞』。

〔三〕『夜聲乾』，續刻本、《國朝詩選》作『衣聲乾』。

〔四〕『青鸞』，續刻本作『清鸞』。

舍利塔〔一〕

一錐卓立萬山巔，潔比明珠浄比蓮。月到上盤渾似雪，塵生下界總成烟。寶光疑隔滄溟見，倒影知從碧落懸。却羡祇陀林畔鳥，飛來飛去繞金仙。

【校記】

〔一〕續刻本歸入《遊盤山十二首》組詩其八。

古中盤〔一〕

獅子窟中嵐翠古，古中盤路最逶迤。可知閑日勝忙日，重把新詩换舊詩。雨後棕鞋穿翠蘚，風前花氈浴香池。四山殘雪梨千樹，每到開時兩不知。

【校記】

〔一〕續刻本歸入《遊盤山十二首》組詩其九。

少林寺〔一〕

斜暉塔影挂朝暉，盡日經聲在翠微。高閣香花諸佛古，空林烟雨到人稀。厨邊鳥下齋時飯，石上僧收曝後衣。看取浄居都不染，翛然頓覺世情非。

【校記】

〔一〕續刻本歸入《遊盤山十二首》組詩其十。

從上方寺至東竺庵〔一〕

鶴氅襹褷箬帽斜，一肩榔栗覓僧家。初經絶壑緣叢莽，漸傍回溪踏淺沙。疏竹淡烟横略彴，閑門殘照立袈裟。東風二月山寒減，坐愛山前幾樹花〔二〕。

【校記】

〔一〕續刻本題作《東竺庵》，歸入《遊盤山十二首》組詩其十一。

〔二〕『山前』，續刻本作『庵前』。

送謝香祖歸陽羨

黄鳥嚶嚶楊柳風，一尊醽醁野亭東。寸心已自争殘日，霜鬢那堪逐轉蓬。舊徑未荒生杞菊，鄉音無改狎兒童。遥憐罨畫溪邊宅，欲寄封書何處通。

西園往歲種竹今春秀篁滿徑詩家借看無暇日偶題長句戲粘屋壁〔一〕

杉皮屋枕紫篠篸，鋤雨栽雲歲月餘。香露點茶閑解酒，凉風拂簟卧看書。苔茵静轉憐陰晚，烏翼横捎動翠虚。剛唤山童勤守護，應門又報值籃轝。

【校記】

〔一〕續刻本題作《西園種竹至春新篁滿徑欣然有作》。

春夜花下讀陶毅齋鳳岡詩抄書此遥贈

風墮檐花烏帽偏，清辭坐對興悠然。雪飄李白三千首，雨打英皇五十絃。魂夢幾迷荆口樹，誦歌常在蛋人船。此時更解相思否，紅刺桐前寄一篇。

遊上方山

鵶飛紅樹報秋晴，人在荆關畫裏行。半日閑爲塵外客，十年心契此山名。蜂巢僧舍圍巉住，螺髻雲梯叠石成。絶頂茅庵遊不到，天風吹下轉經聲。

黔石詩爲眉山作

是尊翁先生撫黔時物，二枚高尺餘，罷官載之歸，得勿免薏苡之譏耶？〔一〕

瑩然孤石出江濱，幾載天南伴守臣。玩去浪遭官吏笑〔二〕，懷歸不救子孫貧。閑階病鶴相於月，古盎疏梅點注春〔三〕。堪並青氊爲故物，鬱林遺愛在州人。

【校記】

〔一〕續刻本無序。

〔二〕『玩去』，底本原作『玩法』，據續刻本改。

〔三〕『點注春』，續刻本作『點住春』。

秋海棠爲海曦峰作〔一〕

苦竹堂西小院幽，年年常似不勝秋。花啼玉露紅妝薄，葉委金風翠扇愁。托植何嘗非厚土，開時無分近高樓。深叢月冷層陰結，語斷寒螿螢亂流。

【校記】

〔一〕續刻本題作《秋海棠詩爲海曦峰作》。

旅舍見梅花

玉人瞥見恰相憐，僻地孤根也自妍。帶雪放花争暖日，看春隨意作新年。虬枝影亂茅檐月，麝腦香沉土銼烟。索笑家園同爛熳，急須浮白當開筵。

蘭陽晤海曦峰并贈王蘭谷

曦峰蘭谷兩詩人，一度相看一度新。象管生花并璀璨，虬松拔地鬬鱗皴。自嗟京洛風塵久，暫近山林興會真。村酒滿壺沽便得，拚將一醉落花春。

贈韓佐唐

忽漫相逢眼最青，丰儀江漢見英靈〔一〕。但能飲酒稱名士，何事乘槎犯客星。貰酒誰憐燕市駿〔二〕，充飢愧乏楚王萍。亭南亭北千章木，黄鳥嚶嚶好共聽。

【校記】

〔一〕『見英靈』，劉本作『有英靈』。

〔二〕『貫酒』，底本墨筆改『酒』作『骨』，紫瓊本、劉本作『骨』。

天有易君下榻西園最久才華敏贍而賦性端直余深重之丙辰謁選得松門尉曾作詩贈別近以奏最入都甄補如皋於其行也不勝繾綣屬望之意故復贈以詩二首〔一〕

其一

牽絲舊傍天台郡，捧檄今趨射雉城。向日驊騮初展步，摩雲鸞鶴有先聲。目凝楚岫千重碧，心競淮流一道清。試數昔賢多作尉，不因官小晦詩名。

其二

二分明月古揚州，珍重多君此宦遊。歌闋酒船常入夜，花繁官廨不知秋。竹西到處留題詠，叢桂開時憶唱酬。藏醴尚多須盡酌，別懷帆影共悠悠。

【校記】

〔一〕續刻本題作《贈易天有》，僅録組詩其一。劉本詩題與底本幾同，唯『補』字下多一『授』字，末無『二首』。

送易泗赴衢州經歷任〔一〕

其一

天半高梧麗早曛，威棲多是鳳凰文。陳琳草檄才無敵，王粲登樓志不群。橘柚萬家花繞郭，稻秔千頃水連雲。他年奏最明光殿〔二〕，兩浙先推定屬君。

其二

醉折津亭柳一枝，燕山越水惜分歧。故人君去京華少，浮世心驚歲月馳。風急曉燈吟句穩，江連秋雨挂帆遲。遥知罷酒琴横膝，雪滿梁園有所思。

【校記】

〔一〕續刻本僅録組詩其一。

〔二〕『明光殿』，續刻本作『朝金闕』。

病中即事

卧聞歸鳥唤晴霞，小閣闌邊返照斜。枕畔書抛慵自覽，尊中酒盡漫須賒。山川道遠分良友，風雨幽窻送落花。不謂病多曾厭病，病中偏慣擲年華。

冬曉偶作

鐘漏依稀報點遲，夙興每與素心期。出城鴉陣投西嶺，隔牖晨光到硯池。煮茗收來天上水（介上人教以收雨雪之法，貯甕中隔年用之，味清芬，丹華泉香未能似也）〔一〕，添香坐憶夢中詩。分明一室虛生白，萬籟無聲静曉吹。

【校記】

〔一〕續刻本第五句下無注。

贈彭廷梅〔一〕

傳聞遠宦客天涯，坐上何因識孟嘉。猶墊角巾過洛下，不彈長鋏向侯家。平原貧去炊無米，彭澤歸來鬢有華。萬里故園江海上，肯教秋色老黄花。

【校記】

〔一〕底本天頭有朱筆批：『此首遺事過多』。

果親王十七兄園林之遊有作

紅樓翠樹倚虚空，竹外花邊一徑通。螺髻曉凝山字黛，鏡奩晴晃水心銅。陶潛酒後微微月，賀若琴中淡淡風。若使乘鸞仙子過，不須更住廣寒宫。

奉敕畫盤山山色恭紀以詩乾隆十年二月廿日題畫上〔一〕

淑氣氤氲擁帝輿，翠微深處敞宸居。雲凝石髓進仙饌，月在松窗觀寶書。屏列四圍帷捲後，流添千澗雪晴初。扈遊恩許摹佳勝，吮墨心知畫不如。

【校記】

〔一〕續刻本題下無注。

訪鷹青山人不遇

數間茅屋澗之濱，閉户藏名五十春。雲裏雞鳴知日出，階前草長識年新。山中宰相陶弘景，谷口耕夫鄭子真。遮莫仙家三二月，桃花流水誤漁人。

哭中書馬相如二首〔一〕

其一

鼪鼯嘯月鳥呼風，旅櫬塵封廢館中。故友不來芳奠缺，殘書散盡破囊空。從來地府修文易，自古天閽少路通。親老兒孤家業盡，紙旛歸去夕陽紅。

其二

曾開春宴醉華堂，據席揮毫上客觴。已許談諧因兩晋，最憐詩法是中唐。雲端何意羈天馬，墳上應須種海棠（先生自題有『海棠紅腦一春情』之句）。傳語九原休抱屈，中書千古姓名香。

【校記】

〔一〕底本此組詩以朱筆勾去，上有朱筆眉批：『選有後二首，此二首删。』紫瓊本有《挽馬相如二首》，其一作：『髯叟詩翁亦酒民，少年如玉老如神。鳳凰高閣天難問，鸚鵡空洲草自春。孤櫬獨歸江上月，殘書全委甑邊塵。從來已灑多情淚，况復山陽笛裏人。』其二作：『文章富貴不兼全，魚在深淵鳥在天。燒眼徒驚千赤紱，經心冷坐一青毡。人情莫問東流水，詩骨先封好墓田。此後精靈更誰語，晚風斜日亂啼鵑。』劉本僅録組詩其一，詩同紫瓊本其一，唯『天難問』作『天如夢』。

吴越懷古

中營嘗膽深宫醉，蜂蝶年華豺虎心。范蠡事齊輕越久，伍員覆楚感吴深。旌旓影滅閑斜照，風月臺荒静碧岑。徒使若耶溪水色，惹人吟詠到如今。

漳臺懷古〔一〕

炎靈焰盡土崩分，譙上興師志不群。世系已從曹相國，碑銘合署漢將軍。無何賣履成悲泣，幾見當塗是讖文。惟使陳思誇健筆，感甄一賦不堪聞。

【校記】

〔一〕底本《吴越怀古》詩後有闕葉，至少應録《漳臺懷古》等三詩，據續刻本補。

塞紫峰學士積數十年求杖百根上窮天時下極地宜山林藪澤之材匠氏雕鎸之巧無不合度盡致遂自號百杖翁近聞詩家者流移其所好爲詩一首换去一枚蓋餘者寥寥然復向余乞詩余亦因其杖癖也以詩勉之〔一〕

玉質金相一百枝，勤求地産合天時。主人頗盡窮年力，僮子還勞到處隨。書案琴床多位置，雲峰月徑好扶持。如何漫與狂吟客，换取人間無用詩。

【校記】

〔一〕按，底本闕葉處，當録此詩，據續刻本補。

昔人愛奇原不廢癖百杖翁癖於杖者初訝其爲詩家所給因成小律勉之乃詩去而杖來又知其癖之不專爲乎杖也杖鴉眼木天然芝形一莖並秀附以詩云敢獻金芝壽邸第徵耄耋復申長句用答嘉珍〔一〕

蓬萊峰頂萬年芝，玉府真仙手自持。磊砢何須誇竹節，堅貞應是過桃枝。花間路熟擎來好，洞口雲深採得遲。若許訪翁從弱水，不訪投擲作龍騎。

【校記】

〔一〕底本闕葉，詩題自『一莖』以前皆脱，據續刻本同題詩校補。又，續刻本全詩異，作：『秀挺靈葩勁復妍，嘉名恰稱紫芝仙。寄來弱水三千里，探去華峰十丈蓮。勾引烟霞隨步履，等量風月壓吟肩。不由雕琢須人力，絶勝鳩形製漢年。』

第西慈祐寺白丁香一株春來盛開同姚芥舟余莘園周山怡陳研村置酒邀賞遂成一律時唐飽庵未至分得珠字〔一〕

應是花姨竊蕊珠，妝成姑射鬬肌膚。梨雲著夢春猶淺〔二〕，梅月飄香韻亦孤。異品定從瑶圃得，清華曾種雪宫無。病維摩詰離言説，參與優曇味不殊。

【校記】

〔一〕底本、劉本題下無『時唐飽庵未至』，無注，據續刻本補。

〔二〕『著夢』，續刻本作『入夢』。

恭和御製集王公宗室瀛臺賜宴元韻時乾隆十一年八月二十七日

其一

宗支賜宴集宫垣，爵禄無拘並典藩。四海慶登珠玉粒，三漿榮捧鳳凰尊。纏綿布德歌功叙，熙皞興仁識道源。謨烈顯承垂佑啓，詒謀燕翼頌神孫。

其二

唐堯睦族仰文明，川瀆朝宗溯八瀛。崇重加恩難負戴，銘鐫報禮矢寅清。聖皇孝治推親愛，臣庶情深翕弟兄。屬在本支宜謹凛，各思夙夜勵心盟。

其三

日臨苑樹曉曨曨，景福昭明頌有融。潑潑遊魚波濺沫，芊芊豐草露霏叢。龍章詩駕三千什，鳳律音諧十二筩。共慶周親霑澤厚，太平榮遇盛歌風。

九日登天台山〔一〕

巉崖絶壑畫難如，鳥道盤空樹影疏。退食有閑辭秘殿，看雲無意到精廬。問僧不識人烟處，暖酒分來佛火餘。歸倚短笻乘薄醉，千峰清映玉蟾蜍。

【校記】

〔一〕『天台山』，底本作『天太山』，據續刻本改。

重陽後二日西園池亭賞菊分賦得遲字

秋過重陽景更奇，菊花金盡壓霜籬〔一〕。柴桑處士頻呼酒，笠澤先生舊療飢。小徑疏林烟漠漠，長天斜日雁遲遲。一尊喜共詩人賞，好入荆州譜歲時。

【校記】

〔一〕『金盡』，續刻本作『金重』。

小亭擘蟹芥舟先生以詩見貽率爾奉答

磊落堆盤玳瑁匡，一簾新飽九秋霜。南人謾詡江瑶味，東浦曾隨海月光。恣啖也知妨夾石〔一〕，含膏何必誚無腸。讀書未博蟛蜞誤，頻倩中厨進紫薑。

【校記】

〔一〕『妨夾石』，續刻本作『妨夾舌』。

贈彈琴唐公侃

驅車僻路遠相尋，誰識蕭然物外心。流水一灣嚴子瀨，青山四壁介推林〔一〕。應門有鶴唯邀月，高館無人獨抱琴。二十年前金紫客，白雲巖下早抽簪。

【校記】

〔一〕『四壁』，紫瓊本作『四座』。

送方待詔可村歸儀徵〔一〕

楚尾吴頭道路長，片帆高挂水雲鄉。姓名乍可登金馬，歲月依然付草堂。柳帶陰中書帶緑，稻花風裏墨花香。寧知南望相思者，惆悵西園下夕陽。

【校記】

〔一〕續刻本題作《送待詔方可村歸江南》。

贈吴將軍

戟戟紫髯雙頰紅，將軍今世之豪雄。出門擊劍騎生馬，閉户揮琴送遠鴻。指顧山川談笑裏，交遊朋輩夢魂中。多年薊道猶逢汝，爲我頻頻置酒筒。

寄揚州少尉易天有索製扇〔一〕

故人才氣正翩翩，曾是芝門奕世賢。百里分張隋帝柳，十年飽看越王蓮。澄江載石帆疑重，麗句裁霞錦奪鮮。遥想瀟湘出佳製，清風披拂座中傳。

【校記】

〔一〕劉本題作《寄揚州少尉易天有》。

秋日西園小亭演劇適羽師崑霞見過延坐玩賞輒投長句即用和答

飛蓋西園引上才，忽看天外片雲來。笙歌欲駐飛鳧馬，雷雨從傾㔸酒杯。石室初聞三洞秘，桂巖纔報一花開。年來未得淮南術，肯爲乘風數往迴。

王崑霞羽士赴天津爲持螯十日飲曉亭學士爲詩贈行道其不羈之概示余輒復不揣爲吟長句以附卷中

襟袖淋漓醉墨香，把螯又赴酒人場。飛濤捲雪秋空白，斷岸蒸霞曉氣黃〔一〕。閑話三山歸興淺，笑看雙鶴寄書忙。世間不少東方朔，可是偷桃進上方。

【校記】

〔一〕『曉氣黃』，底本墨筆改『氣』作『日』。

將往盤山新莊簡西澗藏上人

藏山開士經時別，古佛精廬得未修。最是雲泉清絶處，莫嗔熱客又來遊。千重紅杏村邊樹，兩派青螺髻下流。好景可容分一半，草堂東面澗西頭。

寒食過王蘭谷宅

拂人楊柳馬頭絲，寒食匆匆記歲時。滿目雲山橫北塞，一林烟火就東菑。書迴雁字春風遠，棋落燈花夜雨遲。珍重多情賢地主，山梅臘酒更相期。

自蘭陽歸重過西澗留別藏上人

一龕蘿薜覆春燈，高在浮嵐暖翠層。乍歷黄塵人外境，重參白石澗邊僧。送迎有意公何與，去住無心我未能。明日驅車回首望，花宫仙梵隱觚稜。

西園雨夜留飲楊給事竹軒

竹裏試茶清擊甌，花邊鬬酒密藏鈎。蕭疏静夜草堂雨，縹杳凉天雲樹秋。戲假霜威促飛斝（是日幕中諸客在座），欲添海水作更籌。園蔬林果能供給，乘興還應十日留。

贈周山怡歸江南

歸裝欲摘洞庭金，便峭吴帆潞水潯。三絶才華高世表，幾年醇酬醉人深。荆花滿院春多暖，玉樹當階晝有陰。好在嚶嚶枝上鳥，東風相唤向喬林。

十一月九日雪中觴集

户外輕雲幕小山，六英飛舞晝逾閑。平欺竹葉渾無力，小試梅花意尚慳。掩映疏林如墨畫，飄蕭別墅静松關。揮毫擬授相如册，醉寫清輝一解顔。

平臺雪眺

鋪平坳垤白皚皚，灑遠填空浄陌埃。山鳥歸林銜黑去，炊烟隔巷送青來。田中積塊連華璧，院内寒香動早梅。分付小童頻掬取，風爐竹火試茶杯。

庚午仲冬連日大雪寒氣漸深因就孫玉峰齋頭圍爐茶話爲憶數年前有此好雪預慶豐稔有徵率然成詠〔一〕

茗柯香透座中温，不用蘭釭照玉尊〔二〕。三白宜年思往歲，兩情如水得深言。狂蛟字走盈芸壁，老鶴聲清在竹門。準擬歸時寒擁被，疏櫓風淡月黄昏。

【校記】

〔一〕續刻本題作《次日再雪在孫玉峰齋頭烹茶閑話爲憶數年前有此好雪預慶豐稔成詠》。

〔二〕『蘭釭』，底本作『蘭缸』，據紫瓊本改。

和李眉山生壙原韻并序〔一〕

眉山李處士錯渺觀高趣，獨出超塵，當今隱君子也。年既耄，乃作生壙，繪圖題詩其上以自明。竊以神明清輕形，質重濁，天地之理，始終之際，賢者知之，順其自然而已。處士樂志林泉，浮雲富貴，神明之所寄遠矣，于形質乎何有哉？吾知盤山抔土，可與梅里一龕，桐江片石，同壽千秋也。因即其韻，和其詩，以誌仰止之意。

曾傳劉蜕舊埋文，錯也生藏亦絶群。彼既認名爲故我，君能寓世若浮雲。山前手植松皆老，屋後田荒土不墳。自是仙人多羽化，他年雙鶴迓蘇君。

【校記】

〔一〕續刻本無序。

春日漫興

蒼龍闕下退朝還，一榻清風閉竹關。永日惟凴書卷過，常年肯放酒盃閑。烟中樹静遲飛鳥，花外臺高壓遠山。覓紙欲題重閣筆，吟情那復更班班。

園中野酴醿盛開集諸同人宴賞分賦得簾字

粉堵烟叢鎮日添，繁枝密蕚發穠纖。葉初合處緑三徑，花正開時香一簾。檀枕夢迴春愈好，畫屏坐對意無厭。微風恰喜飛英入，泥客深盃側帽檐。

暮春郊行宿慈集僧寺

鳥飛天外緑蕪平，山翠西來欲我迎。芳樹乍連田舍合，軟塵猶近馬鞍生。詩懷無那春將盡，農事方深雨又晴。惟有日長堪寄睡，僧房茗熟晚香清。

清和閑晚同孫玉峰至賜園宿玉幢亭留飲即事〔一〕

烟水池亭落日昏，東南佳客共開尊。一生窈渺鷗波夢，半夜逍遥鶴島魂。漠漠餘花飛小徑，溶溶華月漾前軒。淪漪派引從仙沼，興入江天屬聖恩。

【校記】

〔一〕續刻本題作《清和中浣同孫玉峰至賜園宿玉幢亭留飲》。劉本題略同續刻本，末多『即事』二字。

園中紅藥盛開雨亭煉師約振凡携酒饌過賞邀諸友人分賦得開字〔一〕

詰曲欄干護緑苔，芳叢旖旎傍平臺。壺天快睹仙雲至，樽酒還携舊雨來。人到花前憐日永，香翻階下任詩催。賞心可是年年别，更向薰風幾度開。

【校記】

〔一〕底本僅存詩題，後脱葉，據續刻本補。

弔藏公塔院世外之交此最者也雖不以凡情係之而今昔之感有不能已者矣爰賦二律〔一〕

其一

青松白石見前身，孤塔初成是定因。方丈燈明頻問道，空山葉落更無人。水雲杳杳迷雙澗，猿鶴淒淒少四鄰。他日重尋碑上字，自騎匹馬入荒榛。

其二

木石幽居澗水阿，曾携襆被數經過。貫休袖裏詩篇富，惠遠林間笑語多。香積齋厨無鳥雀，魚山梵唱絶烟蘿。肩輿遠道傷神處，野日霜風獨樂何。

【校記】

〔一〕底本詩題不全，詩題自『今昔』始，前脱葉，據劉本補。續刻本題作《弔藏公塔院》。

戲題紆徐草堂〔一〕

其一

小築幽棲有四鄰，窪罇鮭菜樂吾真。數椽草草編茅屋，雙袖淋淋拜石人。掩卷常思千古事，放歌誰乞百年身。星河未落山鐘起，不許懵騰睡失晨。

其二

疏豁茅堂倚翠微，沙虛雲白護烟扉。山前乞米老僧下，日暮趁墟童子歸。差許歲時能獨往，便論去住計全非。年年二月春山路，紅杏花深練雀飛。

【校記】

〔一〕紫瓊本僅録組詩其二。

喜鄭板橋書自濰縣寄到

二十年前晤鄭公，談諧親見古人風。東郊繫馬春蕪緑，西墅彈棋夜炬紅。浮世相看真落落，長途別去太匆匆。忽看盤上登雙鯉〔二〕，烟水桃花錦浪通。

【校記】

〔一〕『盤上』，紫瓊本作『堂上』。劉本此句作『忽傳雙鯉垂佳況』。

輓保雨村

舊識清羸似古癯，驚傳二豎竟難除。洛生自有經時術，蜀客空脩封禪書。脱手功名雙敝屣，側身天地一蘧廬。寢門設奠情何極，哭爾真成腹痛餘。

壬申七夕重宿盤山千像寺有感

前携藏山大師及李隱君鍇宿此，今李以老而貧病依人，而藏公入勝定矣。

路繞秋村匹馬遲，西風一榻鬢邊絲。天花尚護藏經閣，山月纔臨洗鉢池。舊隱荒凉思李愿，新篇重疊憶湯師。年華暗逐交遊盡，燭冷香沉有所思。

懷柔縣〔一〕

滿耳邊聲滿眼秋，西風鞍馬古檀州。紅螺山帶雞鳴曙，朝鯉河分燕尾流。多事晚蛩偏細語，背人南雁不回頭。孤城過盡旌旗隊，獨傍垂楊問酒樓。

【校記】

〔一〕按，底本從《懷柔縣》至《熱河恭紀》共二十六首，爲鄭本《隨獵詩草》所收；鄭本《出古北口》後有《宿兩間房》，底本未録。詩作次第，底本與鄭本同，而詩題略有出入。

密雲縣

風旗獵獵馬蕭蕭，按轡徐過濡水橋〔一〕。地有戰征從晋魏，民無耕鑿自金遼。平沙渺渺殘陽遠，古木重重叠嶺遥。初月亭荒人不見，清流瀉出碧雲腰。

【校記】

〔一〕「按轡徐過」，鄭本作「萬乘初過」。

九松山

松高寺古卓嶙峋，韋畢曾傳畫格新。秋雨秋風生静籟，蛇孫蛇子鬱蒼鱗。衝烟亂噪迷巢鵲，荷蓧相將渡水人。唯有老僧幽閣裏，鯨鐘魚鼓隔凡塵。

石匣道中

路沙輕軟馬駸覃，馬上詩成興更酣。烟水雲山連塞北，雨蒲風柳似江南。只今斥堠閑烽火，昔日將軍拂劍鐔。籬豆花明楓葉暗，碧溪深處有茆庵。

七月二十九日宿遥亭〔一〕

白日尋旗夜認燈，計程今已到遥亭〔二〕。行裝濕重頻沾雨，野火光連遠雜星。飯有瓜蔬餐易飽，水過駝馬飲全腥。武夫不識酸吟苦，笑倚氊幃仔細聽。

【校記】

〔一〕鄭本題作《宿遥亭》。

〔二〕『已』，鄭本作『日』。

南天門

層樓飛觀鬱岧嶢，低轉參旗拂斗杓。夜夜丹臺雷電繞，年年金闕鬼神朝。山頭桃核遺王母，雲裏簫聲過子喬。親從龍驂九天上，凌空未羨躡虹橋。

出古北口

鑾輿北狩出雄關，扈蹕欣隨虎衛班。羽騎曉分川日動，霓旌晴閃塞雲殷。千峰雨過蒼苔古，萬戍花開細菊閑。跡險漫言中外隔〔一〕，不勞飛將駐陰山。

【校記】

〔一〕『跡險漫言』，鄭本作『涉險絶無』。

度青石梁〔一〕

岧嶢峻嶺截雲衢，呼吸真通帝座無〔二〕。跛馬緣空船簸浪，征人度曲蟻穿珠。一條綫束天光窄，萬弩機枰水勢趨。奇景好憑奇句寫，據鞍吟斷幾莖鬚。

【校記】

〔一〕鄭本《出古北口》後、此詩前爲《宿兩間房》；《宿兩間房》見後詩文輯佚。

〔二〕『帝座』，鄭本作『上帝』。

長山峪〔一〕

巉岏直亘塞垣長，谷口風來禾黍香。半嶺行旌沾片雨，一溪飲馬帶殘陽。民還古俗猶中市，地有年儲罷裹糧。傍水人家皆入畫，時時飛鳥度嵐光。

【校記】

〔一〕鄭本題作《長山谷》。

八月三日宿噶喇河屯〔一〕

山迴水合闢行宫，輻湊居民内地同。候暖四時黄葉少，衢分五達翠微通。夕陽錦雉班班過，碧浪銀鱗處處豐。努力加餐恣遊覽〔二〕，仗前陪獵珮琱弓。

【校記】

〔一〕鄭本題作《噶喇河屯》。

〔二〕『努力』，底本作『弩力』，據鄭本改。

初四日駐蹕喀喇河屯夜雨〔一〕

一川新漲未歸漕，欹枕愁聽雨怒號。天上龍鳴移窟宅，帳中雲起濕弓刀。習戎舊説脩前禮，教節今看恤衆勞。明發馳驅王事在，張燈頻卜曙星高。

【校記】

〔一〕鄭本題作《駐蹕喀喇河屯宿雨》。

將次小營

一山過盡一山横〔一〕，翠麓迴環指小營〔二〕。墨點雁行書遠碧，金泥鴉背弄新晴〔三〕。曲張滿控當秋勁，短後新裁稱體輕〔四〕。遮莫傍人笑鉛槧，十年原是一書生。

【校記】

〔一〕『過盡』，鄭本作『過去』。

〔二〕『指』，鄭本作『見』。

〔三〕『鴉背』，底本作『雅背』，據鄭本改；『弄新晴』，鄭本作『閃新晴』。

〔四〕『新』，鄭本作『初』。

初七日次波羅河屯〔一〕

六飛銜轡出邊城，白草黄羊朔氣横。一自輸誠蕃落部〔二〕，只今校節羽林兵。曉參法駕知天近，夜話穹廬看月生。文治已修須講武，省方豈爲豫遊行〔三〕。

【校記】

〔一〕底本詩題墨筆勾去，朱筆旁校作『扈從出古北口』，紫瓊本題作《扈從出古北口》。鄭本題作《次波羅河屯》，全詩作：『名王輸款朔方清，聖主秋巡動地行。日麗山川開廣野，風龢角鼓肅邊營。曉參法駕知天近，夜話穹廬看月生。物類蕃昌耕作普，燒畬藝黍盡編民。』

〔二〕『蕃落』，底本朱筆點去，改作『龍塞』，紫瓊本作『龍塞』。

〔三〕底本此詩尾聯與鄭本《宿兩間房》尾聯同。

初八日宿張三營〔一〕

臨風極目思如何，對此茫茫發浩歌。寂歷秋山空翠合，參差斗帳夕陽多。孤松挂壁栖鵰鶚，亂草沿溪卧駱駝。挏馬酒濃傾碧玉，燈前一照醉顔酡。

【校記】

〔一〕鄭本題作《宿張三營》。

十八兒台

乘時行獵喜追陪，勝地偷閑遣興來。對酒乍看紅葉樹，聽泉時過白雲隈。穹廬部落雲爲幕〔一〕，鞍馬諸公繡作堆。聞道合圍已明日，呼鷹射虎盡雄才。

【校記】

〔一〕『雲爲幕』，鄭本作『天爲幕』。

準烏喇代遇雨

一條電掣萬雷殷，急點淙淙日未曛。四野人呼齊避雨〔一〕，兩山龍起鬭生雲。錦幛泥涴何勞惜，金僕姑寒又費薰。驄馬不須頻滴鬣，溪添漲溜滿營聞。

【校記】

〔一〕『避雨』，鄭本作『入幕』。

塞上中秋〔一〕

坐聞行漏繞風長，獨酌深盃醮甲香。萬叠青山天直北，一輪明月夜中央。韝鷹雁磧霜初落，牧馬龍堆草未荒。佳節喜逢遊豫日，誰言秋思斷人腸。

【校記】

〔一〕鄭本題作《杜默特烏喇岱中秋》。

波羅哈司台

重圍如暈合平蕪，一獸奔來萬衆呼。腰下時看橫玉具，人前也自擘琱弧。拾薪生火旋行炙，緣澗尋泉各繫駒。不是承恩陪帝獮〔一〕，浮生那得此歡娛。

【校記】

〔一〕『帝獮』，鄭本作『羽獮』。

巴顏呵落〔一〕

天山霜早獸初肥，木脱平岡遠合圍。宛馬嘶風皆北向，邊鴻就日亦南飛。手調白羽俱年少，身著黄衫是賜衣。同共大官分肉後，鞍捎意氣帳前歸。

【校記】

〔一〕鄭本全詩作：『■天霜落草初腓，木脱平岡遠合圍。宛馬嘶風皆北向，邊鴻就日亦南飛。闗弓射去争誇捷，得獸歸來各較肥。萬竈生烟青不斷，人人醉飽倚斜暉。』鄭本首字今殘蝕莫辨。

宿鄂羅綽克哈達

古戍秋清山路斜，氊幃戲插路傍花。眠依草露衾如水，餐對溪風飯有砂。吟斷羈魂空捉搦，譚深團坐但趺跏。前朝漫説南看斗，葱嶺如今屬漢家〔一〕。

【校記】

〔一〕『如』，鄭本作『于』。

孫即圖哈達

横空峻嶺碧逶迤，一竇通天分外奇。滄海曾傳鞭石日，渚宮猶愛挂虹時〔一〕。初過夜雨雲千斛，乍偃秋林月半規。遊槖已成詩裏畫，閑窻更寫畫中詩。

【校記】

〔一〕『猶愛』，鄭本作『猶記』。

迴鑾〔一〕

馬首辭寒已就暄，南來風日漸温敦〔二〕。牧非險地仍妨虎〔三〕，行盡荒山始見村。處處雞豚依水石，家家榆柳插籬藩。群黎遍德風猶古，山果山花獻至尊。

【校記】

〔一〕鄭本題作《朱納哈岱》，《國朝詩選》卷三題作《過朱納哈岱》。

〔二〕『漸温敦』，《國朝詩選》作『漸和温』。

〔三〕『妨』，鄭本、《國朝詩選》作『防』。

過恒王故園

紫霞珠帳噴金猊〔一〕，歌舞頻看落月低。廢井水乾黄葉塞，危樓人去白雲棲。風流一歇成長往，花萼何堪見舊題。繫馬空庭清淚灑，殘烟衰草雨淒淒〔二〕。

【校記】

〔一〕『珠帳』，鄭本作『朱帳』。

〔二〕『雨淒淒』，鄭本作『兩淒其』。

過誠隱郡王故園

碧泉丹嶂白雲隈，竹閣松樓取次開。燈月光中看妙技〔一〕，風花香裏送春杯。千山獵騎貔貅陣，五夜歌鐘錦繡堆。翡翠不來鸚鵡去，橫塘烟雨長蒿萊。

【校記】

〔一〕『妙技』，鄭本作『妙伎』。

回程次喀喇河屯九日

東籬落英不滿頭，急呼從事到青州。驊騮換鐙過佳節，長劍柱頤真勝遊。數峰白雲日皛皛，千林黃葉風颼颼。椎牛斫膾勝三磴，散打銀盤任拍浮。

熱河恭紀

珠宫翠館似瑶池，曾記當年避暑時。浴殿遥分温谷水，山花都作上林枝。風雲拱極皆呈瑞，魚鳥銜恩亦自嬉。秋獮回鑾來駐蹕，太平遊幸頌重熙。

漁陽道中作

路入漁陽愛曉晴，青山白塔眼中明。村橋水拍鸕鷀浴，沙路人乘款段行。子泰故居人代改，藥師遺壘草烟平。聖明天子家天下，田野今多擊壤聲。

自湯泉回望長城有作

凴高懷古獨依依，九月漁陽木葉稀。殘日下時南雁去〔一〕，遠天低處朔雲飛〔二〕。山當古戍千峰出〔三〕，水近邊墻一帶圍〔四〕。聖代即今唯尚德，勞民真識祖龍非。

【校記】

〔一〕底本第三句有墨筆删改，改前作『山帶夕陽南雁去』。又，紫瓊本録此詩，全同墨筆改後文本。

〔二〕底本第四句有墨筆删改，改前作『天連平野朔雲飛』。

〔三〕底本第五句有墨筆删改，改前作『邊城巀嶪千峰出』。

〔四〕底本第六句有墨筆删改，改前作『古戍迢遥萬嶺圍』。

漫興三首

其一

楊柳寒條日已枯，薜蘿烟翠晚全疏。亂鴉天際渾無賴，獨鶴風前祇自如。老子誰誇龍宛宛，莊生唯夢蝶蘧蘧。清霜日夜催庭葉，物理端知信有初。

其二

竹爐紙閣静沉沉，自許能知幽意深。小徑寒烟成獨往，虚窻斜日恣沈吟。書呈古道時還讀，酒養天和每自斟。不乏故人同逸興，高齋松雪待追尋。

其三

虚室端居審易安，小園日涉亦非難。深知古硯如佳客，却喜青松耐歲寒。竹杖看山烟欲暝，風爐燒葉火猶殘。悠然物我無相忤，能使天和各自完。

曉起效西崑體

更無顛倒著衣裳，却少紛紜遞報章。睡愛珊瑚凉薦枕，漱憐瑪瑙碧盛漿。錦窠涴雨庭榴重，綬帶拖烟院草長。珠箔璅窻遮不盡，曉風吹出一爐香。

冬日過張有齋頭談詩至夜而歸

唾有珠璣筆有神，即看騏驥在比鄰。松窻竹韻詩中畫，瑶樹瓊林世外人。歲月何須悲宋玉，篇章莫漫愴崔駰。朗吟深酌真吾事，更點紅燈映雪新。

春日園中喜王蘭谷見過

紆徐一徑長新苔，門掩東風静不開。欹枕正宜閑夢遠，開樽却喜故人來。久傳作事師前輩，端許清言見妙才。春樹暮雲多歲月，相逢且覆掌中杯。

宴起

嚴城漏盡曙光遲，暖閣重簾宴起時。香印裊雲蘇倦眼，茶甌潑乳浸詩脾。此心與物原無競，萬事從天祇自知。快樂當前隨節序，蒙茸鶴氅舊常披。

八月十五夜賜園玩月因寄城中諸客四首〔一〕

其一

晚烟寒水兩迢迢，極目層軒破寂寥。佳節還能酬逸興〔二〕，清尊相與度良宵〔三〕。影蛾池上珠光定，棲鳳樓前霧氣消。乘興周旋只我我〔四〕，三人對酌不須邀〔五〕。

其二

明年何處人隨月，此地今年月近人。可是人無百歲壽，且看月又一年新。豎童布席歡何劇，侍女焚香拜更頻。金盌玉盤隨所有，香醪良夜共沾唇。

其三

月滿園林秋滿天，秋涵月影弄嬋娟。已知無雨少氛翳，更惜清光如晝懸。襟袖留連沾玉露，樓臺眺望轉珠躔。生憎性癖耽光景，促席酣吟不肯眠。

其四

長安今夜月明時，兩地風光各自知。叢桂小山人獨玩，鱸魚菰米客偏思。蟾蜍照水秋垂練，烏雀驚寒夜換枝。欲攬霜華不盈手，碧天如水正搴幃。

【校記】

〔一〕易宗瀛《授簡集》中《癸丑中秋慎王上園玩月垂寄二律次韻敬酬》詩後《附慎王元韻》二首，即組詩其一、其三。

〔二〕『還能』，《授簡集》作『儘堪』。

〔三〕《授簡集》此句作『清樽還與酌通宵』。

〔四〕《授簡集》此句作『似扇似盤兼似鏡』。

〔五〕『對酌』，《授簡集》作『對坐』。

三月三日寒食賜園作因寄城中諸客〔一〕

三月三日一百五，今年寒食太風光。野桃山杏亂含笑〔二〕，弱柳柔蘿能許長〔三〕。節届禁烟先改火〔四〕，客思曲水共流觴。題詩爲問西園竹，一雨添抽筍幾行〔五〕。

【校記】

〔一〕易宗瀛《授簡集》中《奉次三月三日慎王上園寄示元韻》詩後《附慎王元韻》，即此詩。

〔二〕『山杏』，《授簡集》作『破蕊』。

〔三〕『柔蘿能許長』，《授簡集》作『垂條相映長』。

〔四〕『先改火』，《授簡集》作『新改火』。

〔五〕『添抽』，《授簡集》作『新添』。

窻前小柳〔一〕

小院柳枝動春興，依依兩樹鬬風光。却看嫩葉參差緑，即放柔條次第長。弄影有時對欹枕，飛花幾日待浮觴。漢南千樹真無賴，帶雨含愁滿夕陽〔二〕。

【校記】

〔一〕易宗瀛《授簡集》中《奉次庭前小柳樹元韻》詩後《附慎王原韻》，即此詩。

〔二〕《授簡集》尾聯作『争如伴種夭桃好，花發蒸霞子可嘗』。

和公仙十四夜對月韻

展席遥臨緑水湄，桂花無恙好風吹。開軒待月故人遠，月到南軒人未知。酒冷香殘渾不寐，星流河轉坐題詩。今宵明夜皆堪醉，莫嘆霜華點鬢絲。

答唐熙載中秋

仙人樓前明月飛，太液池邊風露微。銀床冰簟不知夜，醉舞酣歌歡未歸。雷劍當天看氣色，隋珠入袖有光輝。堅頑詩骨如堪斲，玉斧人間擬扣扉。

解悶詩柬司馬璞

臨時不爲標時譽，得句應兼律後生。兩地交情三歲隔，十年心迹一官清。西園肯許携琴過，暇日能辭倒屣迎。珍重此生同北海，休教書法掩詩名。

種紙亭落成與諸客同賦分得年光二字

其一

亭子落成春興偏，凴高窻户攬風烟。禽魚狎客渾閑事，松竹梢雲定幾年。細細清風揮玉麈，琤琤流水入冰絃。分題不少驚人句，空負山陰九萬牋。

其二

桃花氣暖梨花香，百囀流鶯春晝長。疏簾清簟自相映，散帙彈棋紛未央。此日林亭盛賓從，他年詞賦有輝光。勝遊只欲裝風景，肯放春心入醉鄉。

輓業師衛鐵峰先生有序

鐵峰師自解組後，雲山千里，音問遂疏，然清風明月，輒思元度，何嘗一日忘也。人傳端明已歸道山，聞感怖，情見乎詞。

如此人教地下埋，乾坤默默正傷懷。鳳徂麟折悲何劇，女嫁男婚事不偕。哭望隴雲留一劍，澤流珂里識三槐。已拚生死成長別，消息依稀萬里乖。

來雁去雁二首

其一

鴻漸從知儀羽成，綠襟丹冕最分明。梁王池上當看影，漢守軒前舊有聲。萍沼夕陽渾入畫，稻田香雨總多情。雀環鵲印還同兆，他年頻題塔上名。

其二

蘆荻花開秋杳漫，數聲清淚水雲寬。林翁調鶴情多逸，海客隨鷗意未闌。萬里天風詩裏思，五湖烟月夢中看。隨楊一任摩宵漢，遵渚應能惜羽翰。

花間堂雨夜偶興

好風吹面醉還醒，坐使虛堂散鬱烝。更有殘書澆濁酒，何妨急雨照孤燈。雲深遠浦潛虬動，水上閑階宿犬憎。洗足高眠消萬慮，夜深夢繞白雲層。

晴

閑庭雨足潤青蕉，捲幔朝暉射座隅。一枕舊書清夢遠，半甌新茗宿酲無。竹留高節飄香粉，荷展芳心定曉珠。晞髮當軒看霽色，時時援鏡覽清臞。

新秋

誰家砧杵送新涼，樓外纔橫雁一行。不少詩篇問明月，最憐琴瑟調清商。雲山雨洗烟全紫，桐井風飄葉半黄。蟹正肥時家釀熟，開尊更喜夜初長。

送靈巖和尚歸衡山〔一〕

偶因行脚到京華，歸去寧辭舊路賒。未向名山飛錫杖，却尋初地佈金沙。湖船一泛秋來月，嶺樹常遲臘後花。人我俱忘空色相，肯容軒冕接袈裟。

【校記】

〔一〕底本另有七言律《送靈巖上人歸南嶽》録於前，全詩異。

九日

滿頭插菊信芳辰，閑醉孤吟信此身。已是不冠空落帽，兼能有酒豈須人。雲中白雁行行急，城上青山日日新。節序風光相與好，牛山往事不堪論。

寄懷易公仙

苦憶炎州白髮翁，年來好事與誰同。千場舊約遊曾慣，萬里新傳句倍工。越嶺雲霞諳怪鳥，塞門霜雪阻歸鴻。椰瓢盛酒春堪醉，吏隱空勞記土風。

清明日回程宿石亭驛舍

馬蹄得得帽檐斜，踏遍東風不見花。更數麗譙携舊雨，火分蘭若鬭新茶。空堂壞壁留題慣，上苑晨鐘入夢賒。鬢柳插餘重把玩，途中一倍惜年華〔一〕。

【校記】

〔一〕『年華』，劉本作『韶華』。

李眉山同王蘭谷遊温泉有詩見憶遂答原韻

千林淑氣動萌芽，結伴幽探覽物華。多病馬卿空有賦，求仙梅尉久無家。披雲叠嶺飛黄鶴，浴日靈泉耀錦砂。佳句忽傳驚好夢，西園輕月夜籠花。

過賈島墓

風急空林落葉翻，林間繫馬酬詩魂。斷碑寂寞殘陽冷，蔓草縱横野水渾。青眼幾逢京兆尹，瓣香誰繼李王孫。獨行潭影驚人句，一卷琳瑯萬古存。

眉山過余言久别田盤會當終老因述山中之勝不覺情馳遂贈一律

早辭簪紱耽雲卧，暫出還歸隱竟成〔一〕。自許管寧全素質，誰言殷浩負虚名。烟霞盡染壺中氣，雞犬遥通洞裏聲。已賦遂初應計日，故山猿鶴不須驚。

【校記】

〔一〕『隱竟成』，紫瓊本作『隱遂成』。

寄易島庵

十載論交傾肺腑，一官投老足風塵。壺觴祖道猶如昨，笑語天涯孰可親。貢禹彈冠寧自許，王尊叱馭敢辭頻。相逢未穩還相送，北雁南雲一愴神。

和白近亭菜園即事四首

其一

恰依城市隔塵喧，路上人知白傅園。犖石疊山分雪浪，插籬近水護龍孫。鹽梅舊識能調鼎，桃李今看半在門。一卧東山忘歲月，歸休能復戀君恩。

其二

背郭臨流數畝居，密林藏鳥沼分魚。花如有待時開落，雲本無心自卷舒。漠漠晴嵐紛户牖，盈盈清溜滿溝渠。懸知樂聖無餘事，細雨郊原更種蔬。

其三

柳深烟淡一禽飛，萬緑叢中荷杖歸。詩在如逢謝靈運，畫時還是陸探微。閑階調鶴堪終日，高閣翻經又夕暉。聞道平生晏平仲，年來猶卧舊朝衣。

其四

人不謀面情轉深，抱甕灌園如漢陰。秋水蒹葭自宛在，春風黄鳥知同音。北海開樽慣留客，西窻剪燭堪論心。長松古柏好培植，繁霜急霰非能侵。

壬申冬日病中述懷三首

其一

烏皮隱几伴愁眠，吟盡詩家小雪天。烏雀在林多好語，輪蹄出巷鬧晴烟。難求高士青囊術，肯誦名都白馬篇。莫信兒童照明鏡，恐成老醜入新年。

其二

短景遥山日易沈，寒鐙一盞夜窻深。雁迷敗葦風驚渚，鵲啅疏廊月透林。友勸加餐須努力，僧言懺佛可安心。道人久是忘形者，床席虚勞二豎侵。

其三

柴門反關天寒時，空齋坐似山之陲。冷風動葉犬空吠，急雪打窻人未知。醒睡自傾壑源茗，扶老正尋笻竹枝。日日地爐暖生火，鄰叟過來看弈棋。

寒食獨酌遣興

溪上風光日日新，園中草木競深春。交飛燕子如欺蝶，不語桃花能醉人。寒食舊傳青飢飯，道衣閑稱紫荷巾。流年好在繁華節，簫鼓時聞動四鄰。

初夏過五華寺

斷崖西去更巉巉，磴道支笻入亂杉。石井味甘僧自汲，山櫻香熟鳥争銜。潺湲午溜溪添雨，晻曖晴雲日映嵓。草具跏趺禪趣好，試翻貝葉啓經函。

草堂又題

日高庭户起炊烟，小寄盤西屋數椽。匹馬春衫聊後爾，野莊喬木故依然。乍逢詩客添遊興，苦厭山鐘攪醉眠。試向虚檐舒望眼，萬峰尖翠倚晴天。

雨宿西甘澗謁藏公像

夕陽欲下歸鳥翻，前山後山烟雲昏。梅花雨中客乘屐，白石澗邊僧啓門。古鉢分餐年似昔，空堂遺像道彌尊。參寥化去東坡老，後夜溪聲半偈存。

坐天成寺和青雷韻

路入峪岈望絶巔，滿身塵土拜金仙。山窻賸有茶瓜話，衲子虚多翰墨緣。雪壁凝嵐看作畫，松風飄籟忽成絃。延留未擬輕抛去，古鼎香消一炷烟。

黄鶴樓

東風吹盡古今塵，黄鶴高樓夢想頻〔一〕。烏鵲夜飛天漠漠，嘉魚江静水粼粼。山分吴楚連秦望，城擁荆襄識漢臣。一片斜陽生赤壁，帆檣此日是通津。

【校記】

〔一〕『頻』，劉本作『憑』。

歸愚先生遊黄山詩寄呈果親王王有寄懷之作及先生詩並以示予即和元韻附達

千樹梅花一草廬，東華香土夢全疏。能吟謝客風前句，慣荷陶家月下鋤。自昔文章真特達，爾來筋力復何如。烟雲杖底供遊興，黄海新篇更起予。

平山堂

一堂屹立蜀岡頭，太守賢聲此地留。柳色凄迷牽夕照，山光重叠擁江流。農人耕出吴宫井，劫火燒殘煬帝樓。衰草寒烟無限事，蕪城一望不勝秋。

甘露寺

朝陽映射三山近，古寺凴陵六代高。北固山川生指顧，南徐參佐足風騷。當關犀虎宵方壯，得水魚龍晝亦豪。欲訪殘僧煨芋火，夜窻和月夢江濤。

通州過李眉山寓所置酒話别久之李寄詩謝賦此奉答

衡門之下識君初，斜日來停潞水車。浄几琴尊關雅尚，閑庭花木閲清疏。舊因朋好嘗懸榻，不爲窮愁始著書。惆悵三春西去路，佳章一錫重瓊琚。

原本缺題

敝裘羸馬客燕臺，滿座新停送客杯。京雒緇塵雙鬢改，鄉關鴻雁隔年回。蘆溝風雪衝寒度，潞水梅花向暖開。此去憐君居丙舍，更題詩句繼南陔。

題畫墨梅和韻〔一〕

千紅萬紫總堪芟，直把冰魂貯玉函。不是人情隨冷暖，也緣氣味異鹹酸。孤山處士誰同好，姑射仙人本隔凡。一段寒香清沁骨，天風吹到紫瓊巖。

【校記】

〔一〕按，底本此詩起至卷末，抄手字迹、行款與他詩不同，似爲墨筆批校者補抄。

送友人出塞

斷鴻聲裏送殘盃，碎葉城頭畫角哀。此去好爲持節使，何須遠上望鄉臺。邊風貂錦經寒敝〔一〕，天馬蒲梢入塞來。漢室即今多雨露，早知麟閣爲君開。

【校記】

〔一〕按，此句紫瓊本同底本，然底本『邊風』『寒敝』四色屬墨筆校改，原本字樣被塗改後難以辨認。

花間堂詩鈔卷五　五言截

雪

微雪夜來落，虛齋生晝寒。階前且莫掃，留取捲簾看。

梨花

滿地重門雨，可憐白雪香。風前隨粉蝶，幾點過銀塘。

春雲

片影弄晴晝，霏微如有情。花林隨鳥度，柳渚帶船橫。

春日園中時雨初霽晚飯湖上喜而有賦

其一

高雲媚雨餘，小艇從風引。移厨愛晚晴，春洲擷蘆笋。

其二

湖山清且佳，金翠澒誰寫。一帶夕陽山，雙雙白鷺下。

其三

花落烟欲暝，鳥啼山自春。兹地静如許，因憶桃源人。

其四

東山月已生，波光散林樾。遇目得吾真，曠懷欣所託。

題盤山正法禪院〔一〕

雲巒幽絶處，精舍古中盤。石氣青天逼，松聲白晝寒。

【校記】

〔一〕底本另有五言律《題正法禪院上方》録於前，其前四句同此詩，後增四句。

題少林寺〔一〕

林間暑氣盡，谷口夕陽多。坐愛紅龍水，風潭覆緑蘿。

【校記】

〔一〕底本另有五言截《題少林寺》録於後，後二句作『林間暑氣盡，谷口夕陽多』。

自湯山回寓口占

野曠一烟横，風高群木下。落日滿關山，長河渡車馬。

野寺〔一〕

僧罷夕陽鐘，客懷正孤絶。山鳥下空林，自啄茅檐雪。

【校記】

〔一〕花間本、《國朝詩别裁集》題作《邦均野寺》。

遲友人不至〔一〕

相思不相見，旅館生高春。過雨山城暗，風傳何處鐘。

【校記】

〔一〕花間本另有五言截《再至馬蘭谷蘭谷有病不得見悵然有作》，全詩作：『相思不相見，此際亦徒然。獨坐空齋冷，山鐘聞暮天。』題中『馬蘭谷』應爲『馬蘭峪』。

桐露堂〔一〕

披衣窻欲明，朗誦南華卷。挹彼石上珠〔二〕，入我研朱硯。

【校記】

〔一〕鄭本、花間本歸入《西園十二詠》組詩其一。

〔二〕『挹彼石上珠』，鄭本作『挹此葉上珠』，花間本作『挹彼葉上珠』。

紅藥院〔一〕

一花一春色，一葉一春思。堪將贈遠人〔二〕，時復入新詩〔三〕。

【校記】

〔一〕鄭本、花間本歸入《西園十二詠》組詩其三，鄭本全詩作：『當階弄春色，謝家有新詩。紛紛歌舞堂，惟見鼠姑枝。』

〔二〕『堪將贈遠人』，花間本作『棼尾肆狂香』。

〔三〕『時復入新詩』，花間本作『翻階日影遲』。

竹齋

月籟吹風篁，日日與塵遠。自有抱琴人，坐此竹裏館。

味甘亭

亭畔何所有，青紅雜果樹。此意亦自佳，吾方事口腹。

貫臺

日月東西迴，宇宙往來續。放情直無前，端倪入遐矚。

花間堂〔一〕

愛花有不同，冷暖各殊致。四序總如春，聊爲自資計。

【校記】

〔一〕鄭本、花間本歸入《西園十二詠》組詩其七，鄭本全詩作：『清凉十笏地，宛在錦棚底。掬水灑芳叢，攀條數細蕊。』花間本前二句同鄭本，末二句作：『掬水灑新叢，當風收落蕊。』

紫柏寮〔一〕

有屋如僧寮，香燈供大士。半偈妙明心，庭前柏樹子。

【校記】

〔一〕鄭本、花間本歸入《西園十二詠》組詩其八。

種紙亭

不愛元和脚，丰神近頗殊。緑天幽絶處，學取醉僧書。

月廊〔一〕

丹桂影扶疏，金波光漫衍。夜夜入我懷，與廊共宛轉。

【校記】

〔一〕鄭本、花間本歸入《西園十二詠》組詩其十二。鄭本全詩作：『有心偕明月，夜夜清光遍。明月入我懷，與廊共宛轉。』花間本同底本，《國朝詩選》卷九有此詩，亦與底本、花間本同。

嘯莊雜詠和謝香祖作

荆溪雪望

著籬先作花，入溪半成水。茅屋欲欹斜，紛紛猶未已。

又

石路著屐齒，夜雪亂葭葦。不見捕魚人，溪橋落寒水。

又

溪邊一夜雪，擁斷山橋路。向曉天風吹，蕭蕭灑松竹。

芳陂〔一〕

村童趁曉晴，放鴨來村口。偶值蓑笠翁，艤舟水楊柳。

藤灣

日暮下輕舟，一篙破烟緑。花落水流香，遥知此溪曲。

竹溪西舍

携酒石上路，垂釣竹林下。日暮不逢人，復歸溪西舍。

芳樹窩

何年種芳樹，芳樹已成陰。長來樹間坐，還向樹間吟。

紅葉村亭〔一〕

秋水岸邊深，夕陽天際遠。蕭蕭楓樹林，静對虚亭晚。

朱櫻館

空庭鳥雀喧，日長風正午。石上含桃花，霏微香帶雨。

月來田

遲遲西日落，暖暖空田春。田平春月滿，照見耦耕人。

【校記】

〔一〕《國朝詩選》卷九全詩作：『鬮鴨睡時多，蒲風静而暖。佇望緑瀰瀰，芳草春流滿。』

〔二〕續刻本全詩作：『孤雁一聲來，木落秋江冷。中有閉門人，夢入丹楓影。』

雪意

竹爐松火明，寒原向夕晦。樵豎掩柴門，迴看白雲外。

密雪望行人

前村斷炊烟，川原冱凝冽。所思期不來，著屐踏深雪。

畫意

漁人何處去，閑煞渡頭船。换酒來村口，溪魚不值錢。

又

茅檐寂自如，曉日寒山静。幽人眠欲醒，晴窻風葉影。

又

有客尋幽出，茆庵在翠微。林鴉猶未起，霧裏一僧歸。

又〔一〕

喬木數家村，結茅巖畔住。隔籬人語聲，爲問前山路。

又

絶澗奔流下，喧豗萬木中。幽人雲外至，疑是雨兼風。

又

何處梅花發，孤山處士家。曉來寒不定，籬外幾枝斜。

又

前溪暗凍雲，密雪灑深竹。牽蘿不待晴，時時補茆屋。

又

深谷餘殘凍，花枝半未勻。忽聞黄鳥語，四月始知春。

又〔二〕

浦口欲移舟，前山猶未曙〔三〕。不見蘆中人，但聞隔烟語。

又

夾岸蒼茫遠，中流聳碧岑。雲端孤塔迥，倒影入江心。

又〔四〕

濯足青林下，長流曳古苔。猿猱與麋鹿，各自飲溪迴。

又〔五〕

樹杪夕陽殘，昏鴉亂難數。谷口見歸樵，三三還五五。

又

高人讀道書，兀坐千峰裏。雙鶴暮盤雲，影在寒潭水。

又

仲春過好雨，新緑接荆扉。早月田中田，荷鋤人未歸。

又〔六〕

尋山凴一杖，芳草緑萋萋。花落無人管，春深叫竹雞。

又

連夜江頭雨，春洲荻笋肥。一罾張木末，水没釣魚磯。

又

雪壓松枝折，空庭欲没腰。山村無酒貰，風壁動詩瓢。

又

老屋長松下，幽人起夜寒。亂山白似雪，明月大於盤。

又〔七〕

不識江上村，但愛江頭路。隔岸少人行，青蕪下鷗鷺。

【校記】

〔一〕《國朝詩選》卷九題作《雜詠》其五。

〔二〕《國朝詩選》題作《雜詠》其一。

〔三〕『前山猶未曙』，續刻本、《國朝詩選》作『前山曖將曙』。

〔四〕《國朝詩選》題作《雜詠》其二。

〔五〕《國朝詩選》題作《雜詠》其三。

〔六〕《國朝詩選》題作《雜詠》其四。

〔七〕花間本題作《題畫》。

紅橋別墅六景詩

杏花庵

結茆臨水次，種杏滿前陂。幾度花開落，山風空自吹。

雲渡橋

束草縛長橋，曲折通花島。雨來春水生，忽斷橋邊道。

魚樂亭

宛此濠上心，孤亭俯秋溆。時看五色魚，細唼蘋花雨。

芙蓉洲

水榭迎新涼，繞檻花千朵。應有故人來，岸邊停畫舸。

又

荷花何灼灼，荷葉復田田。客到渾無事，家僮自棹船。

又

亭榭生秋涼，花開風露香。此間無客到，深坐水雲鄉。

來禽塢

幽禽啄山果，亂篠穿階石。天寒人欲眠，空齋秋雨夕。

烟月汭〔一〕

漁人薄暮歸，船頭挂笭箵。沙鳥寂無聲，一片蒹葭影。

【校記】

〔一〕紫瓊本全詩作：『何處夜漁歸，鳴榔帶笭箵。驚起水禽飛，遥没蒹葭影。』

題畫

竹樹依山轉，烟扉面水開。倚闌成一笑，艇子故人來。

又

騎驢板橋上，風葉撲吟衣。隔水寒烟暝，疏鐘出翠微。

又

携琴不用彈，蕭然會真趣。松瀑亦非琴，琴在虚空處。

又

釣艇烟波外，經樓雲岫間。遥知漁父樂，占得老僧閑。

又

罥岸絲絲柳，燒籬灼灼花。太平元有象，春遍野人家。

又

淼淼復悠悠，烟江萬里流。長風吹不盡，來送一帆秋。

又

衆鳥相與静，疏林暮靄浮。柴門一揮手，倩手送歸舟。

又

春水滑琉璃，春船快如馬。誰和棹歌聲，窻内吟詩者。

又

風水合遥天，雲帆度幽靚。那知空際音，却滿亭中聽。

寺夜〔一〕

淡月出河漢，招提生夜凉。誦書人去寢，隔院木樨香。

【校記】

〔一〕續刻本有《題畫四首》，其二作『淡月微雲夜，虚窻秋氣凉。誦書人未寢，聞得木樨香。』

人家池亭上作

荷香浮竹梧，橋廊繚相屬。不聞魚鳥喧，但見溪山緑。

送馬龍文遊江南

其一

烟籠望海樓，雲斂瓜洲渡。千帆帶夕陽，各識停舟處。

其二

離心深幾許，秋水遍南國。摇落石頭城，還逢北來客。

山中何所有

山中何所有，古木帶脩竹。不見寒鴉栖，春來自然緑。

題少林寺〔一〕

絶磴攀蘿上，招提枕澗阿。林間暑氣盡，谷口夕陽多。

【校記】

〔一〕底本另有五言截《題少林寺》録於前，前二句作『林間暑氣盡，谷口夕陽多。』

夜至燕郊村舍

日落四山凉，微微星月光。前村深樹裏，一路棗花香。

題自畫雲山圖

朝看山出雲，暮看雲入山。山雲自來往，幽人終日閑。

小憩田家〔一〕

田家雞黍情，坐愛牛羊返。柴門風動聲，殘陽四山滿。

【校記】

〔一〕《皇清文穎》卷九十七題作《憩田家》。

小坐天成寺樓

春晚集茶人，坐愛僧樓語。時看雙澗雲，去作前山雨。

西園

西園過夜雨，窻前長新竹。時有山中人，攜琴自來去。

卧佛寺

山前春寺幽，滿院青苔緑。亭午不逢人，坐愛娑羅樹。

登易州城南樓

我行易州路，不見黄金臺。還上高城望，山山返照開。

薊州古漁陽〔一〕

千峰來大漠，二水會何時。寺古餘殘碣，天清絶戰鼙。

【校記】

〔一〕底本另有五言律《薊州》録於前，題注「即古漁陽」，其頷聯、頸聯同此詩。花間本所録《薊州》，全同底本五律。

訪僧不值

石室入古杉，山風變嵐彩。日夕空崖前，焚香竟誰待。

望南山

其一

但愛千峰佳，不識前山路。輕雷送夕陽，雨過山頭去。

其二

斷靄挂高峰，一綫明樵路。何處遠人村，牛羊下山去。

晤晴波上人

堂前五松樹，門外九華峰。一衲忘言説，惟鳴定後鐘。

春夜留客

小雨宿園廬，芳畦剪春韭。借問杜陵人，兹情復何有。

題友人枯木竹石圖

庭户緑烟昏，深篠亂苔石。不聞一鳥聲，空齋秋雨夕。

花間堂詩鈔卷六　六言絶

畫意

著個寺樓峰頂，幾層山斷雲連。敲亂隔溪烟語，一聲鐘落風前。

又

家在古琴聲裏，翁來何用携琴。水是牙生奏響，山爲鐘子知音。

又

麂眼疏籬掩映，靴紋春水流通。好是艤舟岸柳，過橋來訪山翁。

又

採藥何妨獨往，尋僧不用相招。撥動吟笻清興，松風一派天簫。

又

水與白雲争道，半空飛落珠簾。驢背山腰回首，丹楓影裏青帘。

又

漁弟漁兄競出，銀鱗雪浪紛飛。日晚鳴榔歸去，依然水月清暉。

又

竹屋松扉掩靄〔一〕，參差只在雲中。借問山居數子〔二〕，往來可遞詩筒。

【校記】

〔一〕『掩靄』，續刻本作『晻靄』。

〔二〕『數子』，續刻本作『童子』。

花間堂詩鈔卷七　七言絶

閑窻口號

長松晴滴幽檐雪〔一〕，細竹輕摇曲院風。静裏讀書人不見，坐消活火半爐紅〔二〕。

【校記】

〔一〕『晴滴』，鄭本、《國朝詩選》卷十一作『晴落』。

雪中集花間堂分賦

其一

落花飛絮點房櫳，竹葉松枝慘淡中。幾日卧遊閑屐齒，推窻同聽玉玲瓏。

其二

破凍争擎暖玉杯，長驅卷白不須催。鞲鷹行炙城南獵，曾解金貂换酒來。

少年遊

鳳城走馬艷陽天，柘彈金丸總少年。紅叱撥嘶春日暖，香風吹動五雲韉。

海棠

海棠一樹紅胭脂，弄晴含雨一枝枝。可憐態度正羞澀，定子當筵初嫁時〔一〕。

【校記】

〔一〕『定子當筵』，花間本作『二八青娥』。

山莊清曉圖

落落長松滴秋露〔一〕，虢虢流泉穿塢去。數聲山鳥喚人醒，飛下空青不知處。

【校記】

〔一〕『滴秋露』，《皇清文穎》卷九十七作『滴清露』。

題畫

湖光不動風色秋，何人卜築林塘幽。千竿竹樹繞書閣，下瞰江潮入浦流。

又

雨洗前山翠欲流，蘆花水長没汀洲。幽人蓑笠去垂釣，閑却岸邊蓮葉舟。

七夕

銀河脉脉渡雲軿，未擬穿針倚畫屏。獨向閑階風露下，夜深無語拜雙星。

席上聽歌

雙鬟按拍奉香醪，色晃銀缸照錦袍。一曲新聲入雲去，百花風裏管絃高。

題張繼齡秋江歸棹圖〔一〕

西風江上片帆孤，葦岸楓汀似畫圖。不是季鷹疏宦興，他鄉食少四腮鱸。

【校記】

〔一〕花間本全詩作：『軟紅香吐白髭鬚，風掩秋窻夢故居。寫入扁舟棹江月，笑君歸思爲鱸魚。』

夜思

白羽青絲坐晚風，芰荷脩竹影朦朧。小童携酒橋頭過，一點紅燈萬綠中。

寒夜聞笛

寒葉蕭蕭作雨聲，滿庭月白宿鴉驚。誰家解弄梅花曲，頻使春風一夜生。

與諸客雨中即事二首

其一

幾人對酌脩竹園，醉便展席眠竹根。半醉不醉動詩興，滿城風雨欲黄昏。

其二

雨灑蒼苔雙徑清，碧梧翠竹蕭蕭聲。須臾風静雨亦止，默坐捲簾看月明。

題畫〔一〕

花落洞門潭影空，松間小徑翠微通。吹笙誰作陶貞白，卧聽三層樓上風〔二〕。

【校記】

〔一〕花間本有《和曉亭叔次韻德少司空松如辛酉暮春薄遊盤山得十絶句》，其五作：『精舍參差松影中，松間小徑翠微通。吹笙誰作陶宏景，卧聽三層樓上風。』

〔二〕『卧聽』，續刻本作『欲聽』。

山寺

其一〔一〕

絶頂禪關青靄横，四山花雨一峰晴。下方客到敲門急，老衲渾疑啄木聲。

其二〔二〕

淋漓大筆寫青山，四十年來一瞬間。多事僧雛傳故事，碧紗籠處古今閑（有少宰松如題）。

【校記】

〔一〕花間本有《和曉亭叔次韻德少司空松如辛酉暮春薄遊盤山得十絶句》，其六與底本此首同。紫瓊本《山寺》組詩僅録此首。

〔二〕花間本有《和曉亭叔次韻德少司空松如辛酉暮春薄遊盤山得十絶句》，其九與底本此首同，尾句下無注。

獨坐

花菲春樹緑陰成，獨坐孤亭心更清。雨意沈沈到池水，一隻白鳥忽飛鳴。

潭臺八景詩爲易公仙作〔一〕

潮音夜月〔二〕

白鸚鵡在月中飛，海上蓮臺見者稀。魚鼓鯨鐘何處至，山僧時帶晚潮歸。

龍洞迴瀾〔三〕

瀾翻雪浪隱深淵，天用從知貴在田。剛道朱鱗八十一，風雷不許抱珠眠。

馬頭劍氣〔四〕

芙蓉三尺爛霜花，夜夜光連斗柄斜。倚馬堂中人似玉，好將博物問張華。

水月霜鐘

冀北湘南路萬重，聞君此地興偏濃。何當一棹扁舟往，同聽霜天水月鐘。

長堤烟樹〔五〕

山烟不斷水烟肥，斜日春江鶯亂飛。日日堤邊芳樹老，年年花裏幾人歸。

獺宕長虹〔六〕

夕陽鷗鷺窺魚户，秋水菰蒲没蟹簾。獺子宕邊回首望，斷虹猶映雨廉纖。

雙江清濁〔七〕

雙江之水水流東，涇渭都分青白中。他日使君重飲此，貪泉應與讓泉同。

芳洲春渡〔八〕

北人南去南人北，齊唱芳洲杜若詞。春水亂帆朝復暮，江南江北倍相思〔九〕。

【校記】

〔一〕『易』字底本脱，據鄭本、花間本補。

〔二〕鄭本全詩作：『高閣凌空壓石磯，晨鐘莫鼓震禪扉。香烟静繞蓮花座，夜夜月明鸚鵡飛。』

〔三〕鄭本全詩作：『洪濤翻雪激龍灣，百里砰訇旦莫間。不是東坡老居士，誰人解識石鐘山。』

〔四〕鄭本全詩作：『星河祇在數峰西，路隔巑岏指嘯溪。見説有堂名倚馬，龍光應與斗牛齊。』

〔五〕鄭本全詩作：『江上春山翠作堆，堤邊芳樹浄無埃。行人傘笠穌烟雨，應唤元章畫取來。』

〔六〕鄭本詩題作《獺崖長虹》。全詩作：『蟹舍漁舟處處宜，一痕殘照楚江湄。此中好景真堪畫，最是虹銷雨霽時。』

〔七〕鄭本全詩作：『雙江清濁迴難同，惟有朝宗共向東。何事勞君青白眼，都緣涇渭在胸中。』

〔八〕鄭本全詩作：『北人南去南人北，齊唱芳洲杜若詞。斜日舟人笑相語，半篙春水緑融怡。』
〔九〕『倍相思』，花間本作『最相思』。

題易淑南畫竹二首〔一〕

其一

此君家世楚江頭，曾把長竿釣漫流。手植琅玕三十萬，最多分得洞庭秋。

其二

墨池烟玉幾時生，描盡瀟湘雨夜情。若使裁爲十二管，定教吹作鳳凰聲。

【校記】
〔一〕花間本題作《題易墨君畫竹二首》。

桃花谷

好鳥迎風喚早春，山泉一勺浣征塵。桃花歲歲紅如錦，每到開時不見人。

有悼

月中花氣襲空幃，夢裏分明覺後非。惆悵香魂招不得，化爲何處彩雲飛。

題馬大鉢山人詩後

其一

一卷瑶華滿把香，馬卿才調壓詞場。磑茶風裏庭花落，支枕吟銷夏日長。

其二

浩渺天風吹谷音，移情不獨伯牙琴。平生惟有滄浪叟，鏡月潭花是我心。

十詠詩

鹽大使島庵易宗瀛〔一〕

辛苦紅塵上白頭，天南薄宦當閑遊。耶溪春水桃花漲，不寄離心向北流。

大鉢山人馬清癡長海

大鉢山人鳳城裏，客到敲門驚不起〔二〕。有時夢醒忽思茶，街上呼兒買甜水〔三〕。

豸青山人李眉山鍇〔四〕

抱膝高歌白石爛，獨與狙公數昏旦。碧雲黄鶴杳難尋，澗户山橋雨中斷。

彌勒院主量周海公〔五〕

遠公説法已多年，象馬喧豗蹴講筵。百八珍珠常在手，一珠捻著一珠圓。

舊河内令湘南彭廷梅〔六〕

人間轗軻事堪嗟，解組歸來未有家。送酒漫論籬下菊，風前惟詠米囊花。

傳經寺介庵湛公〔七〕

心眼超然離垢氛，何妨居處在人群。無言已了西來意，却愛披圖集古文。

新范邑宰板橋鄭燮〔八〕

一匹纏頭一曲新，風流不省自家貧。無端腰繫銀魚佩〔九〕，閑殺雷塘花柳春。

上湘主簿淑南易祖栻〔一〇〕

幾年走馬鳳城春，無復行歌漢水濱。借問月明南浦夜，可曾逢著弄珠人。

滿州筆帖式雨村保禄〔一一〕

故人佳句苦不多，清冰一尺寒峨峨。空齋酸吟坐停午〔一二〕，怡顔但有庭前柯。

閶陽布衣凱亭傅雯〔一三〕

謫向人間四十春，雲霞氣骨出凡塵。醉來十指狂塗抹，抹殺丹青無數人。

【校記】

〔一〕劉本題作《鹽大使易島庵宗瀛》。

〔二〕劉本「到」字下衍一「鶩」字。

〔三〕劉本詩後小注「出《洞冥記》」。

〔四〕《國朝詩選》卷十一題作《豸青山人眉山李鍇》。

〔五〕花間本全詩作：『百八真珠手自持，琳宮高廠浄琉璃。曹溪法乳雲門棒，都在拈花一笑時。』

〔六〕花間本全詩作：『誰念湘南有苦詩，秋風春月斷吟髭。近來乞得淵明食，半世功名一破籬。』劉本題作《舊河内令彭湘南廷梅》。

〔七〕花間本全詩作：『鐘磬聲閑鎖佛樓，桫欏樹下鳥鳴幽。西來妙義無多子，獨把頑金鑿石頭。』

〔八〕鄭本題作《寄鄭板橋范縣》。劉本題作《新范邑宰鄭板橋變》。

〔九〕『無端腰繫銀魚佩』，鄭本作『無端腰佩銀魚去』。

〔一〇〕劉本題作《上湘主簿易淑南祖栻》。

〔一一〕底本『州』原誤作『洲』，後旁校改正。紫瓊本作『洲』。劉本題作《滿洲筆帖式保雨村禄》。

〔一二〕『坐停午』，花間本、劉本作『坐亭午』。

〔一三〕紫瓊本全詩作：『廿載江湖落拓歸，指頭生活妙天機。畫家合有將軍號，虎隊新頒韎韐衣。』劉本題作《閭陽布衣傅凱亭雯》，全詩作：『豎雨横風逐手飛，静中點染盡天機。年來却上含元殿，領取頭銜大布衣。』底本有朱校，先校改前三句，同劉本前三句，後又塗去，校改四句，同紫瓊本全詩。

題東甘澗國上人山亭二首〔一〕

其一

斑駁銅青繡古苔，春山一桁畫屏開。闌邊招手雲中鶴，斜睨長天不下來。

其二〔二〕

山中雲物春幽幽，山下龜坼列田疇。山前日出山後雨，雲飛不過中峰頭。

【校記】

〔一〕紫瓊本『東』作『西』無『二首』，僅録組詩其一。劉本題作《題國上人山亭二首》。

〔二〕花間本有《和曉亭叔次韻德少司空松如辛酉暮春薄遊盤山得十絶句》，其三與底本此首同，唯『春幽幽』，花間本作『春悠悠』。

書曉亭和人遊盤山詩後〔一〕

澗道春深花落時，杼山會上舊題詩。而今老去心情減，獨向東風理鬢絲。

【校記】

〔一〕花間本有《和曉亭叔次韻德少司空松如辛酉暮春薄遊盤山得十絶句》，其七與底本此首同。

宿人家草堂

新竹梢檐露滴闌，忽聞山鳥報更殘。客子不睡起危坐，月在西南星氣寒。

暮春送別二首

其一

青青楊柳暗高樓，一曲陽關唱未休。三月行人渡河去，帝城春色惜同遊。

其二

洞庭遠上木蘭船，數盡歸程欲夏天。梅老無花斑竹長，故園人別已三年。

戲贈

鐵撥鵾絃霹靂箏，人間可少柳耆卿。歌喉慢道如珠貫，無限春愁譜不成。

贈岫雲毓上人

不出山中三十年，閑雲枯木識前緣。花香古澗春深梵，雪冷空堂獨夜禪。

松窻讀書圖〔一〕

鸛啄参差覆緑苔，長松陰裏讀書臺。山人只合山中老，争似閑雲出岫來。

【校記】

〔一〕《皇清文穎》卷九七題作《題王石谷松窻讀書圖小幅》。

量周上人講楞伽義歸院後皈依者若海會焉喜賦以贈

住世誰知出世情，雲山常静水常清。凴公一散曼陀雨，慧草禪枝遍地生。

乞墨詩寄介上人并諸友

其一

秋山寒杵搗霜匀，文豹縫囊足席珍。漫笑東坡恣狂灑，世間可少墨磨人。

其二

一幅輞川圖未竟，題詩寄與老瞿曇。誰貽十斛寒潭水，潑上林端染翠嵐。

畫秋山暮景圖贈彭湘南

烟寺迢迢報晚鐘〔一〕，幽人然竹坐高舂。絡絲潭上黄茅屋，静對雲中巾子峰。

【校記】

〔一〕『報晚鐘』，續刻本作『報曉鐘』。

明妃曲二首

其一

紅顔已分委胡沙〔一〕，却得匈奴穆漢家〔二〕。傳語將軍休夜警，雁門高卧聽琵琶。

其二

多謝君王别後思，下陳魚貫亦無奇。元功合數毛延壽，好爲和戎賞畫師。

【校記】

〔一〕『紅顏已分委胡沙』，續刻本作『紅顏不惜涉流沙』。

〔二〕『穆』，底本旁有朱校改『睦』字；紫瓊本作『睦』。

題畫二首

其一

松影映門惟飼鶴，苔痕遮徑不通樵。幽人自是閑無賴，拖個孤笻過板橋。

其二

紅塵吹不上青衫，野水溶溶春淡淡。一片閑心不在魚，釣絲斜罥桃花瓣。

作畫題琴師馬龍文二首

其一

一片洋洋太古心，難從塵世覓知音。胎禽舞罷月初上，三疊流泉深復深。

其二

三尺焦桐出嶧陽，整襟坐對静焚香。從今浄洗笙歌耳，冰炭應難置我腸。

題畫二首

其一〔一〕

杉皮屋子枕溪頭，燕尾春波碧玉流。一片輕雲作微雨，隨風流出下灘舟。

其二

林邊一徑傍巖隈，水閣風亭掩映開。應是此中無暑到，瀑泉高自半天來。

【校記】

〔一〕紫瓊本題作《又題畫》。

香樹庵

石路微茫曉色分，擔簦衝入鹿麋群。居僧不出春山静，一派清流萬樹雲。

雲巖寺

其一

重重雲影寺墻紅，一道飛流萬木中。誰向宣和尋舊譜，晴嵐粉本出關仝（關仝有《晴嵐蕭寺圖》）。

其二

小坐僧床伴憩禪，落花風軟颺茶烟。病維摩詰前塵影，壞壁留題又十年（丁巳年過此有『重尋古壁十年題』之句，憶今已四來過矣）〔一〕。

【校記】

〔一〕紫瓊本詩下注作：『往時過此，有「重尋古壁十年題」，「三度題詩改歲年」之句，憶今已四來過矣。』劉本注同底本，唯無『之』字。底本注文有朱筆校改，校改後文字同紫瓊本。

北河道中留宿田家偶題〔一〕

其一

長途攔轡午風暄，高下田塍麥浪翻。一帶河流雙岸曲，緑楊村接白沙村。

其二

柴門下馬繫行鑣，雞黍情深野叟招。老瓦盆邊酣睡美，一林濃綠覆團焦〔二〕。

【校記】

〔一〕『北河』，續刻本作『壯河』。

〔二〕『焦』，劉本作『蕉』。

嘗閲阮亭詩話謂地名入詩最佳移其處便不爾如二分明月是揚州等句因偶於友人談及友人言昔曾經磁州夾岸荷花中通一道風物不減江南因戲作一絶聊備藝苑清談耳

地從題品即風流，都在詞人妙句收。夾岸荷花遮道柳，闌風伏雨入磁州。

夏日李眉山見過〔一〕

梔子花前又見君〔二〕，竹摇簾影簟生紋。匏樽話别休辭醉，明日中盤是暮雲〔三〕。

【校記】

〔一〕續刻本題作《李眉山見過再贈》。劉本全詩作：『梔子花前一見君，湘簾風影簟生紋。匏樽話別寧辭醉，明日田盤是暮雲。』

〔二〕『又見君』，續刻本作『一見君』。

〔三〕『明日』，續刻本作『明月』。

廢寺

貝葉經閑古佛前，鳥窺庭户鼠登筵。老僧去盡雛僧住，惟有鐘聲似昔年。

静夜

精舍閑支石榻眠，殘燈猶晃竹窻前。庭臯雨歇人聲絶，萬樹涼風叫一蟬。

冬日憶島庵

北地梅花已破臘，吴山應報嶺頭春。長途驛使何由隔，雪裏題詩憶故人。

花間堂詩鈔卷八　五言排律

五日遣興八韻

令節一相逼，此心或可舒。曠觀知化理，静寄得紆徐。雨洗天光近，鐘傳上苑初。榴花媚朝旭，蒲葉暗青渠。杯酒蘭湯後，盤飧角黍餘。輕凉動林沼，空翠韻琴書。錦翼清聞鳥，紅鱗坐哺魚。水嬉應欲問，風景近何如。

春日有懷李處士鍇

邈焉塵外客，獨往卧雲松。盡日晴窗裏，平嵐天際濃。襟懷與道契，事業笑侯封。藥篋靈苗秘，花潭毛女逢。檢書還遺鶴，種竹欲成龍。大野生春草，歸雲識舊峰。應憐役役者，携手嘆無從。

秋日馬相如張韓起見過

客有雙南金，言過桂樹林。所思良不負，玆地亟招尋。菱荇風池影，松篁翠壁陰〔一〕。開尊宜落日，發興矚遥岑。自發滄浪詠，能忘緑水琴。好賢慙往哲，惆悵此知音。

【校記】

〔一〕『翠壁』，花間本作『翠碧』。

慶公母壽

天上恩光懋，人間福履全。恢臺當盛夏，燕喜啓長筵。錫爵躬桓貴，承家帶礪綿。相門輝繡帨，公府茂金萱。衮綵雍容舞，鸞章稠叠懸。笄珈衣象服，褕翟擁珠軿。絶勝潘輿導，還過洛涘傳。共欽位望重，咸仰母儀賢。觥祝南山峻，籌添北闕邊。蓮花開十丈，桃寔獻三千。籙授瑶池籍，星占寶婺躔。薰風暄日永，爲詠閟宫篇。

塞侍郎扈從幸翰林院命同諸翰林賦詩有紀恩詩四首因題其後〔一〕

鈐閣丰儀重，綸扉品望專。分支標玉葉，績學號青錢。秩領春宗長，省居寮采先。謨謀資出納，喉舌寄昭宣。清切參鈞軸，淹通契日邊。恭逢崇道會，欣際右文年。制度輝書府，鑾輿幸木天。扈從依寶座，侍立近爐烟。哲匠才華舊，詞臣雨露偏。視朝褒麗製，錫宴給佳箋。搦管隨蓬島，摛毫叶舜絃。恩逾頒翠錦，榮過撤金蓮。異數驚難遇，隆施感特鐫。詠歌諧律吕，光潔燦珠蠙。既誌賡颺盛，還教奕禩傳。功名曾未艾，佇待卜三鱣。

【校記】

〔一〕續刻本題作《塞侍郎扈從幸翰林院命同諸翰林賦詩有紀恩七律詩四首因題其後》。

僧理齋學士草亭重葺邀客賦詩兼求余句

圖書四壁懸，朝罷憩佳便。小葺茅亭好，仍因玉署前。花明紅藥地，人是紫微天。待月琴如水，延賓酒似泉。縱情周汗漫，忘累任陶甄。正復成丘壑，何勞遠市廛。畫中遊五岳，庭下集三鱣。未用棲遲子，巖扉與世偏。

藏山法師年登八十諸同人爲脩梵祝師以佛理清寂不事莊嚴力辭其請余與締緣方外近二十年蘿壁青燈石床小雨往來陳迹寤寐時縈因述所懷即奉爲壽

嘗讀高僧傳，今登選佛場。上人能事畢，塵世我生忙。物外瞻遐舉，脩來穫壽康。雲深卓錫地，花覆誦經堂。雪竇真宗接，曹溪衍派長。印空同止水，持戒凜嚴霜。每憶過西澗，幽尋到上方。山楹嘶櫪馬，行客足壺漿（師雅好客，余每至，必置酒叙話）。孤月中天白，千峰一葉黄。寒燈影虚壁，暮雨滴疏廊。伏臘都無隔，形骸遂兩忘。觀心殊了了，極目但蒼蒼。俗態何多擾，安居且未遑。日高清禁闥，春在白雲鄉。衮職慙無補，冰兢誓自將。悠悠隨夢斷，悄悄暗神傷。魏闕恩輝近，喬山涕泗滂〔一〕。村墟三徑轉，檐葡一林香。東道留吟社，陽坡結小莊。石泉清洗耳，梨栗飽充腸。偃蹇盤松色，低徊倦鳥翔。夜闌軟語好，望慰積年强。縫衲褰蘿幌〔二〕，支笻倚石床。愛閑原是懶，適志却非狂。静理思淹泊，長歌罷慨慷。過從數相得，試與問空王。

【校記】

〔一〕「喬山」，底本朱筆改作「橋山」。紫瓊本、續刻本作「橋山」。

〔二〕「蘿」，紫瓊本作「羅」。

秋日至沙村因過西澗

古澗到成趣，秋風山路新。疊流含片雨，絶壁隔微塵。徙倚松間步，跏趺石上身。鐘魚送歸鳥，烟火生前鄰。淡淡花揺几，霏霏雲染巾。空懷昔時意，不見昔時人。

冬日至樊村因過雪上人庵廬有賦〔一〕

佛家真弟子，亦復事躬耕。飯後野烏下，林邊村徑成。寒畬對精舍，暮雪掩柴荆。喜接故人語，仍聞佳句清。爐煨霜葉濕，衣載犢車輕。自識栖心地，何勞問世情。

【校記】

〔一〕底本另有五言律《冬日過雪亭上人庵廬有賦》二首録於前，此詩乃合前二首作一首，並删去最後四句。

冬日乞假湯山村居

乞閑辭別殿，養拙向丘樊。已取自心適，惟堪静者論。青山半流水，黄葉數家村。雞唱日停午，鳥歸烟欲昏。看書頻倚樹，聽雪獨關門。忽報新芻熟，還傾老瓦盆。

題戴嘿庵長江秋思圖

眉宇忽飛揚，畫圖開老蒼。秋風何處落，江水極天長。緑識汀洲雨，紅知楓柏霜。波平沉雁影，沙淺漾雲光。列岫迎新月，千帆趁夕陽。捲簾山閣裏，移我坐瀟湘。

春日遊法藏寺〔一〕

更蠟春山屐，言尋古道場。連空青嶂走，浩劫白雲荒。老樹虬龍化，高僧窟宅藏。金鋪沙作地，玉壘石爲墻。佛座蓮花湧，經函貝葉香。觀心何所得，閲世豈迷方。陰澗苔封雪，晴阿鳥唤暘。坐來鐘磬寂，風鐸語琅琅。

【校記】

〔一〕底本另有五言律《春日遊法藏寺》録於前，全詩異，其前四句爲『天空青嶂走，地僻白雲荒。老樹虬龍化，高僧窟宅藏』，與本詩有重合、改寫。

詩文輯佚

詩文輯佚

五言古

桐露堂夜集

暇日開前檻，襟懷聊一敞。入門攬清輝，談笑資撫掌。好客鸞鳳姿，高情邁塵網。續歡此佳夕，軒墀素月上。翩翻宿鳥歸，淅瀝高梧響。三餘在遊目，相與樂俯仰。彩豪飛麗藻，風雨極排蕩。共醉金屈卮，不負青霞賞。

——以上鄭本

喜客至

習静順吾適，深居若閉關。延此芳月景，中林多盤桓。好鳥得佳木，翔鱗欣清瀾。懷安奉聖明，拊膺中拳拳。蕭晨媚幽獨，結念思蘭言。過雨萬象静，應門童稚喧。愛客具壺觴，酒趣畢我歡。園蔬爲一掇，亦足資冰餐。

題島庵隨笻集一百韻

天地具元音，渾噩藴神理。窅然寄虚静，萬竅爰依倚。鷇鳴初無因，心聲必有以。感激縁其端，中和以爲旨。大雅被絃歌，匪徒悦人耳。民風沾污隆，國治佐綱紀。世運有代謝，澆淳遞臧否。金氣泄其藏，其流化爲水。鴻源初溥博，一變爲蘇李。波瀾繼震蕩，再變爲正始。浸淫趨下勢，厥歸遂靡靡。濫觴莫可遏，百態叢一體。隱翳窮雕鎪，蕩佚入恢恑。鴻洞獵雄摯，險澀射骫骳。蕭森總綿邈，天艷造姑姼。隨珠暨荆璧，人謂操自己。中原攘壇坫，八陣横壁壘。淄澠既無别，閒厠鼃與紫。五穀土之精，能無粿糠粃。四肢形之完，能無斑疻痏。所以樹大防，横流賴君子。威弧藉竹閈，飆輪恃金抳。維天眷皇德，九有包遐邇。心傳統斯繫，累葉循聖軌。今后洽重光，拱默服端委。干羽舞兩階，櫜韃韜蘭錡。要荒寄袵席，指臂調百揆。莋都揚遠聲，殿陛歌喜起。渢渢宣正風，關睢洎麟趾。文章復爾雅，龍象妙逶邐。吹枯而噓生，善作天下士。規周矩折中，各自知所砥。易君寔楚彦，竹箭東南美。湘波瀹性靈，嶽雲宕容止。瘦骨玉成削，方瞳電流視。五色蟠其胸，金液填其髓。能讀倚相書，畋漁兼百氏。精義重入神，屠龍擅小技（易兼工畫）。流衍人間世，虚舟竟靡艤。屈伸道逶迤，孤行中蓬累。洞庭下秋風，木葉薄如紙。夜興託參差，相思滿蘭沚。布帆張遠心，遂出江之汜。鶡鴠若我送，清猿殆誰誒。漢陽循北途，短衣革其鞮。蒯侯跨長劍，黄棘仗馬箠。山河趙魏雄，一一皆迪履。瘦馬馱羸生，暮入長安市。行觀太學光，流連五帝時。銅儀矗金城，石鼓蹲玉戺。酣歌不自任，濁酒還一釃。摭拾諸古今，蕭囊溢方底。籍甚蜚休聲，弸彪乃若是。招之敢以旂，贄我肯用雉。心交諒有孚，瓊巖夢久矣（紫瓊巖，予書齋名，易君北上時先夢見之）。慁此鄴下才，竟曳梁園蹝。退食常横經，商榷踞髤几。匡鼎真解頤，談天口寧哆。高言笑徹中，掌每爲之抵。有時作快歌，猋馳且風駛。快刀走砍陣，緩節豈稍弭。有時奏細響，胡繩曼纚纚。端緒了莫尋，非烟散成綺。客前釣隱德，冰縑持作餌。解衣忽槃礴，禿筆肆狂舐。泰華拄梁屋，元氣役手指。意到神明栖，一切皆廢弛。何以解贈之，赤玉雕而綮。何以慰勞之，白粲儲其峙。前年上求賢，明詔鈐寶璽。諸侯舊有貢，敢以貳内史。戴淵剖奇璞，孫繇聘千里。如何一豎厄，前後苦相掎（丙辰歲，予舉易君應博學鴻詞科，以病未曾與試）。可憐梧桐實，不上丹鳳觜。危棟比侏儒，飄飆泊遠涘。達人肯易方，周道直如矢。惠節略升沉，墨守夷譽毁。羈客無擇官，天涯隱而仕。越江連楚山，鄉心想遥企。西園扇凉飈，山桂破瓊蕊。疏蟬嘒嘒鳴，聒噪復誰使。孤懷慮短景，白日動移晷。坐月閑杯觴，張樂濫宮徵。五音自繁會，金波徒瀰瀰。久闊念參商，嘉遊難重揣。我昨夢見君，呼君君曰唯。吾生殊有涯，未足石火比。立言次太上，所著已如彼。胡不手纂之，暫用通表裏。大寶不自煉，黄金糅泥滓。神驥不自御，駑駘驂騄駬。耳食鮮公懷，淪淪復詘詘。道遠精魂通，千里符所擬。黄鶴從風來，口啣雙赤鯉。其中無他言，所得略相似。儒儕服古訓，敢令寸心侈。没世名不稱，嗟爲仲尼耻。儀型雖没章，庶幾存半跬。斯義我所貴，聞之爲色喜。落落天地間，此卷常留此。

壅菊

四面見山色，中間開草堂。壅菊闢蒿萊，悠然逸興長。榮謝各有時，天道乃其常。衆草颯以衰，晚節多寒香。采采欲盈把，樂之方未央。

聞量周上人自山中至

吾師未五十，道臘四十强。觀心得浄妙，焚香坐虚堂。譬彼白蓮花，無垢生清凉。一錫破塵來，振鐘聲琅琅。三時人造門，接引勞梯航。誰云世網密，豈礙孤鶴翔。懿此方外交，滌我冰炭腸。新詩更舉似，落筆詮已忘。

遊盤山自萬松登舞劍臺回宿天成寺

下馬上幽磴，步步皆奇觀。十年得一遊，清氣吐肺肝。千株萬株松，叢生巖石間。流水更吞吐，瑽瑽雜珮寒。一杖捨衆人，日暮窮躋攀。横穿虎豹林，探奇無乃頑。插脚苦犖确，傴面驚孱顔。力盡興頗餘，騰挐學猱猿。豁然萬象開，流雲頽四山。矯掌翠微裹，天留詩境閑。

曉過西甘飯藏上人庵過東甘澗遂歸

閉户山更幽，夢迴失山月。日上青林中，滿牖山紅色。慵起憩勞情，恣情復超忽。西甘有古德，飯客具冰蘗。飽嚈松花香，至味契禪悦。遥指石屏風，冥心領孤潔。皛皛石子孫，兹景信天設。暗水學彈箏，古苔蝕陰雪。曠覽無厭時，東甘得趣别。斗笠松毛深，蒲團石骨滑。石上三生人，坐對忘言説。

和韻答蘭谷見寄

衆鳥何喧豗，鸞鶴惟清音。因風來片楮，遥遥青霄岑。道存意自古，辭簡情彌深。緬懷千里别，幾歲巖下林。春陽暢草木，放眼誰能禁。長空鴻雁飛，清淵魦鰡沉。曠然無所營，垂釣將此心。

春夜對酒有懷李眉山

閉門落花夜，壺觴當前陳。抗懷發遥想，對月思故人。胡爲念不置，交照非夕晨。音先欲見及，忘勢如吾真。龍鸞奔夭矯，此情誰能馴。巖壑潛孤光，樂志堯舜民。與物自相容，匪徒誇隱淪。迹隨流水遠，興與青山春。取適良不偶，佳境無非新。緬言保終始，因風或相詢。

湖月

明月照湖水，瑩然兩澄徹。我心與之偕，幽懷不可說。俯視澄湖水，仰看青天月。

——以上花間本

送韓佐唐主簿粵中

一命赴王程，揚帆百桂水。水驛入烟飯，山城當月起。東南渺雲嵐，我心日千里。明朝挈一壺，焉如此寸晷。深言寧盡情，愴離復誰使。調琴榕葉陰，散酒蕉花美。訟堂繞千峰，政閑能坐理。的的金琅玕，早上丹鳳觜。

園居閑晚偕朱子青雷賦

平臺列賓從，車蓋紛馳騖。屏迹寄郊扉，日夕恒鮮務。偶會儵閑居，肯受虛名誤。蘭館接竹坪，猿巖繞花路。暢以物外情，因之林間步。授簡枉相如，造膝得元度。白去鳥明波，青來山破霧。調琴引芳月，停杯倚嘉樹。欣賞清華新，未厭遲暉暮。詠歌方在兹，君其數相顧。

冬日携謝皆人彭湘南韓欽甫登貫臺

寒山對静客，幽鳥來深竹〔一〕。稍欣風日佳，清言坐相續。曲巷斷人烟〔二〕，虚闌卧霜菊。有興但能來，相於媚空谷。

——以上紫瓊本

【校記】

〔一〕『來』，《國朝詩選》卷五作『啼』。

〔二〕『斷人烟』，《國朝詩選》作『濬人烟』。

春山宿西甘澗藏上人庵

春山愜前賞，緣空躡峭蒨。巖岈雲竇啓，林光晚陽絢。流盼紛未已，烟景俄已變。谷谷歸樵蘇，峰峰隱臺殿。僧門重岡西，猶隔翠微見。林鳥雜夕泉，茶香度山院。松雪濺人衣，往往落殘片。懸燈續晝明，跏趺息塵倦。清夜聞道言，空性從兹繕。

春日携友人遊西山翠微寺

言尋芳草路，步入雲間寺。何繇綜慧力，暫用祛世累。山春黄鳥飛，林暖蒼麋睡。無那接近郊，彌歲始一至。隔水薜蘿門，遥見僧三四。畢趣借延引，花木無閑地。長風瀉玉潭，落日明金翠。對之無所思，超然萬象備。

——以上續刻本

魚樂亭

孤坐觀魚適，悠然濠濮想。乍見撇波時，來聞唼萍響。盡日不驚人，堂堂没菰蔣。

——以上《國朝詩選》卷五

湯泉

天地毓靈氣，山川蕴神漿。湧此硃砂泉，乃在蘭之陽。方池甃白石，皛皛涵日光。萬斛吐珠璣，源深流自長。端應奉至尊，一派入紅墻。行殿枕碧岑，簡朴惟焜煌。洑流任通塞，膏澤何汪洋。蔀屋共霑被，億兆同延昌。

——以上《皇清文穎》卷五九

七言古

既題蘿村圖復爲一歌兼達己意

平生山水情，丘壑不滿眼。何處攢峰走亂溪，供我窻中幾舒卷。盪胸一片金堂雲，忽與元化相吐吞。呼筆走墨入仙境，丹青毋乃仙中人。萬木幽陰蒙薜荔，白板青蓤動春氣。夾村蹊石不逢人，樵唱迎來兩三四。仙人手闢碧玉壺，心愛山人與世殊。山人山服居山居，山人貌癯味道腴。林鳥不驚雲外杖，溪嵐常墮枕前書。琴衣落盡劍花澀，十年不復遊江湖。莫謂江湖高，魚龍出没生波濤。莫謂山林好，黄鶴烟深紫蘭老。蟬鳴秋，猿叫峽。塵網散，天遊接。百尺松枝長鱗甲，題詩更遺雙膽瓶，泥乞春泉裹松葉。

——以上續刻本

五言律

桐露堂集字詩

其一

鳳蠟迴佳夕，高歌應夜遊。藻雲開羽扇，山月落銀鉤。一一雁聲遠，微微松火幽。風稀更漏逼，座客醉方留。

其二

直爲山公興，年來好問誰。情生輞川水（丁善畫），人接易門芝（易公父子皆有詩名）。拂手開雲屋，留歡寄竹池。深爐寒雪夜，尊酒此心期。

送莨有歸里

雲樹亂斜陽，琴尊復此堂。僕夫酣別酒，歸騎怯行裝。不住聲華地，仍還廉讓鄉。同人如有問，我意在瀟湘。

——以上鄭本

送二憨上人南歸

掉頭歸去也，猶把數詩看。家識三花樹，心依六度檀。因知紫衣侶，遥望白雲端。縫衲秋江上，清波月正寒。

題經畬主人撫琴圖

凉風動寥廓，溪色含蒼烟。童子夢蕉葉，清人彈夜絃。雅音誰會此，余意亦泠然。垂老廣陵散，憑君指下傳。

——以上紫瓊本

秋日遊西山香樹庵

秋净山愈爽，凉生祇樹林。岫雲懸瘦影，谷鳥落空音。目寓因成趣，機忘自見心。坐來何所事，流水和瑶琴。

同楊給諫西園齋後即事分賦

其一

早聞楊給事，相見在秋天。眉宇真開朗，襟懷幸接連。看雲簾舊捲，題竹墨新研。坐愛山庭雨，飄然起玉烟。

其二

曾開行藥徑，聊比浣花溪。自詡囂塵遠，欣看秀木齊。清暉流户牖，積翠潤繒綈。幽興從無隔，開尊到日西。

其三

小篳虛亭外，叢談坐更深。竹含君子色，松見古人心。倚石嘗新茗，臨風拂素琴。款陪慚地主，西壁映南金。

其四

細摘園蔬好，猶能飯一麻。掃除有童子，簡略學農家。脆進冰盤果，香傳月宇花。更烹石鼎句，奇字漫聱牙。

——以上續刻本

詠竹四首

其一

愛此千竿碧，能消盛夏威。濃陰深護榻，清影半籠扉。粉節含香雨，烟梢淡暮暉。日長高卧穩，紈扇未勞揮。

其二

擢秀自成鄰，風竿間舊新。交加難論個，散布欲無垠。穿徑枝妨帽，行吟翠繞身。會裁青玉簡，持贈白雲人。

其三

静碧連書幌，輕涼蔭食單。撲空香翡翠，繞地紫琅玕。遮莫侵蘭沼，偏宜近藥欄。山童能解事，日日報平安。

其四

舊根來水國，移種近香茆。雨洗穿籬幹，風梳拂牖梢。色添杯酒緑，聲逐局棋敲。落落凌寒意，松梅足舊交。

早秋

玉律報新秋，園林爽氣浮。窻風桐葉落，山雨火雲收。蛩接蟬吟露，螢和月上樓。人家嵐樹外，砧杵自相酬。

秋日漫興

禁苑秋光媚，樓臺爽氣多。風檜松偃蹇，月宇桂婆娑。荷老餘香在，雲閑片影過。登瀛有佳客，觀物動高歌。

初夏憩清芬庵後禪院

童子迎人到，僧收貝葉文。境幽雲不散，鐘定鳥成群。樹影西峰接，花光上苑分。禪窻四月好，小坐午風薰。

夜坐課詩

寂寞雙扉掩，夜寒霜氣清。人閑詩味遠，境静道心生。瓦銚茶初熟，松窻火更明。微吟數更漏，點點下嚴城。

夏日閑居用杜甫過何將軍山林韻十首選一

臨池時學字，倚杖飽看雲。自註蟲魚譜，常持冰雪文。果從村叟送，茶愛岳僧分。心迹清如水，知無俗累紛。

——以上《皇清文穎》卷六六

七言律

宿兩間房〔一〕

金根迢遞駐邊城，羽衛周迴拱御營。雨入谿流添夜響〔二〕，風摇巖樹作秋聲。濕薪炊飯山烟合〔三〕，甲帳擎杯夜燭明〔四〕。文治已修須講武，省方豈爲豫遊行〔五〕。

【校記】

〔一〕《國朝詩選》卷三題作《扈從宿兩間房》。此詩屬鄭本《隨獵詩草》所收二十七首之第八首，此前《出古北口》，此後《度青石梁》。

〔二〕『添夜響』，《國朝詩選》作『添地籟』。

〔三〕『濕薪炊飯山烟合』，《國朝詩選》作『曉參法駕知天近』。

〔四〕『甲帳擎杯夜燭明』，《國朝詩選》作『夜話穹廬看月生』。

〔五〕此詩尾聯與底本《初七日次波羅河屯》尾聯同。

涿州三義祠懷古

三人氣蓋三分國，萬古名標萬姓雄。拘蹟可憐輸沛上，爲謀端不讓關東。■■白水虛炎燼，樹志樓桑載大風。丞相祠堂西蜀在，不堪回首夕陽中。

——以上鄭本

寄易淑南

炎鄉雲物接蠻陬，政在親民道合憂〔一〕。家計寧因五斗粟，男兒生已四方遊。花開醉筆迎賓榻，月挂離心在郡樓。漫説南中行樂少，楓亭擘荔儘風流〔二〕。

【校記】

〔一〕『道合憂』，續刻本作『道在憂』。

〔二〕『擘荔』，續刻本作『劈荔』。

至千相寺逢旅亭上人茶話

款段前頭藍若春，泉香松暖静無塵。林花半落隨流水，山鳥群飛避路人。嵐氣自藏獅子窟，經聲誰轉法王輪〔一〕。年來方外經過少，結社談心愧許詢。

【校記】

〔一〕『法王』，劉本作『法華』。

宿雪上人禪房

緯蕭爲屋竹籬編，盡日南榮曝背眠。自擬栖遲雙樹老，不妨詩句萬人傳。杖藜扶屐花臨水，洗鉢燒鐺雪滿天。我亦久耽塵外味，支頤如意一龕禪。

至沙村宿紆徐草堂遥寄東甘澗旅上人

山前古道少人行，葉落空林磬一聲。愛向南宗稱弟子，舊聞西竺號先生。群峰和雪諸天浄，半偈如蓮萬慮輕。安得從師秋澗底，長鑱帶雨劚黄精。

——以上紫瓊本

夏日

荒園一徑絶塵蹤，鎮日悠悠逸興濃。隙地花繁明段錦，晚天雲暖變奇峰。翻書帙亂經時卷，嘗酒香開隔歲封。窈窕迴廊何所有，水晶簾捲對青松。

遊盤山十二首〔一〕

天成寺〔二〕

山門延眺淡初曛，碧殿紅樓世界分。地水兩輪回寶藏，天龍八部護經文。峰疏霞幔全披錦，磴轉松梢曲躡雲。欲向心王參法味，三衣常是定香薰。

萬松寺〔三〕

花發提羅鳥喚春，一聲金磬滅諸塵。山含日淡看皆好，松染烟濃畫未真。佛殿天香流竹院，僧樓穀雨集茶人。明朝又曳孤筇去，慚愧方袍結浄因。

盤古寺

春寒蘭若似秋清，虛谷迢遥陰復晴。世上誰醒蕉鹿夢，山中空負薜蘿情。林扉霧重昏鴉集，澗道風來墜雪鳴。一鉢一瓶清淨地，且尋支遁話無生。

千相寺〔四〕

僧在山前開草堂，坐同流水閲興亡。風吹塔院松杉冷，日上齋厨笋蕨香。花閣人非鐘鼓寂，鉢池龍去歲年荒。真如有相原無相，碑板何勞記祐唐。

【校記】

〔一〕組詩十二首依次作《天成寺》《萬松寺》《東澗寺》《西甘澗》《上方寺》《盤古寺》《雲罩寺》《舍利塔》《古中盤》《少林寺》《東竺庵》《千相寺》，八首已録於前。

〔二〕紫瓊本有七言絶《天成寺》，全詩作：『地水兩輪迴寶藏，天龍八部護經文。山香不斷爐烟接，片片紅樓院裹雲。』劉本同紫瓊本，唯『爐烟』作『爐熏』。

〔三〕《國朝詩選》卷三題作《春日宿萬松寺》。劉本有七言絶《萬松寺》二首，其一作：『擬學周顒乞卜居，萬松深處一精廬。看松坐石渾閑事，一日松間一卷書。』其二作：『花發提羅鳥唤春，僧樓榖雨集茶人。一看竺法蘭棲處，敢向雲山問夙因。』

〔四〕紫瓊本有七言絶《千相寺》，全詩作：『僧在山前開草堂，坐同流水閲興亡。風吹塔院松杉冷，日上齋厨笋蕨香。』劉本同紫瓊本。

惠園八景

花嶼四時新

一堂融燭四時春，頤養天和此樂真。蓮性直清君子友，菊情高淡逸人鄰。眼中紅紫俱生趣，意内芳香絶俗塵。錦步障延珠履客，飛英如雨亂杯巡。

連岫山房

杏梁茅宇夾松扉，阜轉岡平入翠微。弄月吟風吾與也，登山臨水送將歸。疏簾捲後人皆散，小酒醒時鳥自飛。不向此中能自得，更於何處覓清機。

挂壁泉

珠跳練瀉暖銀鎔，欲狀奇姿費筆鋒。蘸月流輝添灎灎，松風吹籟助淙淙。偷將簾水康王谷，縮取廬山五老峰。矯掌好携餘興往，炎天冰雪倚孤筇。

冠雲臺

今古悠悠一片雲，爲祥爲瑞自氤氲。不從高處瞻佳色，誰識清華迥出群。迴抱川原凝鳳彩，遥連廷闕浥爐薰。層樓傑閣元飛聳，清暇從登望轉殷。

縱目樓

詰曲軒廊杳自如，干雲四起勢憑虚。檻前次第賢人里，架上堆藏道者書。不用飛仙期汗漫，且從吉日望扶輿。卑居自笑何多隘，幸得來觀一慰予。

殿春堂

紅藥翻階日正長，名園佳品殿群芳。疏畦灌井經年力，握管提壺數日忙。金帶圍添衣色燦，玉盤盂動露華香。南西門外花連頃，不見城中十畝强。

觀泉亭

山從積簣幾時成，亭號觀泉自我名。繞徑風烟皆作態，近人魚鳥亦多情。夕陽倒影含秋碧，雲水摇光混太清。莊惠逍遥濠濮興，題詩已作兩回行。

容光齋

掃除一室倍蕭然，浄几明窻藻鏡懸。四體不言常自喻，八觀如幻總忘筌。知同顔子心齋地，漫認維摩花雨天。茶罷香清遲日永，微風時拂壁間絃。

送文學士奉使祭告西嶽

金天巨鎮白雲橫，九叠蓮峰翠削成。香案掌書班早貴，泥函封册禮初行。星軺曉度川原列，玉井秋吟雨露清。盛世報功崇祀典，皇華韡韡照西京。

九日平臺小集

臺高紫陌能延眺，酒泛紅茱怕獨斟。把菊總憐三徑好，臨風無那二毛侵。鴉翻翠照棲衰柳，雁帶晴霜度遠岑。節物相催人易醉，石闌點筆坐長吟。

和周山怡除夕原韻

其一

淨几明窻署息肩，除塵度歲且隨緣。送迎堂上三千客，潦倒人間四十年。額帳籠梅酣詠地，鳴珂佩馬趁朝天。東華香土渾閑事，一舸鴟夷笑水仙。

其二

婪尾屠蘇飲尚能，峭寒簾幙氣崚嶒。茗爐香透添松火，春帖書慵學醉僧。喜聽天街喧爆竹，漫將人世喻風燈。卷中又録新詩句，剩有吟懷共歲增。

秋霽野望和任松泠韻〔一〕

其一

林塢丁丁振斧柯，郊坰靡靡蹙金蛾。雨從紅葉山村度，秋在白雲僧寺多。蟋蟀房櫳機婦思，雁鴻關塞旅人歌。旗亭不共持螯醉，争奈繁霜點鬢何。

其二

他鄉蹔遺著書情〔二〕，日下秋雲瑞色明。豚栅雞棲閑夕照〔三〕，霜笳風笛静邊聲。陶家籬落金英綻，卓氏壚頭竹葉清。寶網即今羅鳳鳥〔四〕，錦蓴不用憶南羹。

【校記】

〔一〕劉本題作《秋霽野望和任松泠韻二首》。

〔二〕劉本此句作『登高彩筆著書情』。

〔三〕『閑夕照』，劉本作『閑晚照』。
〔四〕劉本此句作『節物由來堪取興』。

秋杪平臺賞菊

閑階拾級一枝笻，酬酢盃盤到夕舂。可少提壺桑落酒，何當蠟屐翠微峰。天横白雁催寒色，人對黄花想舊蹤。京洛交親揮翰手，招尋不厭賦秋重。

奉祀畫眉山黑龍潭作

澄潭皎鏡源泉吐，秀嶺堆鴉石脈分。罨畫樓臺秋後啓，靈旗風雨夜深聞。藤蘿自挂千年壁，沙汭俱含五色文。流潤田間雄輔甸，年年望歲致殷勤。

——以上續刻本

雪中觴集戲成一首

大山小山山之隈，六英飛舞空中來。山杯竹葉有時有，紙帳梅花開未開。掩映疏林成墨畫，飄蕭別墅掃氛埃。揮毫擬授相如册，醉中詞賦厭鄒枚。

虎丘

山塘橋畔路微斜，海湧峰孤起伏沙。白虎上騰金劍氣，青蓮中坐梵王家。月移畫舫人人酒，春到僧房院院花。我欲題詩何處好，玉蘭軒外問烟霞。

西湖

笙歌不厭湖山聒，花柳寧知仕女勞。春至蘇堤捲蒼葑，潮來伍廟瀉銀濤。山園雁竹晴猶合，夕寺鯨鐘冷自敲。放鶴亭空人去盡，至今祠相肅清高。

——以上劉本

元日早朝

斗柄先回帝座春，喜逢黄道會元辰。氣融海嶽乾坤曉，光滿樓臺日月新。雉扇徐開瞻紫極，鵷行拜舞覲楓宸。聖皇有道生爲德，早共陽和布澤匀。

漁人

平鋪春水碧粼粼，好在浮家泛宅人。楊柳風輕晴曬網，杏花雨細晚投綸。棹歌互答青山近，鐵笛閑橫白月新。自是此身無繫戀，一帆何處不通津。

雪後早朝

積雪清消紫陌塵，銀杯逐馬帶隨輪。光分明月千門曉，枝綴瓊花萬樹春。九鼎香烟飄彩仗，五雲晴色擁楓宸。太平預卜豐年瑞，早識垂衣聖治淳。

丁未四月十二日恩賜御園避暑讀書恭紀二首有序

朱明應令，暑氣方殷。遽被温綸，仰蒙天眷。恩深太液，在堯天舜日之中；居近清都，挹瑶島蓬池之勝。竹埤避暑，寧知赤日當天；藻砌招涼，不斷清風入户。揮毫芸閣，花香與墨氣俱浮；肄業紗窻，松籟共書聲遠叶。乃賞歎之未已，忽惶愧之曷加。凡以三夏之嬉遊，俱係九重之愛護。爰疏短引，敬賦七言。非圖擅文藻於當時，只欲矢涓埃於他日已耳。

其一

承恩直擬上清虚，瑶島頻年賜起居。夭矯蒼松眠古鶴，連牽文藻趁嘉魚。一簾花雨催吟筆，十畝濃陰蔭讀書。到處莓苔皆可坐，不須灑掃到籧篨。

其二

雕梁乳燕學呢喃，池面荷抽緑漸添。深樹籠雲湘簟冷，閑階過雨石苔纖。披書静喜山當牖，琢句清看水隔簾。竟日炎威飛不到，晚凉庭院玩新蟾。

上元夜

九陌祥烟夜景賒，通宵寶馬度香車。月明銀漢三千界，燈艷春城十萬家。星焰别飛天半彩，荷開不作水中花。遊人共道昇平樂，處處笙歌笑語譁。

桐露堂十月望後夜集

松火爐紅玉漏遲，輕霜剪剪撲簾帷。人來月白風清夜，酒熟橙黄橘緑時。共許譚詩留款洽，何妨説劍騁雄奇。重煨芋栗開殘酌，星斗闌干坐莫辭。

——以上《皇清文穎》卷七二

五言截

西園十二詠〔一〕

桐露堂存目

掃石堂〔二〕

不數平泉莊，品題高月旦。展席卧盤陀，直擬長流畔。

紅藥院存目

平安亭〔三〕

萬緑浄如拭，軒窻秋風裏。一枕幽夢醒，深處茶烟起。

清吟亭〔四〕

聊作短長吟，不識詩中味。却笑襄陽人，驢背凍如蝟。

畫笥樓

溪山不入城，却在茅檐上。盡日倚危闌，胸次層雲盪。

花間堂存目

紫柏寮存目

雙徑

客去自掩關，林深鳥聲静。徘徊夕陽中，秋烟澹孤影。

洌井

大易貴剛中，木上有水井。汲古吾所聞〔五〕，會須結脩綆〔六〕。

鶴柴〔七〕

月中人讀書，時聞警露聲。庭户烟蒼蒼，惟見松影清。

月廊存目

【校記】

〔一〕底本有組詩中其一《桐露堂》、其三《紅藥院》、其七《花間堂》、其八《紫柏寮》、其十二《月廊》，今存目，校見前。

〔二〕花間本全詩作：『海上移何年，勢促羅浮小。不用縛棕櫚，清風自來掃。』

〔三〕花間本全詩作：『自種篔簹谷，肩輿勝借看。亭亭一林玉，紅袖倚春寒。』

〔四〕花間本全詩作：『物乘造化機，微音發其際。春蚓與秋蟬，盈盈復嘒嘒。』

〔五〕『吾所聞』，花間本作『尊昔聞』。

〔六〕『會須』，花間本作『吾欲』。

〔七〕『柴』，花間本作『棚』。

戲成

霜月氣肅清，天宇杳高敞。繁星帶明河，歷歷若指掌。

——以上鄭本

——以上鄭本

七言絶

喜晤鄭板橋

十載名知鄭板橋，北來握手是今朝。定知我有清吟癖，相與談詩慰寂寥。

和曉亭叔次韻德少司空松如辛酉暮春薄遊盤山得十絶句〔一〕

其一〔二〕

嵐飛如雨晝長陰，泉石三盤待討尋。傳語山靈休笑我，紅塵蹤迹白雲心。

其二

古苔斑駁繡銅青，九叠春山列畫屏。誰向雲中一招手，天邊獨鶴下空亭。

其四

泉流山口出山村，漱齒曾依老樹根。他日欲教巖谷嚮，更傳新韻撫桐孫。

其八

峰峰彩筆都題遍，題到山僧第幾家。是愛多情何水部，年來枉道過烟霞。

其十

風流爲政近如何，塵夢無端隔澗阿。好買春城無限酒，青絲挈去醉雲蘿。

——以上花間本

【校記】

〔一〕底本卷七『七言絶』中，《題畫》一詩與組詩其五近，《山寺》二詩，即組詩其六、其九；《題東甘澗國上人山亭二首》其二與組詩其三近；《書曉亭和人遊盤山詩後》即組詩其七，校見前。

〔二〕《國朝詩選》卷十一題作《遊盤山》。

題少林寺

寺近中峰一磬清，林香澗影雜泉聲。此來不爲逢僧話，自識空山蘿薜情。

題周山怡畫十二幅

其一

紫翠峰巒帶夕陽，溶溶烟浪暖横塘。江南花落春如夢，黄鳥慵飛碧草長。

其二

筠籃斜插金鴉嘴，欲向前山劚伏靈。雲霧乍生天際白，芙蓉常在雨中青。

其三

幽閣虚廊枕澗隈，潺潺秋水碧於苔。他時孤櫂韡文浪，更覓蟾蜍吸子來。

其四

平湖浄處碧無烟，楊柳陰濃好泊船。見説江鄉忘六月，採蓮人在鏡中天。

其五

天然水墨清如此，雲藹仙人也自豪。恰向井西分半格，海虞秋色劍門高。

其六

老樹槎枒古渡頭，寒雲壓沙風颼颼。分明松雪齋中筆，試寫黄羊敕勒秋。

其七

遠水孤帆暗去津，夕陽高寺鬱嶙峋。從今不惜鵝溪絹，髣髴南宗第幾人。

其八

古木疏篁小結廬，水芭蕉植幾千株。池中醉墨飛如雨，苦學當年逸少書。

其九

曾經西苑山頭宿，夏雨連朝接大荒。袖却畫圖登草閣，空濛雲水似瀟湘。

其十

秋映柴門遠市塵，讀書老樹自爲鄰。不須採蕨供朝夕，負米花間尚有人。

其十一

石鼎煎餘坐晚風，空亭古木淡烟中。翛然清興誰同調，一卷新詩對懶翁。

其十二

過眼烟雲興未忘，到來寒暑更蒼茫。豪端莫怪凉如許，本是先生冰雪腸。

題唐静嵒西山紀遊圖

其一

七尺溪藤玉雪光，關仝勁筆肆皴皺。千峰返照明霞裏，槲葉如丹已著霜。

其二

結伴幽探九叠屏，上方題竹醉眠醒。後人若續名山志，滄蔗還須紀曉亭（曉亭于次年秋始遊三嶮，有『滄蔗人同顧虎頭』之句）。

其三

龜趺靈洞古苔荒，好事何人發秘藏。近日石經傳搨本，居僧空自説隋唐。

其四

秋棠不雨自開花，瓦井泉甘坐試茶。我亦大房山下路，閑驅小隊過僧家。

其五

我携幽興訪遺迹，瀑水巖前支足眠。巖空秋老鶴飛去，月滿松巢雪滿天（巢尚書别墅，今廢）。

其六

蠟屐名山著處隨，當年下盡謝公棋。白頭騎馬西州路，只有羊曇好酒悲。

移榻

移榻垂簾偃卧中，床頭又送一樽空。藤花半落薔薇老，春雨春風惱病翁。

贈李穀齋太常

尺幅傳來慰卧遊，烟雲時共燕香浮。他年會解元章語，更起人間有李樓。

——以上紫瓊本

題畫

古樹連蹝帶石坡，夕烟山靄兩相和。老僧拄杖踏黄葉，秋在白雲深處多。

又

玉水瑶山一抹同，六花飄墜晚烟空。地爐茶鼎幽人屋，夜半窻間宿火紅。

——以上《皇清文穎》卷九七

五言排律

題西湖畫扇

今識西湖面，丹青顧陸同。移山來筆底，決水入毫中。深處行難盡，高原望去通。峰頭含暮色，林表見春工。洲渚形迴抱，樓臺氣鬱葱。野雲皆靉靆，晴靄半空濛。綠柱詩人宅，青蓮釋氏宫。長橋羅近遠，古塔起穹窿。烟亘三潭白，霞分萬嶺紅。星龕松冪䍥，雪竇石玲瓏。塢有燒丹叟，亭遲放鶴翁。藥窻苔蘚合，樵徑薜蘿豐。城郭清輝遍，村墟碧樹籠。隱聞鐘起寺，恍見澗垂虹。岫合猿藏壑，花深鳥在叢。遊船邀落日，客袖得清風。嫩草隨芒履，長堤引玉驄。椰瓢分蠟酒，鑾榼從山童。勝迹神能領，奇觀意自融。從來詩畫興，對此轉無窮。

——以上《皇清文穎》卷九二

七言排律

御苑恭賦

蓬萊别館鬱蒼蒼，簾幙薰風日正長。自有清機生水苑，更無煩暑到山莊。窻前密竹添晴翠，池面新荷度遠香。落落星巖飛瀑布，陰陰輦路夾垂楊。銜恩好鳥迎仙仗，戲藻文魚近彩航。嵐氣祇疑臨户牖，苔花似欲染衣裳。平臺雨過同秋爽，高閣雲歸起夕涼。最是萬幾方暇晷，援琴早識兆民康。

——以上《皇清文穎》卷九五

《雪窻雜詠》《授簡集》收録允禧詩存目

弘瞻《雪窻雜詠》收録允禧所和詩作三十首，未見於允禧各集；易宗瀛《授簡集》收録允禧詩作二十一首，其中十一首未見於其他詩集。此二集已全文附録於後，兹列二集中所收允禧詩作之題，以爲存目。

弘瞻《雪窻雜詠》中所録允禧和詩　共三十首

《雪意》五言截一首

《初雪》六言絶一首

《雨雪》七言絶一首

《風雪》五言律一首

《聽雪》七言古一首

《踏雪》雜言一首

《雪徑》五言古一首

《雪屋》五言截一首

《雪村》七言律一首

《雪寺》五言截一首

《雪山》五言古一首

《雪江》五言律一首

《雪溪》五言律一首

《雪篷》六言絶一首

《雪樵》雜言一首

《雪漁》七言律一首
《雪松》七言絶一首
《雪竹》七言絶一首
《雪梅》七言絶一首
《雪月》五言古一首
《雪鴻》五言律一首
《雪鶴》雜言一首
《煮雪》七言律一首
《嗑雪》五言律一首
《積雪》五言古一首
《晴雪》五言古一首
《殘雪》五言律一首
《掃雪》七言絶一首
《再雪》雜言一首
《賦雪》五言古一首

易宗瀛《授簡集》中所録允禧詩作　共二十一首

《慎郡王和鄗作夏日閑居韻四律見示仍用前韻應教》組詩後《附慎王見和元韻》七言律四首

《癸丑中秋慎王上園玩月垂寄二律次韻敬酬》組詩後《附慎王元韻》七言律二首（參見卷四《八月十五夜賜園玩月因寄城中諸客四首》組詩其一、其三）

《二月初二日喜雨恭次慎王元韻》詩後《附慎王元韻》七言律一首

《奉次慎王春日西堤作》詩後《附慎王元韻》七言律一首

《奉次三月三日慎王上園寄示元韻》詩後《附慎王元韻》七言律一首（參見卷四《三月三日寒食賜園作因寄城中諸客》）

《奉次庭前小柳樹元韻》詩後《附慎王原韻》七言律一首（參見卷四《窻前小柳》）

《甲寅夏日卧病西軒荷慎王郵詩見訊恭次元韻二章》組詩後《附慎王元韻》七言律二首

《恭次月夜獨酌有懷元韻》詩後《附慎王元韻》七言律一首

《端溪子石硯歌應教作》詩後《附慎王和韻》七言古一首（參見卷二《和島庵端溪子石硯歌》）

《恭次慎王秋日四詠》組詩後《附慎王元韻》五言古四首：《壅桐》《障竹》《收梨》《割蜜》（參見卷一《園中四詠》組詩）

《乙卯仲冬瀛以鹽課大使之官越水荷慎王垂詩贈别恭次元韻二章》組詩後《附慎王送别元韻》七言律一首、《臘月十三懷易島菴仍用前韻以寄》七言律一首

《出都恭次慎王送别元韻便爲留别》詩後《附慎王送别元韻》七言古一首（參見卷二《書寄送易公仙之越赴舊任》）

奏議

敬陳實政二事疏乾隆元年

宗人府左宗正、正黄旗漢軍都統、多羅郡王臣允禧謹奏，爲敬陳管見，仰請聖裁事：

我皇上膺圖御宇，宵旰勤求，用人首重，諄諄訓諭，惟期以朝皆俊乂，野無遺賢爲殷殷。凡在廷臣工，理宜仰體宸衷，悉心察核，舉直錯枉，實力奉行，方盡厥職。以臣愚見，竊以爲一在保舉之宜慎也，一在彈劾之宜實也，敬爲皇上陳之，以祈聖訓。夫古者建官惟賢，位事惟能，或以德進，或以事舉，歷代皆然。故薛包之舉以孝讓，横渠之舉以講學，陳平之舉以奇謀，匡衡之舉以材智，必在家實有善行之可指，而居官始吏治之有聞，所謂考廷獻於家修之際也。今保舉之人，雖未必有賄賂植黨之情，而豈能盡以人事君之義？保舉者不過含糊數字之考語，以爲行實。臣以爲各舉所知者，謂知其人之行也。某也孝，必有負米養志之可指；某也廉，必有瘞鹿懸魚之可録；某也文武兼資，必上馬舞稍，下馬作露布；某也理煩治劇，必日發百函，五官並用。雖全才，難得實指其一二事之表見，庶幾用仁去貪，用智去許之一端也。夫屬官之陞轉，則以『勤慎』『明白』等字填註爲宜。若不拘資格特保之人，必圭璋特達之才，方可勝任而愉快，豈含糊數字，遂可盡其生平。況孝廉方正之舉，已奉旨詳烈實行。今臣工特保之人，恐未必盡出於至公。『程功積事』之謂何？臣以爲保舉之宜慎者，此也。科道乃朝廷之耳目，風聞言事，乃其所職。大言入則望大利，小言入則望小利。近日言官之章奏，不過以閒雜無關之事，以塞其責。彈劾者，亦止拾摭細故以爲能事。一在畏葸，一在附和，乃其人在位之時，寒蟬不語，及敗露之後，交章彈劾者，往往而是。臣以爲苟其人不良，不問高位，下僚皆宜劾奏，如魏相之去副封，吕誨之彈參政，方稱鐵面。今言官舉動，尚未免畏葸、附和之見存於中。『殿中執法』之謂何？臣以爲彈劾之宜實者，此也。臣請敕下在廷諸臣，嗣後特保之人，必實指其行事，即一二端之足取，亦可備因材器使之用；不則未可使不拘資格之舉，以之便奔競之路也。科道之官有聞即奏，無避貴要；凡督撫、部院、八旗大員，果有居心不良，行事乖張者，該管科道當日知而不言，敗露之後，即責以徇庇之咎。如此，則賢才庶可登進，僉壬不致竊位，而朝廷收用人之實效矣。

——琴川居士編《皇清奏議》卷三三，《續修四庫全書》影印民國石印本

序文

花間堂詩鈔自序

詩易言乎哉！《虞書》曰：『詩言志，歌永言，聲依永，律龢聲。』尼父論《詩》，始自『興觀群怨』，而極於事父、事君。故《三百》而蔽以一言，曰：『思無邪。』此百代詩家準的也。《三百》章下，漢魏六朝，唐宋元明，以及今日，篇什林立。求其風義，按其音節，使人油油然慾心平，躁心釋者，代不數人，人不數首。嘻！難矣哉！

余才與學，遠不逮人，而性耽吟詠，較人癖甚。每遇事觸景，捉筆而賦，無暇計論工拙。落紙後，隨復棄去，不敢自存。既又自思，言者，心之聲也。《戴記》有言：『喜心感者，其聲發以散；怒心感者，其聲粗以厲。』吾之喜怒哀樂，其中節耶？其未中節耶？心不可見，而於其聲見之。根心而發聲，即因聲以驗心。是亦返己克治之一端；而觸事觸境，得自考鏡焉。此余詩所以棄而復存之意也。若云揚風扢雅，與千古詞人學士樹幟分壇，則余謝之不敏。

慎郡王允禧自識。

——以上花間本

國朝詩選序

闢地爲園，置木石，遊者曠觀焉。脩而瘦，曲而盤，疏有逸致，蕃而華然，木之類不齊也；頑而堅，秀而古，玲瓏而怪僻，厚重而潤温，石之類不齊也。順其自然而綴之，所嗜正矣；必欲矯其性而各出其奇，乖也。嗜正者心正，好乖者心乖，物情也，而有通乎詩。

楚攸彭湘南長於詩，遊余幕府。一日持其據經樓所選詩，名曰《國朝詩選》，屬余序。余竊歎詩始於三百，承於漢魏，盛於三唐，格嚴聲叶，爲操觚家諸體嚆矢。湘南是選，振裘得領矣。

我聖朝文教資治，在朝若野，悉皆橐毫囊墨，各抒其性之所發，其脩者、曲者、疏而逸者、蕃而華者、頑者、秀者、怪以僻、温以潤者，正耶？乖耶？正而乖耶？乖而正耶？如木如石，各秉靈氣，自然不齊；彼陟其園者，遊目四顧，矜色相爲騷壇雄。以廓落假大方，踞蹐假嚴密，不知雕飾，早掩天真，所謂矯其性者。

湘南三十餘年彙而斟酌之，順其自然，羅諸藝圃，矯其性者，損而除之，正氣勃勃從紙端出，毫無乖氣相戾。非湘南以正心相印，何以使入選者悉印正乎！噫嘻！人以類聚，人端，其取友必端，况寄言於詩，爲心之聲耶！讀是選，知湘南之嗜，卜湘南之心，而知湘南之爲湘南也。後世爲諸體嚆矢，未必不以此選爲正。

紫瓊道人題於西邸花間堂。

——彭廷梅編《國朝詩選》，《四庫禁燬書叢刊補編》影印清乾隆十二年金陵書坊刻本

樂善堂全集序

我聖祖仁皇帝燕翼詒謀，盡善盡美；皇上純孝天亶，當居藩邸時，先意承志，尤得聖祖歡心。康熙六十一年，爰命皇四子寶親王入侍内廷，以示寵異。是時王年方舞勺，而予齒亦埒，相對甚歡。及皇上紹膺大寶，余以沖年，特承恩命忝封貝子，晋封貝勒。自顧無寸長足録，惟以恭謹，慎自檢束，遂蒙恩眷，每入覲皇上，時遇王，輒承獎許，把握深談，大有乳水之合。癸丑夏月，出所著《樂善堂文鈔》見示。余爲莊誦一過，見其論、記、文、序、賦、頌、詩歌，無體不備，約數萬言，因爲舌撟不下，作而言曰：

古謂立德、立功、立言爲三不朽，在古人非欲歧之也。太上不易得，得其次亦可以不朽矣。而衡以聖賢之道，則德其所内藴耳；著之而爲功，宣之而爲言，莫不皆備於一身，則三而一者也。

今王以『樂善』署其堂，而復以名其集。蓋善即德也。德備，而功與言隨之，如水之有本，木之有根，其條達流行，有不期然而然者。然而混混湯湯，觀瀾而知其本也；刁刁調調，攬葉而知其根也。則欲測王之德與功者，又何不可於其言觀之哉？今爲取其文而讀之，於其藹以和者，見仁之德焉；嚴以毅者，見義之德焉。暢情而不繁，洞物而非察，堅確而不移者，見禮智信之德焉。

夫渾而名之之謂善，得之於己之謂德。王之樂善，王之取善也。蓋善無窮，而取善之心孳孳矻矻，日有積而月有累，故其發而爲言，得心應手，自有行乎其所當行，止乎其所當止之致。斯其藴之也深，而養之也素矣。劉晝《慎獨》有曰：『枕善而居之，不以視之不見而移其心，聽之不聞而移其情也。』

老子曰：『上善若水，水利萬物而不争，故幾於道。』斯二説者，可舉爲王贈也。

夫文，所以載道也。言者，心之聲也，而非藴之、養之，則不足以資其本而培其根。今王之樂善如此，擴而充之，於以優於天下而馴，至於大舜之域，其可涯量哉？將見爲德、爲功、爲言，皆以一身備之裕如矣。苟浮慕詞章，徒以著述相引重，又烏足以讀樂善堂之文哉？

雍正十一年癸丑五月上澣允禧序。

——弘曆《樂善堂全集》，乾隆二年内府刻本

明善堂詩集序

心者，義理之源也；學者，華采之資也。人讀書稽古，有得於中，則形之於言；言之不足，則長言之；長言之不足，則詠歌嗟歎之。此詩之所爲作也。若資之深而逢其源，則義理精而華采贍，詩有不期工而自工者矣。

兄子冰玉主人，少穎悟；既長，好學不倦。其言語文章，自能發揮所得，彬彬乎皆有法度可觀。其爲詩歌，敏而能工。蓋學之博，取之精，故發之茂而言之文。昌黎云：『仁義之人，其言藹如。』信矣！

余嘗謂詩本性情，實關風教。當國家極盛之時，被聖天子大觀之化，凡綴古之事，沐浴休明，然且追維正始，擬譜《咸》《韶》。况夫屬在親藩，近光日月，親炙聖人之至教，則其爲詩也，宜乎義理精純，華采典則，足以宣揚風化，黼黻太平無疑已。

主人有《明善堂詩》已行於時。己巳春，復裒集所作，自甲子至丁卯，得若干首，將續刻之，而問叙於余。余特推原其所以能詩之故，著之於篇，以見學問無窮。目前之所就，足徵根柢。使精而詣之，其又庸可量乎？

時乾隆十四年己巳春三月朔，書於西園之修竹堂。

——弘曉《明善堂詩集》，《續修四庫全書》影印清乾隆四十二年刻本

菊譜序

蓮溪先生云：『菊之愛，陶後鮮有聞。』當霜天摇落之辰，雖在俗目，舍菊之愛而誰愛？而云『鮮有聞』者，性不近，情不專故也。秋明主人性最雅澹，退朝閉閣，琴書灑然。偶品花卉，謂無有過菊者。因遍構佳本，羅列座側，窮妍盡態，静賞信無厭也。又有進焉者，方春時和，繁英滿眼，此時人不記有菊也。主人早留意於是，宜分者，宜接者，宜摘者，宜扶者，宜燥濕者，宜肥瘠者，辛勤護視，灌園叟不能及。又于暇日列爲上中二等，下等不入格，菊亦無下等，故闕之。仍即上中二等中各列上中下，共爲品六，爲種百幾十，廣舊譜而刻以行於世。雖頗好事，抑亦可謂情之最專者也。余亦疏散，宜菊而習懶，不善藝植。淵明繼起，不得不歸主人矣。昔賢有詩云：『待得重陽日，還來就菊花。』主人志之開時，當漉酒待我也。

歲次丁丑冬日春浮居士書。

——弘晈《菊譜》，清乾隆二十二年春暉堂刻本

附録

附録一　雪窻雜詠

弘　瞻

冬夜積雪初晴因約施静波顧端卿二客詠雪窻雜詩並請紫瓊叔同作得長律一首〔一〕

促膝聯吟擘綵牋，重簾燈火夜忘眠。已欣詞客相如最，更有家風阮籍賢。深院茶香烟起户，虚窻人静月當天。他時記取今宵景，冰雪襟期翰墨緣。

【校記】

〔一〕《鳴盛集》四卷本題作：《丁丑長至偕施静波顧端卿坐醇雅堂時積雪初晴偶檢符幼魯集喜其參雪諸詠因廣其意得若干題命二客和之且請紫瓊主人同作先成長句一首》，全詩同。《鳴盛集》二卷本未録此詩。

雪窻雜詠〔一〕

雪意

濃陰黯澹天四垂，屋角啾啾雀聲凍〔二〕。酸風吹壓茶烟低，不捲珠簾寒氣重。

初雪

纔見霏霏灑，風前不暫停。欲遮深巷白，未掩遠山青。飄細時縈幔，聲微乍入櫺。佇看成太素，江月映虚亭。

雨雪

曉起雨兼雪，空濛望欲迷。隨風初作絮，落地旋成泥。消易原無迹，飄多不掩谿。宜年知有兆，麥隴濕鋤犂。

風雪

蕭蕭風葉鳴，片片雪花落。雪飄風更吹，風緊雪偏作。歷亂折枯枝，縈回入重幕。更念夜歸人，寒聲在叢薄。

聽雪

紙帳天寒夜氣清，雪飄深屋一燈明。小窻人静簾垂地，仿佛吴蠶食葉聲。

踏雪

板橋人迹不關霜，爲探梅花引興長。閑跨蹇驢行得得，渾疑身是孟襄陽。

雪徑

漠漠凍雲同，細徑緣蹊繞。一色自平鋪，行人下山少。

雪屋

書屋夜寒侵，雪花如掌大。一穗起微紅，燈明紙窻破。此際想袁安，閉門正高卧。

雪村

凍合空林野色濃，柴門深掩絶行蹤。尋巢雀訝茅檐重，沽酒人驚槲徑封。燈影冷侵窻下績，風聲寒咽竹間舂。平田定識遺蝗伏，比户繽紛慰老農。

雪寺

銀山峨峨高插天，樓閣現出兜羅棉。林端金碧半掩映，莊嚴寶地成瓊田。饑鷹遠颺盤空翮，村外人烟坡隴隔。松風不動塔鈴閑，一帶僧房門掩白。

雪山

昨夜山靈興超越，粉本林泉繪奇絶。蒼茫孤岫欲埋尖，犖确危巒微露骨。山前高下鋪瑶英，山中居人如鵠清。青帘欲問酒家遠，紅墻惟傍僧寮明。長松僵立空千尺，啼鳥無聲日易夕。風寒應少獨行人，樵歌一徑雲留迹。

雪江

玉龍蟄後還軒怒，戰罷滿空鱗甲舞。乍疑飛沫捲岷峨，却望同雲接吴楚。琉璃萬頃添光晶，白波未煮銀鹽成。遠檣旗影凍不起，蕭蕭亂灑菰蘆聲。水國荒寒流朔氣，釣徒自得閑中味。相逢試與問花風，江畔疏梅開也未。

雪溪

玉虹凍不流，寒雲色漫漶。磯頭粉本成，疏林耀兩岸。漁火隱枯蘆，寂歷人影斷。惟有子猷船，嘔軋鳴夜半。

雪篷

挂席樵風緊，孤篷積素深。推時疑月上，捲處訝霜侵。冷逼漁師夢，寒欺估客衾。一枝柔櫓重，烟外聽筝音。

雪樵

琪花曉發滿空林，忽聽丁丁送遠音。腰斧泉崖防路滑，肩蓑風磴訝雲侵。飄寒歌引松聲静，積素人迷鳥道深。極目千山渾一色，看棋玉洞定難尋。

雪漁

推篷瞥見絮紛紛，昨夜無風静浪紋。蓑冷一旗江店酒，網收雙槳石湖雲。閑依蓼渚迷鴻影，深泊蘆洲伴鷺群。萬徑千山餘釣叟，寒天佳景許誰分。

雪松

依稀黛色失荒皋，雪壓亭亭偃蓋高。巖磴雲低惟見骨，寺門風静不成濤。蘚封定誤尋巢鶴，藤滑偏驚挂壁猱。欲訪偓佺何處是，寒流石上冷蕭騷。

雪竹

淅瀝烟梢拂牖清，雪埋三徑凍雲横。淇園月到明無影，嶰谷風迴折有聲。萬个疏筠添粉重，幾竿敗籜帶花輕。蕭蕭别院天寒夜，只恐湘江夢不成。

雪梅

溪流清淺絶纖塵，策蹇山橋別有因。幾點未春冰氣格，一枝無月夜精神。羅浮夢杳人俱冷，鄧尉天寒竹更親。似此空明誰領略，孤山疏影句猶新。

雪月

雲斂夜虛明，中庭月照雪。相映看疑無，遥空增皎潔。一片玉壺冰，心賞忘言説。

雪鴻

渺渺平沙白雪漫，鴻飛孤影度林端。寒雲紫塞聲初警，夜月湘江夢未殘。遵渚乍驚銀海闊，銜蘆不怯玉門寒。泥塗漸陸空留印，凍合關山行路難。

雪鶴

清景滿園林，老鶴偶延頸。丹頂映瑶階，不辨蹁躚影。還訝月明中，一聲發孤警。

煮雪

忍凍試團冰，風爐手可炙。蠏眼沸浮漚，形鹽乍融釋。眩轉六花明，寒暄分傾刻。一盞酌天泉，緬想陶公宅。

嗞雪

道人辟火食，每嗞山頭雪。香片和梅花，風致殊清絶。詎求療我饑，但令消内熱。此味許誰同，千秋蘇武節。

積雪

庭雪白皚皚，真成玉作堆。塵襟盡湔洗，眼界忽生開。徑側全封篠，檐頭暗勒梅。天風吹不去，寒色擁樓臺。

晴雪

萬境晴開見泬寥，風吹餘霰自飄飄。鋪從橋上仍留迹，積向墻陰尚未消。日色纔分高屋瓦，烟光遍露遠山椒。林端紅颺青帘影，乾鵲聲中認酒瓢。

殘雪

乍融庭雪趁新晴，檐柱微敲碎玉聲。砌下每因風力積，窻前還借月華明。應憐陶穀茶鐺減，偏覺王恭鶴氅輕。最好餘寒相映處，冰花零落滿松棚。

掃雪

曉起啓蓬門，呼童縛雙帚。一徑破瓊瑶，烹茶待我友。

再雪

雪後寒逾峭，濃陰凍不開。因風纔捲却，作霰又飛回。徑薄銷還見，庭空掃忽堆。一枝梅信晚，容易放春來。

賦雪

曉起梁園逸興賒，天公有意鬬紛華。尖叉才思輸坡老，鹽絮風流憶謝家。好景收來盈玉版，纖毫落處燦瓊花。吟成欲倩高人和，一曲陽春敢自誇。

【校記】

〔一〕組詩收於弘瞻《鳴盛集》四卷本之卷四、《鳴盛集》二卷本之卷上。

〔二〕『啾啾』，《鳴盛集》四卷本、《鳴盛集》二卷本作『啁啾』。

紫瓊道人和

允禧

雪意

鴉亂寒原上，柴門雪欲飛。厨娘炊未熟，牧豎荷芻歸。

初雪

已喜清冬和暖，還教瑞雪應時。鳥道明邊遠岫，人烟澹處前陂。

雨雪

淅瀝神漿帶玉沙，拂簾點裹不成花。才看密似千絲織，也見輕飄數片斜。

風雪

矯首一長吟，雲低四壁陰。朔風吹不盡，飛雪下空林。撲幔收書急，冒籬策杖深。蕭蕭巖竇裏，衝暝亂歸禽。

聽雪

深巷吠犬柴門幽，碎玉密灑寒竹樓。林梢白花檐外朵，倚床清坐人披裘。

踏雪

披鶴氅，帶鷃冠。携竹杖，叩松關。幾尺泠泠澗水，數層澮澮雲山。

雪徑

前谿斷小橋，瘦藤還蹩躠。時見打包僧，獨踏蒼苔雪。

雪屋

雪底深深塢，雲邊小小池。一燈青未了，斗酒夜人棋。

雪村

垂垂大野暮雲横，村北村南積雪明。林外迴看千嶂合，墻邊時見一人行。通橋斷葦仍含穗，繞塢寒梅早吐英。細煖茆柴煨芋栗，兩三鄰叟話昇平。

雪寺

老衲翻經坐，無人更叩門。山川渾白晝，鐘磬易黄昏。

雪山

花驄被錦韉，金鎞調白羽。正好一打圍，天山射猛虎。

雪江

兩岸荒烟斷，中流一艇孤。蘆黄雲不辨，沙白月平鋪。漁網寒難下，村醪近易酤。天空人不見，幽思滿江湖。

雪溪

漁郎何處去，舴艋荻蘆中。松寺寒聲接，石梁微徑通。嵐光侵未曉，冰氣透無風。望裏炊烟出，低斜不颺空。

雪篷

舟子半睡不睡，估客欲歸未歸。捩柁開頭欸乃，打篷雪尚霏霏。

雪樵

寒斧丁丁，寒鳥嚶嚶。寒雲黯黯，寒水泠泠。萬里盡已白，四山何處青。縛柴一束寒伶仃。

雪漁

白沙洲畔乍堆鹽，垂釣應無上竹鮎。輕笠戴來依北渚，寒罾收去傍西巖。江潭水落雲千里，山郭風高酒一帘。醉卧不愁蘆被冷，幾回相照有冰蟾。

雪松

曾訪中盤紫蓋峰，天寒澗户凍雲封。棟梁節目渾難辨，唯見拏空五玉龍。

雪竹

篔簹谷裏影珊珊，雪緊風淒曉更寒。搶地數莖扶不起，呼兒剪取作漁竿。

雪梅

冷蕊疏枝巧耐寒，數株斜亞玉闌干。多情合倩王摩詰，寫入芭蕉一併看。

雪月

寒雪滿重城，寒月復晶瑩。華光成一片，淒絶已三更。只有梅同色，寧無酒比清。素娥在高處，今夕若爲情。

雪鴻

嗷嗷天邊雁，隨陽正北迴。關山遥度處，風雪滿空來。向晚棲難定，驚寒響易哀。憑誰將尺素，傳報故人開。

雪鶴

瑞雪降，靈鶴翔。耀素影，輝玄裳。月落松低，石高冰沍。戛然長鳴，褵褷四顧。

煮雪

大瓢小勺傾珠玉，新試風窻竹火爐。石鼎生濤噴獸焰，花磁凝碧瀉雲腴。陶家不愛羔羊味，蘇子何勞調水符。啜罷茗柯多妙理，休將姑射問肌膚。

嚙雪

嚼雪香浸齒，梅花當曉餐。酒腸添濩落，詩骨助清寒。掬倩佳人手，盛宜白玉盤。何如楚江上，墜露飲皋蘭。

積雪

蒼烟空縷縷，白屋數家鄰。林塢迷近遠，言念山中人。采采復采采，風香蘭杜春。

晴雪

早來雪乍晴，不晴雪還可。墻上挂酒瓢，爐中爇松火。

殘雪

前宵捲飛雪，連日快新晴。半向檐頭落，偏于嶺背明。照宜纖月淡，散入早梅輕。只恐貧居者，書窗映不成。

掃雪

收雪閑階自瀹茶，個中風味屬詩家。呼童敝帚休拋却，更待春深埽落花。

再雪

紫瓊巖畔雪，埋林塞徑填坳垤。霜鵠梳翎意自閑，琪花瑶草同鮮絜。漪瀾堂前雪，冰壺水月何澄澈。慣詠《名都》《美女》篇，朝騎白鳳朝丹闕。朝退山樓雪更清，雄談四座霏珠霙。瑂瑠麈柄手一色，佳氣寵蓯接玉京。君不見廬陵歐陽子，聚星堂中延客裁詩誇禁體。又不見會稽王子猷，夜詠招隱詩，經宿訪戴仍返剡溪舟。詰朝飛未住，今年看幾度。聊勖君，蓄芳醑。璇館敞雪屏，銀箏轉香柱。共向平臺看雪去。

賦雪

宇宙有大文，方圓燦圭璧。清光澹入懷，耽吟夙成癖。偶留北堂題，更啓西園席。千花吐筆鋒，片雲昏硯石。摛詞霏瑶英，刻藻凝素液。幽蘭賡雅音，黄竹哀行役。聰明詠絮女，閑逸騎驢客。共擬鏤冰魂，結念追月魄。銀溶星漢波，珠綴仙山柏。氣凌鸚武篇，潔比鷺鷥格。始知陽春歌，不拾咳唾澤。活活鵝滿池，翩翩鶴栖柵。味泛陶家茶，香分漁水麝。色相浄鉛華，詩成一浮白。

旹乾隆著雍攝提格之菊月中浣五日，奉經畬殿下教謹書。

門下士朱文震。

附録二　授簡集

序一

吴應棻

易宗瀛

昔河間獻王築日華宫，置客館二十餘區，以待文學之士，自奉養不踰賓客。蓋一時離蔬蹻屩者，翕然宗之。夫古之賢王耽書味道，被服造次，必於儒者，而士或抱瑟而前，曳裾而至，委蛇進退，唯以弋取榮利，於緇衣杜杕之雅，庸有當乎？湘鄉易子張有，胚胎家學，卓有文譽，筆墨之妙，尤直追古人。余嘗樂與之游。一日，手一帙乞序於余，則其尊甫公仙先生客慎邸唱酬應教之作也。余受而卒業焉。其格整嚴，其味深厚，其神肅穆，其意恬雅。誠粹然有道之儒，而慎邸之忘分下賢，虚懷好道，亦於是集覘其概矣。竊嘗於班聯之末，一仰慎邸丰儀，軒軒若朝霞舉；又嘗於朝會宴饗，讀其進御之篇，文才富艷，蔚爲一代詞宗。夫惟大雅，卓爾不群。世有馬卿、枚乘，其人孰不樂陳詩獻賦，奏薄技於從官之内哉！如公仙者，以上湘諸生貢入太學，不兩月，受知親藩，薦應大科，遇至榮也。而其所著詩，不務爲鋪張揚厲，一歸於紀實。其曰：『容納流歸海，昭融物盡春』，美盛德也。其曰：『退朝書在手，隱几硯爲鄰』，誌雅尚也。他如：『法求我是風彌古，熱不因人道自存』，『物情忌是過盈日，天意妙於將滿時』，句出天成，皆悠然可以見道。至其聯吟唱和之作，既工力之悉敵；而寄懷贈别之什，復真意之纏綿。蓋惟慎邸爲能知公仙，惟公仙足副慎邸之知，故相得而益彰也。今公仙需次日久，且以薄秩行矣。而慎邸思之不忘，兄弟子姪皆適館受餐焉。則知公仙之與慎邸，以文章道義爲契合。方之古人，申公穆生庶幾近之，而豈以西園之俊，東閣之英，自負於輩流已哉！爰書之以復於張有，其以達公仙，即用爲是集序也可。

乾隆四年歲在己未春二月既望，歸安吴應棻題於宣南坊之東井書屋。

序二

王文清

詩惟應制難，應教亦不易。蓋忌諱多則性情少，檢飭有餘則風雅不足。《文選》諸作，多寒乞相，誦之頗短人氣。唐人多善應制，然翠雲衮龍，詞多重叠，景移花覆，語近不祥。應教者類多似此，後之人談何易易耶？吾同鄉易君島庵先生，少工舉子業，屢冠全軍。九戰秋闈，有司終不令得志。乃以宿學，抱長技遊慎邸，慎王禮重之。居五載，島庵領鹾司之浙，行時以《授簡》一集示余屬序。後厥嗣君張有奉浙中，來札相索，予爲卒業焉。噫！集名『授簡』，其皆爲應教之作乎？然島庵屢爲予言，王最賢，忠孝夙成，樂善忘分，醖釀吐屬，皆古人精液。從之遊者，每得雍容醴酒間，略形骸，通情性，意絶嫌疑，語無忌諱。而島庵尤受國士之薦，上公車，待詔金門，優禮前後無倦色。噫！此『授簡』之所以能賦，而是集之所以成也。昔陳思之於仲宣，漢中之於子美，千載美談也。島庵今復得此，寧非曠世之奇遇耶？嗟乎，丈夫遇知己若此，所謂附青雲，施後世，所争固不在目前。即挾不律放浪湖海，五十年而不免以微官老，不亦可浮白長嘯，而深自慰藉乎？况其膝下奇才如張有者，方翩翩接踵王庭未艾也。行將與枚氏、崔氏父子力争光焰，此集特其嚆矢耳。至是集之風味品格，則授簡時早有特賞焉，固不待予辭之贅矣。

時乾隆辛酉仲春中澣，潙濱同學愚弟王文清九溪甫頓首拜撰。

授簡集

易宗瀛

感遇詩有序

宗瀛鈍拙無似，荷學憲吴門習公格外之知，以學行兼優，特疏申薦，歲壬子循例肄業成均。時莅太學者，大司成合河孫公、少司成晋江陳公、東廳長白孔公，國子先生則桐城王公、寧化雷公、長安朱公、鹽城徐公、宣城劉公、武進趙公、當塗曹公也。七月上浣入監試，到鼓篋誠心堂。即蒙諸公拂拭，交口獎詡，微聲播館下。西府慎郡王好賢嗜學，當代宗英也，欲採宿儒以備下問，緣宫詹長白文公曾任左師，諭令羅致。文公聞所聞，力推轂，遂得濫竽朱邸。伏思宗瀛上湘老布衣，辱諸巨公知遇，得以名字達殿陛，肄業五旬，席不及煖，俾邀設醴之榮，玷鄒、枚之席，固屬望外，傳之他日，亦士林美譚也。因爲感遇詩，以志其事云。

十三學採芹，五十困書史。白蠟笑明經，青箱猶故紙。飽觀石鼓書（岐陽石鼓十枚，今列太學儀門内），得與駿奔使（朔望日，例得與釋奠行禮）。一介陳腐儒，追隨諸君子。相逢際名賢，相賞乃在此。桐疑爨遇蔡，石訝袖藏米。遂令迂謹聲，上達梁園耳。曳裾容造門，虚左隆置醴。曾匪應劉才，謬辱鄒枚視。過稱了不名，深譚輒移晷。我聞古才士，無憾感知己。如此一人知，應笑古無比。瀛乎何足云，庶幾從隗始。

移寓慎邸留題南雍壁

城南半載惜周旋，匝月南雍寓又遷。到處敢言無妒惡，此心自許凛冰淵。玉雖萬鎰身同愛，石是三生友亦緣。裋褐從教伴簪紱，可容皋乘得差肩。

壬子冬日荷慎王殿下召入府内述事有作

其一

艾齒王門得濫竽，已知厚意遍沾濡。綺筵開處容嘗醴，苑樹叢中許借烏。爲闢便門憐倦足（賜宅去府頗遠，特闢便門來往），縱觀墨妙式前模（時得縱觀所藏字畫諸迹）。禯材敢繼鄒枚武，也備梁園授簡需。

其二

竊餐朱邸恰經旬，盛事欣瞻拜命頻。玉册千秋銘帶礪（是月廿四日，值授册封），圖書東壁叶絲綸（先一日，有總管御書之命）。文章氣静謀猷裕，花萼輝添雨露新。歲歲從兹增寵錫，時時舞蹈動芳塵。

其三

承恩顧曲厠雕楹（二十四、五、六三日，得與内讌聆法曲），恍聽鈞天步太清。長袖翩翩垂手舞，清歌嫋嫋繞梁聲。朵頤味竊和羹永，沁齒甘回餠餡精。欲識豎儒蒙澤處，枯腸添潤眼增明。

頌德述懷十律再進慎郡王

其一

一本天潢貴，連輝介弟親。從人惟與善，虚左爲延賓。容納流歸海，昭融物盡春。及時宣聖化，汪濊澤斯民。

其二

共羨能忘勢，還知不挾賢。誕登先道岸，妙悟透言筌。萬卷撐腸得，千巖指掌懸（兼工繪事）。分才衣被足，可但十人全。

其三

超越真天縱，多能世共推。新詩唐格律，奇字晋風儀。破的弦隨發，騎生鞚不施。文經兼武緯，兩協一身宜。

其四

左右惟承命，高深許測蠡。德因容乃大，明以燭無私。易事忭臧獲，難欺炳策龜。淵懷誰擬似，學問稱天資。

其五

聲色驚全屏，風期儒素親。退朝書在手，隱几硯爲鄰。味澹時呼茗，辭酣薄飲醇。古人求位置，孝獻總非倫。

其六

浩瀚三唐詠，評歸月旦專。開函區涇渭，剪燭繼丹鉛。金揀沙全汰，薪傳火重燃。昌明與博大，從此揭真詮（時有唐詩明珠之選）。

其七

寸朽何勞拾，殷勤吐握情。楚才慚宋玉，鄴唱謝劉楨。劍繡猶占氣，桐蕉只抱聲。一人知己在，掃盡不平鳴。

其八

地僻心斯遠，承恩賜宅宜。曲欄容坐月，密室憩哦詩。便嗜從家食（王以南北異嗜，飲食不宜，給貲自饌，故云），如歸豁旅思。下情真曲體，一一契烏私。

其九

衰頽過艾齒，應自不如人。豈意聞聲採，還教授簡親。捧觴珍穆醴，入幕厠郗賓。不復愁枯槁，微噓頂踵春。

其十

楚國終慚寶，燕臺漫置金。掄材輸竹箭，採藥愧苓蓡。詎辱凌雲賞，惟傾向日心。報稱虚萬一，感激爲長吟。

壬子十一月十八夜雪集桐露堂應教分韻得春字

朔風來静夜，初雪點蒼旻。豫兆三農喜，先飛一片春。寒光摇近幌，餘潤破芳塵。不負梁園賞，惟慚授簡人。

冬夜聽慎王彈琴有作

成連何必遇，天海始移情。自得孤桐趣，寧須七日成（時學琴方五日）。松風添韻遠，窻月入絃明。妙解真天縱，誰能耳不傾。

冬夜慎邸與唐熙載共弈負者罰詩戲紀

梁園静夜促彈棋，戲決贏輸爲罰詩。可有長城堅五字，一從士馬借偏師。

詠燭應教

朱邸琉屏合，良宵鳳蠟燃。檢書珍木蓼，歸院艷金蓮。近乘疑珠照，當窻訝月懸。竟陵方夜集，刻寸合成篇。

壬子除夕荷慎王頒賜手書聯幅佩囊雉鹿魚羊柑橘餅餡諸物詩以鳴謝

新恩重疊並春長（時已立春），蒙賚無功獨悚惶。雉兔擊鮮登異味，橙柑覆帕噴新香。詎因賞懋分珍饌，可爲吟多付錦囊。莫訝曉來佳氣滿，懸庭墨妙燦琳瑯。

詠紙鳶應教作

聳身髣髴戾天同，剪紙編筠羽翮豐。鶖鶂誰抛青漢上，隼旟遥建絳霄中。飛隨白日長繩繫，影亂孤雲一握通。莫訝摶風能直上，吹嘘總仗大王雄。

樵歌聯句〔一〕

不聞人聲，但聞斧聲（慎王）。寂寂巖響答，丁丁飛鳥驚（宗瀛）。得柴換酒，醉歸踏月山歌清（唐虞臣）。友木石，無衰容（慎王）。白雲流水自朝暮（易祖栻），萬山漠漠烟光青（丁䵚）。

【校記】

〔一〕此詩收録於允禧《花間堂詩鈔》稿本卷二、花間本；花間本與此全同，唯不作聯句。

漁歌聯句〔一〕

扶桑紅綻玻璃烟（慎王），欸乃響徹湖中天（丁䵚）。一絲晞露飛虹竿（宗瀛），金鈎釣鰲滄海邊（唐虞臣）。芒針獨繭雙餌懸（易祖栻），黄金轂轆風車旋（慎王）。蝌奴魚婢紛相聯（宗瀛），鱅鰱魴鯉鮎鮪鱣（慎王）。撥刺滿眼銀花鮮（祖栻），强者躍出弱挂粘（宗瀛）。霜刀細鏤口流涎（祖栻），地爐活火窮熬煎（虞臣）。何以薮之櫻筍尖（宗瀛），流霞滿引飛懸泉（慎王）。酣歌瞋目喝青山（丁䵚），吞風噴浪月跳船（宗瀛）。鮫人偶贈珊瑚鞭（祖栻），騎鯨夜半奔天閽（虞臣）。手捧閶闔排青鸞（慎王），徘徊碧落窮崑崙（宗瀛）。長風習習生羽翰（丁䵚），鵬背千里挾群仙（虞臣）。下視人世何茫然（祖栻），歸耳滄浪泉鳴絃，釣天一曲凡心湔（慎王）。

【校記】

〔一〕此詩第一、二、三、五、六句被改寫、重組入《漁歌》，收録於允禧《花間堂詩鈔》稿本卷二，不作聯句。

蟬聯體詩二十首應教作

慎王創爲是體，以『苔徑雀聲晚，蕉窻蝶夢凉。囊琴步野渡，枕笛醉漁航』二十字爲題，各限五言四韻，每賦一題，即以後一字爲韻，首尾相屬，循環不斷，命曰『蟬聯』云。

苔尾押徑字

如繡復如錢，的的翠光瑩。冒石髮鬅鬙，被垣衣泥濘。客來趺坐柔，蝶去飛花凝。呼童慎掃除，留取護幽徑。

徑押雀字

一綫入雲村，數折通芒屩。幽宜二仲來，捷恥終南託。蓬蒿任蔓滋，松菊猶繡錯。掃軌謝賓從，一任門羅雀。

雀押聲字

瑣瑣形仍賦，人憐巧婦名。卑枝棲自穩，短穗飽何營。未遂銜環報，偏殷賀厦情。中天看兆誕，集樹早聞聲。

聲押晚字

入耳自成聲，屬垣誰司鍵。萬籟固難窮，五音未可混。心隨雅奏移，意共孤吹遠。遮莫聽霜林，颯颯秋風晚。

晚押蕉字

返景下山椒，山庭自寂寥。温醅爐待煖，檢帙燭初燒。露氣涵花上，鐘聲渡水遥。墻頭新月起，微辨檻前蕉。

蕉押窻字

虚心能自展，孤翠本無雙。夢幻疑藏鹿，聲多惹吠尨。成絺名冠葛，代紙種依幢。如箑休教剪，隨風拂暑窻。

窻押蝶字

啓扃得自由，碧紗襲重疊。晚留烟篆横，曉睇林光接。延月爲開樽，就暄或散帖。膽缾貯新花，時過尋香蝶。

蝶押夢字

異樹蜕丹青，化植還爲動。情苦花勾留，迹因風引送。尋聲每逐蜂，萃彩還名鳳。栩栩露華中，想見莊生夢。

夢押涼字

至人寧有夢，思觸即爲鄉。歷歷身曾置，茫茫緒莫詳。吐從誇白鳳，熟尚戀黄粱。馬上憑誰續，霏微曉露涼。

涼押囊字

習習晚生涼，絺衣坐木床。金風全却暑，玉露欲成霜。就蔭堪同納，披襟許獨當。授衣驚節變，旅客悵空囊。

囊押琴字

何物充笵伴，奚囊愜素心。處錐從策士，製錦待狂吟。探應全勝槖，貧來罕置金。莫教羞澀甚，留取内瑶琴。

琴押步字

孫枝稱鳳絲，誰斲嶧陽樹。異象寶龍鸞，古文辨蛇蚹。入爨偶聞聲，無絃聊寄娱。金床暢五音，石室許誰步。

步押野字

安步可當車，負手長林下。舴艋已辭舟，款段寧求馬。芳塵印履綦，夕露霑足踝。接武有良儔，相將復而野。

野押渡字

就郊絶囂塵，出郭添幽趣。裙腰草醮烟，山帽雲蒙樹。斜陽牧唱中，平楚僧歸路。尋芳契幽人，緩步溪橋渡。

渡押枕字

利涉足舟航，安瀾謝踔踸。搴裳了不聞，濡軌何須凛。截江橈泛蘭，趁晚帆飛錦。漫誇擊楫豪，但愛流堪枕。

枕押笛字

異寶侈紅蕤，仙蹤難再覓。圓木未即安，曲肱差可適。踟躕秋夜長，展轉羅幃寂。或眠與或欹，側耳鄰家笛。

笛押醉字

誰剪柯亭椽，臨風引孤吹。入破訝龍吟，餘音冷猿臂。横吹牛背聲，遠寄漁舠意。三弄據胡床，情爲知音醉。

醉押漁字

良醞差堪戀，流涎對麯車。三盃攤飯後，一石墜釵餘。泥飲惟求狎，留歡且合醵。最宜陶靖節，班坐共樵漁。

漁押航字

託業水雲鄉，烟波狎復忘。長竿分楚竹，短棹破吴霜。葭菼饒樵採，魚蝦抵稻粱。五湖堪泛宅，一醉任輕航。

航押苔字

刳木緣誰制，揚舲任泝洄。潮生天上坐，興盡雪中回。島嶼分窻入，烟波送棹來。何妨奇絶處，繫纜步莓苔。

桐露堂聽蓮舟上人彈琴應教有作

其一

華軒張緑綺，良夜發清音。寂寂同傾耳，洋洋此會心。三均縈灌木，一曲浄塵襟。莫更彈流水，蒼茫意轉深。

其二

一洗箏竽耳，泠然與古期。宣情猶楚操（上人南省人），暢志足天隨。音外心何適，絃忘手不知。聲聞曾入道，禪悟得於斯。

春日桐露堂聯句

春色看過半，春花猶未開。同人集春館（慎王），好月上書臺（祖栻）。綺户簾文漾，華屏燭影迴（慎王）。惠風來竹樹，芳雨潤莓苔（丁賫）。滿鼎薰龍腦，分箋潑麝煤。雍容多雅興，縹緲竞新裁（慎王）。氣奪雲霞色，詞翻灔瀩堆。人争誇握瑾（宗瀛），我獨愧除埃。受罰甘金谷（慎王），成歡問玉罍（宗瀛）。趺跏還共坐，笑語豈辭詼（唐虞臣）。良晤不虚矣，佳辰復此哉（祖栻）。投壺還散帙，煮茗更銜盃。客盡東南美（慎王），天鍾斗石才（唐虞臣）。桐圭尊帶礪，玉葉簇瓊瑰。醴席先觴穆，金臺早禮隗（宗瀛）。丹青驚顧陸，喬梓繼皋枚（唐虞臣）。絳帳經同授，玄譚語獨該（宗瀛）。翹材聯棫樸，選驥雜駑駘（祖栻）。庾幕蓮何麗，淮南桂漫栽（慎王）。紫宸覲光暇，梁苑許趨陪（丁賫）。

三月初六日上親祭先農壇行耕耤禮恭紀三月初七日太學季考試題

其一

聖主勤民瘼，桑田夙駕先。氣和風改律，朔吉月舒絃。柳外金根轉，花前綵仗懸。陌阡新過雨，蒲杏盡含烟。巨典明禋肅，先農祀事虔。苾芬壇坫内，歆格屬車前。九式耕崇耤，三推禮自專。從兹書大有，長此戴堯天。

其二

金鋪開左个，玉輅轉東菑。鵷鷺千官集，貔貅七萃隨。枌榆崇舊社，鄜畤肅新祠。莅位專華火，貞辰潔盛粢。惟馨因德薦，來格洽神禧。徂畛農千耦，迎年雨一犂。順時勤克祀，成禮備親推。遥聽豳風奏，倉箱詠萬斯。

四月初四日西園聯句時值立夏

洗春昨夜雨，春盡曉鐘前。忽送薰風至（慎王），旋驚初夏天。蔚林留宿靄（丁谼），茂樹醮新烟。綫柳晴飛絮（易祖栻），裀花軟疊綿。沼香魚聚唼（唐虞臣），檐敞燕雙穿。罥塢游絲細（祖栻），縈窻落蕊娟。雲收披嶺帽（慎王），苔貼上階錢。語溜聞鶯囀（宗瀛），香薰惹麝眠。覆畦書帶碧（谼），糝徑米囊鮮。漸秀芳堤槿（虞臣），將舒藻井蓮。蝶翎初腿粉（祖栻），蝸篆正流涎。蔽檻桐垂乳（慎王），攢坡蕨放拳。松低亭散塵（宗瀛），竹迸堰行鞭。蜜熟蜂猶鬧（虞臣），泉甘蚓不蜷。但教幽賞在（慎王），莫嘆物華遷。掃石從携局（祖栻），開軒待置筵。檐衣飄錦繡（虞臣），握角鏤瑶璇。碧瓦鴛鴦麗（谼），重簾翡翠編。曲欄紅藥外（宗瀛），小閣翠槐邊。散步紛容與（祖栻），傾懷漫折旋。徐呼童啓户（慎王），共倚樹聽泉。瀟灑塵襟滌（虞臣），從容俗慮捐。良辰差不負（宗瀛），勝地更宜偏。授簡逢前席（谼），分行得序年。褐衣參黼座，皓首醉紅氈。琬液扶頭酒（宗瀛），銀絲縮頸鯿。千錢看下箸（虞臣），五鼎更加籩。滑七抄雲子（祖栻），行盃送玉船。羹看碧芹煮（慎王），茗得紫茸煎。只愛風生液（黌），休辭帽露顛。狂歌頻捉搦（宗瀛），醉舞更流連。綺思書瑶句（虞臣），雄詞壓錦箋。漫哦松步七（宗瀛），合倚馬言千。鱗爪餘能得（祖栻），糠粃導敢先。八乂行就矣（宗瀛），五字乃褒然。禊轢蘭亭會（虞臣），裙同雒水湔。習池虚買醉（黌），鄴下笑稱賢。盡日情無極（祖栻），良宵興更牽。清輝知月上（慎王），遠韻訝鐘傳。歷歷惟傾耳（宗瀛），纖纖欲放弦。續歡頻跋燭（慎王），得意更忘筌。臭味芝蘭合（宗瀛），襟懷冰雪聯。搴帷重洗盞（慎王），促膝更提鉛。争訝譚霏屑（黌），時聞語入禪。厠身蓮共幕（虞臣），糊口硯爲田。直以同聲應（宗瀛），都忘下體戔。柯亭携朽竹（黌），清廟雜宫懸。遂竊金臺席（宗瀛），叨陪紫府仙。缶天勞覆發（祖栻），鑪冶借陶甄。大小山從紀，高吟付簡編（虞臣）。

倚馬山堂瀛湘上舊居也荷慎王親爲繪圖敬賦長歌以紀其後

結菅茅，徹桑土，倚馬山堂在何許？乃在衡嶽之陰、瀟湘之滸。柴門蕭寂絶跫音，灌木叢生照江渚。呼兔穎，潑松腴，倚馬山堂誰所圖？乃是九重天上至尊之介弟，聖祖皇帝二十又一之龍雛。河間禮樂梁園興，天潢第一宗英殊。信有多能出天縱，落筆生面開江湖。下走感激旁觀駭，貴賤天壤别且區。不鄙小景辱巨手，點染甕牖兼繩樞。左山右溪倏在目，鳧汀漁溆隨溪迂。附離面坎宛位置，潮音水月連山寺（潮音閣、水月庵與山堂對峙，故云）。插江石壁俯澄潭，聳翠拖藍縈薜荔。窺園髣髴芥舟扃（堂左即窺園。有書屋，名芥舟），柏承樓上圖書笥（樓峙堂右）。捧圖拜手爲長歌，雨露深恩濡被多。曳裾已自慚非分，竊醴還教獨飲和。傳神阿堵真天造，溪山長價緣奎藻。歸掃危樓最上層，錦軸牙籤什襲好。衡峰峩峩湘水長，傳之子孫世世爲藏寶。

蟬聯詩二十首恭和御製作以松風雪月天花竹鶴雲烟詩酒春池雨山僧道柳泉爲題

松押風字

落落支離叟，龍蛇訝影同。磥砢偏適用，蜿蜒欲拏空。夢喜隨圜驗，凋寧厄歲窮。有時聞虎嘯，捲壑駭長風。

風押雪字

乍起自青蘋，吹面倏颸颲。青摇松漄濤，翠妥楊垂纈。偃草借先聲，揚砂競餘烈。山妻久忍寒，莫更吹成雪。

雪押月字

六出偶飛花，隨風散庭樾。瑞葉綴瑶林，甃珪懸素闕。怯水潑衾裯，求温煨榾柮。忽疑姑射仙，宛集梅梢月。

月押天字

清露静涵烟，團團月正懸。珠光侵臂冷，扇影入懷圓。漫憶霓裳曲，虚懷玉斧仙。香飄丹桂近，搔首夜摩天。

天押花字

莫漫窺從管，穹窿詎有涯。儘教誇倚蓋，自合訊仙槎。似磨誰傳蟻，如輪孰轉車。等閑看玉戲，碎剪漫空花。

花押竹字

半葺自葳蕤，四照何芬馥。目玩紛欲迷，鼻觀隱可掬。環庭地繡鍾，映月天錦簇。空谷此佳人，含笑倚修竹。

竹押鶴字

亭亭擢鳳條，數竿何宛嫋。碧鮮露沁肌，緑浄烟垂幕。削簡待傳書，驚雷初解籜。一節倘見分，寶此膝如鶴。

鶴押雲字

矯矯青田翼，霜毛映紫旻。在陰其子和，警露以聲聞。附鳳看翔甸，隨雞偶立群。樊籠寧託足，高舉決浮雲。

雲押烟字

糺縵復延綿，光華獨麗天。龍噓從氣幻，石觸訝根連。合寸爲霖速，承光附日鮮。良時頻見瑞，非霧亦非烟。

烟押詩字

不雨亦離迷，嵐猜更霧疑。漫空生野燒，出谷識晨炊。膩碧聞窻語，浮青冷釣絲。漢宫隨燭散，丹陛獎新詩。

詩押酒字

不謂能窮人，哦聲常在口。狂搜狹大千，彙形極萬有。有聲畫益奇，無邪思不苟。擊缽可能成，爲釣何須酒。

酒押春字

良醖差堪戀，賓筵屢舞頻。扶頭初熟釀，滿眼快沽醇。取醉休誇石，爲歡漫浹旬。三蕉聊復爾，暢體自生春。

春押池字

誰挽東皇御，欣欣景物宜。釀烟籠柳色，溥露暈花枝。頗愛風同坐，何須律再吹。詩成應有夢，草滿謝家池。

池押雨字

半畝足漣漪，澄凝照環堵。靜可鑑鬚眉，清堪瀹肺腑。呼群鴨並棲，吹沫魚相煦。莫更羡昆明，鯨鳴兆雷雨。

雨押山字

泰岱雲膚合，羊鬃使節頒。濯枝知物潤，騎月笑天慳。兆叶兵戈洗，聲催客鬢斑。高唐降神女，暮色漲巫山。

山押僧字

一拳生莫測，九仞簣誰增。飄縹神靈宅，嵯岈險阻憑。静知天地鎮，動訝雨雲興。福地輝金碧，奇觀半屬僧。

僧押道字

何來般若門，蔓此苾蒭草。示戒掃塵根，皈心依佛寶。入山苦未深，出世恨不早。須知白雲塢，自隔紅塵道。

道押柳字

如砥此康莊，驅馳足儕偶。里遥或紀千，軌廣惟營九。覓主孰爲東，遵王誰敢後？何處引離愁，長亭見楊柳。

柳押泉字

靈和姿態妍，思漫正髫年。黛薄眉初掃，波秋眼乍傳。含情千里道，炫媚萬條烟。此木稱交讓，惟應配醴泉。

泉押松字

滌源來滚滚，盈坎落淙淙。濺沫揺寒玉，飛巖挂白龍。在山清可鑑，隨地湧留蹤。稚子携缾慣，尋源入古松。

桐露堂芍藥盛開應教有作

春光婍妮遍皇都，釀采敷華繡作鋪。婪尾花看聯跗發，扶頭酒爲洗妝沽。瓊樓分葺神仙宅，金帶同珍瑞錦圖。擬譜芳菲慚彩筆，翻階愁對玉盤盂。

園中芍藥盛集飲聯句

夜宴歡斟婪尾春（宗瀛），花枝娅姹最宜人（慎王）。月移倩影香侵座（丁鸒），露滌柔膚態絶塵（唐虞臣）。

醉後平章閑倚檻（祖栻），興來卜夜屢延賓（慎王）。當階索笑情無限（宗涒），高照紅妝剪燭頻（傅雯）。

癸丑夏日同寓丁履仁出祝融初日圖見示檢閲始知爲李鵠山先生所作欣賞之餘感慨係之因賦長歌三十三韻以紀其事先生名中素號鵠山楚黄麻城人

心史函開眢井涸，絲竹聲聞魯壁裂。呵護休疑神物存，古人是處留心血。慘澹不惜費經營，精神未許終磨滅。王門同寓有公治，謂我楚人知楚事。出示祝融日出圖，墨迹模糊絹殘毁。卷尾蠅頭見姓名，門下敬恭署小吏。寫時辛未岳來堂，閲處癸丑梁園地。誤教人作隸胥觀，筆墨雖工等閑視。四十餘年入我眼，爲公一洗塵埃祟。憶余舞勺採芹香，正值先生鐸秉湘。歲時屈指後先得（余以康熙己巳遊泮，附公門墻，距辛未前三歲，故云），齋舍蕭清筆硯良。茲圖應爲上官作，將毋開府爲薇堂。此時當事爭引重，門下之書分所當。轉膺卓異邀辟薦，兩紆墨綬官閩疆。從此高山隔瞻仰，遺縑剩楮爭珍藏。至今南省盛賞鑒，尺幅幾欲儕琳琅。維時先生誰契闊，簡公以載公錫葛。衛公李二暨阿大，但遇論文樽必竭。余也末座承耳提，每言孺子堪棒喝。山河邈若隙過駒，瞥眼諸公風電殁。披圖展轉爲沉吟，荏苒書城歲月侵。昔日忘年稱小友，此時白首滯綸巾。畫中恍接先生面，瑰奇魁岸鬚眉真。一株蒼松一小照，著述老盡虬龍鱗。祝融峰高九千丈，往往殘夜窺曦輪。此圖日出不見日，迷離曉色千巖横。臆繪心摩岳來也，非公身歷誰寫生。去歲良哉（良哉，名佐，先生姪孫）遇漢上，詳詢家世添悲辛。墓成宿草我未拜，宦囊羞澀詩篇湮。吾徒師友關至性，對此未免難爲情。點筆長歌因畫賦，爲語丁君好持擭。高人著筆别有神，此事惟君眼能具。縱作丹青王宰觀，莫負杜陵題識句。

慎郡王和鄙作夏日閑居韻四律見示仍用前韻應教

其一

兔園雪後曳裾初，又聽薰弦解愠餘。非賈漫勞前席問，是倪難免帶經鋤。嶔崎已笑形骸鄙，科跣偏容禮法疏。萬卷縱觀從所好，郝隆從此腹羸書（時借觀朱邸藏書，故云）。

其二

自笑狂吟癖未删，星星兩鬢點詩斑。千秋莫問名山事，七字憑銷永日閑。聊譜巴音存楚調，漫梳短髮鬭新鬟。陳思絶唱傳爐冶，騷苑相期一鑄顔。

其三

玉葉金枝紫禁邊，樓頭花萼簇雲烟。詞壇藻挍推詩聖，藝圃瀾迴署墨禪（王有『墨禪』小章，故云）。語自天成傳大造，思隨地湧足源泉。雅懷更憩梧桐月，蓮漏聲多賞未眠。

其四

高吟學海振濤波，沼沚相形勺水多。河伯望洋慚面目，山家永寶重烟蘿。聲霏白雪全消暑，味沁清冰快飲和。四律應加百朋錫，肯容蛙鼓續鸞歌。

附　慎王見和元韻〔一〕　　允禧

其一

上苑風光入夏初，白雲幽賞捲簾餘。使船快睹人操楫，爲圃何妨自荷鋤。亭畔携琴花氣遠，灘邊收網夕陽疏。更饒清課消長日，閑寫黄庭讀素書。

其二

吟得新詩幾次删，漫傳雅麗管書斑。逢人莫遣三分俗，過日惟消一味閑。坐聽泉聲勝玉笛，笑看山翠妒雲鬟。不須更覓還丹訣，心地無塵自駐顔。

其三

柳外花間與水邊，擔風握月唾雲烟。機心静後棋偏戰，墨雨融時畫入禪。時掇野蔬供野饌，自烹山茗掬山泉。閑中幽夢渾難醒，莫厭黄公聒晝眠。

其四

柳堤風軟剪輕波，亭館虚凉晚翠多。一徑水雲連竹樹，半巖烟月掩松蘿。興來杯引紅螺滿，聽去聲傳緑笛和。欲譜幽情憑雅韻，揮毫獨愧郢人歌。

【校記】

〔一〕組詩允禧集中未見。

京邸煎茶歌

京華品泉惟品滷，社列局張味腥腐。錯疑童誤加豉鹽，又訝器淆污敗酯。縱有頭綱豈耐烹，次茗次荈如咀土。渴腸三夏鳴車輪，遍貰瓶甌不堪煮。朅來移寓玉河濱，璚島波涵近亦鄰。縱糁車塵凝淡碧，但尋泉脉足深清。獨坐閑窻風日美，解事奚奴尋水遞。瓦鑪沙銚活火燃，雲脚漸開乳花起。中泠惠泉遠莫致，止此一甌差可旨。平生癖嗜紫茸香（産衡岳），七二峰高雲霧荒。上梅白芽（産新化縣）芙蓉緑（産安化縣），見慣每視爲家嘗。纔過清明盻晴霽，融風折甲抽旗槍。寢忘餐廢慎揉焙，採隨旦晚分低昂。此物垂涎那易獲，四千里外雲山隔。六安在篚猶南味，底事思狂狷亦得。呼童滌器自注鐺，辨色候聲堪一啜。却吟夢得烹茶詩，甎井銅爐總匪宜。羊羔錦帳誇珍味，煮石眠雲屬阿誰。

晚霞聯句

乍看倒影上東墻（宗瀛），幾片斐然映夕陽。銜雨有時蒸霽色（李鍇），乘風作意襯晴光。文披沙汭紛成綺（易宗湝），機待天孫巧製裳。紅縐氍毹聯細纈（慎王），彩披翟茀煥新妝。彌天誰散珊瑚網（宗瀛），架漢同瞻玳瑁梁。玉葉金莖芝絢爛（鍇），鳳苞鸞采羽輝煌。萬花許借春林艷（宗湝），五色能于衮服章。城是芙蓉應有主（慎王），鄉傳錦繡定聞香。卿雲作縵垂千縷（宗瀛），璧月敷華燦八荒。海國樓臺驚蜃變（鍇），廣陵風雨兆虹祥。八層自映崑崙遠（宗湝），一望遥通帝座旁。洞闢虚窻看晻藹（慎王），斜籠遠樹接蒼茫。金盤抱暈移銅柱（宗瀛），銀海生花發寶藏。氣繞虞淵猶艷赤（鍇），影翻細柳益茫洋。殘烟乍起渾無色（宗湝），孤鶩齊飛欲抗行。饑渴頓忘杯飲足（鍇），肯教項曼得重嘗（宗瀛）。

新蟬應教

先秋嘒嘒早聞聲，聒耳新蟬鬧晚晴。並噪似多競勝意，長吟詎有不平鳴。抱枝翳葉藏身穩，飲露餐風寄迹清。莫把龜腸方儉腹，漢官儀並左貂榮。

夏夜納涼應教得江字

暝色生桐蔭，微風度瑣窻。披襟閑鵲扇，延月失銀缸。漏急河初轉，心清暑自降。詩成虛授簡，擊鉢應慚江。

詠眼鏡

其一

輔視良工巧，連規冒鏡名。蠅頭書不礙，毫末察偏精。始信觀宜鼻，如懲察用明。褒光聞柱下，用晦是尊生。

其二

惟鏡虛能受，因虛用更殊。增明偏藉障，著眼反從糊。似蠡通銀海，如冰置玉壺。霧花與蔽翳，老態豁然驅。

徐健少主政客歲過訪適余以走候闕展侍頃蒙移玉仍同前轍詩以志謝并訂後期

其一

信有相思兩意通，重來命駕不謀同。他鄉幸免門題鳳，易地均憐迹轉蓬。遂以綢繆成坦率，却因把握感遭逢。心知不合頻移寓，北道長教我愧東。

其二

粉署人來旅舍光，筠簾日永履綦荒。茫茫人海勞相訪，僕僕車塵有底忙。君去我來同燕雁，東沉西出笑參商。從茲相過須相訂，止合先期寄八行。

劉應時孝廉過訪不值却寄

西澗先生辱過存，東臺居士（賤號）恰離軒。淺甌清茗誰爲主（是日僅一茶而返），短轡長鞦各趁轅。展侍偶疏愁杜甫，穢蕪却掃笑陳蕃。抱琴可有重來興，餘醴猶能辨一樽。

夏日偶興

其一

銷來長日坐梁園，塵隔重垣了不喧。暑倦蕎驚書墮手，晚凉快聽雨澆煩。僮諳潔癖時陳盥，客厭迂拘不造門。强斷諸緣聊頤老，漫牽婚嫁念兒孫。

其二

五十餘年衡泌軀，誰教頒白口重糊。憐才遇喜饒青眼，欺世吾何事涅鬚（時有誨以涅白者，故云）。齒鈍尚能咀不托，膝强漸許習跏趺。莫嗤楞散無顔色，自有長松老更腴。

其三

任運無苛著處宜，行雲流水認端倪。曉窻雨過凉披卷，冷竈炊遲晏忍饑。鄉語不諳爲僕恕（小力皆北人，不諳南音，故云），遠書緩答合朋譏。更憐小户同窪窄，雪檻虚邀避暑巵（時友招飲未赴）。

其四

乍覺炎威斂灼薰，筠簾一雨洗囂氛。薙文簟軟時酣蝶，霧縠幬穿幸少蚊。冷眼偏嫌榴艷熱，齋心久厭蒜苗葷（余性不嗜蒜，犯之或致吐逆，故云）。擬從清淨參禪悟，梵唄依稀隔院聞（齋前即慈祐寺）。

其五

飽食何須問大烹，水薪差給漫求盈。矩繩趨步人無妒，詩畫悠優履自貞。午饌避蠅低掩幔，夜窻妨鼠穩移檠。蕭然此外吾何慮，困即酣眠飽即行。

假山聯句

誰從台嶺割霞標（宗灜），疑是秦鞭縮地遥。九仞論功成一簣（慎王），三山分秀落層霄。嵌空硉矹如騫翥（李鍇），照水谽谺欲動摇。幽處生雲看靉靉（宗渻），罅中滴乳聽蕭蕭。可能碣石移溟渤（宗灜），更擬星精降泬寥。夜雨洗來苔繡古（慎王），新烟染出墨痕饒。形蟠虎豹時相逐（鍇），甲動蛟龍或湧潮。鳥道紆迴通殿角（宗渻），猿巖宛轉透山椒。謾誇雪浪波濤叠（宗灜），却愛松風溽暑消。清峭似簪鑱碧玉（慎王），玲瓏飛翠貼雲翹。陰籠紫柏横欹蓋（鍇），影映紅霞遠束綃。入望已成千里勢（宗渻），賞奇應得八公招。漫携袍笏成多事（宗灜），好置琴樽破寂寥。幔卷鏡中窺巀嶪（慎王），畫開屏外倚岧嶤。座中野興尋常得（鍇），屋上青山几席邀。好石可同居易癖（宗渻），一拳端不讓瓊瑶（宗灜）。

小欄

小欄尺五繞階墀，卑覺難憑坐頗宜。醉月引盃酣暫起，耽風倚住倦還欹。狸奴狎客行經慣，瓦雀忘機下不疑。閑共奚僮商位置，穩安筆硯待敲詩。

小廊

雙檻當門廠小廊，制時如共住時商。良宵便擬賓觴月，當暑無須木蔭床。得得梁園分覆庇，渠渠夏屋憩疏狂。不須辛苦求華廡，容膝能安興自長。

七月四日聯句 一百韻

睹面語尤清，消吾鄙吝萌。情人於此地（慎王），高賞以平生。愛客今何似（宗瀛），翹材古所京。園應叱獨樂（易祖栻），座許接同聲。藉藉鄒枚繼（慎王），翩翩魯白并。分行侍庭館（宗瀛），接膝列檐楹。勝事從吾好（丁釁），良辰許款誠。暑微炎夏盡（慎王），雨過早凉輕。玉宇初流火（宗瀛），金天尚伏庚。經心變節序（祖栻），游目值新晴。宿靄凌晨捲（唐虞臣），浮烟向遠平。納風風習習（宗瀛），瞻日日晶晶。乳雀喧還逐（祖栻），高蟬咽復鳴。芳畦猶舞蝶（慎王），暖塢更藏鶯。蕊墮青牛散（贇），枝摇野馬驚。蓼新紅碎鞞（祖栻），荷老碧圓傾。附木垂威喜（慎王），緣階秀決明。丁公羅曲檻（宗瀛），簡子蔓高棚。蠹葉蟲書蒂（祖栻），枯筠蟻繡莖。陰陰森桂柏（虞臣），馥馥發蘭蘅。種樹駞成傳（慎王），評花譜紀名。浣欣池滑笏（祖栻），掃愛石清琤。容與渾忘倦（慎王），歡娱不外營。觀時隨大化（虞臣），遇物得安貞。光景時同變（贇），襟懷好共陳。啓窻軒次第（慎王），陳几席縱横。置杖閑方竹（宗瀛），鈎簾挂曲瓊。地衣曄若旭（祖栻），屏扇尚之瑛。鑄鴨棲香岫（慎王），鑱螭護燭檠。嫩凉鋪薤簟（虞臣），幽響落楸枰。行案松爲使（祖栻），馳封石號卿。狸毫裝象管（慎王），繭楮叠藤籝。張乘縹緗富（宗瀛），曹倉卷軸盈。丹黄天禄較（祖栻），甲乙石渠評。自許窮千古（贇），真堪薄百城。典謨詞渾噩（宗瀛），丘索旨深宏。水注鎸川脉（虞臣），山經絡地紘。譜詳魚豢飼（慎王），帙悉卉芳菁。拉雜編延漏（宗瀛），零星録解酲。掌惟書有記（祖栻），數任僕頻更。遮莫徵圖畫（慎王），因之出册楨。一丘看位置（贇），萬嶺見峥嶸。徑尺兼三要（祖栻），披函聚八瀛。指皴區董米（虞臣），滙派認關荆。癡顧無凡染（宗瀛），迂倪足遠情。落霞輕掩映（贇），秋水淡澄泓。語訝鳴禽出（虞臣），香疑露蕊榮。竹文同秀挺（宗瀛），松馬遠孤撑。可但丹青炳（祖栻），仍誇墨迹精。虞戈存舊簡（慎王），張草出先正。聖教金錢辨（贇），黄庭鐵綫争。奔泉驚驥渴（祖栻），抉石駭猊獰。玉局娟而古（慎王），襄陽逸且勁。白模原尚雅（宗瀛），絳榻豈卑羸。文物供留覽（祖栻），詩思遂觸棖。布頭時共展（慎王），栗尾各紛檠。巧許誇先得（宗瀛），遲寧鄙後賡。且吟金鎖碎（祖栻），漫叶鼎膨脝。起草春蠶嚼（虞臣），揚聲美玉鏗。阿誰三步就（贇），更爾八叉成。苦詠髭頻撚（虞臣），冥搜目屢瞪。捷應輸競病（慎王），險或押砰轟。標錦争紛奪（宗瀛），驪珠羡獨攖。被絃思李益（祖栻），傳燭憶韓翃。各畫疆矜勝（虞臣），如懷璧鬭瑩。洪音揚浩浩（宗瀛），細響入硜硜。詎曰能高唱（贇），居然竊大烹。畫堂調鼎鼐（虞臣），綺席整盃鐺。釘座牛心炙（宗瀛），充簞鴨脚羹。尾鮮新饌鯉（祖栻），唇美爛燒猩。泛乳煎芳茗（贇），流脂爨早秔。釀辭千日酒（宗瀛），腴薄五候腈。自有泉爲釀（祖栻），何妨飲似鯨。扶頭呼白墮（慎王），滿眼瀉烏程。那讓張長史（宗瀛），誰爲阮步兵。坐花頻送盞（虞臣），浣袖競飛觥。爽或咀金子（贇），甘多噉蠟兄。鹿糕還著飴（宗瀛），鵝餅更濡餳。異味中厨進（祖栻），嘉餚我簋盛。叫囂紛匕箸（慎王），狼藉枕觚罍。荷寵筵崇醴（宗瀛），歌詩鹿食苹。便爲欣腹果（祖栻），醉矣怪顏赬。不覺斜陽斂（贇），偏宜素月迎。歸雲凝碧瓦（宗瀛），薄霧濕朱甍。柝擊繁聲聒（祖栻），鐘傳遠韻鏗。高燒燈灼灼（慎王），細聽漏丁丁。譚爲高懷暢（虞臣），情因雅集縈。連裀飛木屑（祖栻），揮麈散珠霙。論世古爲友（慎王），探玄道是衡。釋乘詢佛果（宗瀛），法籙詰仙盟。鉛汞知同母（祖栻），山河不礙睛。傳衣尊惠可（慎王），耐歲笑籛彭。採隱樵兼釣（宗瀛），明農牧并耕。屠羊稽逸躅（祖栻），版築索遐征。徵射御書數（虞臣），譯鐃笳鼓鉦。源尋窮事實（贇），要括訂言嚀。何必東山妓（祖栻），寧須百戲伶。詼諧交履舄（慎王），酬酢摒竽笙。禮樂斯爲盛（宗瀛），文章道信亨。言歸把官燭，花影並肩行（祖栻）。

癸丑七月七日檢曬敝衣戲作

縫掖無多一篋韜，檢隨犢鼻曬漁篙。有衿難覆原思肘，無裏猶緘孔伋袍。信我御寒宜褐短，倩誰博帶稱衣褒。綺紈袨服非吾事，蜀纈從誇夜覆陶。

石鼓詩鼓有十，周成王蒐岐山所製，今列太學戟門内

其一

蒐罷岐陽集六師，鎸銘宣武鼓鉦宜。詞傳古簡全符雅，篆協端莊未變斯（文係籀書，與秦篆大别）。苔蘚無侵猶點畫，滄桑屢歷不沉迷。阿誰刳臼還重合（石鼓在唐時止九枚，一淪落民舍，鑿爲臼，後訪得之），神物須知巧護持。

其二

韋韓歌詠足琳瑯（韓昌黎、韋蘇州俱有《石鼓歌》），薛鄭遺編考核詳（薛尚功、鄭樵有《石鼓考》）。四百餘言開面目（字存者四百一十餘字），二千年事不荒唐。一碑岣嶁傳猶後（禹碑雖在石鼓前，至宋嘉定始見於世），片石延陵迹可方。却笑籀書傳許慎，止從數字紀偏旁（許慎作《説文》，所載籀書石鼓文僅八九字）。

謝友人惠硯

誰遣神人役電霆，雲根剖出尚留腥。輟餐腴愛羊肝紫，刮目情憐鴝眼青。静以延年尊益友，重能鎮物式芳型。文房不有卿侯賓，陋室從誰布德馨。

𦬼花

爛熳春光處處新，琉𦬼珍重爲移春。憐花有意非花意，背倚東風欲笑人。

燕臺七夕

針樓簫管送聲遲，露冷遥空月半規。自分老傖羞乞巧，却憐仙子未除癡。車逢繡幄期終負，枕贈紅蕤事可疑。翹指銀灣星歷歷，却教湘漢望中迷。

癸丑桂月既望望杖李兩兒不至有作

水驛騾程路四千，束裝傳語在秋先。轉看桂魄輪將滿，却望湘雲眼欲穿。接翅不憂鴻侶寂（聞十五姪天有同行），在陰還擬鶴聲傳。敗名信有懷安誤，羽翮初修趁少年。

癸丑中秋慎王上園玩月垂寄二律次韻敬酬

其一

鳳城蓮漏夜迢迢，露冷遥空正泬寥。漫引悲歌牽旅思，且賒明月坐良宵。洞簫聲咽微風度，越布衫輕溽暑銷。餅餡留甘瓜果爽，梁園恩沃喜頻邀（時蒙賜食物）。

其二

朱邸遥通尺五天，樓臺高處狎嬋娟。飛光乍覺千門静，剪紙無勞一室懸。歌度盡思傳曲譜，槎過真擬犯星躔。忽驚巨製從天下，擲地聲聞警客眠。

附　慎王元韻〔一〕　允禧

其一

晚烟寒水兩迢迢，極目層軒破寂寥。佳節儘堪酬逸興，清樽還與酌通宵。影娥池上珠光定，棲鳳樓前霧氣消。似扇似盤兼似鏡，三人對坐不須邀。

其二

月滿園林秋滿天，秋涵月影弄嬋娟。已知無雨少氛翳，更惜清光如晝懸。襟袖留連沾玉露，樓臺眺望轉珠躔。生憎性癖耽光景，促席酣吟不肯眠。

【校記】

〔一〕組詩允禧《花間堂詩鈔》稿本卷四收，題作《八月十五夜賜園玩月因寄城中諸客四首》，此二詩爲其一、其三，校見前。

除日顧曲王府恭紀

肯容韋素雜華紳，趺坐雕楹子姪親（時偕栻、李二男及榆姪）。耳豁雲韶同顧曲，涎垂醴席屢分珍。深恩恰負隆冬日（是日晴霽），送喜先迴隔歲春（次日立春）。賓客梁園真忝竊，漫言皋乘是前身。

癸丑除夕

竊醴玉門又再霜，賣癡傳鏡送年光。居聯邸第笙歌麗，食味天廚齒頰香（時慎王以内賜餅餡見啖）。金粟垂垂燈乍蕊，翠濤灩灩酒新嘗（余性畏飲，是晚始一舉觴）。一樽子姪團欒坐，錯認他鄉是故鄉。

除夕和學川姪韻

朱邸歌魚棄釣筒，行藏鼯鼠技還窮。寒暄隔夜催霜鬢，羈旅經年訊塞鴻。儉腹腴沾臺餽飽（時王府賜饌），衰顔赬借酒盃功。漫添商陸通宵坐，獨撥裴爐火尚紅。

人日作次學川韻

綵燵銀幡共鬭新，肯從人日昵羈人。飄飄萍梗三千里，荏苒年華九十春。光景流連宜友共，襟懷紓寫付詩頻。西家最是顰難效，欲畫修眉苦未匀。

二月初二日喜雨恭次慎王元韻

春光融洩最宜晴，好雨知時作意生。密灑車塵旋膩轍（時從南城歸寓），遠移山氣欲侵城。菀枯乍變胎花意，婀娜將舒釀柳情。側耳三農誇歲稔，晚窻快聽滴階聲。

附　慎王元韻〔一〕

允禧

二月二日風日晴，晚歸紫禁春陰生。雨灑東巷復西巷，雲連南城還北城。于耜更聞千室喜，端居深慰九重情。年書大有憑良史，謌詠期同擊壤聲。

【校記】

〔一〕此詩允禧集中未見。

二月街頭賣杏花奉次助教王篔齋老師元韻

其一

小檻移春破淺紅，錦坊遥市鳳城東。藏根密室先資暖（京師養花，俱用密房火坑薰蒸出之，故先時而放），索笑雕欄早綻風。少女慣携簪緑鬢，朱門争貰帶青驄。眼饞偏恨囊羞澀，攬艷空勞過梵宫（鬻花皆趁廟期，故云）。

其二

歲歲花枝照眼新，釀風酣日遍城闉。鬻從狙獪誇奇艷，買斷韶華即主人。争訝開時文是錦，忍看落處聚爲茵。馬蹄疾捷饒年少，洗眼長安别有春。

寒食獨坐小齋有作

雨釀輕寒日上遲，小窻趺坐一簾垂。膽餅借艷儲桃萼，蓬鬢分春插柳枝。暖憩地爐虛火禁，餐留冷粥節晨炊。遥知郭外風光好，可許豪吟岸接䍦。

奉次慎王春日西堤作

上林春暖景熙怡，楊柳輕盈弄曉吹。想像林光浮遠陌，點妝花片透新脂。更删舊竹添新徑，即放高桐出短籬。橐筆擬隨清禁隔，卧遊惟誦小山詞。

附　慎王元韻〔一〕　允禧

湖光潑眼暖融怡，撲面東風著意吹。楊柳緑濃籠翡翠，桃花紅重點胭脂。港添新水排漁艇，徑繞柴門映槿籬。一派江南好春色，欲令唱取大堤詞。

【校記】

〔一〕此詩允禧集中未見。

奉次三月三日慎王上園寄示元韻時值寒食

百五重三難併一，良辰坐對惜春光。主人好客懷如渴，彩筆題詩情更長。粥冷餳香虚授簡，鶯酬花勸約銜觴。那堪錦繡珠璣畔，却許題詩附末行。

附　慎王元韻〔一〕

允禧

三月三日一百五，今年寒食太風光。野桃破蕊亂含笑，弱柳垂條相映長。節届禁烟新改火，客思曲水共流觴。題詩爲問西園竹，一雨新添筍幾行。

【校記】

〔一〕此詩允禧《花間堂詩鈔》稿本卷四收，題作《三月三日寒食賜園作因寄城中諸客》，校見前。

奉次庭前小柳樹元韻

弱質初移漢水旁，金鋪弄影透晨光。眼凝瑞露垂青淺，眉掃條風引黛長。成蔭待移棋客局，飛花先壓酒人觴。龜蒙杞菊何須味，好摘新芽代茗嘗。

附　慎王原韻〔一〕

允　禧

小院柳枝動詩興，依依兩樹鬬風光。却看嫩葉參差緑，即放柔條次第長。弄影有時對欹枕，飛花幾日待浮觴。争如伴種夭桃好，花發蒸霞子可嘗。

【校記】

〔一〕此詩允禧《花間堂詩鈔》稿本卷四收，題作《窻前小柳》，校見前。

送春

其一

轉盻園林惜艶陽，長繩無計繫春光。千畦婪尾難持贈，一盞扶頭合盡觴。南浦草深情脉脉，長堤柳暗影蒼蒼。擬書花片緘離恨，遥寄朝雲錦字荒。

其二

蜂簧蛙鼓鬧斜陽，何處離亭不繫腸。牽盡青楊愁萬縷，挹殘紅雨淚千行。故人天末憐芳訊，少女高樓倦晚妝。莫遣黄鸝驚斷夢，緑陰啼破月蒼蒼。

甲寅夏日卧病西軒荷慎王郵詩見訊恭次元韻二章

其一

情深設醴授餐間，未許參軍更語蠻。一卧文園憐渴病，惟尋藥裹掩荆關。驅煩無計憑支枕，潔志何心託守閑。翹首小山叢桂在，却教咫尺隔追攀。

其二

九天咳唾玉難如，不惜封題一訊余。痎瘧自教詩可愈，頭風不待檄方除。瘦生未信清虚復，羸極休嗔拜跪疏。慚愧素餐過永日，微吟聊復擁僑廬。

附　慎王元韻〔二〕　　允禧

其一

緑野層城落照間，南風村徑鳥綿蠻。黄衫朝客初回轡，烏帽先生正掩關。投李敢勞瓊作報，夢雲深識鶴偷閑。小齋幾日滋時雨，照眼花枝好共攀。

其二

芝門宿老望難如，妙筆高情合起余。杜少陵窮詩自苦，白香山病酒還除。仍親藥裹參苓末，應恕童奴候問疏。却羡北窻無俗物，莊生化蜨夢蘧廬。

【校記】

〔一〕組詩允禧集中未見。

賦得欲曬圖書不奈雲次王篔齋老師元韻

欲曬圖書不奈雲，彌漫偏自惜氛氲。氣蒸藤笈添朝潤，陰覆牙籤障隙曛。老蠹食仙遺粉蜕，新蝸吐篆濕香雲。郝隆此日同惆悵，捧腹難將艾納熏。

海燕雙棲玳瑁梁篔齋老師爲張虔齋先生作奉次二韻

其一

王謝堂高惜羽衣，春風比翼見應稀。偶來金屋聽雙語，自入珠簾看並飛。巢比鳳鸞偏近閣，情同鷗鷺欲忘機。上林樹在何須借，廈屋雲連自可依。

其二

交襟彷佛綴鵷行，涎尾寧教集雉梁。日上秦樓花近壘，夢回漢殿月盈堂。頡頏社雨翰添濕，啄唼春泥嘴帶芳。共説高禖傳祀事，一雙新剪喜呈祥。

過半畝園奉贈雲隱主人

半畝園成卉木繁，且隨曼倩戲金門。法求我是風彌古，熱不因人道自存。一卷長携唯故物，千金屢散有芳樽。冰銜莫訝書雲隱，翹首人龍望久尊。

柳

摇蕩不禁風，新條發舊叢。柔情如有繫，青眼若爲工。雨過依依甚，春歸脉脉同。别離原不管，攀折任西東。

松

即謝明堂柱，磥砢節不摧。幹高蘿偃伏，枝竦鶴徘徊。詎忍圓爲蓋，何妨散作材。自然留顥氣，千歲茯苓胎。

榆

偶謝春鑽火，飛錢糝古壕。實非緣鼓鑄，名仍託泉刀。晚景同桑惜，齊枋搶鷃勞。經天星歷歷，莫訝種惟高。

蘭

九畹倩誰滋，香因斸乃奇。置惟求鈿几，蒔必揀珍瓷。空谷好應別，中林遠繫思。無人芳亦可，默默楚江湄。

新秋對雨慎王有詩見寄次韻恭酬

風颮庭梧挾雨鳴，閑階趺坐快聞聲。忽驚玉吐從天下，恍訝黔雷殷耳生。峰巒洗烟秋並竦，芙蓉隔水潤偏榮。淋漓墨汁封題濕，一展鸞箋一暢情。

恭次月夜獨酌有懷元韻

漫濡墨瀋豁詩愁，天上陽春豈易酬。滌筆露華捎顧兔，鼓刀騷苑失全牛。書城問夜銅龍咽，酒國懷人玉蟻浮。欲測高深難擬似，襟懷灑落碧天秋。

附　慎王元韻〔一〕　允禧

白日涼颸赴暝愁，孤斟清露自爲酬。玉盤貝闕明霜雪，寶劍龍光望斗牛。翡翠簾前人影静，芙蓉花底水烟浮。此時對酒成遥憶，賓館思懸一榻秋。

【校記】

〔一〕此詩允禧集中未見。

桐露堂詩集詠螢限新字

動借植爲娠，光流腐草新。寸丹心自抱，一節夜彌伸。歷歷月初上，輝輝星向晨。細微分造化，熠燿洽鴻鈞。

甲寅仲秋偶過馬蘭峪荷淳郡王特賜飲饌并贈腰縢恭呈四律

其一

金枝仁廟貴，錫邑剪桐尊。西邸文章盛，東平孝友敦。論才卑斗石，徵德備良温。膚寸爲霖易，蒼生待澤繁。

其二

一本愍宸慮，山陵寵命優。三年勤土木，萬國集共球。啓佑思惟孝，承先德作求。從兹光俎豆，千祀肅芳羞。

其三

廣袖無勞奮，仙臺竟許登。深恩隆醴酒，異寵重腰縢。吐握情殊切，驊騮價頓增。何當從後乘，授簡日親承。

其四

一病虚徵聘，微官笑抱關。看囊無長物，鑑鏡有吟斑。老去羞糊口，貧來羨買山。言歸懷靖節，松菊足餘閑。

中秋前一夕作

秋浄遥空夜正宜，冰輪莫惜一分虧。物情忌是過盈日，天意妙於將滿時。貪挹清光淹旅夢，迸將灝露入新詩。一盃更爲姮娥侑，明夜樓臺慰所思。

甲寅中秋

萬析肅嚴城，秋思逼暝生。故鄉三載别，皎月此宵清。露冷催衣薄，光寒妒鬢明。桂宫留廈庇，羈旅喜無驚。

中秋後一夕次學川姪韻起用杜句

秋月仍圓夜，秋思無盡時。尚懷千里共，寧惜一分虧。事過時添悔，憂來强自持。持盈惟守絀，顧兔育從兹。

晚秋夜坐聯句

西風振庭柯，颯然生虚凉（慎王）。是時疏雨過，日落烟蒼蒼（宗瀛）。雲薄淺浮碧，月寒遥暈黄（祖栻）。瑶館無纖塵，銀燭吐清光（宗瀛）。開樽續餘歡，愛此秋夜長（慎王）。獻酬交兕觥，喧譁據胡床（唐虞臣）。行籌畏逼促，脱帽容疏狂（丁贇）。豪興亦以暢，佳篇焉敢忘（虞臣）。弄筆如弄丸，探珠如探囊。合匯墨海瀾，各晝騷壇疆（宗瀛）。鬼神恣驚駭，珠玉紛鏗鏘（虞臣）。誇艷競宫體，含情多短章（慎王）。砌蛩雜吟聲，引調合清商。似與客唱酬，一一聲抑揚（祖栻）。天地有四序，萬物隨其常。遊魚自深潛，飛鳥自高翔。蘭蕙被春榮，松菊與秋芳。達人齊物理，詎爲蛩感傷（贇）。况當聖明代，恩膏溢海洋。西成告豐裕，萬户登倉箱。人物及此時，其樂孰相當（慎王）。我人幸忝切，廡庇雲霄旁。筆花發奇思，蝌螯飽新霜。蘭坂許接席，桂宫欣綴行。不辭授簡頻，歡笑開華堂（宗瀛）。

雨過林皋仙菊潤五言八韻，九月太學課題

疏雨重陽過，寒花老圃鮮。偶驚風拆蕊，如戴露增妍。宿靄猶含液，濃香乍浴烟。把時憐手膩，插處訝巾濺。陶令東籬外，羅含舊宅邊。被巒紛布蔓，蔭樾共連阡。泛醴宜稱壽，餐英合引年。不逢朱孺子，誰信服能仙。

九日桐露堂詩集畫香一寸成詩一首遲者罰爵

其一

竊醴梁園久，鄰醪不用賒。却憐陶靖節，籬下把黄花。

其二

三盃旭早酣，短髮蒲堪哂。莫教帽落風，更露王前頂。

其三

五步漫誇松詠，一聲先怯銅敲。筆落人嫌手重，詩成自笑牙聱。

其四

九日偏教卜夜，催詩還爲燃香。一任河斜斗轉，休辜月白花黄。

其五

故鄉遥隔三千里，佳節更逢重九時。滿酌金樽深掩袖，莫教照見鬢邊絲。

其六

更漏頻催句未成，寸香未盡已心驚。愧無郢客陽春句，祇費陳王白玉觥。

其七

膏殘海肺篆烟斜，内監添樽笑語譁。珍重王恩憐小户，解酲特賜御頒茶。

九月七日聯句

清霜染林樹，古錦紛斑斑。月落曉堂静（慎王），雨過高烟閑。蛩低隱衰草（宗瀛），雁横帶遥山。仰觀晨宇朗（宗湑），俯擷秋花殷。爽氣静詩骨（慎王），晚香怡醉顔。既許良辰共（宗瀛），復欣俗慮删。高懷託雲漢（宗淯），遐思周區寰。依依步竹徑（慎王），遲遲開松關。識客犬亦狎（宗瀛），瀹茗童能嫻。慇懃恣把握（慎王），禮數容疏頑。柱頤見西嶺（宗淯），峩峩墮烟鬟（宗瀛）。

九月初七夜用初六夜韻倒押聯句

星河低夜堂，遥空雁過行（慎王）。短墻幔苦霧，羸草靡迅霜。螢閃庭檝下（宗瀛），蛩訴籬豆旁。檐衣漾葉葉，更點生當當。寒苗挺赤箭（祖栻），晚卉排青箱（丁甇）。銅烏舞撥剌，鐵馬戛鏗洋（唐虞臣）。土乾蟻穴裂（慎王），風揭蛛網傷。桂晴飄竇馥，菊綻餘韓芳（宗瀛）。驚影竄烏數，吠聲聞犬常。飄柳脆仍媚（慎王），墜桐低復揚。西成斂冬作，候變回西商。良宵恣把握（宗瀛），清景歸評章。素心玉壺静，妙語金磬鏘。周旋樂晨夕（祖栻），劇戲分區疆。龍牙文楸枰，鳳絲古錦囊（慎王）。撫絃情可適，弄子恚能忘。不嗤瞪目叫（祖栻），寧鄙脱帽狂。趺跏五色簟（宗瀛），蹴踏七寶床（虞臣）。卜夜尚苦短，敲吟争競長。點筆就剩瀋（慎王），剪燈依餘光。奇字炫飛白，矮箋劈硬黄（宗瀛）。澹漢雲冉冉，斜檐月蒼蒼（祖栻）。官燭籠烟歸，料峭衣襟凉（甇）。

奉次吴大司成雨中過右闕懷舊元韻四首

其一

亭亭玉筍冠鵷斑，派演天潢霄漢間。温室樹深塵不到，敲吟却憶鳳池閑。

其二

異寵曾傳蜀纈留，金蓮歸去廠龍樓。灑窗雨過聞蓮漏，秘署凉生玉宇秋。

其三

海上瓊波雁齒橋，車聲軋軋雨聲饒。芙蓉一鑑方呈艷，楊柳三眠尚鬭嬌。

其四

辟雍寧讓木天清，鐘鼓於論更繫情。樸棫一從霑化雨，聯枝接蔭影新晴。

又次早朝遇雨三首

其一

新雨迎凉繞禁城，鸞坡下直馬蹄輕。芰荷香裏龍池度，亂瀉珠盤跳玉聲。

其二

香塵不動雨含烟，瓊島凉生水拍天。棲息不驚鷗鷺樂，菰蒲深處狎漁船。

其三

清時卿相黑頭年，朝罷歸來細雨綿。宫殿微風吟老杜，雲烟落紙草張顛（吴公臨池特妙，故云）。

桐露堂茶集應教

其一

一掃高陽迹，長筵莽銚俱。恍疑莖作露，休鄙酪爲奴。潔許塵懷滌，甘知道味腴。搜書兼促句，不復覺腸枯。

其二

家住瀟湘茗荈鄉，竹爐榆火自煎嘗。頭綱一啜天家味，兩腋風生玉陛香。

其三

沁齒甘回橄欖仙，品來況是玉山泉。莫誇第一中泠好，終讓天家水遞先（御用及諸王烹茶皆玉泉山水，故云）。

桐露堂詩集分得詠紙限一字至七字詩

紙，紙。陟釐，側理。製蔡侯，傳左氏。盛以銀函，浣從粉水。一碧滑難如，千番輕莫比。臨池可以謝蕉，滿屋不勞藏柹。擬箋新句正須裁，欲補殘書還待市。

西園十二景應教作

桐露堂

釀此葉上秋，玉液凝芬苾。何當貯冰甌，用滌如椽筆。

掃石堂

雲根何用掃，愛他顔色古。鑿鑿自無塵，不須逗秋雨。

紅藥院

艷艷婪尾花，菲菲燦紅葳。春光匯蘭坂，寧數金帶圍。

平安亭

江南賤比蓬，冀北珍如玉。高節稱虚心，可但能醫俗。

朗吟亭

槎枒自肺腑，吞吐留喉舌。一哦引清機，天籟隨口洩。

畫筍樓

開窻納林壑，皴劈何蒼然。畫手知爲誰，應在關荆前。

花間堂

有堂翼群芳，人在香中静。莫教月明中，踏破瓊瑶影。

紫柏寮

不見僧曇花，惟對紫柏樹。枝枝自蜿蜒，妙有天龍護。

鶴柴

在陰每和聲，居柴聊自適。狡猾赤壁仙，空詡車輪翼。

洌井

素綆引銀缾，洌食紀大易。澹永可盟心，悠然得至味。

雙徑

樂善勢能忘，迎賓屣嘗倒。一畦竹蔭深，雙徑自縈繞。

月廊

掬月月在手，邀月月入廊。誰編三尺欄，貯此八寶光。

十月十五日齋中玩菊應教

重九已過黄花期，小春春届旬再移。腰鼓打徹凉州調，催花不發叱花癡。將毋韓圃清香貴晚節，又疑君子傲睨風露開須遲。兹入梁園躋桐露，大盆高盎培霜枝。花高五尺大如碗，令我刮目叫嘯還嗟咨。黄者冶金白琢玉，亦有淺紫烘胭脂。自顧滄懷宜菊對，照耀老面生光儀。酌醴酒，浮金巵，我雖不飲且復爲菊醉，莫同陶令手把愁東籬。

十月十六夜坐聯句

寒空月皎皎，落葉風颼颼（慎王）。風月共清夜，把臂得淹留（唐虞臣）。對此明月光，銷吾白日愁（丁釁）。開軒眺遥漢，緬想窮遐幽（慎王）。薄雲浮虛碧，片影當南樓（祖栻）。枝葉忽延蔓，無心誰卷收（虞臣）。我人鑒造化，秉燭續晝遊（丁釁）。或起輟瑶瑟，或俛彈文楸（宗瀛）。或搦管吟哦，或擊壺歌謳（慎王）。或泛黄金巵，或啜碧玉甌（祖栻）。據卷亦點染，繙書還校讎（慎王）。叫囂了無禁，履舄紛相投（宗王）。

瀛）。高懷詔後起，勝賞追前修（慎王）。紀事合成詩，金石恣雕鎪（宗瀛）。

端溪子石硯歌應教作

矞雲五色光蓬勃，化作雲根墜甌越。没人蹋水如踏空，琢磨利刃穿山骨。雲畏刓劓莽遁逃，潛入石中成子石。如玉在璞金在床，膚裹丸函從剖發。年深採數得曾有，貴若瑚璉器比埒。我王好古不好玩，毛穎龍賓共朝夕。擬向石卿結石交，驀然得此大笑稱奇絶。開匣示我命我歌，慚我枵腹空耽哦。況同元章有石癖，袖中慣日三摩抄。請爲具袍笏，長跪拜無辭。丈之不遑，矧敢子之。四座拍手共詫笑，鴝鵒之眼仿佛爲我迴清輝。君不見銅池孕秀祥芝生，又不見墨海一紐玉晶瑩。我今爲硯誇奇逢，梁園什襲伴鼎鐘。上贊奎藻光霄漢，下灑餘潤用蘇九有之疲癃。

附　慎王和韻〔一〕　允　禧

東臺老人酒酣脱帽落筆氣勃勃，爲我端溪舊坑子石硯之歌。歌清越，一讀静詩魂，再讀蘇病骨。使我刮目叫嘯鬚眉張，口誦此歌手撫石。吁嗟乎，誰謂寒山之石頑無知，有時精英與人相映發。明窻净几佐揮毫，玉德金聲誰比埒。把向墨池不敢洗，墨蛟恐驚風雨夕。不有神物相麗附，曷來此歌之奇絶。君不見東坡龍尾硯作歌，黄琮白琥歸吟哦。玉局堂中偕鳳味，不辭日日頻摩抄。又不見米海嶽，少而有俳辭。供奉書御前，寶硯懷歸之。置之致爽軒，筆墨生光輝。我今好硯如二子，得此不覺歡顔生。桐露堂前滴秋露，注之硯上光瑩瑩。而我復何幸，此硯亦有逢。洗硯盥手和君歌，瓦缶何以企洪鐘。逡巡拂衣起舞爲君壽，願君永年，如石之介，久久無衰癃。

【校記】

〔一〕此詩允禧《花間堂詩鈔》稿本卷二收，題作『和島庵端溪子石硯歌』，校見前。

桐露堂畫香韻集分得剪燭

其一

燒殘鳳頸漏沉沉，重剪新花伴醉吟。却憶風檐文戰苦，三條盡處夜堂深（鄉會試期，例給燭三條）。

其二

膏燃海肺照華筵，眼破青蜓翳復粘。試引金交輕一剪，增明豈爲一人添。

其三

高堂擁卷寂無聲，銀燭心枯玉粟縈。却怪蠅頭欺老眼，全憑一剪看分明。

其四

夜深華館坐裀連，一剪金蓮落紫烟。不是論心綿款語，便須分韻劈新箋。

試香用慎王題

鑪携金鴨釀氤氲，綈几銀篝伴夜分。却看玉蛇隨手引，倩人多在隔簾聞。

烹茶用丁履仁題

魚眼偏鮮蟹眼遲，緑塵輕瀹一絲絲。貪他美飲宜清賞，熬破宣州白定瓷。

擁爐用唐熙載題

撥殘雙筯火初新，一室同生四體春。漫較烏銀與榾柮，但教一煖即宜人。

夜集限五言古用謝玄暉韻

其一

翹材高館開，禮士層軒敞。下走得濫竽，華筵從抵掌。有如枯朽枝，得罣珊瑚網。不辭守迂拘，只愧風邁上。時隨金石音，續以陶匏響。文壇拾步趨，騷苑肅俯仰。恍從雲海觀，大叫心胸蕩。五孔如可琢，眷眷柯亭賞。

其二

皓月上庭階，疏散襟袂敞。當軒抱月坐，如犀光透掌。墜桐忽響檐，飄蒂時黏網。離離黄菊花，森森露初上。高風遞城析，遠烟浮磬響。蘭坂快追隨，桂林恣偃仰。微吟送殘更，塵懷從滌蕩。未必下里音，遂協凌雲賞。

其三

書城自美富，藝圃尤宏敞。蔚然羅群英，無復鳴孤掌。汲古空前賢，群言歸一網。機發片言中，意在三古上。惟唱乃來和，有應必隨響。勝事傳儒林，加額同景仰。而我類繭絲，冰泉借澡蕩。機梭附七襄，花樣從人賞。

偶興一首仍用前韻

褰衣苦牽拘，短後便虛敞。家食飽雞豚，異味思熊掌。人生鮮素尚，羨魚不結網。聖人吾不見，有恒斯乃上。我愛陶淵明，百世誰嗣響。歸去柴桑村，躬耕恣俯仰。五斗耻折腰，一樽恣放蕩。高卧對清風，北窻足幽賞。

花間堂聯句效皮陸平仄體

敗葉颯碎響，高蟬流清輝（慎王）。宿鶴警露唳，昏鴉翻霜飛（宗瀛）。野闊見樹暗，天高窺星微（唐虞臣）。素履躡玉砌，金鋪開朱扉（丁贇）。隔院怪犬吠，提酤欣童歸（慎王）。枕籍與命酌，趺跏還披衣（祖棫）。對弈算冷著，聯吟抽新機（慎王）。硯凍苦筆滯，枰敲憐聲稀（宗瀛）。絶叫拍几案，雄譚霏珠璣（慎王）。寶鼎火灼煉，銀釭花芳菲（丁贇）。好友共促膝，良宵同搴幃（慎王）。自覺勝賞別，無教幽情違（宗瀛）。

食魚歌應教作

貧士御冬何旨蓄，黄虀十甕韭百束。竭來竊醴託王門，雕盤賜食窮水陸。養饕不費百煎熬，兼許僮奴朵餘馥。偶因侍饍親几筵，下箸鮮鱗饈六六。嘉餚在御不自飽，當筵推食還相屬。曾聞食魚舊珍鯉，寧待取熊方遂欲。味較張膾饌四題，品壓樓鯖列五熟。細咀玉縷記西征，豪啖雪堆詠山谷。手摶指剥匕箸揮，浣袖沾襟不一足。豆籩雪捲饞涎垂，齒牙鞺鞳成絲竹。銅盤餽食禮信優，牛心割炙情難數。曾否陳思七寶羹，可許徐王得沾沐。物其有矣維其皆，請爲更取魚麗讀。

恭次慎王秋日四詠

收梨

江南千梨樹，千户侯家資。異品重飣座，香色紛陸離。入口味消冰，滑刃寒凝脂。家家糞畦町，不辭樹藝疲。見慣杜何繁，再種性乃移。酸澀復多滓，無復甘如飴。精洩漸偷薄，剥復理孰窺。將毋劉景升，偏生豚犬兒。北人獨猥巧，過接覓他枝。齊末不揣本，獨奪造化私。遂令真定名，冠衆專地宜。雪液群口侈，珍寶汗簡垂。如逢大谷餐，無復元光思。而我怯冷物，禁口畏食之。邇來苦内熱，取噉亦有時。知于諸果中，惟此醇無疵。什百應推宗，信非樝可儷。不謂碣石宮，於斯筐篚支。採摘不獨甘，包裹時賜台。乃于臺饋中，得讀收梨詩。灑灑競千言，高唱命和隨。而我老苦昏，詳繹豁所知。高懷此焉寓，物理窮于兹。相對欲焚硯，詎敢重撚髭。梁園無棄材，喜汝當軒墀。秋實飽美茹，春華憶和熙。花開白玉香，姑射同光儀。就賞屢携客，嘯詠繁有辭。合枝時紀祥，洗妝寧厭癡。兹焉晰金錯，携就朱華池。不惜紫花珍，倩侑黄金巵。居然設醴情，所貴寧在梨。採葑兼採菲，相馬不相皮。翹材廣廈開，庇寒士皆怡。請布收梨篇，以爲厚禄師。

障竹

一葉一金錯，未許凋嚴風。幽燕苦寒栗，霜霰交密濛。主人愛獨專，保始思圖終。結障護蒼翠，檀欒戀孤叢。時時邀青眼，一顧卉木空。

瘞桐

青桐如高士，群花如静女。金風洗鉛華，鳳條肅秋圃。亭亭緑玉滑，纖塵敢予侮。墮葉響瑶階，隔窗如聽履。徂冬慎封埴，懇懇豫傳語。推仁爲物愛，大易貴敦土。此理衆詎知，此義古所取。矧爲高岡材，固非岑蔚伍。還容繞樹烏，借枝息倦羽。

割蜜

楚傖瓠落姿，忝陪文酒燕。但覺佳興長，都忘秋日晏。饌餘出新蜜，寒香浮柈面。鸞刀薦新割，誤作琥珀看。爲語未割時，脾懸叠片片。酒滋新露酣，糧擁百花爍。鬧衙日停午，分部春及半。璸珠間膈膜，磥砢若雕嵌。登俎截濃腴，養蜂留餘瓣。物微情則一，渴飲饑乃嚥。絶食笑仲殊，幾爲蜜瞑眩。

附　愼王元韻〔一〕

允禧

甕桐

堂前青桐樹，娟好如静女。不競春風妍，抒情向寒圃。枝柯雖已疏，儀容不可侮。披衣行空庭，黄葉襯我履。撫玩不忍釋，夕陽默無語。呼童具畚插，兩筐擔沃土。培植漫辭勞，泛愛非我取。皎皎冰玉姿，桃李信非伍。寄言丹穴雛，來棲託毛羽。

障竹

結障障寒竹，高遮西北風。傍人問此意，心愛青濛濛。編茅在其下，悠然歲華終。經歲不脱葉，幽鳥棲深叢。青冥此相守，徒憐凡卉空。

收梨

滿園種梨樹，收梨饒清資。清霜落前夜，梨熟垂離離。黄金暈嫩色，白玉含芳脂。繞樹自顧眄，採擷不憚疲。堆屋簍欲遍，挂壁筐屢移。旋摘就樹嘗，透甲香于飴。流甘潤齒頰，大嚼開雙眉。回憶未熟日，雀鼠捩目窺。引弓挾彈子，牽繩綴鈴兒。囑童善守看，猶禁偷攀枝。百味在適口，此意良已私。抑余嗜苦癖，爽果獨所宜。三百六十日，一半饞涎垂。荔枝遠莫致，楊梅煩夢思。桃李等閑得，屢食亦厭之。此物獨眼熱，眷眷三冬時。土饒既易植，味佳獨不疵。盧橘戇未埒，壺柑憨莫儷。金橙非不貴，醋沁酸難支。憶昔杜陵叟，愛果渾如台。野人送櫻桃，劈箋贈新詩。籬前棗方熟，阮生朱老隨。開樽共永日，爛醉妨人知。頭白浣花上，清風被今兹。而我鮮玩好，所樂在撚髭。日共四五人，促膝當軒墀。情人唐子方，滿懷春熙熙。芝門有宿老，松鶴高容儀。公子何翩翩，雄邁瞻俳詞。丁潭輞川癖，癡過虎頭癡。醉後發狂叫，潑墨翻研池。相對破孤悶，同泛黄花巵。佐飲罕珍物，且爲剖霜梨。并剪去其柄，快刀剔其皮。一顆送一梧，未醉顔先怡。却笑蘇東坡，惟參玉版師。

割蜜

咄哉金翼使，巧勝雕梁燕。採花及春芳，成蜜當歲宴。吾廬之西編，君家其北面。暖日君飛騰，寒時我窺看。潏潏春波文，鱗鱗秋雲片。叠羅欲擬輕，截肪差比燦。倒類接羅遺，展惟紈扇半。縷縷銀絲鏤，顆顆珍珠嵌。甆瓶貯寒香，金刀落鮮瓣。未算明歲分，且耐經時噉。一飲悟禪機，中邊味不眩。

【校記】

〔一〕組詩允禧《花間堂詩鈔》稿本卷一收，題作《園中四詠》，各詩均大異。

應教題丁補齋所畫雪樵圖

天公玉戲笑口開，雪花如掌填空來。古木壓折石壁裂，滿巖冰柱懸瓊瑰。何處樵人帛勒首，骭掩諸于屈雙肘。一肩榾柮柱杖支，東郭履殘足露拇。堪笑樵夫太忍寒，冰飆栗烈射肌酸。紅爐土銼家家暖，未必長安薪桂艱。

八月十七夜花間堂玩月聯句

不似前宵月，團團欲上遲。西園光漸映（唐虞臣），東海影纔移。詞客能相待，清樽且莫辭。露翻紅葉滴（慎王），風轉緑筠欹。響答蛩聯砌（宗瀛），驚飛鵲換枝。疏燈無遠照（慎王），濁酒有新思。寧淺元規興（傅雯），何勞宋玉悲。鷲峰餘桂子，蟾窟老蛾眉（丁甕）。幽思從人得，高懷取共怡。城頭蓮漏促，坐看玉繩垂（宗瀛）。

冬夜課詩應教

三餘勤未倦，卜夜理微吟。望古添遥思，隨年證苦心。摇頭窻影亂，聳膊夜寒侵。不見農家課，謀耕務力深。

投贈崔少司成再任太學

其一

聲華大尹抗三經，奕葉儒林宿望成。韓愈四門傳國子，胡瑗南土認先生。名留玉陛金甌覆，言味丹宸賜醥清。矜式再瞻多士慶，春風滿座李桃榮。

其二

纔是皋比請業時，又逢期滿捲書帷。須知衛照呈絲切，莫怪禰衡捧刺遲。京邸謀身居不易，王門授簡迹重羈。齒牙餘論如堪借，説善還期及項斯。

燕臺詩效西崑體應教

春

麯塵酥雨東風狂，蜂簧晝鬧紅海棠。枝上流鶯癡不語，重簾不捲先聞香。春色困人曉妝緩，束素腰支寬不縮。顛狂柳絮解漫空，裝入鴛衾宵不暖。

夏

伯勞老去黄鸝默，菖蒲靨小窺榴纈。炎官組結火傘張，茜光影炫魚龍國。冷蛇偎熱紅守宫，纖羅香汗桃花紅。玉魚無津歌喉澀，秋風莖露思金銅。石床冰簟難驅暑，坰汗珊瑚最懊儂。

秋

鴛鴦水冷芙蓉紫，花鴨驚飛晚烟起。跳珠社雨響衰荷，紅襟小燕辭高壘。鳳簫聲咽紅絃低，礲礲銅龍透重閨。半臂凉生纖指緩，暗移犀柱攏金絲。銀灣倒挂針樓碧，君平虚認支機石。

冬

蟾蜍扒挲金烏疾，珠簾晷短晨光急。沉香火撥皎腕慵，地衣蒙錦霜華逼。纖素五丈纖錦遲，龍梭呵手愁冰絲。梅花啼月香魂悄，夢長夢短情參差。鵝笙簧冷還重炙，歌喉一串珍珠索。芙蓉錦帳葡萄濃，莫掃瓊瑶烹緑雪。

曉

借枝烏散無留影，流鶯聒耳催蕤枕。煉金顥氣捲殘星，烟絲碧罥窻紗冷。丁香愁結蘭露啼，彩旗竿揭槐柳齊。柔情一縷怯摇蕩，儂心花態同憨癡。玉荷垂穗半明滅，枕痕在頰縈脂纈。粉盝温香待靚妝，菱鏡分光映殘月。

琴歌應教〔一〕

秋風縮澀聞蟹行，爬沙郭索横雲汀。絃耶指耶孰爲聲，撥剌一聲空谷驚。夜深細雨江楓鳴，江娥起舞魚龍横。四座無言香篆凝，虚堂脉脉通玄冥。浄洗玉荷兼屏息，斷鴻送目高雲碧。

【校記】

〔一〕此詩第一、四、五、七、八句被改寫、重組入允禧《琴詞》，收録於允禧《花間堂詩鈔》稿本卷二。

瀛弟宗涒以博學鴻詞計偕入都荷慎王投詩見贈仰德述情遂成長句

弓旌髦士起湘潰，桂館賢王吐握勤。好句豫投真白雪，高天許附有青雲。事傳藝苑資譚柄，人到燕臺駭見聞。自是先聲能醉客，未斟醴酒已成醺。

甲寅八月上浣瀛以足病不能晋謁慎王不次垂問敬呈里句應教

鎮日周旋入幕賓，却瞻蘭版隔秋旻。驂乘未許隨枚叟，傷足翻憐類子春。歌豈無車還病出，吟同抱膝匪驕人。小山桂放如堪賦，企足秋風授簡新。

秋閨應教

翠袖憑欄翠陰涼，殘蜂猶戀綺羅香。湯凝荳蔻憐新浴，鬢插茱萸換晚妝。鏡裏黄花人共瘦，枕邊清淚露同瀼。釵梁雙燕如聞語，惆悵西風別恨長。

晚秋桐露堂聯句

秋晴華堂爽，語默任所適（唐虞臣）。分窻筆硯閑，散坐耳目寂。清風忽吹衣，新涼透瑶席（宗瀛）。愛此天氣佳，雜坐交履舄（慎王）。蔭柳惜殘黄，倚梧憩疏碧。徘徊步階下，爲撫琅玕石。介可漱齒牙，浄堪置書册（宗瀛）。勢縮小羅浮，皴學大斧劈（慎王）。袖之既不能，轉之亦匪易（祖栻）。高雲盪吟情，寒香療睡癖。庭棗爲客剥，山果倩童摘。壺觴聊自命，對飲休辭啜（慎王）。飲畢復敲詩，詩成還共弈。勝負漫經心，一枰奚損益（丁黌）。仰見霜松高，俯披烟草白（虞臣）。籬邊黄菊花，金蕤燦將坼。静對若有懷，流玩不忍釋（祖栻）。屈指又重九，共作登高客（慎王）。

冬夜偶成集字成詩

候變春回小，西遒物反靡。清飆凋赤欏，暗露熟紅豇。燕去塵凝壘，蛩鳴葉墮窻。吟詩憩静夜，抹背對銀缸。

十月初三夜集字分得緩步

門敲筇自把，客熟犬紛迎。步緩因探勝，嵐高喜放晴。到來思散枕，歸去偶籠笙。幾輛平生事，宜人謝屐輕。

乙卯春日過畏吾村尋李文正公墓不得

青浮麥浪緑垂楊，村轉疇分野徑長。馬上逢人驚楚語（時詢道途，人多不諳南音），墓頭遺碣念同鄉。瓣香珍重名山業，異代凄迷蔓草埸。却讓黄冠與阿監，久留碑版閲滄桑（村多真人及司禮監墓，皆嘉隆間賜葬，碑額石獸尚存）。

三適三首次東坡原韻應教

旦起理髮

華蓋司毛髮，蔚彼玉堂宫。老至童其顛，如蔦附枯松。垢癢積顱頂，爬搔若大風。并刀一快薙，始覺血脉通。星星倏飄瞥，蓬根捲何悤。科頭挹晨光，辮髮結束重。既櫛復新盥，爽若水滴鬆。層霄雨工走，鬅鬙將毋同。莫更笑種種，蒲婢今難逢。回頭問明鏡，可信白髮公。

午窻坐睡

何須枕就流，俄而柳生肘。尻馬馳泥輪，邈然閱萬有。無事心太平，綿綿息乃久。趺坐免曲肱，支頤聊引手。盎盎四體春，微酣如中酒。漫謂健行强，將毋静者壽。夏侯自聞鼾，宰予任雕朽。千般閑計較，慧海戒勿受。閉目理黑甜，非静亦非垢。得魚自忘筌，吾聞諸莊叟。

夜卧濯足

夜卧苦蹺縮，潑水寒衾裯。衛足如衛葵，幸免子春憂。抱膝仰屋梁，坐嘯若蹲鷗。襪垢未可結，屣脱安能留。無術馭罡風，赤脚踏飂颼。惴惴日側趾，選途乃敢投。年來苦重繭，皮頑如臂鞲。瓦盆勤晚濯，重湯氣浮浮。可但豁寒威，遂覺纂蹶瘳。坐令蹠盭翁，騰捷如獮猴。

曉起對雪口號

昨宵倒景挂西窻，晨起鈎簾雪滿廊。月姊澡鋪垂岫練，風姨揉送辟邪香。乍驚蘇夢衫花唾，始覺陶家茗味長。最是奇温堪眷戀，新裁布被木綿裝。

舊令陳叔元父臺補任清遠以贈其行

三年廡下荷恩施，帝里重逢序四移。兩辱鱗鴻將遠思，肯從車笠訂心期。客惟風月譚彌爽，政本文章俗自宜。我是桐鄉舊子弟，題詩爲續道旁碑。

秋夜聞鐘應教限鐘字

秋入凉空爽，宵嚴萬柝重。遥天初見月，高館忽聞鐘。破寂驚檐鳥，安禪定鉢龍。晨昏憑幾杵，灌耳警凡庸。

中秋獨坐時兒子栻、姪天有俱以鄉試移寓東城

頻年偕子姪，獨坐始憐秋。蹔隔團欒語，旋添羈旅愁。故人梁月下，思婦大刀頭。此際同惆悵，雲山望眼稠。

傅香嶙能以指頭作畫淋漓盡致慎王爲七言古風以寵之香嶙自吟七古次韻王復徵瀛詩步其後塵因綴五言一章繼之非敢競勝聊以備體耳

我聞天龍指，一竪禪義了。又聞鼎著倕，齕指以戒巧。齕竪用各殊，妙理誰探討。公子傅巖英，玄心窮要眇。有時出十指，意在竪齕表。毫揮用卿法，臂使從吾好。庶漸近自然，管城迹如掃。聊復恣滑稽，于焉寄潦倒。此事眇前聞，韽叢闢畫道。同時大參朱（涵齋），前輩且園老。得君稱鼎足，楮墨照蒼昊。題詠動籓王，長言恣傾倒。君更爲賡歌，繽紛灑瓊藻。嘅吁寡女絲，慘切陰巖潦。似悔寄託非，更傷身世槁。戒心齕指中，禪味增煩惱。而我語先生，勿爲憂悄悄。丹青困曹霸，杜陵飯不飽。詩畫總窮人，君見胡不早。缺齒乃與角，顛倒惟大造。不朽自名山，紓懷同酌醥。

送邵陽李能士歸里

南轅携襆憶同歸，五載重逢又帝畿。桑梓關情青眼共，風塵握手素心違。憐予白髮霜千丈，送子旗亭柳十圍。慚愧齊年輪矍鑠，據鞍長羡拂征衣（能士與余同甲子）。

乙卯仲冬瀛以鹽課大使之官越水荷慎王垂詩贈別恭次元韻二章有序

五年竊醴，知己有重于感恩；一命束裝，贈言更加于餽贐。琴終別鶴，詎傳聲于兔園碣石之間；酒盡歌驪，更擷采於朝雨輕塵之上。情有加而無已，肌髓同淪；臣蒙賚以何功，涓埃莫報。恭呈俚語，上次元音。

其一

芳蘭被坂桂環亭，五載王門伴醉醒。入座清言同剪燭，滿斟新醴坐譚經。驚心海嶠嚴程促，回首觚稜綺閣扃。尺五天邊知己在，莫將蹤迹嘆飄萍。

其二

中年多惑悵旗亭，别恨離迷怯酒醒。下吏簿書聊復爾，一帆風雪得曾經。心懸鳳闕雲霞擁，夢繞江城旅館扃。恨不身輕如囿鶴，去來長咳太湖萍。

附　慎王送别元韻〔一〕　允禧

蹇驢襆被短長亭，握手都門酒半醒。顧我青年慚設醴，羨君白髮更窮經。人從鹽筴觀新政，客去金臺憶舊扃。一曲驪歌魂欲斷，人間離合總流萍。

【校記】

〔一〕此詩允禧集中未見。

附　臘月十三懷易島庵仍用前韻以寄〔一〕　允禧

三車書載别江亭，異地人遥醉復醒。驛使有梅傳已到（初十日書至，故云），關山無夢得曾經。榻懸夜月深宵冷，門掩清風鎮日扃。白首鄭虔官未達，百金兼已鬻青萍。

【校記】

〔一〕此詩允禧集中未見。

奉和王篔齋老師贈别原韻便爲留别

其一

新詩擲贈正而葩，雪裏光摇筆底花（時值雪後）。喜溢襟懷如挾纊，行尊宫錦自名家。清時師席瞻山斗，白首粗官悵海涯。清濁敢言從所處，隨流聊復附仙查。

其二

衣冠千耦辟雍橋，棺下争傳教有條。絳帳每逢懸榻待，斑駒愁促首塗迢。贈言自重千金劍，别酒徒生兩頰潮。漫託門生誇脚迹，魚鹽吏俗隔丹霄。

附　送别元韻

王士鳳（篔齋）

其一

澧蘭湘芷吐奇葩，香谷移來上苑花。池草聯吟昆共季，鯉庭趨對客如家。賓師道重親藩邸，斥鹵司分浙水涯。恰是才人宦名勝，剡溪好泛子猷槎。

其二

幾年燈火聚圜橋，岸柳何堪折短條。酒進陽關情眷眷，歌傳驪曲路迢迢。錢塘月湧千重浪，銀海波熬萬斛潮。莫謂大才甘小就，經綸次第展雲霄。

留別唐熙載

梓桑維敬漆膏宜，五載王門快把擕。似續關心君有託（熙載就婚邸寓），簿書溷迹我何之。鄉思同念枌榆社，別夢長縈桂樹枝。神貺不辭燕越遠，好憑錦鯉寄相思。

留別丁履仁

幾年蹤迹逐龍雲，韓孟心期袂忍分。嗜好情同針芥合，東西廨隔嘯歌聞。梅開越嶺牽離思，人去金臺悵夕曛。我已白頭君及艾，旗亭莫訝酒難醺。

留別傅香嶙

每看畫手淩前輩（數從莊邸見手迹），一見新知勝舊歡。却掃毛錐歸指掌，更携冰雪浄心肝。周旋少日傾懷爽，把握嚴冬話别難。我過淮揚君舊宦，請爲傳語訊同官。

東阿懷古寄慎王

鄴城社屋霸圖移，憑軾東阿獨繫思。蒿目尚傳求試疏，傷心愁詠泣萁辭。千秋遺恨疏宗老，一本寧知固國基。此日陳思應嘆羨，親親難際盛明時。

汶上有懷寄慎王

疲騾薄笨日喧轟，毳帽衝寒問去程。霜裏柳條濃似雪，塵翻車轍沸如羹。糲粗不耐枯腸飽，醪濁何如醴酒清。寄語好賢湖上主，旅窻人宿汶陽城。

守官會稽荷慎王以博學鴻詞特疏申薦被召有作

半生潦倒惜冠裾，一疏梁園及子虚。寸朽許邀盤木賞，微名遥達紫宸初。擷芳楚畹蘭蓀并，買駿金臺駑驥俱。應笑漢廷文字賤，却從狗監薦相如。

維揚中秋

驚心歲鑰五年周，旅館回還又及秋。十月首途仍北轍（余自都之官浙東，往返凡十閱月），二分明月恰揚州。庾公不少登樓興，蘇老聊爲斗酒謀。膝下幸留宗武侍，杜陵新韻可能酬（時李兒隨侍）。

雪用禁體

暖塵坌起苦迴旋，一雪殊觀换眼前。樹意淡拖成懶態，山容高聳學吟肩。吕爐灰撥宵添冷，墨突黔空晝絶烟。贏得閉門還謝客，諱言東郭履初穿。

九月望六八二日皇上親御太和殿策試所舉鴻博諸士瀛以病不能與同人多過寓相慰者口占鳴謝並以自悼

空逐徵車上帝畿，臨軒却負校文期。漫勞車馬憐相過，詎有文章數獨奇。足汗忍污龍尾道，雲深難覓鳳凰池。鵬摶龍變諸君事，骨相單寒我自知。

病中兩足皆腫應酬全廢詩以志憊告知我者

瘦腰已訝比休文，傷足還看類子春。真有邯鄲初學步，更無大藥解輕身。空教困頓尋衾枕，久謝周旋惱客賓。底事堪爲衰病恕，君看鶴骨半于人。

壽趙念昔先生八十

龍樓争繪錦囊詩，故里歸來蕙畝滋。名士門楣才子子，吴人矜式楚人師。却看春季懸弧日，又是延平賜几時。湘竹竿饒璜可釣，渭濱合載後車時。

病中感興

經時瘧病苦難瘳，瘦骨崚嶒鶴見羞。求飲僅堪分鼹腹，御寒都不勝羊裘。扶持鎮日童嗔瘁，跋疌衰年友見憂。最是無功虚縻醴，王門恩重苦難酬。

奉和相國白公菜園即景韻四律

其一

杜曲花開絶俗喧，去天尺五有丘園。春渠縠緑罾魚婢，秋隴雲黄穫稻孫。坐愛夕陽横鳥背，吟依老樹傍柴門。莫言布被公孫矯，衮繡長緘舊賜恩。

其二

菟裘聊復自營居，手寫蔬經録種魚。丘壑胸懷從所置，文章經濟向曾舒。争瞻龍卧雲封徑，若覓鷗盟室傍渠。倒屣側聞能下士，肯呼斗酒摘新蔬。

其三

露濕階苔蝶不飛，月明三徑荷鋤歸。千竿綠竹封青靄，一點紅燈破翠微。勝地息機觀杜德，高齋礪節養清暉。遂初賦罷完名好，不羨堂成記錦衣。

其四

南國爭傳惠愛深，只今餘憩志棠陰。我人惟聽星辰履，有客遥傳韶濩音。雲錦七襄縈藻思，丹誠一片識葵心。歲寒節操留松柏，霜雪寧教鬢髮侵。

題李眉山盤山圖

名山高士峻難干，宇宙菁華此際蟠。兩袖白雲瞻靉靆，千尋青壁望巑岏。仙來天上群稱謫，山夾中林舊號盤。逸躅幽情同一致，何妨寫作畫圖看。

月五月望二夜應教

坐看破鏡上高旻，光借陽烏出暮雲。桂樹只從天上種，關山愁向笛中聞。懷鄉南楚過千里，結綬東陽隔二分。幸託猿巖文酒讌，絺衣挂處任紛紛。

雨後望月應教

其一

照眼冰輪分外清，終風散盡雨初晴。玉山朗朗人同潔，碧海茫茫眼較明。丹桂一枝空對影，霓裳三疊恍傳聲。景光隨處真堪愛，露濕絺衣欲二更。

其二

銀海光摇碧海輪，南山雨歇露華新。微雲不點真無滓，明鏡長懸詎有塵。影落山樽淹酒伴，涼侵楚葛泥詩人。澡身漫挽銀河水，脉脉金波澹以親。

灌花此後數詩皆應教作

百莒群待澤，憔悴萎炎風。誰遣回天手，還成潤物功。挈提才滿器，霡霂忽垂空。回首丹華變，嫣然一笑同。

梧桐

亭亭千尺蓋初團，移得新陰覆畫欄。花落翠簾池水緑，葉垂金井曉風寒。一株青玉琴發韻，萬里丹山鳳養翰。湛湛露瀼分硯滴，儘教點易更研丹。

紫藤

其一

漫空照地一枝枝，龍爪騰拏鬼膊欹。座上譚經瓔珞現，筵前顧曲鼓條垂。懸花已訝飄香遠，附木争傳寄迹奇。還憶數窠湘水上，一鋤烟雨手曾蒔。

其二

莫叱生意薄，孱弱不自持。乍看緣木上，忽作幕空垂。引蔓虬龍訝，攢葩羽葆疑。成谿桃李事，翻覺讓葳蕤。

芍藥

隴首梅花報春早，開到荼蘼春已老。就中艷友後非先，殿取群芳顔色好。去天尺五有西園，桂樹叢生蘭藻繁。絶俗已看森緑竹，忘憂還許種黄萱。百莒生色欣有託，送笑含嚬紛綽約。石欄干畔玉砌前，累萼重趺足紅藥。黄腰早見金帶圍，紅妝争詑胭脂著。我王下值集賓從，勝日深盃相對酌。小户如瀛類卯君，纔沾蕉葉已成醺。雞皮却借紅潮潤，共鬪風前婪尾春。荷王恩重丘山比，老羸感激淪肌髓。莫教折取贈將離，歲歲花開予仰企。

四槐

七窠憶種鄭薫松，王祐三槐意亦同。争似四株梁苑裏，共聯新翠五雲中。豬瘿附幹時相逐，鼠耳分條自作叢。樹底有人還望庇，被襟擬借大王風。

詠瓦

其一

鱗鱗萬片覆虹梁，縹碧流丹出上方。鬬艷自應迷翡翠，成行還見叠鴛鴦。灑來密雪聲尤爽，爍盡驕陽暑亦凉。怪底細人還竹代，三年再葺鄙黄岡。

其二

上棟成時下宇堅，差參萬片足陶甄。却看風雨帡幪在，始信人間有二天。

燕

了不因馴畜，春歸獨有期。隔簾聲宛轉，入户影差池。絛鏇寧同縶，緺羅自弗疑。最憐秋社别，斂翼故低垂。

病間喜張貢五見過感舊述懷有作

其一

金蘭視骨肉，結交非草草。十年乃一見，安得不漸老。君年弟蓄余，二毛顔色好。而我貧病并，短鬚白已早。一官方抱關，諸豚亦枯槁。羨君饒令子，聯翅青雲表。兩對千佛經，驚喜爲絶倒。文章盛羽儀，示人足家寶。

其二

一病六閲月，少間苦孱弱。惟愁二竪侵，漫語君子虐。誰當念貧賤，聊復省酬酢。多君始卸裝，走顧慰寂寞。握手譚往事，細碎數如昨。老至尚諱窮，年來亦病脚。伏櫪不見賞，龍鍾或肆謔。起視長安道，朱輪固烜爍。脂膏不自潤，冰雪同處約。何當携耰鋤，同尋耦耕樂。

送彌勒院量周和尚歸西山

西山三百六十寺，寺寺分幽占翠微。榔栗携來尋水味，軍持踢破證禪機。燈傳象外何須隱，輪轉塵中未覺非。法本法無無著處，問師歸去欲何依。

晴分得中字

蒼龍白虎戰西東，浹月驚飛雨點中。忽漫先鞭回日馭，恍然一笑破天公。輕車擊轂囂塵斂，薄靄籠花暑氣融。却看炊烟聯曙色，家家簾幙颺薰風。

松雪硯歌應教

温潤重端溪，快爽珍歙縣。月旦卿侯有定評，俊人德人品各見。漫從鴝鴿辨僞真，須略粉脂求婉孌。從來異物不長湮，摩挲乃見古人面。君看茲硯歷年深，松雪先生曩所琛。白玉堂中儕象管，紫薇花下伴龍賓。長篇短韻出金石，黃麻紫誥潤絲綸。有時作畫奪造物，漠漠雲烟十指沸。尺幅山川勢千里，宋法唐皴妙盤鬱。有時濡墨復臨池，釵股陸離倒薤垂。狂草真行俱入妙，書中三昧獨能窺。褎然寶此無瑕玉，更爲鐫銘留硯腹。題辭渾噩作隸遒，鳳味龍尾輸芬郁。野狐升座龍髯飛，大都已破悲黍離。奎章閣燬寶庫散，詎有此硯不沉迷。二百餘年掩塵垢，那知轉徙歸誰某。六如居士重得之，鑱字左方大如拇。忽漫飄零迹再堙，脉脉文房但守真。一朝忽入我王手，拱璧兼金寧比論。我爲捧此硯，諦觀還歎息。方外義所形，處静仁之質。堅貞宛爾磨不磷，古朴居然雕匪飾。願王汲古寵新銘，礪借他山播德馨。仁聲義問宣金石，姬杖殷盤足典型。

晚晴朗吟亭閑坐分得青字

霽烟蓊翳晚峰青，槐蔭婆娑暑翠停。趺坐細看蝸吐篆，撫欄閑對鶴梳翎。花移杜曲迷昏曉，石聳平泉閱醉醒。還許更名爲種紙，只今不羨换鵝經（朗吟亭亦名『種紙』，而慎王臨池特妙，故云）。

折扇應教

方掬庚庚古未聞，舒如霜雪卷如雲。剪裁湘竹歸魚貫，熨貼溪藤叠浪紋。親切只宜懷袖置，動摇還訝麝蘭薰。莫愁笥匣成捐棄，暑往寒來用舍分。

響竹應教

獵蠅不待扇塗餳，逐肉還看斷竹成。捉處恍疑芒耀曳，揮時颯作雨風聲。集瓜無復重留玷，止棘從教永絶營。不必王思爲按劍，此君自擅掃除名。

夜光木應教

塊然瘣木謝南榮，夕月明珠兩竊名。改火不勞鑽始見，化螢寧待腐方成。松明借焰叱燃炬，樺燭分光鄙列城。好共蔓金苔並賣，輝山耀壑自晶瑩。

除夕病中

空齋一病歲云除，炎海冰壺苦置軀。山字膊存寒獨忍，靴皮面在笑全無。總緣韓愈窮難送，却怪神農語亦誣。藥裹滿床書滿几，可能瘧疾得潛驅。

西園夏日閑居分得醉把青荷葉狂遺白接䍦十字應教

其一

尺五此芳園，赤帝迴龍轡。蕭蕭爽籟清，漠漠濃陰閟。谷髯矜蒼鱗，石丈凜寒臂。秉兹物外情，於焉得心醉。

其二

豈爲避煩囂，相將復而野。得意無全牛，相吹皆野馬。天機自怒生，幽意在陶寫。薰風引遐思，瑶草猶堪把。

其三

諸于堪掩骭，步屧響高扃。石氣寒朝旭，松風破暑廳。忙嗤蜂抱蕊，閑契鶴梳翎。竹刺藤梢下，撩人眼自青。

其四

虚懷風自上，蘭坂許頻過。竟爾忘賓主，居然任跣科。蔗漿寒玉椀，蒲酒發香螺。卜夜微風度，絺衣雜芰荷。

其五

坦懷絶町畦，處默從嚅囁。莊樂魚自知，陶趣園日涉。披雄風避襟，變景凉生箑。嘒嘒似傳秋，已有蟬翳葉。

其六

漸覺纏哀樂，能無愛景光。迹誰憐放誕，名已辱游揚。週甲論終始，隨庚較伏藏（時值初伏，而余年適六十，故云）。齊竽猶許濫，脱帽莫嗤狂。

其七

習静都忘暑，知雄在守雌。所求惟我法，了不泄塵羈。渴愛茶香盞，饑思飯滑匙。病餘須竹杖，嶺表故人遺。

其八

喧喧長安城，車塵横九陌。欲證垢浄因，爲掃衪襶迹。賓名困簪裾，歸耕憶主伯。閉閣笑子雲，將毋玄尚白。

其九

瞥爾忽生情，樞指千百劫。文章經國謀，筆硯腐儒業。冠虚新沐彈，舄向喧晨躡。車卧笑劉曄，未便精神接。

其十

元王隆設醴，小户得追隨。長日淹何惜，三蕉醉不辭。糟丘矜得趣，騷苑借抽思。不比銅鞮唱，山公倒接䍦。

贈王蘭谷便爲留别

其一

蘭亭緜瓞盛閶陽，奕葉聲華閥閲光。祖德雲蒸雄節鉞，孫謀器重美珪璋。光儀竟體宜鵷掖，雝噦偕聲際鳳岡。紹世風流人共羡，維揚花瑞又推王。

其二

徵書同被重玄纁，旺噪文壇未足云。自許魏科誇吕相，儘教餘子愧劉蕡。牙籤十乘猶求積，文史三冬不倦勤。摳指漢廷傳麗句，青烟不比日華文。

其三

奴婢知書物外緣（書童八人，俱曉文義，二更能詩），峰巒繞座畫中禪（時官居景陵）。濯淘雪壑冰壺裏，放浪青箱錦軸邊。脱口新詞空宿老，驚心巨製出芳年。子雲筆札相如賦，自譜金蘭悉最先。

其四

空谷遐心悵遞迢，等閑喜共小山招（蘭谷與余同被慎王疏薦）。掞天詞賦添芒艷，知己雲霄破寂寥。笑我白頭猶故態，多君青眼賞孤標。安能暫聚無萍散，錦鯉封書訂久要。

贈李眉山并志别懷

其一

青蓮餘韻擅風流，公子才華壓等儔。聲戛琳琅驚衆耳，胸盤組繡艷群眸。舊傳秋月人同澈，近試天弓賦浪投（時試鴻博下第）。却喜梁園齊鶚薦，輸君嘉譽占龍頭（同薦者三人，故云）。

其二

盤谷於今大有人（眉山營别業于盤山，極爲幽勝），採山釣水閲芳晨。愛身似玉偏辭琢，藝樹同瑶不點塵。宰相山中衣尚白，神仙丹竈火初新。猶龍我亦爲嗟嘆，誰識風雲爪鬣真。

其三

曾窺棨戟拜山公（尊公曾制閫楚省），近譜金蘭世誼同。澤自召棠思舊芟，香于竇桂識新叢。高懷每寄雲霞上，痂嗜偏投乳水中。千里不辭談共面，好從良訊慰飄蓬。

附　次原韻送別易島庵

李　鍇（眉山）

其一

南金品節富名流，獨許璁珩少匹儔。魏闕徵求來束帛，越江烟水倦雙眸。牛刀在握羞輕割，犗餌如山肯易投。善畫田生信殊絶，布帆仍挂海西頭。

其二

雲盡南天不見人，楚山楚水負佳晨。初疑無定方名相，誰信鄰虚尚有塵。渚雁嶺猿魂久斷，楓香溪火思空陳。白頭陡遇南音客，感激能無意氣真。

其三

幾年拾粟從狙公，習隱徐無事迹同。徒枉鶴書能促駕，須知橘樹不分叢。野晴芳草迷汧曲，別思春江注越中。此去他時各努力，夕陽前路憶飛蓬。

出都恭次慎王送别元韻便爲留别

病肌寒粟愁垂堂，頑童摧發急裹裝。華堂設醴呼共飲，車輪軋軋迴中腸。帝子殷勤更執手，誓以神交期耐久。憐余盃杓苦難勝，三蕉忍負臨歧酒。從此南行即海涯，片帆雙槳學浮家。買山何日情能遂，乞米衰年闇自嗟。往來熟踏京華道，秋風蓬鬢驚霜早。努力桑榆學少年，未報深恩敢便老。泣涕漣而把袂餘，魂銷江令意同如。南行倘遇梅花使，北望長懷錦鯉書。

附 慎王送别元韻〔一〕

允禧

明燈緑酒張高堂，曉風殘月催行裝。臨觴不御各相視，離憂惻惻纏中腸。人生那得無分手，道誼相親惟可久。須知别後夢魂牽，何如且盡杯中酒。揚州遠在天之涯，悲君萬里不還家。青雲有路應須致，白首微官亦可嗟。夕陽衰草關河道，南雁聲中霜信早。長途努力更加餐，無計爲君慰衰老。來往京華十載餘，空憐此别恨何如。更爲後會知難再，莫惜因風每寄書。

【校記】

〔一〕此詩允禧《花間堂詩鈔》稿本卷二收，題作《書寄送易公仙之越赴舊任》，校見前。

留别吴澹泉即次送别原韻

離情脉脉冷于秋，君漫言愁我更愁。落拓題橋慚駟馬，蕭條擊楫仍孤舟。聊從會計爲求當，莫向桑榆更問收。悵望雲霄憐別遽，猿巖雁沼感同游。

次韻留别唐熙載

三年鴻爪浪西東，却負徵書出帝宫。詎有文章憎薄命，却令造化苦衰翁。揚雄漫就凌雲賦，仲父終慚煮海功。兩度王門揮手别，不堪憔悴對諸公。

次韻留别余星源

虚佩半通銅，遥憐一畝宫。無心雲出岫，悵别馬嘶風。驛路此秋色，萍蹤又越東。鄉思與離恨，輾轉夢魂通。

出都示栻男

其一

我仍鹽筴返，兒暫史宬淹（兒時纂修實録館）。温凊寧無戀，功名亦可憐。絃凄聲未續（續聘陳氏媳，尚未就婚），閭倚望尤先。衣錦男兒事，團欒訊舊緣。

其二

礪德占行健，懷安戒敗名。分陰能再惜，九仞詎難成。其進等休躐，如登境自更。但令功十百，賢聖足希聲。

其三

坦率雖原性，還應氣質偏。正須思變化，慎勿惜針砭。先事期觀火，圖成合佩弦。隨時思砥礪，莫謂任其天。

其四

五載梁園客，終年館閣羈。言歸多問夜，底事可酬知。此愧兒頻道，予懷時念兹。書成何日事，授簡鎮相隨。

其五

至親惟一叔，應共事親如。先意宜心撿，承歡忍迹疏。香囊情莫戀，肥狩速無虚。皇路多鴻散，休教問雁魚。

其六

餘事襪材鄙，親勞御墨題。附青雲不朽，辱紫綍何私。技進終期道，源窮自達支。若論儒者耻，一事未教遺。

其七

白首誰新者，人前著眼先。易投惟意氣，占道薄周旋。木訥言斯踐，敦龎守自堅。書紳兼默誦，水鑑此真詮。

其八

精良珍筆硯，瀟灑稱琴書。觸手塵宜掃，呼童網記除。真令心目淨，益覺嘯歌舒。貫理誇劉尹，寧教檢點疏。

其九

朋來非晝介，德在豈詩馨。以此爲酬酢，將毋損性靈。省交真妙法，養拙足先型。莫侈疲爲樂，居諸冀少寧。

其十

他鄉無幹僕，囊橐託傭奴。逮賤心惟恕，觀人眼莫糊。勞宜身是率，恭乃德之隅。此理存乎感，休言語近迂。

留別五弟

緬惟楚俗，重去其鄉。居美聚首，出鄙裹糧。（一解）少壯杜門，艾齒浪迹。羈旅京華，匪朝伊夕。（二解）弟也召試，斂衿一來。握手梁園，情怡顏開。（三解）一官拓落，我又遠別。季也燕臺，昆兮於越。（四解）聯枝三隕，惟汝我存。幸發明鏡，怕見雙髩。（五解）在原之鴒，行則摇尾。暮齒分飛，乃爲鳥耻。（六解）情慚太上，惟涕漣而。心傷別劇，如旌懸而。美非吾土，勿久淹而。（七解）莫希買山，卓錐有地。莫思廣廈，把茅可庇。盍歸耦耕，於耜舉趾。（八解）

前詩不稱意再成二律

其一

不是楊朱泣路歧，驚心鴻爪涕沾頤。池塘芳草吟心冷，楊柳長亭客夢悲。竇桂半殘非舊馥，田荆再合又南枝。可堪萬里燕山道，白首樽前正别離。

其二

少壯家山共掩扉，那堪遲暮此分飛。名場眊矂文章賤，宦海浮沉生計微。置㕟徒勞增馬齒，忍寒長此對牛衣。唾壺擊碎誰相慰，握手臨歧强自揮。

西園憶十首

其一

不盡西園憶，觚稜過日遲。猿巖初退值，桐露（堂名）促題詩。點筆分餘瀋，循廊數履綦。後成知有罰，絡繹共抽思。

其二

不盡西園憶，窻燃鳳蠟高。溪藤看染翰，蕉葉待揮毫。蘇米鎔蹊徑，倪黄在縱操。探囊留睿藻，展對慰牢騷。

其三

不盡西園憶，春回淑氣融。欲酣花泫露，學舞柳隨風。罨靄重簾啓，氤氲曲檻通。言滋先九畹，芳澤釀蘭叢。

其四

不盡西園憶，薰風化日長。桐花含宿露，柳蔭覆迴廊。棐几依窻浄，絺衣稱體凉。跣科容接席，脱帽未爲狂。

其五

不盡西園憶，秋生玉宇凉。露瀼金粟吐，風泛紫莖芳。渴借駝酥解，甘留乳餅香。上方頻賜予，餘惠得分嘗。

其六

不盡西園憶，彤雲涷朔風。地衣蒙錦絢，獸炭熱爐紅。趺坐分氈煖，傳盃味酬濃。庇寒知廈廣，回首五雲中。

其七

不盡西園憶，情移種字亭。覆蕉天共緑，懸蔓眼全青。曲徑通雲竇，危峰揭地靈。蓬瀛天尺五，遥望隔滄溟。

其八

不盡西園憶，霜晴紫柏寮。虬枝藏佶倔，古翠鬱刁調。遠意託巖壑，貞心凛市朝。垂珠滄海上，天路狎王喬。

其九

不盡西園憶，天開畫笥樓。峰巒朝暮變，皴劈古今留。未許藏舟負，憑教韞匵收。何時隨赤舄，百尺履重樞。

其十

不盡西園憶，丁香五尺籬。千株聯貫理，百結釀相思。遥隔塵氛盡，平分野色宜。定知重過處，尋丈蔓新枝。

附録三　弘昂弘旬遺詩

夏日集西園分賦得宜字

弘昂

日上林園客到時，清風薄曉正相宜。一簾野翠山光動，半榻清陰竹影移。酒瀉荷筩行把盞，書成蕉葉坐題詩。諸公饒有西園興，翰墨幽香拂硯池。

——彭廷梅編《國朝詩選》卷四，《四庫禁燬書叢刊補編》影印清乾隆十二年金陵書坊刻本

即景

弘昂

斗酒雙柑幾日情，紅飛將盡緑初成。傍人莫道鶯喉老，猶向高枝弄幾聲。

——彭廷梅編《國朝詩選》卷十一，《四庫禁燬書叢刊補編》影印清乾隆十二年金陵書坊刻本

却扇

弘旬

炎令常把持，秋至將汝棄。雖然清會凉，還思夏時意。

——彭廷梅編《國朝詩選》卷十，《四庫禁燬書叢刊補編》影印清乾隆十二年金陵書坊刻本

附録四　詩集序跋

隨獵詩草花間堂詩鈔題後

鄭　燮

紫瓊巖主人者，聖祖仁皇帝之子、世宗憲皇帝之弟、今上之叔父也。其胸中無一點富貴氣，故筆下無一點塵埃氣。專與山林隱逸、破屋寒儒争一篇一句一字之短長，是其虚心善下處，即是其辣手不肯讓人處。

學問二字，須要拆開看。學是學，問是問。今人有學而無問，雖讀書萬卷，只是一條鈍漢爾。瓊崖主人讀書好問，一問不得，不妨再三問；問一人不得，不妨問數十人，要使疑竇釋然，精理迸露。故其落筆晶明洞徹，如觀火觀水也。

善讀書者曰攻、曰掃。攻則直透重圍，掃則了無一物。紫瓊道人深得讀書三昧，便有一種不可羈勒之處。試讀其詩，如岳鵬舉用兵，隨方布陣，緣地結營，不必武侯八陣圖矣。

曰清、曰輕、曰新、曰馨。偶然得句，未及寫出，旋又失之，雖百思之不能續也。又有成局已構，及援筆興來，絶非□□，若有神助者。主人深於此道，兩種境地，集中皆有。

『一獸奔來萬衆呼』，是大景；『氈幃戲插路傍花』，是小景。偶然得之，便爾成趣。

五經廿一史，三藏十二部，句句都讀，便是騃子；　漢魏六朝三唐兩宋詩人，家家都學，便是蠢才。紫瓊道人讀書精而不騖博，詩則自寫性情，不拘一格，有何古人，何況今人！

主人深居獨坐，寂若無人，輒於此中領會微妙。無論聲色子女不得近前，即談詩論文之士亦不得入室。蓋譚詩論文，有粗鄙熟爛者，有旁門外道者，有泥古至死不悟者，最足損人神智，反不如獨居寂坐之增領會也。

紫瓊道人□□□□□淵默自涵，一旦心花怒發，便如太華峰頭十丈蓮矣。

他人作詩何其易，主人作詩何其難？　千古通人，總是此個難字。

他人檢閱舊詩輒便得意，主人檢閱舊稿輒不自安；　即此不自安處，所謂前途萬里長也。

問：　瓊崖之詩已造其極乎？　曰：　未也。主人之年纔三十有二，此正其勇猛精進之時。今所刻詩，乃前矛，非中權，非後勁也。執此爲陶、謝復生，李、杜再作，是諂諛之至，則吾豈敢！

英偉俊拔之氣，似杜牧之；　春融澹泊之致，似韋□□；　□□清遠之態，似王摩詰；　沉□□□□□，似杜少陵、韓退之。種種境地，已具有古人骨幹。不數年間，登其堂、入其室、探其鑰、發其藏矣。

主人有三絶：　曰畫、曰詩、曰字。世人皆謂詩高於畫，燮獨謂畫高於詩，詩高於字。蓋詩、字之妙，如不雲之月，帶露之花。百歲老人，三尺童子，無不愛玩。至其畫，則荒河亂石，盲風怪雨，驚雷掣電，吾不知之，主人亦不自知也。世人讀其詩，更讀其畫，則不知足之蹈之，手之舞之。

此題後也，若作叙，則非燮之所敢當矣。故段段落落，隨手寫來，以見不敢爲序之意。

乾隆七年六月二十五日，板橋鄭燮謹頓首頓首。

——鄭本

紫瓊巖詩鈔序

弘　瞻

紫瓊巖詩，余二十一叔父慎郡王所著也。先是，客有以端溪巖石聞邸中者，購以重價，愛之，至鎸八分三字於其側，曰『紫瓊巖』，遂自號『紫瓊道人』。道人以懿親列屏翰，飲食被服，比寒素之甚者。齋居，左右圖書，一覽輒得其要旨。多延接四方博雅端愨之士，日相劘切，以故學益邃，藝益高。字追虞、褚，畫倣倪、黄，片紙尺幅，貴若拱璧。詩尤所擅長者也。

夫詩之爲道，易嗜難工。非才之難，品之難也。於詩徵品，又不若於人論品。營貨利，趨形勢，俗情紛糾，欲以塗澤藻繪，自附超詣，其可得乎？道人浮雲富貴，出自性成。風月碧尊，閑供生計，品格如此，故遂上下出入唐宋諸大家間，備兼衆妙。其體渾論而氣灝瀚，如精金美玉，大冶良工之所寶也；如怒濤驟雨，行人觀者之所駭也。時而懷思慷慨，則黄公酒壚，山陽鄰笛，未足語其悲也。時而風流自喜，又時而恬淡自適。則王孫公子，輕裘駿馬，上人隱士，茗椀爐香，未足喻其俊且逸也。

前輩評何大復詩，謂『人所應有盡有，人所應無盡無』。以此二語移贈道人，洵足當之。其詩傳于後，應過信陽。當世必多以余爲知言者。

余於道人爲猶子，年少然知明之雅，別有一重翰墨緣，非尋常可比也。憶從庚午歲蒙聖恩出就藩邸，與道人居址相接。初猶僅通問而已。既偶見余詩，即色喜，謂客曰：『宗室中不乏人也。』自是書册畫卷，悉屬余題，且必得余手書爲快。

去夏，以公事與皇四子三人各僦居北郭外，暇輒過從聯吟，遂有芝蘭唱和諸什。今歲五月余刻《鳴盛初集》，辱爲之序，曾未數日而得疾，遂以不起。嗚呼！自其幕中賓客，與夫達官下士，曾聞名而未謀面者，無不垂涕而太息。況年同水木而相師友，其哀感更何如也耶！

道人詩甚多，日久未有定本，晚乃得吴郡顧端卿，令其選擇，得十之三四，已而自取視，又去其三之一焉。凡三卷，共一百七十餘首。端卿書之，遽不及見刻成，爲可惜也。皇四子敦念舊好，亟請代爲梓行。余雖欲以不文，故弗識數語，其容已乎。

道人性嗜酒，早年無量，後頗以此致疾，然未足爲盛德累也。又善鼓琴，神解精切，有《琴旨》傳世。薨時年四十有八，以紫瓊硯石殉。子二，俱早卒。上以皇六子嗣，賻贈有加禮也。至於封壽年月，莅官政績，國史有傳，不具載。

乾隆二十有三年戊寅夏六月和碩果親王姪弘瞻拜撰並書。

紫瓊巖主人詩鈔序

永珹

紫瓊巖主人者，余二十一叔祖慎郡王也。少聰慧好學，爲皇曾祖鍾愛。後就藩封，性恬淡，無他嗜好，惟好讀書。宣力之暇，益勤學問。平居無盛服美飾、奇巧玩好之御。左圖右史，書卷自娱。被服宛然儒者，樂與布素相親，雖東平、河間之賢無以過也。尤工詩，承皇父知遇，不勤以事，俾得雍容風雅，是以習與性成，老更入細，數十年來，位在藩王而以詩名家者，主人一人而已。其詩之健偉雄放，則天馬破空，不可羈馽也；至詩之夭矯怪幻，則神龍出没，不可端倪也；其詩之曠遠清越，則簫韶大濩，鏗然齊鳴也；其詩之瑰奇詭麗，則虎變鳳翥，蔚然并躍也。言其品，則陶、謝不足喻；言其情，則沈、宋不足誇。言其諸體畢備，則李、杜、韓、白不足以爲至。是固可以遠追《三百》之遺，而擅有三唐之勝者矣。

余少未嘗學問，然心竊慕之。幸一再晤，稍及倡和，遂荷主人之知，降尊取友，與經畬主人共結西園之契。余以爲芝蘭之臭味，自此不孤，而吟社騷壇，得主人以爲盟主，則追隨杖履之下，推敲於一二字中者，沾丐寧有極耶？主人嘗謂余曰：『子耽詩成癖，直號「詩饞」。』予笑而受之莫逆焉。是真知我者耶！是其戲謔中亦見性情之投契者耶！余方欲奉爲依歸，奈何其竟棄予而長逝也。今遺稿具存，其人已往，每一撫卷，動觸悲感，欲報同心之厚不可得矣。乃與經畬主人約，同輯是鈔，付諸棗梨，以垂永久。并弁數語於其簡端，亦聊以誌人琴之感云爾。

乾隆二十三年七月望後二日姪孫永瑊謹序並書。

紫瓊巖詩鈔跋

顧元揆

歲丁丑初春，揆教習宗人期滿，病，未及引見也，客中不能自存。有以揆善書言於紫瓊巖主者，得召寘門下。已而知揆頗解韻語，時對酒論文，數稱良友，盡出所著詩稿，命揆嚴去取而手録之。嗚呼！詩之雄深雅麗，無俟鄙言矣！獨念二十年來遊邸中者，皆海内知名之士。揆後進庸下，始終不過歲餘，同被優禮，獨勸盛事。其亦有數存其間與？昔新城王尚書既定《精華録》，其門生侯官林吉人爲楷書，付剞劂氏。迄今讀阮亭詩，盡知有吉人也。揆亦將踵斯例，以垂美不朽，其可不謂之幸也與！

戊寅夏五月廿一日，紫瓊主人以疾薨。嗚呼！緬大雅之不群，感斯文之知己。梁摧奄及，客散平臺。下情悽悒，所不忍道，伏承經畬殿下及皇四子共謀刻是《鈔》行世。爰泣識數語，求附卷末焉。

顧元揆謹跋。

——以上紫瓊本

紫瓊巖詩鈔續刻跋

永瑢

王祖詩已刻者二種，曰《花間堂詩鈔》，王祖所自訂；曰《紫瓊巖詩鈔》，則果王叔父與先四兄同輯。二集所收，皆清超雅健之作，凡奉敕應制及他篇什多未備。余奉恩命嗣王祖後，披尋遺稿，手澤猶新，塗乙點竄，丹墨燦然，想見揮毫落紙之雄，與夫按律敲吟之細，玉幢風定，桐露春深，書畫餘閑，硯琴左右，澄思渺慮，動與天游，清德懿徽，邈焉塵外矣。梨棗所傳，十僅三四；篋衍之儲，往往而有。因重爲撿録，復得一百六十九首，付諸梓人，庶以垂範磐盟，括囊錦製。至詩之出入雅騷，兼備衆美，前二刻諸序已詳之，無俟贅言。

乾隆四十八年十二月朔皇六子質郡王書。

——續刻本

慎郡王詩序

永瑆

夫生而富貴者，其欲有所立也實難。清明在躬，而後學可言焉。若師保之訓，不足以易所親，雅藝之方，不足以勝耆欲，不憤不啓，不悱不發，此之謂矣。抑或耽志於學，而樂聞其名，浮薄之士又附和之，諛爾無規，華爾無實，譬如爲山，未成一簣，然而自視九仞矣。夫以居豐養厚，膺受多福，而立名於懿冑，成學於維藩，信能忘勢，爲君子儒者，未或多聞也。豈其高明尊顯，則不得與於斯文哉？余嘗得二十一叔祖慎郡王詩讀之，蓋甚敬王之能有所立也。自古文章之業，作於賤貧者常多，而出於富厚者常少。旨甘安燠之奉，果重爲斯文負乎？吾聞王善琴，又善繪事；鼓琴未嘗終其曲，繪而善者，必自削之。詩獨存之，何耶？

——《詒晋齋集》卷七，《清代詩文集彙編》影印清道光刻本

花間堂詩鈔序

盧世瑞

余喜讀《花間堂詩》久矣。《熙朝雅頌》所載無多，即《紫瓊巖詩鈔》亦僅百餘首，合之《續刻》，始三

百有奇，余固疑王詩之不祇此也。日者小圃夫子出此册視余，計詩七百餘首，且删定未經而鉛黄滿紙，與已刻諸本頗多異同，蓋初藁云。乞假携歸，不忍釋手者數日。學者于此，即其塗抹點喻，淺深所得，爲不少矣。松雪道人初觀定武《蘭亭帖》，其樂寧是過耶？原本舊多錯誤，因次第而補掇之，并爲之序。

辛未仲秋，心圃氏盧世瑞并書。

花間堂詩鈔跋

盧世瑞

慎邸西園十二景之一曰『花間堂』，蓋王讀書處也。王名允禧，以懿親列屏翰，儉約比寒素，往來多布衣。博覽群書而虚心下士，故學益邃而藝愈精。著有《花間堂詩鈔》《紫瓊詩鈔》並《續鈔》行世。先是，王得端溪石，甚寶愛之，鎸曰『紫瓊』，遂以爲號而名其集。《續鈔》則王子質藩所刻也。兹其全藁，故統名之曰《花間堂》云。

辛未八月初四，古樂壽心圃氏盧世瑞謹跋。

——以上遼圖藏稿本

慎靖郡王詩鈔墨迹序

劉瑞琛

余家藏舊詩稿，係庚子冬購自書肆。其詩句清腴，其書法秀潤，料必爲乾隆時知名士之詩鈔也。

偶閲沈歸愚選《國朝詩别裁集》、鐵保選《熙朝雅頌集》，始悉此詩稿爲慎郡王之大著。如《月夜臺上聽友人彈琴》及《聽蓮舟彈琴》二首，鐵選二首並録，沈選僅録《月夜臺上聽友人彈琴》一首，次韻换入《聽蓮舟彈琴》之頸聯。又《村夜》一首，此稿腰聯『櫪馬嬌芻玉』，沈選改爲『野馬嚙槽櫪』，末聯『東方看漸白，渾是促征衣』，該二集均改爲『烟霞惹殘夢，幽思滿柴扉』。可證此詩爲慎郡王之初稿，後又改刊也。王爲畫苑泰斗，片羽流傳，鑒賞家奉如拱璧，王之書名遂爲畫名所掩。觀此詩稿，小楷絶似趙吴興，洵可寶貴之墨迹也。

宣統辛亥春杪，饒陽劉瑞琛識。

慎靖郡王詩鈔墨迹跋

劉瑞琛

《國朝詩别裁集》載：慎郡王勤政之暇，禮賢下士。畫宗元人，詩宗唐人，品近河間、東平而多能游藝，又間、平所未聞也。

《熙朝雅頌集》載：慎郡王名允禧，號紫瓊道人，聖祖仁皇帝第二十一子，有《花間堂詩鈔》《紫瓊巖詩鈔》《紫瓊巖詩鈔續刻》。

《欽定八旗通志》：《花間堂詩鈔》一卷，《紫瓊巖詩鈔》三卷，《紫瓊巖詩鈔續刻》一卷，慎郡王允禧撰。初集名《花間堂詩鈔》，自編自序，合古今體詩二百六十六首。花間堂者，王所居西園十二景之一，其題詠俱見集中。次集名《紫瓊巖詩鈔》，則其幕客顧元揆所定。元揆復承王命書而刻之，蓋比於王士正門人書《精華録》之例也。鈔分上中下卷，上卷五言古十七首，七言古十九首；中卷五言律六首，七言律四十二首；下卷五言長律、五言絶句十六首，六言絶句二首，七言絶句五十一首。先是，王得端溪巖石，寶愛特甚，鎸之曰紫瓊巖，自號紫瓊，遂以名其集。前有果親王及皇四子序，後有顧元揆跋。其詩多與《花間堂》複出者，蓋元揆合已刻未刻，統行登選，原非以接續前鈔也。王既薨，無子，上命皇六子質郡王爲後。乾隆四十八年質郡王又裒其餘稿，加以選擇，爲《紫瓊巖詩鈔續刻》，實得詩一百七十二首，而序云百六十九，目録又稱百七十者，蓋數之偶有未審云。

果親王《花間堂詩序》：道人以懿親到屏翰，飲食被服如寒素之甚者，齋居，左右圖書，一覽輒得其要旨，多延接四方博雅端慤之士，日相劘切，以故學邃藝益高。

《嘯亭雜録》載：慎靖王詩筆清秀，擅名畫苑，可與北苑、衡山把臂入林。

——以上劉本

劉佩珩附識。

附録五　年譜

康熙五十年辛卯（一七一一），允禧一歲

正月十一日，愛新覺羅・允禧生，是爲康熙皇帝皇二十一子；母陳氏，漢人陳玉卿之女。

五月，王士禛卒。

八月，愛新覺羅・弘曆生（後即位爲乾隆皇帝）。

十二月，愛新覺羅・允祜生，是爲康熙皇帝皇二十二子。

康熙五十二年癸巳（一七一三），允禧三歲

五月，允祥第四子愛新覺羅・弘晈生（後受封爲寧郡王）。

十一月，愛新覺羅・允祁生（號寶嗇主人），是爲康熙皇帝皇二十三子。

康熙五十九年庚子（一七二〇），允禧十歲

四月，允禧首次隨康熙皇帝巡幸塞外。《清實録》：『夏四月……戊申，上巡幸塞外，命皇三子和碩誠親王允祉、皇八子多羅貝勒允禩、皇九子固山貝子允禟、皇十子多羅敦郡王允䄉、皇十五子允禑、皇十六子允禄、皇二十子允禕、皇二十一子允禧、皇二十二子允祜隨駕。是日，自暢春園啓行，駐蹕鄭格莊。』

康熙六十年辛丑(一七二一),允禧十一歲

四月,允禧第二次隨康熙皇帝巡幸塞外。《清實録》:『夏四月……丙午,上巡幸畿外,命皇三子和碩誠親王允祉、皇四子和碩雍親王胤禛、皇七子多羅淳郡王允祐、皇八子多羅貝勒允禩、皇九子固山貝子允禟、皇十子多羅敦郡王允䄉、皇十五子允禑、皇十六子允禄、皇二十子允禕、皇二十一子允禧、皇二十二子允祜隨駕。是日,自暢春園啓行,駐蹕湯泉。』

康熙六十一年壬寅(一七二二),允禧十二歲

正月,允禧首次隨康熙皇帝巡幸京畿。《清實録》:『春正月……戊申,上巡幸畿甸,命皇三子和碩誠親王允祉、皇四子和碩雍親王胤禛、皇五子和碩恒親王允祺、皇八子多羅貝勒允禩、皇九子固山貝子允禟、皇十子多羅敦郡王允䄉、皇十三子允祥、皇十五子允禑、皇十六子允禄、皇二十子允禕、皇二十一子允禧、皇二十二子允祜隨駕。是日,自暢春園啓行,駐蹕南苑。』

三月,康熙皇帝命弘曆入宫,弘曆得與允禧同學。弘曆《四餘室記》:『康熙壬寅三月,皇祖聖祖仁皇帝特命予隨侍宫中,承歡侍顔之暇,每得追陪諸叔父。諸叔父推皇祖愛育之勤,咸善視予,而二十一叔父尤肫然有加也。』(《御製樂善堂全集定本》卷八)

四月,允禧第三次隨康熙皇帝巡幸塞外。《清實録》:『夏四月……丁卯,上巡幸塞外,命皇三子和碩誠親王允祉、皇四子和碩雍親王胤禛、皇五子和碩恒親王允祺、皇八子多羅貝勒允禩、皇九子固山貝子允禟、皇十三子允祥、皇十五子允禑、皇十六子允禄、皇二十子允禕、皇二十一子允禧、皇二十二子允祜隨駕。是日，自暢春園啓行，駐蹕湯泉。』

四月，允祥第七子愛新覺羅・弘曉生（號冰玉主人，後受封爲怡親王）。

雍正五年丁未（一七二七），允禧十七歲

三月，長女生；母側福晋周氏，頭等侍衛六格之女。

七月，次女生；母側福晋瓜爾佳氏，員外郎博色之女。

雍正六年戊申（一七二八），允禧十八歲

二月，長子愛新覺羅・弘昂生；母側福晋吴氏，吴勛臣之女。

雍正八年庚戌（一七三〇），允禧二十歲

二月，允禧晋封貝子。《清實録》：『二月……丁巳……晋封誠郡王允祉，爲和碩誠親王。貝勒允禑，爲多羅愉郡王。貝子允禕，爲多羅貝勒。封二十一阿哥允禧、二十二阿哥允祜，俱爲固山貝子。二十三阿哥允祁，爲鎮國公。』

五月，怡親王允祥薨逝。允禧晋封貝勒。《清實録》：『五月……乙未，諭宗人府：朕之諸幼弟，

朕向來不能深知。從前曾據怡親王奏稱，二十一阿哥允禧，立志向上，且深知感朕之恩，恭敬之念，出於至誠。朕從前降旨，將伊封爲貝子。著晋封貝勒。公允禑，仍封爲郡王。理郡王弘晳，著晋封親王。公弘景，受朕寬宥之恩，深知感激，著晋封貝子。』

雍正九年辛亥（一七三一），允禧二十一歲

三月，次子愛新覺羅·弘旬生；　母側福晋周氏，頭等侍衛六格之女。

十一月，長女夭亡，年五歲。

雍正十年壬子（一七三二），允禧二十二歲

秋，易宗瀛入允禧幕。

十一月，允禧始學琴。易宗瀛《冬夜聽慎王彈琴有作》詩注：『時學琴方五日。』

雍正十一年癸丑（一七三三），允禧二十三歲

正月，允禧作《元日早朝恭紀》詩，弘曆作《奉和二十一叔父癸丑元日早朝原韻》詩。

正月，三女生；　母嫡福晋祖氏，佐領祖建吉之女。

四月，雍正皇帝下詔重開『博學鴻詞』。《清實録》：『夏四月……己未，諭内閣：國家聲教覃敷，人文蔚起，加恩科目，樂育群才，彬彬乎盛矣。朕惟博學鴻詞之科，所以待卓越淹通之士……除現任翰詹官員無庸再膺薦舉外，其他已仕未仕之人，在京，著滿漢三品以上，各舉所知，匯送内閣；在外，著督撫會同該學政，悉心體訪，遴選考驗，保題送部，轉交内閣。務期虚公詳慎，搜拔真才。朕將臨軒親試，優加録用，廣示興賢之典，茂昭稽古之榮。』

五月，允禧爲弘曆《樂善堂全集》作序。

五月，雍正皇帝第六子愛新覺羅·弘瞻生（號經畬主人，後襲爵果親王）。

八月，允禧跟隨允禮學習辦理鑲紅旗滿洲事務。《清實録》：『八月，己酉朔，諭内閣：貝子允祜，著同莊親王學習辦理正黄旗滿洲事務。貝勒允禧，著同果親王學習辦理鑲紅旗滿洲事務。』

九月，四女生； 母側福晋周氏，頭等侍衛六格之女。

是年，允禧開始與門客聯句、唱酬； 易宗瀛《授簡集》中存有《樵歌聯句》《漁歌聯句》等。允禧作《蟬聯詩》，原詩不存； 弘曆作和詩《奉和二十一叔父用蟬聯體》； 易宗瀛作和詩《蟬聯體詩二十首應教作》《蟬聯詩二十首恭和御製作》。允禧作《夏日閑居》《癸丑中秋上園玩月》諸詩。

雍正十二年甲寅（一七三四），允禧二十四歲

是年，易宗涒受湖南巡撫鍾保舉薦參加『博學鴻詞』。易宗瀛作《瀛弟宗涒以博學鴻詞計偕入都》詩。

是年，允禧作《喜雨》《春日西堤作》《上園寄示》《庭前小柳樹》《甲寅夏日》《月夜獨酌有懷》《端溪子石硯歌》《秋日四詠》諸詩。

雍正十三年乙卯（一七三五），允禧二十五歲

八月，遣允禧祭月。《清實録》：『八月……甲戌，秋分。夕月於西郊。遣貝勒允禧行禮。』

八月，雍正皇帝薨逝，乾隆皇帝即位。《清實録》：『八月……庚寅……諭：弘晊、弘曉、弘暻、弘晈、弘普，俱蒙皇考眷愛教養，非遠派諸王可比，每日供獻時，著隨同諸王進内。公允禕、允祁，應與貝勒允禧、允祜，俱在乾清宫丹墀行禮。』

十月，允禧擔任宗人府左宗正、正黄旗漢軍都統。《清實録》：『冬十月……丙子，以貝勒允禧，爲正黄旗漢軍都統。』又：『癸未……諭……貝勒允禧既管宗人府及都統事，其御書處及粘杆處事，不必兼管，著另行開列請旨。』

十月，允禧晋封郡王。《清實録》：『冬十月……乙酉……又諭……貝勒允禧，幼好讀書，識見明晰，辦理旗務，亦屬妥協，朕意欲封爲郡王，著總理事務王大臣會同宗人府定議具奏……又諭：朕以近日八旗辦事，徒增事款，頭緒紛繁，恐舊時淳樸之風，漸致湮没。曾降旨詳加申飭，嗣後務須恪遵舊制，以期實效，不可妄事更張，徒滋紛擾。今覽允禧所奏，實屬切中情弊。著允禧會同八旗大臣，將從前條奏事件，應如何定例通行之處，斟酌畫一。務期從簡從易，經久可行，以副朕整飭旗務之至意。』

秋，易宗瀛受命擔任曹娥場鹽課大使，離京。允禧作《送别》『蹇驢襆被短長亭』。易宗瀛于赴任途中作《東阿懷古寄慎王》《汶上有懷寄慎王》詩。

十一月，乾隆皇帝下詔敦促舉辦『博學鴻詞』科考試。《清實録》：『乙巳……諭：國家久道化

成，人文蔚起。皇考樂育群材，特降諭旨，令直省督撫及在朝大臣，各保舉博學鴻詞之士，以備製作之選。乃直省奉詔已及二年，而所舉人數寥寥。朕思天下之大，人材之衆，豈無足膺是舉者？一則各懷慎重觀望之心。一則衡鑒之明，視乎在己之學問，或已實空疏，難以物色流品，此所以遲回而不能決也。然際此盛典，安可久稽？朕用再爲申諭：凡在内大臣，及各直省督撫，務宜悉心延訪，速行保薦，定于一年之内，齊集京師，候旨廷試。倘直省中實無可舉，亦即具本題覆。」

十二月，易宗瀛書至，允禧作《臘月十三懷易島庵仍用前韻以寄》詩。

乾隆元年丙辰（一七三六），允禧二十六歲

正月，允禧作《丙辰元日早朝恭紀》《元日陪駕叩覲慈寧宫崇慶皇太后禮成恭紀長句》詩。

自二月起，允禧屢屢參與政事。《清實録》：「二月……乙酉……正黄旗漢軍都統多羅慎郡王允禧等議奏，恩賞養育兵白事銀兩事宜……」又：「二月……丙戌……正黄旗漢軍都統多羅慎郡王允禧等議覆，和碩莊親王允禄等奏請，留減米局事宜……」又：「六月……戊辰……先是，正黄旗漢軍都統多羅貝勒允禧奏，從前八旗人心淳厚，風俗誠實，治理甚易，今因條奏漸多，更正漸繁……」

秋，允禧舉薦易宗瀛參加『博學鴻詞』科考試。易宗瀛作《守官會稽荷慎王以博學鴻詞特疏申薦被召有作》詩。同時，允禧舉薦李鍇參加『博學鴻詞』科考試。李鍇婉拒，作《辭薦舉詞科與友人書》。同時，允禧舉薦王長住參加『博學鴻詞』科考試。

八月，易宗瀛返京途中作《維揚中秋》詩，自注：「余自都之官浙東，往返凡十閲月。」

九月，易宗瀛因足病未能參加『博學鴻詞』科考試，作《九月望六八二日》。

九月，易宗浥、李鍇、王長住參加『博學鴻詞』科考試，但并未考中。考試後，易宗浥入允禧幕。

是年，允禧上《敬陳實政二事疏》。

乾隆二年丁巳（一七三七），允禧二十七歲

是年，易宗瀛離京，仍任曹娥場鹽課大使。允禧作《送別》『明燈緑酒張高堂』。李鍇作《次原韻送別易島庵》。此年曾第二次訪雲巖寺，作《重過雲巖寺》，言『重尋古壁十年題』（見七絶《雲巖寺》自注）。

乾隆三年戊午（一七三八），允禧二十八歲

二月，果親王允禮薨逝。《清實録》：『二月……甲申……和碩果親王允禮薨。諭：果親王持躬耿直，賦性剛方，辦理公事，不避嫌怨。皇考素敦友愛，眷注維殷……又諭：果親王薨逝，朕篤念親親之誼，此爵自應久遠承襲。但王無子嗣，其如何承襲之處，著莊親王，和親王，慎郡王，大學士鄂爾泰、張廷玉會議具奏。』

三月，弘瞻襲爵果親王。

乾隆四年己未（一七三九），允禧二十九歲

正月，乾清宫賜宴，賦柏梁體詩，允禧有句『祥圖瑞籙盈山川』。《清實録》：『春正月……己西……御乾清宫。賜諸王、貝勒、貝子、大學士、九卿、翰、詹、科、道及督、撫、學政在京者九十九人宴。賦柏梁體詩。』《詞林典故》卷五：『《乾隆四年正月二日賜宴柏梁體詩》：洪鈞氣轉叶韶年（御製）……祥圖瑞籙盈山川（慎郡王臣允禧）……』

正月，愛新覺羅·永城生，是爲乾隆皇帝皇四子。

八月，允禧著在内廷行走。《清實録》：『八月……辛丑……諭：寧郡王、貝勒允祜不必在内廷行走；慎郡王著在内廷行走。武備院事，允祜亦不必辦理；武備院事務，著貝勒弘明管理。』

是年，沈德潛進士及第，時年六十七歲。

乾隆五年庚申（一七四〇），允禧三十歲

二月，允禧任管理正白旗滿洲都統。《清實録》：『二月……辛巳……以和親王弘晝管理鑲黄旗滿洲都統；慎郡王允禧管理正白旗滿洲都統。』

乾隆六年辛酉（一七四一），允禧三十一歲

四月，四女夭亡，年九歲。

七月至八月間，允禧隨乾隆皇帝出行塞外，作《懷柔縣》《密雲縣》《九松山》《石匣道中》《七月二十九日宿遥亭》《南天門》《出古北口》《宿兩間房》《度青石梁》《長山峪》《八月三日宿噶喇河屯》《初四日駐蹕喀喇河屯夜雨》《將次小營》《初七日次波羅河屯》《初八日宿張三營》《十八兒台》《準烏喇代遇雨》《塞上中秋》《波羅哈司台》《巴顔呵落》《宿鄂羅綽克哈達》《孫即圖哈達》《迴鑾》《過恒王故園》《過誠隱郡王故園》《回程次喀喇河屯九日》《熱河恭紀》諸詩。

是年，鄭燮入京，允禧遣易祖栻、傅雯相招，鄭燮入允禧幕。允禧作《喜晤鄭板橋》《題板橋詩後》詩。易宗瀛刊刻《授簡集》。

乾隆七年壬戌（一七四二），允禧三十二歲

三月，允禧任玉牒館總裁。《清實録》：『三月……乙丑……以慎郡王允禧、大學士鄂爾泰充玉牒館總裁。』

四月，彭廷梅侍從允禧游訪京東丫髻山。彭廷梅作《侍慎郡王謁丫髻山》詩。

九月，長子弘昴夭亡，年十五歲。允禧作《哭昴兒》詩。

十二月，次女嫁科爾沁博爾濟吉特古穆。

是年，鄭燮離京，任范縣令。允禧作《送鄭板橋令范縣》詩；鄭燮作《將之范縣拜辭紫瓊崖主人》詩。鄭燮、司徒文膏刊刻《隨獵詩草　花間堂詩鈔》並題跋。鄭燮將刻本寄贈允禧。鄭燮《與紫瓊道人書》：『紫瓊崖主人殿下：　拜別後，無日不想望風裁，蒙詩中見憶，固知吾王之意眷眷也。詩刻想已獻納，不盡區區。范縣令鄭燮謹頓首。』

乾隆八年癸亥(一七四三),允禧三十三歲

八月,遣允禧祭社稷。《清實録》:『八月……戊午,祭大社、大稷,遣慎郡王允禧恭代行禮。』

十二月,愛新覺羅·永瑢生,是爲乾隆皇帝皇六子(後受封爲質親王)。

乾隆九年甲子(一七四四),允禧三十四歲

正月,允祜薨逝。《清實録》:『春正月……壬午……管理三陵事務貝勒允祜故。諭:聞朕叔二十二貝勒薨逝,深爲悼惜。著大阿哥明日即携茶酒往奠,履親王、莊親王、誠親王,亦著往弔;慎郡王、弘昉、弘曔、弘映、永喜、隆愛,著前去穿孝。一切應用各項,俱准由該部取用官物。莊親王著留住數日,在彼照料。海望亦著前往協同辦理,俟事畢交與五十四再回。』

十二月,三女嫁喀爾喀札薩克多羅郡王博爾濟吉特桑齋多爾濟(亦作寨桑多爾濟)。

乾隆十年乙丑(一七四五),允禧三十五歲

二月,遣允禧祭社稷。《清實録》:『二月……戊申,祭大社、大稷,遣慎郡王允禧恭代行禮。』

是年,乾隆皇帝作《命慎郡王寫盤山山色口占詩以贈》《題慎郡王山水即用其韻》《題慎郡王田盤山色圖十六幀》《題慎郡王水閣叢篁圖》諸詩。

乾隆十一年丙寅（一七四六），允禧三十六歲

二月，遣允禧祭孔。《清實録》：「二月……丁巳，祭先師孔子，遣慎郡王允禧行禮。」

八月，遣允禧祭孔。《清實録》：「八月……丁卯，祭先師孔子，遣慎郡王允禧行禮。」

八月，遣允禧祭月。《清實録》：「八月……壬申，秋分。夕月於西郊，遣慎郡王允禧行禮。」

八月，瀛臺賜宴，賦柏梁體詩，允禧有句「重熙累洽符成康」。《清實録》：「八月……庚寅，上幸瀛臺。賜王公宗室等宴，易殿名崇雅爲惇叙，賦柏梁體詩。王公宗室咸請上御制，分賜列名……上倡首句曰：筵開惇叙欣同堂。續曰……重熙累洽符成康（多羅慎郡王臣允禧）……」

是年，乾隆皇帝作《題慎郡王黄山三十六峰圖》詩。

乾隆十二年丁卯（一七四七），允禧三十七歲

二月，遣允禧祭孔。《清實録》：「二月……丁卯，祭先師孔子，遣慎郡王允禧行禮。」

是年，馬樸臣卒。允禧作《哭中書馬相如二首》詩。乾隆皇帝作《題慎郡王山水小景十二幅》詩。彭廷梅刊刻《國朝詩選》，允禧爲作序。

乾隆十三年戊辰（一七四八），允禧三十八歲

是年，鄭燮作《玉女摇仙珮寄呈慎郡王》詞。允禧作《喜鄭板橋書自潍縣寄到》詩。

乾隆十四年己巳（一七四九），允禧三十九歲

三月，允禧爲弘曉《明善堂詩集》作序。

七月，次子弘旬夭亡，年十九歲。允禧作《哭子》詩二首。

乾隆十五年庚午（一七五〇），允禧四十歲

正月，乾隆皇帝作《二十一叔慎郡王生辰詩以壽之》詩。

十一月，允禧作《庚午仲冬連日大雪寒氣漸深》詩。

是年，弘瞻受封爲果親王，開府，與允禧比鄰而居。弘瞻《紫瓊巖詩鈔》序：『憶從庚午歲蒙聖恩出就藩邸，與道人居址相接。初猶僅通問而已。』

乾隆十六年辛未（一七五一），允禧四十一歲

是年，永忠乞畫於允禧；永忠《觀慎王山水畫敬賦呈雪田》注：『余於辛未夏，以素扇致周山怡，轉乞王畫古木叢竹。』

乾隆十七年壬申（一七五二），允禧四十二歲

三月，允禧被罰俸一年。《清實録》：『三月……己卯……諭曰：都察院此所議宗人府王公處分，又屬觀望，全不實心……此案亦不必再交另議。裕親王廣禄、履親王允祹、慎郡王允禧、順承郡王泰斐英阿，俱著罰王俸一年足矣。』

是年，允禧作《壬申七夕重宿盤山千像寺有感》《壬申冬日病中述懷三首》詩。

乾隆十八年癸酉（一七五三），允禧四十三歲

二月，允禧作《癸酉仲春同朱青雷、王朗仲將之盤山》詩。

乾隆十九年甲戌（一七五四），允禧四十四歲

是年，李鍇卒，年七十歲。允禧作《憶昔行》詩。

乾隆二十年乙亥（一七五五），允禧四十五歲

四月，允禧作《乙亥初夏信宿嶂巖臺范尊師丹房偶作》詩。

乾隆二十一年丙子（一七五六），允禧四十六歲

六月，允禧被免去宗人府左宗正。《清實録》：『六月……庚申，諭曰：宗室人等，近來仍有不知自愛，妄爲非法，皆由該管王公等平日不加教導所致，迨獲罪後，又復瞻徇，並不嚴行辦理，殊爲惡習。著該衙門嚴議具奏。裕親王、履親王、慎郡王，俱不必管理宗人府事務。裕親王所遺員缺，著簡親王補授，管理宗人府事；履親王所遺員缺，著莊親王補授；慎郡王所遺員缺，著公弘晥補授。』

乾隆二十二年丁丑（一七五七），允禧四十七歲

春，顧元揆入允禧幕。顧元揆《紫瓊巖詩鈔》跋：『歲丁丑初春，揆教習宗人期滿，病，未及引見也，客中不能自存。有以揆善書言於紫瓊巖主者，得召寘門下。』

夏，允禧與弘瞻、永珹訂交，多有詩歌唱酬。弘瞻《紫瓊巖詩鈔》序：『去夏，以公事與皇四子三人各僦居北郭外，暇輒過從聯吟，遂有芝蘭唱和詩什。』

八月，遣允禧祭孔。《清實録》：『八月……丁卯，祭先師孔子，遣慎郡王允禧行禮。』

冬，允禧爲弘晈《菊譜》作序。

是年，允禧作《大熱行》《雪窻雜詠》詩。弘曉作《廿一叔以大熱行佳章見示走筆敬和元韻》《恭和廿一叔雪窻雜詠》詩。

乾隆二十三年戊寅（一七五八），允禧四十八歲

五月，允禧病重，乾隆皇帝視疾。《清實録》：『五月……癸卯，上臨慎郡王允禧園視疾。』

五月二十一日，允禧薨逝，乾隆皇帝親自祭奠。《清實録》：『五月……丁未，諭：昨據慎郡王具奏有疾，朕即親往看視，旋因疾甚，復派皇子齎送經被，以爲飾終令典。兹聞薨逝，朕心哀悼，仍親往臨奠。著加恩賞銀一萬兩，派内務府大臣蘇赫訥承辦喪儀，並莊親王亦同料理。』又：『五月……戊申……上臨慎郡王允禧第賜奠。』

六月，與允禧謚號。《清實録》：『六月……壬申……予故多羅慎郡王允禧謚曰「靖」。』

六、七月間，弘曕、永珹刊刻《紫瓊巖詩鈔》，并作序。

是年，弘曕刊刻《雪窻雜詠》。乾隆皇帝作《二十一叔父慎郡王輓辭十韻》詩。弘曕作《奉輓二十一叔父慎郡王》《夜讀花間堂詩鈔弔紫瓊叔父》《約朱青雷檢紫瓊遺稿》《夏夜與諸友談詩追憶紫瓊主人感而賦此》等詩。弘曉作《恭輓慎王叔父四律》詩。永瑆作《哭叔祖慎王》詩。永忠作《敬輓叔祖慎靖郡王》詩。

乾隆二十四年己卯（一七五九），允禧薨逝後一年

五月，弘曉作《廿一叔週辰感賦》詩。

十二月，乾隆皇帝命皇六子永瑢出嗣慎郡王後。《清實録》：『十二月……甲申……諭：前命皇六子嗣慎郡王後，以承王祀，著封爲貝勒，於明年就府。』

乾隆二十六年辛巳（一七六一），允禧薨逝後三年

十一月，沈德潛進呈《國朝詩别裁集》，遭乾隆皇帝斥責。《清實録》：『十一月……庚子，諭軍機大臣等：沈德潛來京，進所選《國朝詩别裁集》求爲題辭。披閲卷首，即冠以錢謙益……又如慎郡王，以親藩貴介，乃直書其名，至爲非體。……』

乾隆二十九年甲申（一七六四），允禧薨逝後六年

八月，弘晈薨逝，年五十二歲。

乾隆三十年乙酉（一七六五），允禧薨逝後七年

三月，弘瞻薨逝，年三十三歲。

十二月，鄭燮卒，年七十三歲。

乾隆三十四年己丑（一七六九），允禧薨逝後十一年

九月，沈德潛卒，年九十七歲。

乾隆四十二年丁酉（一七七七），允禧薨逝後十九年

二月，永珹薨逝，年三十九歲。

乾隆四十三年戊戌（一七七八），允禧薨逝後二十年

四月，弘曉薨逝，年五十七歲。

乾隆四十八年癸卯（一七八三），允禧薨逝後二十五年

十二月，永瑢刊刻《紫瓊巖詩鈔續刻》，并作序。

乾隆五十年乙巳（一七八五），允禧薨逝後二十七年

七月，允祁薨逝，年七十三歲。

乾隆五十五年庚戌（一七九〇），允禧薨逝後三十二年

五月，永瑢薨逝，年四十八歲。

乾隆五十九年甲寅（一七九四），允禧薨逝後三十六年

二月，次女卒，年六十八歲。

乾隆六十年乙卯（一七九五），允禧薨逝後三十七年

二月，三女卒，年六十三歲。

附録六　允禧生平資料

一　傳記評論資料

慎靖郡王允禧，聖祖第二十一子。康熙五十九年，始從幸塞外。雍正八年二月，封貝子。五月，諭以允禧立志向上，進貝勒。十三年十一月，高宗即位，進慎郡王。允禧詩清秀，尤工畫，遠希董源，近接文徵明，自署紫瓊道人。乾隆二十三年五月，薨，予謚。

二十四年十二月，以皇六子永瑢爲之後，封貝勒。三十七年，進封質郡王。五十四年，再進親王。永瑢亦工畫，濟美紫瓊，兼通天算。五十五年，薨，謚曰莊。子綿慶，襲郡王。綿慶幼聰穎，年十三，侍高宗避暑山莊校射，中三矢，賜黄馬褂、三眼孔雀翎。通音律。體孱弱。嘉慶九年，薨，年僅二十六。仁宗深惜之，賜銀五千，謚曰恪。子奕綺，襲貝勒。道光五年，坐事，罰俸。十九年，奪爵。二十二年，卒，復其封。子孫循例遞降，以鎮國公世襲。

——《清史稿》卷二二〇，中華書局一九七七年點校本

《花間堂詩鈔》一卷《紫瓊巖詩鈔》三卷《紫瓊巖詩鈔續刻》一卷

慎郡王允禧撰。王於雍正八年封固山貝子，尋晋多羅貝勒。十三年封多羅慎郡王，乾隆二十三年五月薨，謚曰靖。初集名《花間堂詩鈔》，王自編、自序，合古今體詩二百六十六首。花間堂者，王所居西園十二景之一，其題詠俱見集中。次集曰《紫瓊巖詩鈔》，則其幕客顧元揆所定。元揆復承王命，書而刻之，蓋比於王士禛門人書《精華録》之例也。《鈔》分上中下三卷。上卷五言古十七首，七言古十九首；中卷五言律三十六首，七言律四十二首；下卷五言長律二首，五言絶句十六首，六言絶句二首，七言絶句五十一首。先是，王嘗得端溪巖石，寶愛特甚，鎸之曰『紫瓊巖』，既自號『紫瓊』，遂以名是集。前有果親王及皇四子序，後有顧元揆跋。其詩多與《花間堂》複出者，蓋元揆合已刻未刻統行登選，原非以接續前鈔也。王既薨，無子，上命皇六子質郡王爲王後。乾隆四十八年，質郡王又裒其餘稿，加以選擇，爲《紫瓊巖詩鈔續刻》，實得詩一百七十二首。而序云百六十九，目録又稱百七十者，蓋數之偶有未審云。

——《欽定八旗通志》卷一二〇，臺灣商務印書館影印《文淵閣四庫全書》本

允禧，紫瓊主人，宗室。左宗正，封慎郡王。著有《花間堂詩鈔》。王勤政之暇，禮賢下士。畫宗元人，詩宗唐人，品近河間、東平，而多能遊藝，又間、平所未聞也。

《灌花》評語：『題雖灌花，意在澤及庶物，胸次正大，於觸物處抒寫之。』

《樵歌》評語：『起手八字，寫盡空山伐木神理。』

《月夜臺上聽友人彈琴》評語：『只寫琴理，不形容琴聲，與常建《江上琴興》同一清絶。』

《雙徑》評語：『「秋烟」五字如出賈長江手。』

《邦均野寺》評語：『五言絶，唐人以古淡勝，此又以清瘦見長。』

——沈德潛編《國朝詩别裁集》卷三十，中華書局影印清乾隆二十五年教忠堂重刻本

慎靖郡王名允禧，號紫瓊主人，聖祖二十一子。有《花間堂詩》《紫瓊巖詩鈔》《續鈔》。王稟秀星潢，比隆邢晋，愛與寒素俱，好賢下士，海内宗仰。早工述作，尚書沈德潛稱其『畫宗元人，詩宗唐人，品近河間、東平，而多能游藝，又二王所未聞』，允矣。其他佳句，五言如『十弓芳草地，三面杏花風』，『不知春色裏，曾有幾人來』；七言如『秋在白雲村寺多』之類尚多。

——法式善《八旗詩話》，《中國詩話珍本叢書》影印清稿本

奉校八旗人詩集，意有所屬，輒爲題詠，不專論詩也。得詩五十首　法式善

其二：《紫瓊巖詩集》（慎靖郡王）

山水音清妙，移歸富貴人。詩中能有我，酒外恐無賓。獨坐一心遠，閑觀萬物春。花間孰酬酢，只得李公麟（謂李豸青山人）。

——法式善《存素堂詩初集録存》卷十四，《清代詩文集彙編》影印清嘉慶十二年刻本

慎郡王允禧，聖祖第二十一子。雍正間封貝子，晋貝勒，乾隆初晋郡王。尚風節，樂交寒素，號紫

瓊（巖名）道人。嘗作《六君詠》，謂陳恪勤鵬年、趙恭毅申喬、沈文恪荃、王文簡士禛、查二瞻士標、王石谷翬，蓋王兼詩、書、畫三長，故詠沈、王諸人，陳、趙爲名臣，則志向慕意也。

——吴振棫《養吉齋餘録》卷八，《續修四庫全書》影印清光緒二十二年刻本

慎靖郡王嘗屬彭廷梅輯《據經樓詩選》十四卷，多高澹之音。王自序云：『矯其性者，損而除之，正氣勃勃從紙上出，毫無乖氣相戾。』自著有《花間堂詩鈔》一卷，《紫瓊巖詩鈔》三卷，《續刻》一卷。先是，嘗得端谿研石，鎸之曰『紫瓊巖』，李鐵君嘗爲作賦，既自號『紫瓊道人』，遂以名集。『花間堂』者，所居西園十二景之一，其《題翁照春篷聽雨圖》云：『一夜春濤打船尾，雨聲破夢催人起。推篷曉失四山青，柔櫓摇摇水雲裏。借問扁舟何處歸，去來長在釣魚磯。幽人事業渾如許，卧看江天白鷺飛。』又《題畫》四首：『松皮屋子枕谿頭，燕尾春波碧玉流。一片輕雲作微雨，隨風流出下灘舟。』『林邊一徑傍巖隈，水閣風亭掩映開。應是此中無暑到，瀑泉高自半天來。』『古樹連蜷帶石坡，夕陽山靄兩相和。老僧拄杖蹋黄葉，秋在白雲深處多。』『玉水瑶山一抹同，六飛飄墜晚烟空。地鑪茶鼎幽人屋，夜半窻間宿火紅。』王善琴，又善繪事，嘗爲汪蒼巖作《秋山平遠圖》，禮恭親王題詩，甘道淵稱爲雙絶。

——楊鍾義《雪橋詩話》卷六，民國六年求恕齋刻本

至紫瓊道人，被服儒素，左右圖書，詩宗唐人，畫與北苑衡山把臂入林，書法亦蒼秀入古，誠河間、

東平所未聞，而又近世懿親列屏所無有矣。

——楊鍾羲《雪橋詩話續集》卷三，民國六年求恕齋刻本

至紫瓊道人，詩畫尤爲名家。陶凫鄉謂：『郡王身處宗藩，心耽翰墨，天懷高朗，一丘一壑，雅有勝情，尤妙在層層皴擦，透入單微，自然深厚。』其品詣從荆、關、馬、夏損益而成，不僅取法元四家也。其仿黄鶴山樵《松溪消夏圖》，松陰百尺，小亭翼然，磵曲山深，茅齋共話，均嘗於陶齋座上見之。

——楊鍾羲《雪橋詩話三集》卷八，民國六年求恕齋刻本

慎靖郡王《送板橋鄭燮爲范縣令》云：『萬丈才華繡不如，銅章新拜五雲書。朝廷今得鳴琴牧，江漢應閑問字居。四廓桃花春雨後，一缸竹葉夜凉初。屋梁落月吟瓊樹，驛遞詩筒莫遺疏。』又題其詩鈔云：『高人妙義不求解，充腸朽腐同魚蟹。此情今古誰復知，疏鑿混沌驚真宰。振枯伐萌陳厥粗，浸淫漁畋無不無。按拍遥傳月殿曲，走盤亂瀉蛟宫珠。十載相知皆道路，夜深把卷吟秋屋。明眸不識烏雌雄，妄與盲人辨烏鵠。』果恭親王稱其『被服寒素，左右圖書，多延接四方之士』。其《紫瓊巖詩鈔》爲幕客顧元揆所定，書而刻之，蓋比於林吉人之書《漁洋精華録》。王既薨，無子，高宗命質莊親王爲之後。乾隆癸卯，質邸裒其餘稿爲《續刻》焉。

——楊鍾羲《雪橋詩話餘集》卷四，民國六年求恕齋刻本

慎靖郡王允禧，號紫瓊道人，聖祖第二十一子。有《花間堂詩鈔》《紫瓊巖詩鈔》《紫瓊巖詩鈔續刻》。

詩話：紫瓊道人詩高朗瀟灑，得韋、柳之旨，而不蹈其畦町。工畫，尤擅山水。嘗得端溪巖石，寶愛特甚，命曰『紫瓊巖』，因以自號。後令幕客顧元揆審定詩稿，即以名其集。果恭親王爲序，略言道人以懿親列屏翰，飲食被服，同於寒素。齋居，左右圖書，一覽輒得其要指。多延接四方博雅端慤之士，日相劘切，以故學益邃藝益高。蓋道其實也。

——徐世昌編《晚晴簃詩匯》卷五，民國十八年天津徐氏退耕堂刊本

二　允禧書畫資料

慎郡王，世宗憲皇帝庶弟也。工詩，善畫山水，筆致超逸。有《山静日長小景》，高宗純皇帝御題云：『即景繪爲圖，筆法特高老。一峰插天青，波面池亭小。峰腰瀑布飛，亭畔清流繞。更無别裝點，寫意殊了了。我聞詩兼畫，妙品古來少。摩詰真迹無，元鎮清風渺。吾叔乃升堂，況值青年早。從知天授奇，不憑人力巧。』恭讀一過，想見王之畫筆，世所罕及也。

——余金《熙朝新語》卷九，《續修四庫全書》影印清嘉慶刻本

濟南朱青雷（文震）《畫中十哲歌》云：『廣陵逸士高鳳岡，畫筆直欲追倪黄，蕭然門巷無堵墻（高鳳

岡翔）。老阜刻意摹群芳，有時圖山更兀蒼。病餘尚左誰能方，一官漂泊浮江湘（高老阜鳳翰）。風流澹蕩李奉常，南宗北宗兼擅場，品騭畫類尤精詳（李穀齋世倬）。紫瓊三絶名素彰，天機敏妙腕力强，尺幅動欲浮千觴（紫瓊慎靖郡王）。南華山人江左張，盤礴下筆如顛狂，往往獨自呈明光（張南華鵬翀）。李公初鳳鳴朝陽，作圖犀利刀劍芒，睇視凜凜含風霜（李蝶園師中）。東山學士家法良，北苑玄宰分毫芒（董東山邦達）。青霞琅琊大道王，足繭萬里胸包藏，蜀山粵水勤皴皺（王青霞延格）。陳生市隱同賣漿，鵲華秋色歸湖鄉（陳子顯嘉樂）。建卿使酒時低昂，烟巒晻靄草木香，丞兮空老雙松旁（張建卿士英）。』青雷自跋云：『右余庚申年學梅村先生所作《畫中十哲歌》也。或締交已久，或私淑諸人，意之所屬，率爾成篇。次序既已無心，軒輊敢云論定。後之覽者望有鑒予此衷，詩固不足論矣。』此詩隸書横卷，引首圖章鎸『古法』二字。李王陳張四人畫不多見。

——小横香室主人《清朝野史大觀》卷十，中華書局點校本

國朝慎郡王山水册

紙本，高八寸九分，寬七寸，計十二頁。郡王身處宗藩，心耽翰墨，天懷高朗，一丘一壑，雅有勝情，尤妙在層層皴擦，透入單微，自然深厚。其品詣從荆、關、馬、夏損益而成，不僅取法元四家也。郡王自號紫瓊道人，沈歸愚尚書云：『王勤政之暇，禮賢下士，畫宗元人，詩宗唐人，品近河間、東平，而多能游藝，又間、平所未聞也。』

首頁：　小屋平疇，斜橋仄徑，宛然村落景象。『近郭依依春曉，前村漠漠烟低。水面魚苗未上，屋頭楊柳初齊。正是土膏脈起，西疇合動耕犁。』

汪由敦

次頁：　野色蒼茫，一亭孤峙，倪元鎮詩所稱『亭下不逢人，夕陽澹秋影』也。『疏樹風聲静，空亭晚照開。此間饒古意，宜有抱琴來。』『山遥横淺黛，松古發寒香。真得雲林妙，悠然逸興長。』

甲戌小春月蔣溥

三頁：　摹寫園亭風景，丹楓翠竹，環匝左右，一叟度橋而前，已有濠濮間意。『林際起微風，平臺待凉月。此時策杖人，白苧歌一闋。』『園亭無溽暑，近水更玲瓏。疑是西湖上，平波萬頃中。』

仁和金德瑛題

四頁：　崇岡絶巘中，瀑泉屈曲下注，寺樓一角隱露松巔，非選勝尋幽不能到也。『巨靈手擘芙蓉開，千條寒玉飛皚皚。有如匹練挂秋日，山鳴谷應争喧豗。天風吹雲擁叢樹，梯棧縈行云可度。廣長清浄證聲聞，結茅好向山中住。』

嵇璜

五頁：　柳溪桃塢，掩映村居，彌覺青山澹沲。

『樹樹浮晴靄，山山擁翠螺。鶯邊紅雨下，柳外絳雲多。潭水深如許，仙源路若何。春風三月煖，策杖幾經過。』

裘曰修

六頁：緑柳環隄，青山繞郭，江鄉風景，令人攬結不盡。

『淺翠空濛欲襲衣，漢南風物自依依。人家一半春光裏，二月江城細雨飛。』

『參差堞影暮城低，十里疏烟入望迷。恍惚身行圖畫裏，南屏山色壓蘇堤。』

董邦達

七頁：深山古寺，鐘梵蕭寂，崖西支一危橋，略通行徑。

『層疊峰巒轉，微茫細路分。斜橋度流水，高寺接青雲。樹影深相見，鐘聲静不聞。何人倚藤杖，應與鶴爲群。』

甲戌十月二十七日鄂容安

八頁：與前幅同一蹊徑，樹影山光，轉增幽蒨。

『何處結禪宇，靈巖最上頭。烟含千樹晚，門對一山秋。流水忘喧寂，閑雲任去留。披圖參半偈，底事覓丹丘。』

甲戌小春介福

九頁：平橋長蕩，漁舟兩兩垂釣，其中水村，風趣應爾。

『落日暮山半紫，秋風遠水微波。北垞人家幾許，■聞欸乃漁歌。』

『嵐影迴溪曲港，村烟疏樹平橋。記得富春江路，輕舟曾趁寒潮。』

甲戌小春月于敏中

十頁：秧田已緑，前林隱露茅茨，有蓑笠人，棹船而歸。塍畔餘一空棚，寫雨景尤爲酷肖。

『披圖若有得，使我心悠悠。烟雨隱茅屋，春風遍緑疇。遥想肥遁人，不知塵俗憂。蓑笠而歸者，應是子陵儔。』

雅爾哈善

十一頁：兩岸危崖，中結廬，架木以通往來，帆檣舟楫皆出其下，絶似峽中風景。

『浦溆縈洄帶遠峰，江雲一抹簇芙蓉。歸帆遥挂斜陽外，疑有溪頭漁父逢。』

『濃拖淡染鏡光收，一棹輕移對白鷗。宛似嚴陵灘畔過，千林葉落四山秋。』

彭啓豐

十二頁：同雲如墨，積雪滿山，村居人皆閉户深居。

『清光滿幀浩無遮，小雪初過序最嘉。莫笑詩人才思少，更搜險韻押尖叉。』

『人間粉本一時新，古木寒鴉盡有神。見説占豐應勝玉，畫師寫作十分春。』

劉綸

——陶樑《紅豆樹館書畫記》卷七，《續修四庫全書》影印清光緒八年潘氏韡園刻本

紫瓊仙吏松間煮茗圖軸

紫瓊仙吏者，慎郡王别號也。於高宗爲叔，故當時不出名，不預朝政，以詩畫自娱。詩入沈氏《别裁》，久已膾炙人口。畫多精到之作，臨古入妙，功力甚深，藝苑中專家也。此幀畫山中空曠處，二老對坐，有石臺茶竈，一童理茗具，一鶴立於渚，喬木長松，掩覆其上，山根泉脈，匯注於前，鉤擦清疏，色以淡緑，絶妙一幅，仿趙畫也。與後來成親王之書，其學力正相等，應推貴胄中書畫兩家。

——葛嗣《愛日吟廬書畫補録》，《續修四庫全書》影印清宣統二年葛氏刻本

紫瓊崖道人仿王叔明松溪銷夏圖軸

收藏有『北平孫氏硯山齋圖書』朱文方印，『滇南劉氏韞齋』朱文方印，『平生心賞之印』白文方印，『謙齋作』朱文長方印。

畫幅（紙本高三尺八寸五分，寬一尺五寸五分，淺色，畫松陰百尺，小亭翼然，磵曲山深，茅齋共話。）

倣黄鶴山樵《松溪銷夏圖》

丙辰六月紫瓊崖道人寫（印章不可辨。）

按此幀國朝慎郡王所繪也。王名允禧，聖祖仁皇帝第二十一子，能詩善畫，嘗得端谿巖石，寶愛特

甚，鐫之曰紫瓊巖，自號紫瓊道人，又號春浮居士，詩名《紫瓊巖詩鈔》，見《八旗通志》。沈歸愚尚書云：『王勤政之暇，禮賢下士，畫宗元人，詩宗唐人，品近河間、東平，而多能游藝，又間、平所未聞也。』《紅豆樹館書畫記》云：『郡王身處宗藩，心耽翰墨，天懷高朗，一丘一壑，雅有勝情，尤妙在層層皴擦，透入單微，自然深厚，其品詣從荆、關、馬、夏損益而成，不僅取法元四家也。』

——端方《壬寅銷夏録》，《續修四庫全書》影印清抄本

三　相關人物資料

弘昂

弘昂，字擄庵，慎郡王子。六歲解諧聲，十歲下筆，輒有可觀。十五歲而歿，梵家所謂『優曇花』，頃刻開謝耶。慎王喜方外交。一日，招李鐵君、陳石閭賞花賦詩，擄庵口占待教，今所存《即景》詩是也。鐵君、石閭以奇才目之，識者以爲詩讖。

——法式善《八旗詩話》，《中國詩話珍本叢書》影印清稿本

李鍇

李鍇，字鐵君，自號廌青山人，又號焦明子，漢軍人。乾隆丙辰薦試博學鴻詞，復舉經學，有《睫巢集》《睫巢後集》。寄迹盤山、潞水間，著《春秋義》《尚史》，足補前古之缺。先世蜀人，故一字眉山。淳郡王爲刊其集曰《焦明詩》，同時倡和者如慎郡王、塞曉亭、陳石間、馬大盞，皆能立異標新，各張旗鼓。山人以勳貴子偕配隱居，既老，一至京師，一二日即歸。其詩意思蕭散，琢句峭拔，非博學多識、著作等身者不能。

——法式善《八旗詩話》，《中國詩話珍本叢書》影印清稿本

易宗瀛

易宗瀛，字島民。幼工詩文，年十二受知學政姚頤。雍正己酉以優行貢成均，大司成薦入慎郡王藩邸，甚見禮遇。乾隆丙辰舉博學鴻詞科，尋選曹娥場鹽大使，調東江場，卒於官。性孝友，母病，齧指瀝血爲文，籲以身代，遂愈。與兄弟白首無尤。

——李瀚章、裕禄編《（光緒）湖南通志》卷一八一，清光緒十一年府學宫尊經閣刻本

《沅湘耆舊集鄧獻璋傳》云：　乾隆丙辰，舉行博學鴻詞科，太湖以南，與徵者甚衆。慎郡王舉湘鄉易宗瀛，大學士嵇曾筠舉武陵胡期頤，户部左侍郎陳樹萱、廣西巡撫楊超曾同舉武陵陳長鎮，户部右侍郎吕耀曾舉善化劉世澍，四川巡撫楊馝舉長沙劉暐澤，湖南巡撫鍾保舉湘鄉易宗涒、甯鄉王文清、常寧段梧生、巴陵許伯政、華容王元、祁陽陳世賢、陳世龍，其一即獻璋也，都十三人。視康熙己未，湖南僅王山長一人，相去遠矣。然諸君著述，除王九溪文清、陳宗五長鎮、易公申宗涒數君外，不多見云。

——李瀚章、裕禄編《(光緒)湖南通志》卷末四，清光緒十一年府學宫尊經閣刻本

易宗涒

易貞言……子宗涒，字公申，監生。遵父行，敦孝友。親没，哀毁逾常，廬墓三年，哭奠如初喪。自少好學，博極群書。乾隆元年舉博學鴻詞，充慎郡王府教習。七載歸，書『世孝』二字贈之。其廬墓一圖，名流題詠成集。十四年，奉旨旌表建坊，年逾九十，祀孝子祠。著述見藝文。

——李瀚章、裕禄編《(光緒)湖南通志》卷一八一，清光緒十一年府學宫尊經閣刻本

易國子宗涒。宗涒字公申，號實庵，湘鄉人，國子監生。與兄宗瀛同舉博學鴻詞，充慎郡王府教習，著有《半霞樓詩文集》《歷代名人賢媛齒譜》。公申有至性，居喪，廬墓三年，哀毁過禮。客慎邸七年，甚見禮遇。歸，贈『世孝』二字。與其父貞言，同以孝旌。卒，祀孝子祠。詩有盛名，今從友人處索

得一册，閲之，多酬應之篇，故所存止此。

高郵夏之蓉醴谷《易徵君廬墓圖》詩云：『梁園盛才藻，發簡多瑰奇。珠履互錯落，浮薄煽群兒。君子崇至行，四方仰人師。折節王侯交，豈托工文詞。我溯賣瓜瀆，流水何清漪。鷇鳥静不驚，有樹皆交枝。歎息此中人，盎然古鬢眉。還將圖書裏，一間原平衣。』寧鄉王文清九溪詩云：『寂寂松楸暮雨天，手中可是《蓼莪》篇。年來夢斷荒山裏，猶有飛烏繞墓邊。菈血孤廬不問天，此情難寫是青編。旁觀不解傷心處，誤作人間韻事傳。』

——鄧顯鶴編《沅湘耆舊集》卷八四，《續修四庫全書》影印清道光二十三年新化鄧氏南村草堂刻本

易祖栻

易宗瀛……子祖栻，字嘯溪，由監生直修書館。工詩文，兼精書畫，流傳禁中。高宗御製有《題易祖栻墨竹詩》。乾隆戊辰，祖栻獻畫册，賜方物，更命爲《雨中山翠圖》，一時榮之。祖栻由議叙官青浦縣主簿，遷柳州府經歷，署岑溪縣事。父子著述甚富，均見《藝文》。

——李瀚章、裕禄編《（光緒）湖南通志》卷一八一，清光緒十一年府學宫尊經閣刻本

易主簿祖栻。祖栻字張有，一字淑南，别號嘯溪。湘鄉人。官江南青浦主簿。有《嘯溪詩稿》。嘯溪爲島民徵君宗瀛子，工書善畫，流傳禁中。純廟在藩邸時，有《題易祖栻墨竹詩》，見《樂善堂集》。

又嘗奉命爲《雨中山翠圖》，一時榮之。張五渚刺史《題嘯溪墨竹詩》所云『今上毓德青宫日，題詩曾賞東坡筆』者也。又其時有易祖榆者，亦能詩，官太平府松門巡檢。慎邸有《送易祖榆之官》詩，見《太平縣志》，皆一門才也。其詩未見，嘯溪詩亦止得一首。

——鄧顯鶴編《沅湘耆舊集》卷七六，《續修四庫全書》影印清道光二十三年新化鄧氏南村草堂刻本

易祖栻，字張有，湘鄉人。善墨竹，不專師法，頗有瀟灑之趣。館於慎邸，仕爲郡參軍，終於粵西。余曾於武林宗陽宫道院壁間，見其小幅。後晤吴興太守沔陽李也升，爲道其爵里，録之。

——張庚《國朝畫徵續録》卷下，《續修四庫全書》影印京都墨林齋刻本

易祖栻，字張有，湘鄉人。善墨竹，不專師法，頗有瀟灑之趣。館於慎邸，仕爲郡參軍，終於粵西。（《畫徵續録》）

易嘯溪祖栻曾任青溪主簿，畫蘭竹最精，嘗以濃墨揮灑大幅，其筆如飛。書與詩並妙。萬壽道院有其畫壁，并自題七律一首。（《書畫紀略》）

——馮金伯《國朝畫識》卷十，《續修四庫全書》影印清道光十一年刻本

彭廷梅

彭廷梅，字湘南。任河内縣丞，有能聲。工詩，入京客慎郡王邸，命選《國朝詩》。錢塘袁枚採其詩

入《詩話》。廷梅詩法，蓋得之中湘陳鵬年云。所著有《擊空吟集》。

——李瀚章、裕禄編《（光緒）湖南通志》卷一八二，清光緒十一年府學宫尊經閣刻本

彭湘南廷梅寓京師，爲慎郡王上客，有《賜園紀事》詩云：『高卧華軒慵起遲，日移花影上窗時。二三宦豎輕傳語，王到床前自檢詩。』與湘潭陳恪勤交好。年七十時，過袁簡齋太史隨園，即席賦詩，袁極賞其『落日紅未盡，遥山青欲來』之句。又《秦淮口占》詩云：『秦淮河畔亂沙汀，芳草魂生六代青。春去雨中人不惜，杜鵑啼與落花聽。』袁採入詩話。

——李瀚章、裕禄編《（光緒）湖南通志》卷末十五，清光緒十一年府學宫尊經閣刻本

彭縣丞廷梅。廷梅，字湘南。攸人。官河内縣丞。陳恪勤公之甥。嘗客慎郡王府，輯《國朝詩選》，又刻《蔡忠烈公悔後集》。有《擊空吟》，諸體中時有率易語。所選詩亦頗不入格，以其篤嗜風雅，不失舅氏門風，故當日壇坫諸君子亦交推之。袁簡齋《隨園詩話》盛稱其『一閣銜夕陽，半江紅不定』及『落日紅不盡，遥山青欲來』之句，今所見湘南諸詩如此類者亦少，兹從《攸輿詩鈔》及鄧太初《國朝瓣香詩選》二集，稍擇其近方雅者存之。

《攸輿詩鈔》：湘南爲恪勤之甥，故其學有淵源。恪勤守蘇州，以《重遊虎丘詩》爲總督噶禮劾奏，被繫南徐，湘南日侍左右。集中有《南徐和舅氏陳滄洲先生看月詩》，即其事也。居京師，客慎郡王邸。王别號紫瓊道人，嘗命湘南輯《國朝詩選》行於世。法梧門《陶廬雜録》言之甚詳。沈歸愚《别裁

集》稱王『勤政之暇，禮賢下士。品近河間、東平』。讀湘南詩，至『一二三宦豎輕傳語，王在床前自檢詩』等語，益令人興仰止之思云。

——鄧顯鶴編《沅湘耆舊集》卷七六，《續修四庫全書》影印清道光二十三年新化鄧氏南村草堂刻本

《據經樓詩選》十四卷，分體類編，彭廷梅稟紫瓊道人意所輯，故多高澹之音。道人序其端云：『矯其性者，損而除之，正氣勃勃從紙上出，毫無乖氣相戾』，可以知道人之寄託焉。乾隆七年刻。

——法式善《陶廬雜録》卷三，《續修四庫全書》影印清嘉慶二十二年刻本

朱文震

山左朱文震，字青雷。在慎郡王藩邸，善畫能詩，兼工篆刻。偶宿隨園，爲鐫小印二十餘方，余驚其神速。君笑曰：『以鐵畫石，何所不靡，凡遲遲云者，皆故作身分耳。』記其《紅橋晚步》云：『西風開遍野棠花，垂柳絲絲數點鴉。多少畫船歸欲盡，夕陽偏戀玉鉤斜。』《過揚子江》云：『笑對篷窻酒一罌，黄梅時節恰揚舲。憑君説盡風波惡，貪看金焦漫不聽。』《雨霽》云：『雨霽碧天闊，夕陽蟬復吟。偶然行樹下，餘點濕衣襟。』

——袁枚《隨園詩話》卷六，人民文學出版社點校本

朱文震，字青雷，歷城人。少孤，家徒壁立。好學，善八分書。游曲阜，遍觀秦漢碑刻，坐卧其間者累月。慕太學石鼓，杖策游京師，爲紫瓊巖主人所賞識，所見古人法書名畫日廣。初學寫意、花卉、翎毛，繼則擅長山水，幾奪麓臺、石谷之席。初宦西隆州州同，會開四庫全書館，處校篆隸之員，奏授京秩，爲詹事府主簿。

——王培荀《鄉園憶舊録》卷二，《續修四庫全書》影印清刻本

朱文震，字青雷，號去羨，山東歷城人。早孤，家徒四壁立，然岐嶷好學不倦，尤肆力於六書八分，不屑作科舉文字。獨游曲阜，遍觀孔廟秦漢碑刻，如歐陽率更之見索靖書，布毯坐卧其間者累月。慕太學石鼓，杖策來游京師，爲紫瓊巖主人所賞識，而所見古人法書名畫遂廣。初學寫意、花卉、翎毛，繼則擅長山水，幾奪麓臺、石谷之席。初官西隆州州同，服闋候銓，會開四庫全書館，需善校篆隸之員，奏授京員，得詹事府主簿。卒年六十。（《飛鴻堂印人傳》）

——馮金伯《國朝畫識》卷十二，《續修四庫全書》影印清道光十一年刻本

朱文震，字青雷，號去羨，山東歷城人也。早孤，家徒四壁，然岐嶷好學不倦，尤肆力於六書八分，不屑作科舉文字。獨遊曲阜，遍觀孔廟秦漢碑刻，如歐陽率更之見索靖書，布毯坐卧其間者累月，由是篆隸益精。歸，復就學於族叔祖冰壑先生家，更得指授用筆用刀之法，技益進，名亦鵲起。慕太學石鼓，杖策來京師，爲紫瓊巖主人所賞識，而所見古人法書名畫遂廣。初學寫意、花卉、翎毛，繼則擅長山

水，幾奪麓臺、石谷之席。其卓犖不羈之才，一寓於詩。以太學生充方略館謄録，議叙州同。選授廣西西隆州州同知，政聲甚美。上游方器重，欲卓異之，去羨以路遥母老，不能迎養，恒慼慼。及乞養歸，斑彩板輿，奉侍數年，克盡子職。旋丁内艱。服闋，北來候銓，會開四庫全書館，需善校篆隸之員，本館總裁保奏，改授京員，得詹事府主簿，充篆隸校對官。卒年六十。予恨相識甚晚，僅同官者匝歲，故所得無多。著有《雪堂詩稿》若干卷。

——汪啓淑《續印人傳》卷四，《續修四庫全書》影印清刻本

弘晙

弘晙，字華川，號泠吟居士，宗室。受詩教於紫瓊主人，故其吹香噓豔，一掃凡穢，格調清峻，朗朗可誦。

——法式善《八旗詩話》，《中國詩話珍本叢書》影印清稿本

余洋

余洋，字星源，號半繭，如皋人。夙負才譽，慎郡王重之，留客邸中。選巢縣縣丞，丁艱未任。著《千路草》《燕臺集》。

——阮亨編《淮海英靈續集》庚集卷二，《續修四庫全書》影印清道光刻本

沈乾定

沈乾定，字健石，一字紫沖，號退庵，長洲縣人。中和道院王啓東之曾徒孫也。啓東授以老氏書，了了如夙習。長，從杜太史雲川學詩，從聽松山人榮璉學畫，習道法於訪真、吴鍊師，並得其傳。時妙正真人婁公近垣在都，啓東同門也，招至京師，隨之值大光明殿，又學法三年，告歸。慎郡王重其道行，特書『卧松風』三字額及聯軸贈之。回院後，日惟修真精進，暇則煮茗焚香，書畫而已。晚年廣覓仙佛小像，手製髹漆龕座甚精。年六十三卒。善山水圖畫，工篆隸，鐵筆亦佳，並推於世云。（《張書勳退庵傳略》）

——馮金伯《國朝畫識》卷十五，《續修四庫全書》影印清道光十一年刻本

尤蔭

真州尤貢父蔭，一字水村。嘗得宋周種石銚，後入慎邸，未幾歸於天府。水村每憶此銚，即寫一圖，媵以花卉，題句貽友。石銚乃天生石臼，刳剔成銚，上有銅攀、銅荷葉蓋。

——徐康《前塵夢影録》卷下，《續修四庫全書》影印清光緒二十三年刻本

烏雲珠

慎郡王《花間堂載筆》云：長白淡如女史，工詩，每譽蕊仙。天資穎異，流覽經史，寓目不忘。著有《絢春堂吟草》，不以示人。常云：『閨閣能詩，固屬美事，但止可承教父兄，賡歌姊妹，若從師結友，豈女子事耶？』按蕊仙名烏雲珠，大學士伊桑阿室。

——震鈞《天咫偶聞》卷四，《續修四庫全書》影印清光緒三十三年甘棠轉舍刻本

附録七　諸家唱酬題贈

四餘室記

弘曆

康熙壬寅三月，皇祖聖祖仁皇帝特命予隨侍宫中，承歡侍顔之暇，每得追陪諸叔父。諸叔父推皇祖愛育之勤，咸善視予，而二十一叔父尤肫然有加也。及我皇父踐阼，謂諸叔父年尚少，養之宫中，擇師以授之業。二十一叔父克遵聖訓，勵志向學，每返諸身以達於事。皇父嘉之，用是於雍正八年三月，封爲貝子，未數月又晋封貝勒。叔父曰：天子友於篤愛之心，有加無已，顧自慙譾劣，特受褒異，中夜以思，惕然而懼，乃以四餘名其室，而屬予記之，且曰：吾所謂四餘者，除惡樹德以餘慶，捨巧用拙以餘智，知足安分以餘樂，存理遏欲以餘壽也。予惟人生於世，不能無好惡，則樂其有餘者，不能盡適於正。視軒冕冠裳，如饑之於食，渴之於飲，趨權附勢以自求媚者，欲其貴之有餘也。倉箱以貯之，扃鐍以固之，不受命而貨殖者，欲其富之有餘也。高其堂，華其屋，錦繡其土木，鏤刻其梁棟者，欲其宫室之有餘也。絲竹之亂於耳，青紫之蠱於目者，欲其聲色之有餘也。叔父服膺正學，好尚既端，若富，若貴，若宫室，若聲色，皆不足動於心，惟慶智樂壽，則好之而欲其有餘，而所以求其有餘者，又皆本之於秉彝，矩之以聖學，以實其功，可謂得立身之本矣。

予嘗繹其言而有會焉，書曰：樹德務滋，除惡務本，德與惡不兩立，樹德至於滋長，則惡之本盡除矣。惡之本除，則身心泰然，何慶如之。孟子曰：所惡於智者，爲其鑿也。又曰：如智者，亦行其所無事，則智亦大矣。捨巧用拙，以蘄餘智者，孟子之意乎？晋人王昶曰：知足之足，常足矣。知足則安分，知足安分，求樂之道也。宋人王昭素曰：養身莫若寡慾，君子之求壽也。非偃仰屈伸，若彭祖噓嘔呼吸如喬松也。惟存天理，遏人慾而已矣。然養身求壽之道，亦豈外是哉？叔父以此四餘名其室，優而遊之，以求於心，饜而飫之，以得於己。慶無疆而智靡窮，樂日生而壽歲增，於以養德修身，對揚一人之寵命，雖書史所載，若河間、東平，何多讓焉？是爲記。

——《御製樂善堂全集定本》卷八，臺灣商務印書館影印《文淵閣四庫全書》本

題二十一叔父山静日長小景

弘曆

吾叔乃詩翁，裁句清而好。近復參畫禪，頗得畫中道。高齋長日暇，爲我濡毫掃。即景繪爲圖，筆法特高老。一峰插天青，波面池亭小。峰腰瀑布飛，亭畔清流繞。更無别妝點，寫意殊了了。我聞詩兼畫，妙品古來少。摩詰真迹無，元鎮清風渺。吾叔乃升堂，况值青年早。從知天授奇，不憑人力巧。嗟我學畫法，年來曾探討。高山但景仰，興洽林泉杳。

——《御製樂善堂全集定本》卷十九，臺灣商務印書館影印《文淵閣四庫全書》本

奉和二十一叔父用蟬聯體賦得松風雪月天花竹鶴雲烟詩酒春池雨山僧道柳泉原韻

弘曆

右二十字，宋太宗試進士趙昌國題也。叔父取以自詠，創爲蟬聯體，屬予和之。予愧非所習，勉强奉和，觀者得毋以效顰笑耶！

其一

龍鱗含秀色，偃蓋欲拏空。不畏嚴霜逼，偏宜細雨濛。貞堅有本性，瀟灑與誰同。天籟還堪聽，笙簫愧下風。

其二

浴日紀堯淵，生雲傳禹穴。何如孟婆風，泠然亦可悦。飄飄散幽襟，裊裊起蘋末。莫漫向春園，吹攪梨花雪。

其三

千山瓊瑶堆，萬樹青葱没。砌面足虎蹯，波心冷石髪。凍鵶叫不已，樵客歌獨歇。誰與把筆人，孤吟對寒月。

其四

良宵值三五，皓魄正高懸。海上初籠樹，空中恰印川。征人榆塞外，才子綺樓前。對景情偏別，盈虧欲問天。

其五

蒼蒼標正色，浩浩遠無涯。氣結山河秀，光分日月華。問曾傳正則，補欲憶皇媧。聞説空桑法，曼陀更雨花。

其六

薜荔繚爲墻，芙蓉蓋成屋。人疑是仙源，客來探丹谷。凌晨採春蘭，裛露掇秋菊。爲恐脚踏殘，短欄縛湘竹。

其七

幽篁令人遠，隔亭看約略。檀欒清影圓，森疏餘粉落。冒露振青竿，韻風鳴紫籜。伶倫十二管，吹集雲中鶴。

其八

振翮盤霄漢，清標迴不群。九皋空外響，午夜月中聞。緱嶠隨王子，瀛洲駕太君。千年遼海上，鄉里隔浮雲。

其九

因風勢欲牽，出岫轉悠然。乍可同蒼狗，猶然蔭一蟬。梳空紋似浪，映日白於棉。樓上分明看，還疑谷口烟。

其十

野燒致偏奇，停車一望之。初從山脚起，俄向樹頭披。最是村郊裏，愛看濃澹時。右丞雲水幅，佳景妙於詩。

其十一

終朝靜裏吟，聊試拈毫手。即景自怡悦，裁句覓對偶。但期合古人，未許甜俗口。不學李青蓮，百篇酣斗酒。

其十二

甕裏香醪熟，盃中湛露新。麴紅傳綺席，蟻緑獻佳辰。錫嘏尊三爵，言歡歷再巡。兕觥方上壽，天子萬年春。

其十三

麗日烘窻暖，條風拂面宜。愛看民析候，更值物華時。鳥語呼名急，花嬌放朵遲。寒冰已解凍，料可泛前池。

其十四

夾鏡抱花源，曲欄圍瓊户。凌曉遠浮烟，俯波倒映樹。水心舟響檝，岸上人接武。最愛夜深時，隔窻聽點雨。

其十五

霏微迷遠近，徙倚小亭間。樹潤蒼龍甲，花明織錦斑。塵氛歸闃寂，澗水落潺湲。更向天邊望，珠簾隔萬山。

其十六

列嶂碧崚嶒，乘閑一眺登。峰青高旋髻，泉迸遠拖繒。誰識丹梯路，群觀白玉棱。飛來小鷲嶺，會遇浄名僧。

其十七

招提構靈境，滿樹蟬聲噪。中有老尊宿，拈芳坐深窕。鐘魚共朝昏，物外恣尋討。却笑紅塵客，勞勞洛陽道。

其十八

人歌行路難，誰肯蓽門守。學士錦輪飛，將軍鐵馬走。終日逐紅塵，爲客成白叟。何爲祖離亭，更復折楊柳。

其十九

灞岸千條色，章臺萬縷烟。待看飛絮日，正值暮春天。摇緑棲新燕，成陰噪晚蟬。最憐横古渡，漁父釣清泉。

其二十

滴瀝復琤琮，幽人詩料供。尋源迷半嶺，擘峽走雙龍。入眼心方潔，烹茶興更濃。瓦盆聲叩罷，翹首望高松。

奉和二十一叔父癸丑元日早朝原韻

弘曆

昭蘇萬物樂春臺，初日天門曉景催。雉尾風摇雲影動，龍鱗色焕曙光開。蓼蕭禮異周詩詠，湛露恩從漢殿來。深喜圭璋成特達，髫年書史共追陪。

——以上《御製樂善堂全集定本》卷二六，臺灣商務印書館影印《文淵閣四庫全書》本

夏日寄二十一叔父索詩畫

弘曆

庭院清凉竹柏新，懸知詩畫倍通神。胸中早貯千年史，筆下能生萬彙春。臨几興來鋪越練，當窻茶罷試龍賓。瓊瑶乞并縑緗惠，景仰還期步後塵。

前寄詩索二十一叔父近製承惠尺幅兼辱和章仍用元韻志謝

弘曆

其一

露潤霜毫句倍新，松筠瀟灑鶴精神。一天爽氣高懷邈，尺幅霞牋錦字春。幸作開筒吟句客，猶慚據案論書賓。生綃惠我王維筆，三遠由來不染塵。

其二

爲愛園林秋景新，敢從芳藻睹丰神。寒潭月影空中畫，落葉風情幻裏春。響奏階前蛩促織，書排天外雁來賓。阿咸近日尤無似，杜老空勞灑玉塵。

其三

南華秋水一泓新，撫景悠然覺爽神。已媿徵詩裁下里，還叨步韻詠陽春。心情近似天邊月，花竹聊充榻上賓。桂露滿瓶熏手讀，恐教仙藻污凡塵。

——以上《御製樂善堂全集定本》卷二九，臺灣商務印書館影印《文淵閣四庫全書》本

命慎郡王寫盤山山色口占詩以贈

弘曆

吾叔詩才素所知，於今學畫畫尤奇。同來勝地寧無意，爲寫山容更詠之。

——《御製詩初集》卷二四，乾隆武英殿本

題慎郡王山水即用其韻

弘曆

其一

好山欲斷雲與連，見在天成古寺邊。今日坐參相應處，底須蠟屐破蘿烟。

其二

想是白蓮社裏迴，裙腰緑潤步蒼苔。柴扉半掩雙桐静，畢竟應參孰去來。

——《御製詩初集》卷二五，乾隆武英殿本

題慎郡王田盤山色圖十六幀

弘曆

静寄山莊

別業構田盤，潤挹千峰翠。陵谷因天成，軒齋稍位置。境惟幽絶塵，心以静堪寄。披圖似重歷，悦此烟霞意。

千相寺

曾聞佛示迹，一夜千相成。千相各殊别，因兹寺得名。而我莞爾笑，此語殊不經。燈籠答露柱，熾然無色聲。

萬松寺

萬松松無萬，無已云萬松。颯沓韻金石，狰獰挐虬龍。白澗幾曲盤，緑陰千古濃。苾芻入三摩，真參不空空。

天成寺

兩峰五丁闢，一寺雙林開。坐我挹秀閣，抒兹即景懷。冷泉淙石齒，疏林挂兔胎。結習一以忘，故知無去來。

少林寺

精藍據層嶺，烟磴凡幾叠。丁星綴紫茸，爛漫紛紅葉。北山鮮移文（是山古爲隱者藪，今則爲禪家窟矣），西域饒梵篋。少室本同名，跋陀倘能接。

盤谷寺

出榼幽霧寫，搴幌繁雲噴。我曾拾級登，蒙茸破秋蔓。愛此老筆遒，更豁煩襟悶。踽踽策杖人，然疑睹李愿。

雲罩寺

常時望田盤，雲在山頭起。昨歲登絶頂，雲乃在足底。由來萬仞高，只此一步是。定光無説説，不異天龍指。

古天香寺

嶂葉緑交軒，岫霧白封殿。隔巖望初地，金碧時隱見。遥想佳蔭下，春深鳥應囀。何當半日閑，一飽伊蒲膳。

中盤

盤谷實有三，中盤爲最幽。我曾坐松下，幾度沿溪流。契理在寸心，曠觀足千秋。長嘯萬壑空，仿佛晤田疇。

東竺庵

西方亦有竺，東方亦有竺。試問爲異同，兩三原是六。真偈空水泥，妙曲絲竹肉。可惜門外漢，不如屋裏宿。

雲净寺

山水智仁德，松竹清和聖。學遯久無人，逃禪乃有柄。梵宇何林立，法體交光鏡。坐對默忘言，一川秋雲净。

東甘澗

入山既遠俗，尋流復得源。齒齒咽白石，絲絲漾緑蘋。在陰鶴叫子，猗庭竹育孫。仲長今豈無，可以樂衡門。

西甘澗

澗水分東西，地靈甘則同。汲冷垂折竹，潤枯燒老松。無須調水符，可作清齋供。嗟彼栖遲客，來思慰遐悰（予既憾隱者之絶少，而又慮隱者之不予從也）。

上方寺

蘿徑迴羊腸，攀躋到上方。鳥語奏笙筑，嵐氣霑衣裳。天樂悟根塵，花雨紛幻常。漢室仙人掌，至今零露瀼。

雙峰寺

衆峰何攢攢，雙峰迴莫攀。下臨衆壑空，高入天風寒。月影標静常，秋容變蒼丹。鐘聲聞上方，堪證六度檀。

金山寺

造物無盡藏，環中有獨得。偶爾寄林泉，誰云娱翰墨。心與空宇閑，身在孤松側。維摩明示予，萬古田盤色。

——《御製詩初集》卷二六，乾隆武英殿本

題慎郡王水閣叢篁圖

弘曆

飛流界青山，散作鳴琴澗。虚軒架其上，烟雲朝夕變。洞口鎖篠筕，案頭陳筆研。携客策短笻，指點喬松畔。縱賞固已佳，忘言良復善。

——《御製詩初集》卷二八，乾隆武英殿本

題慎郡王黄山三十六峰圖

弘曆

浮丘

洞天三十六，黄山峰占足。第一數浮丘，芙蓉四時緑。

飛龍

鱗鬛何之而，憶向天門睹。大地是義經，占乾符九五。

叠嶂

新浴必振衣，新沐必彈冠。聞道神仙窟，故應人到難。

芙蓉

黄山非黟山，嵐靄朝暮浮。颯然風散之，寫出漢宫秋。

天都

天都九百仞，巍然切太虚。我雖未升巔，仙侣原可呼。

松林

松以石爲胎，故得蒼而直。何當立峭崖，飽睇歲寒色。

翠微

山深含濕翠，翠滴山承之。彷彿謫仙人，幽壑横琴時。

紫石

紫石連青鸞，干霄殊屼嵲。古寺號祥符，便欲尋荒碣。

擲鉢

仙僧擲鉢去，鉢留不能舉。我更難重拈，惟道可惜許。

聖泉

名字本相形，有貪斯有聖。泉自無分别，渫然寒且净。

仙都

何處非仙境，此地會而都。借問驂龍侶，雲巒半有無。

軒轅

峰頂芝光紫，峰腰松影碧。是處豈崆峒，駐有軒轅迹。

九龍

層巒各蜿蜒，變化成九龍。恰似披横幅，名家陳所翁。

棋石

圓子星躔布，方枰玉樣陳。孤松立其側，恰似爛柯人。

紫雲

延緣柏木源，攀陟紫雲峰。尚憶温伯雪，青蓮此處逢。

青鸞

軒軒振羽翰，凝望何時翥。疑駕帝車來，到此不飛去。

上昇

阮公昔得道，白日此上昇。至今溪澗畔，空聞仙樂聲。

雲際

出岫雲成峰，雲峰岫難辨。依稀聽其間，似吠淮南犬。

桃花

桃花峰下水，亦名桃花源。匪爲秦人芳，却因晋隱尊。

鍊丹

仙人鍊丹處，孤峰天與齊。丹成久仙去，空自餘刀圭。

雲外

觸石生輕雲，俄浮滿空靄。迴首望丹崖，依約雲以外。

望仙

玉筭何嶽嶽，仙蹤已渺邈。是處有名言，可望不可學。

清潭

貯如仙掌露，瀉似天河源。時有唼藻鱗，却避掇果猿。

石門

靈境多祛人，時復藉人賞。不緣自闢門，誰能鎮來往。

雲門

沓嶂渺難即，糾蘿不可攀。惟向畫圖内，時時叩雲關。

容成

我已識容成，容成不識我。以此例學仙，不及劫餘火。

石柱

撑霄何岦岌，千秋鎮古歙。因會爲學方，所貴矯然立。

獅子

文殊騎以來，化石昂其首。每當萬籟寂，似聞一聲吼。

丹霞

複嶺互窈窕，怪石争谽谺。當時爐火氣，天半餘丹霞。

石人

何來醉仙人，卓立九秋清。似盻浮丘子，排空駕鶴征。

仙人

無知莫如石，頗與仙人類。設云仙似石，冠履殊倒置。

布水

輞水垂淪漣，宜聽復宜望。頗覺勝匡廬，限以三百丈。

石床

名山多奇書，不入世人目。我欲移石枕，玉簡從頭讀。

采石

采石真采石，璀璨紛珠璣。策杖者高士，應緣漱齒歸。

硃砂

軒轅昔慕道，敝屣衮冕華。至今第四峰，猶聞湧丹砂。

蓮花

簇簇玉井蓮，太華匪當對。誰知萬里遊，却在寸心内。

——《御製詩初集》卷三二，乾隆武英殿本

題慎郡王山水小景十二幅

弘曆

梅溪

幽夢到羅浮，春風入蓓蕾。虛舟本無繫，泛此香雪海。

桃塢

白屋幾家静，紺霞萬樹春。不教花逐水，恐引問津人。

春泛

前溪新水生，後溪烟柳横。來往東風裏，心隨一葉輕。

觀瀑

飛流落危峽，凭欄俯平楚。天地不藏機，色聲無著處。

雲嵐

千章樹影濛，萬叠山容活。妙領米南宫，此間得衣鉢。

賞荷

朗開徵士牖，閑對君子花。霞標儆瑞露，鏡裏吐天葩。

山寺

棒喝臨濟宗，幽寂雲門寺。青鞵布韈來，知復誰家子。

梧月

古月不速客，高梧有脚秋。鶴夢清宵冷，幽人正倚樓。

霜鴻

携得塞垣霜，書空三兩行。蘆花眠不穩，却爲憶衡陽。

紅葉

錦樹經秋絢，如燃不著枝。相對停車客，司勳字牧之。

雲棧

劍閣天外矗，磴棧雲中繞。誰復嗣青蓮，抽豪吟蜀道。

雪溪

天沉玉峰外，蘆重凍溪邊。破冷方蘭棹，惟應訪戴船。

——《御製詩初集》卷四二，乾隆武英殿本

二十一叔愼郡王生辰詩以壽之

弘曆

聖祖含飴恩並天，追隨與叔正齊肩。詠歌尚憶相酬日（向在書窻，與叔和韻之作獨多），彼此同交不惑年（叔今年亦四十）。好學好文光譜牒，爲屏爲翰效英賢。三陽發歲韶華富，介壽還欣福似川。

——《御製詩二集》卷十四，乾隆武英殿本

二十一叔父愼郡王輓辭十韻

弘曆

同庚亦契韻，年少久相隨。膝下陪聞禮，床前領弄飴。後來雖各學，時復有聯詞（見《樂善堂全集》中）。及我親機政，惟王合表儀（乙卯冬，由貝勒晋封郡王）。嘉言聞進牘，碩畫見司旗（曾命管理旗務）。閑趣兼工畫，清辭獨剩詩。晚年務置醴（用杜甫句），雙鬢早添絲。都爲（去聲）一兒棄，遂教百事隳。未能規子夏，因與繼孫枝（王早失子，無嗣，因命皇六子出嗣祀事）。叔輩晨星在，顧瞻寧弗悲。

——《御製詩二集》卷七八，乾隆武英殿本

憩紫瓊主人清濯亭亭在盤山西麓

弘　瞻

茆亭十笏小橋連，谷口淙淙瀉暗泉。石路鐘聲飛鳥外，山村人語落霞邊。花繁杏圃紅迷磵，草長松崖緑映田。準擬閑時同蠟屐，新詩題破竹林烟。

——《鳴盛集》卷二，《清代詩文集彙編》影印清乾隆二十三年刻本

題紫瓊主人所畫巨然洞壑奔泉圖爲此君軒主人賦

弘　瞻

虚堂昨夜風雨惡，開匣俄聞水聲作。怪藤老樹相糾纏，驚看千叠奔泉落。杳然古洞深幾里，夭矯松枝撑絶壑。石齒齒兮聲泠泠，洗出層巒翠如削。我知吾叔性好奇，詩中有畫畫有詩。此圖臨倣巨然筆，興酣潑墨何淋漓。晴窻展玩不忍釋，颯然四壁松風吹。偏煩雅意索題句，學蕪氣怯難爲辭。鵝溪揮灑有神助，嵐氣空濛罨林樹。淙潺萬竅生薄寒，硼礴千巖瀉濃霧。底須更作中泠遊，披圖神與廬山遇。欲往從之徑忽迷，磵户雲陰不知處。

題紫瓊主人畫圍屏十幀

弘　瞻

其一

野水滿迴塘，白雲起層巘。人家半住山，結舍依平坂。繞屋竹籬編，維舟緑楊短。落日斷漁樵，獨樹茆亭晚。

其二

天氣日夕佳，湖光景明媚。十幅挂蒲帆，揚舲起輕吹。孤塔插浮雲，層嵐紛彩翠。推篷見遠山，指點烟中寺。

其三

隔浦野烟開，向晚波瀰瀰。籬落幾人家，虚巖翠微裏。日暮駕扁舟，刺篙近沙觜。隱約棹歌聲，一曲横塘水。

其四

岸闊浪花浮，堤平柳絲短。蕩漾泛中流，漁舟撑緩緩。一棹石磯邊，迴望碧波遠。雨後新水生，繞舍春潮滿。

其五

白雲横山腰，千仞瀉懸瀑。匹練生陰寒，茆亭枕層麓。磵道盤修蛇，嵐光翠如沐。何時坐彈琴，盡攬萬峰緑。

其六

崎嶇亂峰路，百尺攀晴松。拄杖白雲裏，手把青芙蓉。下瞰斗如削，磵水流淙淙。置身絶頂上，衣袖鳴天風。

其七

荻渚接莎汀，茆亭倚秋樹。落葉下空林，蕭蕭滿階阼。斷岸小橋連，紆迴沙外路。擬買櫪頭船，江天看飛鷺。

其八

一水含澄泓，兩崖此中斷。危木支板橋，曲折疑連棧。伊人策蹇驢，冒險行應慣。何處暮鐘聲，隱隱傳僧院。

其九

遠樹白雲遮，晴烟散縷縷。漁父暮歸來，舟停傍沙嶼。收網坐船頭，中流共相語。沽酒指前村，一聲下柔櫓。

其十

空林葉盡凋，古寺雲峰裹。積雪浮晶瑩，巒壑瓊瑶似。祇園增暮寒，危樓此高峙。山徑斷人行，臥想巖栖子。

夏日園居雜詠十首次紫瓊主人韻

弘　瞻

其一

愬愛西園静，蕭齋夏日長。茶甘新蕊嫩，飯熟早粳香。插架盈書帙，封題檢藥囊。興酣情未極，遠樹已斜陽。

其二

節序黄梅候，芳林雨乍晴。花深時見蝶，樹暗更聞鶯。怪石披衣坐，輕泥著屐行。平生丘壑想，到此轉忘情。

其三

地僻耽幽賞，安居樂舊窩。瘦笻扶薜曲，雙枻鼓菱阿。鵲語時方警，蟬聲聽漸多。紅塵飛不到，高樹影婆娑。

其四

略彴長虹影，溪流帶郭村。藤垂青嶂裏，松老白雲根。乳燕因風掠，歸鴉向夕喧。此中有真趣，得意便忘言。

其五

行行依石磴，山靄入林迷。佳景倩誰寫，芳樽爲客携。麥苗青未了，竹筍緑初齊。雨已滋苔蘚，鳴鳩又一啼。

其六

選勝時臨水，登高更有臺。漫懸高士榻，同泛野人杯。嵐氣沾衣潤，荷香入座來。聖朝多暇日，小住興幽哉。

其七

編籬近茅屋，種竹繞柴扉。殘蕊留紅藥，新梢上緑薇。圓葵擎小扇，細葛换輕衣。沙上看鷗鳥，翛然更息機。

其八

庖竈香乍飣，野韭脆新醃。暢飲仙壚釀，輕和大夏鹽。琴聲當檻聽，棋局帶花拈。更欲看山色，呼童捲竹簾。

其九

醉中烏帽側，點筆石闌斜。一徑入深塢，迴溪隱釣槎。林巒迷處所，雞犬有人家。何處聞漁唱，殘烟帶晚沙。

其十

習静從來慣，蕭閑我自如。松濤風起處，溪溜雨聲餘。説餅偏因麥，忘筌更罷漁。翛然三徑好，吾實愛吾廬。

讀睫巢集因懷李眉山作自號鷹青山人，隱於盤山，終身不仕

弘　瞻

其一

李愿巖栖子，平生多苦吟。携筇雙澗曲，採藥萬松陰。寂寞幽人志，高寒正始音。鷹峰山下路，惜未一追尋。

其二

海鶴天容老，如公復幾人。宦情流水淡，家道白雲貧。蕭寺松杉晚，空山蘿薜春。篋中詩卷在，太息古遺民。

予因讀睫巢集有懷李眉山詩夜夢一人服儒服飄然而來向予謝曰昨惠以詩銜感不朽予遂問曰先生其鷹青山人耶不答更索賦詩得前四句醒足成之

弘　瞻

未覿生前面，多君高尚心。白雲自來去，青山無古今。松篁發清籟，絲竹有遺音。一笑無言説，此中幽意深。

宿北極寺呈紫瓊主人

弘　瞻

蕭寺重來日已曛，經過兩度細論文。燈殘竹院三更雨，香散松寮半榻雲。椀碧嫩浮茶正熟，杯紅濃潑酒微醺。鐘聲過耳蟬聲歇，梔子風前正憶君（主人有『梔子風前蕙草滋』之句，故云）。

紫瓊主人詞客顧端卿過訪詩以贈之

弘　瞻

布衣十載客燕京，金粟人欽顧愷名（仇遠有『顧愷浸留金粟影』句，按『金粟影』即愷之也）。海内文章蘇玉局，江南詞賦庾蘭成。雲霄會展驊騮步，絲竹先聆鸞鳳聲。認是西園舊賓客，草堂何幸接鄒生。

大熱行是日立秋

弘　瞻

時維三伏日正中，赤雲如傘行高空。池波忽翻鼎水沸，炎威侵鑠砂石融。群魚潛波鳥戢翼，矯首天半無長風。蟬鳴萬木葉不動，庭柯密布垂陰濃。小齋困疑深甑裏，蚊雷暗處聲隆隆。手摇蒲葵住不得，偃卧那敢搴簾櫳。裁詩意懶虚繭紙，酌酒興減抛荷筩。荔墻密雨幾時到，直須鞭起深湫龍。須臾凉露下金井，空階一葉飄梧桐。

予集李杜醉月頻中聖高雲共此心二句作對一聯書贈紫瓊主人閲數日雨後蒙以蕉葉題詩寄謝口占一絶再贈

弘　瞻

集得當年李杜詩，興酣偶爾學臨池。多情緑字芭蕉葉，記取西園夜雨時。

——以上《鳴盛集》卷三，《清代詩文集彙編》影印清乾隆二十三年刻本

秋日紫瓊主人過訪留坐臨漪亭小飲以荷芰水亭開爲韻分得荷字

弘　瞻

宿雨收初霽，風亭面芰荷。情懷臨水遠，詩句入秋多。深樹分青幄，遥山點翠螺。晚涼新月好，一棹泛烟波。

題紫瓊主人畫梅坡精舍圖爲詞客顧端卿賦

弘　瞻

看梅豈必羅浮嶺，一株兩株見疏影。端卿家在姑蘇住，負郭有田餘二頃。齋前玉梅寄高致，擾擾

下笑桃與杏。花時步屧獨巡檐，市塵不到清凉境。暗香風送讀書聲，孤鶴夜深時一警。精勤頗似董仲舒，風流好繼林和靖。自從旅食客京華，夜月昏黄情耿耿。紙帳寒深夢幾多，雪天把酒空酩酊。不見家園十載餘，衆中顧影憎頭顱。興來但乞紫瓊老，揮毫寫出江南圖。圖中鱗鱗開萬屋，認取雙梅舊書塾。隱隱聲傳北寺鐘，花橋遠接花溪緑。吴中烟景繫人思，翰墨梁園世更稀。探梅予亦動清興，况是君家白板扉。梅花原得春風早，雪裏幽姿自清好。期君調鼎見經綸，乞閑歸與江梅老。

題紫瓊主人五洲山圖

弘　瞻

嗚鳩唤雨江邊樹，石角崚嶒滿江路。蕭蕭蘆葦寂無人，隔岸遥山鎖烟霧。白波九道去無還，江上愁心寫髻鬟。潑墨偶然師北苑，教人錯認米家山。

約紫瓊主人遊盤山不果賦此却贈

弘　瞻

最有尋詩興，還期屐齒同。途歌憐歲晚，旅夢入山空。亂石孤筇雨，雙林一磬風。何因禪室内，相對佛燈紅。

次紫瓊主人石門驛中作原韻　　弘瞻

廿年蹤迹久成空，客裏蕭條歲又窮。篆裊輕簾香乍緑，暈添小頰酒微紅。河流淺帶羊腸雨，山路寒生鳥道風。自愧阿咸繼高詠，竹林清興與君同。

山寺同紫瓊主人夜坐口占兼以留别　　弘瞻

蕭寺人來日已曛，樽前相對惜離群。打窻急雨誰先聽，今夜僧房我共君。

望盤山弔李眉山和紫瓊主人韻　　弘瞻

荒烟鳥下夕陽遲，駐馬寒原秋盡時。淅淅雨來黄葉亂，蕭蕭風起白楊悲。傷神漫聽山陽笛，灑淚長吟蒿里詩。想像栖遲雙澗老，白頭竟遂白鷗期。

宿塔子山憶紫瓊主人有作

弘瞻

重來石徑日斜曛，塔子山前正憶君。香散晴烟蘭若火，茶分夜雨竹樓雲。孤鴻嗷嗷飛求侶，匹馬蕭蕭聲念群。擬向老僧參半偈，疏鐘今夕共誰聞。

題壽山石湘漢圖漆屏風爲紫瓊主人賦

弘瞻

主人置酒菉竹堂，插屏四面雲錦張。乍開遠景豁烟霧，睇覩近態分毫芒。巨靈夸蛾巧締構，勢奄七澤包三湘。北據漢沔南盡海，赤岸俯瞰流湯湯。帆檣估舶認武昌，人家羅列洲中央。漁舟斜日晴曬網，烟鴻嘹唳來何方。岸巾有客似坡老，夜棹一葦浮滄浪。清風徐來波不作，高歌對月傾壺觴。熟遊眼底得生境，巴陵雲氣殊淼茫。琉璃萬頃染深碧，凉颸暗度汀蘭香。船舷暝戛望不到，浪花微露君山蒼。縈紆地脉互鉤帶，樊川渺渺連晴岡。岳陽黄鶴遠相對，高聳直欲披天閶。看時尋尺已萬里，異境盡列琴書傍。我聞畫師重好手，潑墨落紙神飛揚。兹圖奇妙得未有，雕鏤白石尤殊常。流傳定有鬼神護，價與楚玉相低昂。平生五湖夙有想，路比蜀道青天長。今朝對壁意惝怳，身在夏口兼衡陽。凝神知是看圖畫，摹娑數四增慨慷。酒酣日落人客散，石屏静掩凝清光。

冬日過訪紫瓊主人留飲有作

弘　瞻

退朝初散紫宸班，歇馬西園一款關。翠幙風微香篆細，緑窻人静鳥聲閑。尊前賦雪多佳客，樓外看雲帶遠山。從此辟疆容徑入，竹林清興許誰攀。

石鐘山房落成招飲爲紫瓊主人題壁

弘　瞻

園林舊制闢新規，棟宇何須藻繢施。入座有山兼有樹，可人宜畫更宜詩。斜搴小幔看晴雪，半拓疏窻納晚曦（山房向西，取延斜照，最宜冬日也）。好景不知天已暝，紅燈緑酒醉歸遲。

紫瓊巖石硯歌題於石鐘山房

弘　瞻

山房雪霽風習習，當窻一朵紫雲入。凝凍還兼夜氣昏，含滋乍帶溪流濕。初疑女媧補天墜，天漏未乾被人拾。又疑銀漢舊支機，映水星精飽噓吸。晶光潑眼琉璃滑，不敢摩挲手頻執。我聞古來重鳳尾，端溪後出乃勝歙。千載精英聚一拳，採時夜有山靈泣。恰逢米老整衣拜，懷寶歸來珍什襲。晴窻捧出佐揮毫，九天雲垂四海立。書成餘潤經旬在，纔費金壺數點汁。信知天意娱高人，文房獨把良材給。石邊名氏倩誰鐫，字體蒼秀摹瓊笈。分明紅顔愛清鏡，雖成一癖人難及。方今海内推宗匠，阿咸可許循階級。醉後欲將舊硯焚，留向匣中轉羞澀。

題奉宸苑卿郎世寧畫八駿圖爲紫瓊主人賦

弘瞻

郎卿畫馬非畫馬，憑仗秃筆寫胸臆。八駿依然十駿同（世寧曾奉詔畫《十駿圖》，現貯内府），夾鏡連錢表奇特。就中兩兩競相齧，霧鬣風毛互憐惜。一匹眠沙氣自昂，一匹齕草神偏適。卓然一匹森天骨，有買詎惜千金擲。四蹄雪白欲飛空，驍騰詎數奔虹赤（唐太宗時馬名）。怪來一馬形最羸，崚嶒並露十五肋。祇恐長懷萬里心，衆中牽出無人識。諦觀盡是神龍種，分明汗血來西極。等閑羈勒未可施，俊氣籋雲騎不得。吁嗟乎！當年不逢曹霸手，世豈知有照夜白。丹青自入杜陵詩，至今尚憶昭陵石。兹圖盡善洵有神，房星入夜應無色。供君清玩助君豪，落紙千群皆辟易。良工良驥豈偶逢，掩卷風生厩中櫪。

——以上《鳴盛集》卷四，《清代詩文集彙編》影印清乾隆二十三年刻本

紫瓊道人倣趙大年畫

弘瞻

溪溜水淙淙，雲嵐翠幾重。人疑漢陰叟，地是鹿門峰。徑曲坡連蟒，泉飛峽出龍。蒼茫來一棹，我欲訪幽蹤。

和紫瓊主人早春即事用端卿韻　　弘瞻

庭院深深遠市譁，薄寒輕暖護窻紗。春林剔蘚思題石，夜雨移燈爲看花。樓外鳥啼詩夢破，風前人立帽檐斜。紅橋暇日期相訪，載酒隨君玩物華。

紫瓊道人八百春秋圖　　弘瞻

仙家講藝植，珍重如種玉。樹嘉名亦嘉，妙義相聯屬。園亭樸而野，一水環衆緑。濃露發奇芬，清陰漾朝旭。樂矣手卷人，嘯歌愜所欲。骨戴青霞姿，名記丹臺籙。笑彼匆匆者，愛遊徒秉燭。緬想壺中天，千秋見高躅。

清和月邀紫瓊主人賦此代柬　　弘瞻

逢君下直日，共約竹林期。況有青天月，清光照酒巵。墻陰蒼蘚潤，池外緑蘿垂。莫厭頻來往，相邀是阿宜。

紅橋別墅六景

弘　瞻

芙蓉洲

積萍滿空洲，如行江上路。灼灼藕花開，風前雙白鷺。

雲渡橋

高人不出門，新漲平橋滿。瞥見片雲過，自愧較雲懶。

來禽塢

翠羽穿芳林，地偏幽意愜。手撫右軍書，閑窻揮醉帖。

杏花庵

花枝攪禪心，倚風弄旖旎。一室坐維摩，色相空如此。

烟月汧

月上白烟生，烟消明月出。清景落前谿，菰蘆夜蕭瑟。

魚樂亭

池上柳花飛，淰淰魚吹絮。忽聞潑剌聲，水深不知處。

題紫瓊主人畫水村圖爲端卿詞客賦　弘瞻

平湖春水漲，村路隔林西。風雨暗前浦，人家只此溪。新荄青乍展，垂柳緑初齊。釣艇歸何晚，烟巒望欲迷。

芙蓉洲即事次紫瓊叔韻　弘瞻

象筵冰簟晝生凉，水檻晴分瀲灩光。竹外鳥窺棋局静，柳邊人立釣絲長。亭臺直訝通仙島，蘭杜何須問遠湘。怪底白頭豪興在，也緣尊酒助詩狂。

奉輓二十一叔父慎郡王　弘瞻

悲風無端來，朱炎生凛冽。咫尺紫瓊巖，幽明頓隔絶。平生與我厚，古意相劘切。騷壇許聯吟，綺筵時促刹。過從喜獨便，歡娱難具述。百年似風燈，修短本難詰。所恨賢豪身，頹萎太忽卒。耿耿懷抱間，作惡那可説。哭聲撼穹閶，哀思聳毛髮。痛定轉生疑，迷罔坐一室。檢點舊雲烟，兩幀驪珠匹。詎知諄懇意，即此兆永訣（叔于半月前發興，爲余作山水二幀，頗盡生平之技）。天朝篤宗親，優詔蒙矜卹。叔其可無憾，而我轉蕭瑟。悲哉三友圖，早見霜松折。賓客助悽愴，琴書防散逸。蓋棺事則已，流芬憑史筆。物望儷間平，千秋高鬱崒。

夜讀花間堂詩鈔弔紫瓊叔父

弘　瞻

結得西園翰墨因，遺編今作不歸人。燈前静展頻揮淚，醉後悲歌覺有神。在眼琴書空滿篋，傷心几硯欲凝塵。知君未了平生業，墓草應添永夜燐。

約朱青雷檢紫瓊遺稿

弘　瞻

雪泥鴻爪杳難憑，泣把遺編向舊朋。佳處莫嫌千遍讀，對床風雨夜挑燈。

夏夜與諸友談詩追憶紫瓊主人感而賦此

弘瞻

每於公暇數追隨，一過花間（堂名）一賦詩。似馬舊曾逢伯樂，比琴今已失鍾期。蓮塘露冷開無艷，鶴徑風淒唳更悲。知己從來易增感，拈毫難禁淚如絲。

六月三日青雷以紫瓊叔舊時所作脩竹吾廬圖索題因賦

弘瞻

草堂虛敞玉檀欒，白舫新移竹數竿。到處林巒烟欲暝，從知几榻晝生寒。風摇隔浦來漁艇，雨過迴塘護鴨闌。珍重西園詞客意，題詩忍作畫圖看。

紫瓊道人畫爲邸客青雷賦

弘瞻

一峰突起高嶙峋，後山勢與前山分。山腰細徑斷行迹，陰崖瀧瀧飛泉聞。欲尋幽竇隔幾里，擬向造化窮根源。深林嵐氣自蓊鬱，高處忽見花光新。初疑殘雪落未盡，疏影合伴清溪濱。白雲靉靆起層巘，掩映天半如魚鱗。遥青素萼遞隱見，下瞰巖谷荒烟昏。吁嗟乎！若邪之水大庾嶺，十年夢想勞心神。今觀此圖毋乃是，寒流白石無纖塵。吾知吾叔有深意，要使清氣留清門。期君功成追勝踐，風前洗耳空山春。

大雪日與邸客集醇雅堂并序

弘　瞻

客冬與静波、端卿日夕圍爐於此，并賦雪詩，約紫瓊叔同賦。今叔已云逝，而端卿尚在途中。撫序懷人，感深今昔，因紀以詩。

久結蘭交翰墨因，孤燈風雪夜相親。嘗多竹葉心情洽，吟到梅花天地春。鈴閣鐘聲添佛寺（邸南新修報恩寺，冬底落成），楓林漁火隔江津。底餘一事堪惆悵，不見西園舊主人。

紫瓊道人雲棧圖爲詞客端卿賦

弘　瞻

絶澗石迴瀾，懸崖落翠巒。林光分古寺，塔影逼危欄。地有秦關險，天開蜀道難。憑誰揮短策，祇向畫中看。

紫瓊道人山水二幀并序

弘　瞻

紫瓊叔雅擅三絶，而作畫尤自矜貴，不肯苟作。生平落落寡合，與余雖並邸居，蹤迹頗淡。丁丑之夏，始結翰墨緣，自是吟牋往還，幾無虛日。至若乘輿濡染，黄鶴丹丘，青藤白石諸勝，概俱集腕下，未嘗爲余少吝。今歲五月，忽作二巨幀惠余，畫境固出恒蹊，而意況綢繆，非關求索。余既受而異之，乃甫閲旬餘，遽有騎箕之痛。展視所作，墨瀋未乾。噫！余其何以爲情也。兹于公餘檢閲，爰賦古詩一篇，復以數語誌其顛末，分題畫位之上，俾二畫永成合璧，不致分飛。耿耿予懷，從此與爲終古焉爾。時在戊寅一陽月上澣也。

道人詩骨冰雪清，道人筆陣龍蛇驚。胸中盤礴羅萬象，偶爾游戲皆菁英。生平畫意不畫形，毫鋒墨瀋隨經營。花間堂下傾玉觶，芒角森然起繪事。長林絶壑最宜詩，鉤鑠縱横如作字。百紙不嫌繁興來，運腕疑風翻片紙。詎易得興闌，點墨殊慳嗇。何幸鵝溪雙繭光，欹岸側島分毫芒。天球河圖絶代寶，對懸一室輝景慶。香光居士留高格，畫禪（董思翁印章）蘊藉宛疇昔。蔚然深秀石田翁，丹黄點染含秋風。我生得此願良足，剪取吴淞半江曲。螺髻參差鴉頭緑，天潢風雅誰能續。等閑忍作畫圖觀，百年過眼如驚湍。冷笑滕王描蛺蝶，草聖詩仙一例看。

紫瓊道人山水爲陸蘭坡題

弘瞻

其一

秋江漠漠板橋迴，雨霽疏林絶點埃。鷗鳥不來人不見，山堂空對夕陽開。

其二

平巒迤邐水澄清，雲斂烟收照眼明。想見道人揮灑處，玉幢亭畔起秋聲。

——以上《經畬齋詩鈔》，《清代詩文集珍本叢刊》影印清乾隆二十三年刻本

喜接廿一叔詩和五律一首

弘曉

喜接瑶華句，春庭落日陰。長城五字在，風雅廿年深。幸得逢青眼，因之愜素心。幾回雒誦處，簾外漏沉沉。

春日感懷適用廿一叔病中韻

弘曉

芳塘又見柳三眠，對景真同離恨天。秀接遥岑呈遠黛，晴舒大陌鎖沉烟。人如沈宋愁多病，情共曹徐喜續篇。獨坐西窻渾不語，那堪回首憶當年。

——以上《明善堂詩集》卷二十，《續修四庫全書》影印清乾隆四十二年刻本

廿一叔以大熱行佳章見示走筆敬和元韻　弘曉

炎官受謝初秋天，餘威鑠體難晝眠。長空赫赫懸火鏡，但聽衆木喧鳴蟬。道傍役夫汗赬肩，老槐出火生青烟。輕綃被體尚如炙，詎能灑濯清泠泉。佳章忽墮青霄邊，使我展讀心致虔。淋漓筆勢挾風雨，洗蠲煩熱因瑶扇。效顰未免愧黄絹，選勝還期河朔宴。庭前尚植翠琅玕，案頭幸有紅絲硯。碧筩芳醑注玉壺，凉堂夜静暑氣無。已爲拂拭緑玉枝，乘興重披摩詰圖。

恭和廿一叔雪窻雜詠　弘曉

雪意

策策嚴風逼，蕭蕭落葉飛。舉頭空際望，時見晚鴉歸。

初雪

聖治八方仝體，天心六出應時。定識堯民擊壤，還宜郢客徵詞。

雨雪

霢霂初看碾玉沙，霏霏庭樹旋生花。窻明忽訝寒聲急，無數修篁搶地斜。

風雪

萬壑有哀吟，雲霾積夕陰。鵝毛初墮砌，羊角觸楓林。折竹寒逾重，敲窻夜更深。蕭君應稅駕，無復逐原禽。

聽雪

一枕黑甜清夢幽，蕭蕭索索盈高樓。北風打窻如敗葉，忍寒起坐披重裘。

踏雪

騎蹇足，戴籜冠，登秦嶺，過函關。自可吟詩灞水，阿誰勒句天山。

雪徑

一峰如插笏，樵客時跋躠。三枝兩枝梅，千山萬山雪。

雪屋

吾廬本無譁，况復臨冰池。雪埋無客至，時共細君棋。

雪村

村前不見路縱横，籬落遥看眼倍明。最喜鄰家新釀足，無愁縣吏索租行。隴頭宿麥連雲秀，嶺上孤芳吐玉英。聖澤陽和資化育，老人擊壤慶昇平。

雪寺

披雲尋雪竇，踏雪訪雲門。清磬松陰裏，泠然報夕昏。

雪山

積素滿層巒，漫山飛白羽。珍重採樵人，林深有饑虎。

雪江

皓皓江波静，漁舟一葉孤。依依雲影没，瑟瑟練光鋪。吴楚銀爲帶，金焦玉可沽。羊裘垂釣者，蹤迹任江湖。

雪溪

苕霅寒波渡，膠舟向此中。游鯈冰底集，宿雁蓼洲通。漁火明前浦，酒旗摇暮風。試看溪上月，淼淼浸虚空。

雪篷

泊處炊烟乍起，望中鴻影旋歸。天際遥看突兀，雲中猶自紛霏。

雪樵

涷泉丁東，涷雀鳴嚶。涷嵐黯淡，涷澗清泠。萬壑皆集玉，千峰不露青。號寒伐柯泠伶仃。

雪漁

的皪蘆汀似撒鹽，試携笭箵捕魴鮎。一聲欸乃抛銀浪，幾曲縱横泊素巖。未免羊裘多物色，何如蓑笠覓青帘。孤篷宿處誰能辨，極目皚皚挂夜蟾。

雪松

玲瓏積素玉爲峰，不羨秦官五粒封。尚有之而千尺勢，白雲堆裏見虬龍。

雪竹

嶙峋玉節最珊珊，晚翠虚心耐歲寒。一夜北風摇素影，枝枝低壓拂雲竿。

雪梅

崚嶒鐵骨敵嚴寒，香冷風清亞玉干。最是伴人吟處好，夢殘酒醒月中看。

雪月

朔吹冷嚴城，蟾光一鏡瑩。同雲收萬里，疏柝報初更。籬畔篩梅影，樓頭擫笛清。浄明心與共，相對已忘情。

雪鴻

鴻爪東西没，初從江漢迴。雲中無片影，嘹嚦數聲來。玉帳防秋急，金笳出塞哀。蘆花鄉夢冷，霜重翅難開。

雪鶴

梁園舞，漢苑翔。映皓態，集素裳。孤山玄圃，風高霜沍。六出清吟，九皋下顧。

煮雪

霏霏石砌鋪瓊屑，謖謖松風瀹茗爐。蟹眼試看融素液，蚓鳴側聽瀉膏腴。且吟巧匠斲山骨，不用坡公調水符。何似藍橋逢絶艷，一甌應變玉肌膚。

嚼雪

欲試囊中法，聊同沆瀣餐。最勝瓊屑軟，應敵齒牙寒。艷色堆銀盌，清輝映玉盤。陽春從儷曲，幽潔擬猗蘭。

積雪

迢遞延南陌，參差擁北鄰。阿誰披鶴氅，疑是謫仙人。莫使牛羊踐，相看到好春。

晴雪

雲收山一桁，入畫無不可。烘簾晝漏清，呼童爇沉火。

殘雪

南榮懸溜滴，人意喜初晴。嶺上一峰秀，墻頭數點明。未能全至潔，無乃質虛輕。碧瓦銀泥合，真同刻劃成。

掃雪

清絶宜烹雲竇茶，呼童縛帚效陶家。銀鐺獸炭紅爐沸，細煮檐前六出花。

再雪

寒雲布長空，再雪平將凹與垤。紛紛占盡東西陌，莫使牛羊傷至潔。亭亭不見蒼嶺松，人在冰壺净澄澈。朱甍碧瓦光參差，璀璨珠光凝貝闕。雲母屏風眼倍清，䍐粿滿徑飛璚霙。天公玉戲遣玉女，笑騎白鳳來瑶京。君不見宋時歐陽子，聚星堂中讌雪賦禁體。又不見風流蘇子由，宛丘學舍小如舟。向晚不肯住，盈尺已堪度。吐芳詞，酌醇醑，詩俠憶劉叉，奇情詠冰柱。懷金爲壽長者去。

賦雪

天地運神工，追琢過脂璧。忍寒因所好，愛雪乃成癖。曾讀北風篇，莫挂山陰席。玉龍翔寒林，鹽虎墮崖石。庭樹散瑶華，洪爐融素液。無衣念遠人，懷歸憚行役。炙面具芳醪，軟脚迎素客。曉妝慙玉顔，夜色争皓魄。岑寂問梅花，特立異松柏。六出表幽貞，八叉賦禁格。萬方霑聖治，四野被天澤。沿村沽鵾夷，極浦凍漁栅。翠帷秉明燭，金爐爇蘭麝。差勝党家人，詩成浮大白。

——以上《明善堂詩集》卷二四，《續修四庫全書》影印清乾隆四十二年刻本

恭輓慎王叔父四律

弘曉

其一

向夜驚聞訃（薨於五月二十一日戌時），難禁淚眼涓。再來知底日，忽逝嘆茫然。墨妙追三絶，精誠達九天。賢聲應不朽，青史炳他年。

其二

晨夕趨宸禁，隨行被德輝（余隨叔父行走内庭已二十年矣）。鴻猷襄廟算，淳意樂天機。力盡縱横腕（叔父書畫絶妙，尤善擘窠大字），音沉咳吐璣。梁園長寂寞，仙馭杳何依。

其三

儒雅推壇坫，宗藩罕比儔。春風含妙緒（叔父有《春風篇》，詩旨甚奥），冬雪共賡酬（去歲有《詠雪詩》，命余和）。玉版名鐫貴，銀潢水咽流。鄴枚多舊侶，遺範嘆何求。

其四

夙叨猶子愛，同本感情真。勝集東山謝，私忘第五倫。琴書留舊澤，園寢泣行人。提訓言猶在，終當敬佩紳。

——以上《明善堂詩集》卷二五，《續修四庫全書》影印清乾隆四十二年刻本

廿一叔週辰感賦　弘曉

如駛流光疾，驚心歲忽週。書窗空落葉，高塚長新楸。不朽名山業，探源靈海儔。西風一傷感，追憶淚難收。

——《明善堂詩集》卷二六，《續修四庫全書》影印清乾隆四十二年刻本

初秋過秀巖上人方丈和壁間紫瓊叔韻　弘曉

松藤繞屋發秋花，古木疏篁一徑斜。僧以能詩似齊己，我因問道竟忘家。心清十笏閑揮麈，塵遠雙林索煮茶。門外祇容陶謝迹，軟紅飛不到袈裟。

再和廿一叔登五華閣韻兼贈秀巖上人　弘曉

五華高閣妙香聞，勝地招余不厭頻。香染天花飛化雨，鐘敲遠岫送歸雲。昔隨杖屨尋佳句，今對

銀鈎續舊文（昔從紫瓊叔倡和於此）。俯仰秋空景如昨，翠篁深處又逢君。

——以上《明善堂詩集》卷二七，《續修四庫全書》影印清乾隆四十二年刻本

追和紫瓊廿一叔紅橋别墅六景詩即呈經畬主人

弘曉

杏花庵

春色鬧枝頭，顛風落紅雨。此是破衲禪，試問庵中主。

雲渡橋

一桁曳風裳，閑雲忽凌亂。俯矚水底天，長吟過溪畔。

魚樂亭

洋洋戲水魚，一一煩神守。俯檻兩相忘，此樂吾何有。

芙蓉洲

芙蓉繞芳洲，夕陽雲錦絢。翠扇擁紅妝，亭亭立波面。

來禽塢

別館構山坳，四圍花木繞。手搨硬黄書，珍禽集樹杪。

烟月沜

臨流結暝烟，月出光瀰瀰。宿鷺起圓沙，影落菰蒲裏。

——以上《明善堂詩集》卷三十，《續修四庫全書》影印清乾隆四十二年刻本

懷紫瓊叔祖兼索近作

永珹

何事難偷半日閑，金蘭情味暗相關。春來曾仗詩消日，老去寧從酒借顔。避俗心清新雨後，懷人夢斷亂雲間。豈無片羽應投我，馳字催君少破慳。

——徐世昌編《晚晴簃詩匯》卷六，民國十八年天津徐氏退耕堂刊本

叔祖慎王蒙賜題畫二軸敬次原韻

永璥

紅蘭主人杏花

兩枝芳杏淺深紅，妙逼徐陳點綴工。更有新詩兼舊句，後先鼓吹共休風。

唐岱山水

喜得寶翰勝吉光，細看如食美瓜瓤。惟憐名下無虚士，白盡髭須似染霜。

敬題叔祖慎王萬壑奔泉圖

永璥

聖朝繪事誰集成，八家三王早擅名。後來繼起石谷子，赫王聲價重寰瀛。天潢柳泉與敬一，畫譜紛紛推細密。紅蘭修庵並紫幢，寫生妙技亦罕匹。近惟慎王兼衆長，天資高邁遂精良。胸中丘壑富無比，人收片羽皆寶藏。我有奔泉圖萬壑，急湍噴流巖隙鑿。遠峰巑岏類削成，奇石崟嶇何磊落。披圖濤湧似相聞，筆墨空靈果出群。我得斯畫荷題識，欲報新詩愧不文。

敬題叔祖慎王夏山高隱圖

永璥

紫毫藝粟宣德箋，興來揮灑如雲烟。倏忽駿馬踏平川，萬壑千巖咫尺間。位置圓通入畫禪，取法叔明意匠專。長林豐草濕而妍，青溪翠壁相迴環。叢石磥砢山崖邊，瀑布争流水潺湲。點綴茅亭親餘閑，好似高人隱田盤。瀟灑磊落何天然，藝林斂手無間言。文人慧業信前緣，使我披圖一日百回看。

哭叔祖慎王

永瑺

宗室懿親重，天潢夙德尊。封王特賜慎，錫爵久蒙恩。謹潔品逾貴，謙和禮倍惇。胸襟自灑落，情性備恭温。既喜崇儒術，兼師樂善言。才華人共仰，慧業衆稱喧。筆藴山川秀，理窮洙泗源。丹青珍秘殿，碑額遍乾坤。疏散真堪羨，博通信有根。藝林推領袖，史册首賢藩。鵬鳥方傳畢，文星忽墜原。含悲思往事，把酒憶重論。畫派聞南北，詩禪命厚敦。新茶烹雀舌，舊硯考斑痕。不復花間立，難登桐露門（『花間』『桐露』，叔祖堂名）。紅蘭應讓美，白燕遜多繁。賓客先彫謝，詞章定永存。那堪看手澤，涕淚痛愚孫。

敬題叔祖慎王江鄉烟樹圖即次卷中韻

永瑺

其一

偶然乘興寫江烟，中有高人自泛船。恍似共遊圖畫裏，暮鐘古刹晚涼天。

其二

生成健筆近時無，氣味渾同寫竹爐。若以余言爲過譽，請看此卷水村圖。

——以上《益齋詩稿》，《四庫未收書輯刊》影印清抄本

和周山怡陪慎王貫臺賞菊詩元韻

永忠

梁苑成高會，觴分翰墨筵。金罍浮菊酒，雪曲入秋弦。興愜登臨勝，吟酣落照天。盛遊難附驥，瀛侶愧非仙。

讀叔祖慎王花間堂詩鈔敬賦

永忠

海内吟壇誰主盟，賢王斯事邁東平。纔聆聲欬增聲價，得遇品題知姓名。樓上畫圖雲供養，花間詩句酒經營。燈窻試啓瑶編讀，心已同葵向日傾。

觀慎王山水畫敬賦呈雪田

永忠

吾生棲心翰墨場，觀書讀畫無他長。聞君慎邸得新畫，欣賞暫假堂壁張。乃知高人之筆初不矩繩墨，何必規山范水窮肝腸。偶然意到天趣足，放筆迅掃挾風霜。奇峰一一龍象距，雲泉激石流泱泱。高松夭矯太陰入，空翠下覆孤亭方。横舟弄棹者誰子，烟霞沁骨神彷徉。墨光飛動卷寒雨，微飈入户炎天凉。叔祖繪翰妙天下，多士仰止走且僵。曾從山怡求畫箑，竹樹老潔含清芳（余於辛未夏，以素扇致周山怡，轉乞王畫古木叢竹）。時時乞靈醫俗鄙，發視或恐爲龍翔。羡君儒雅被知遇，文酒屢讌花間堂。談餘從容制斯幅，藏弆宜等琳與琅。求之往古不易得，神妙遠過江都王。作詩完璧預爲索，他日復得無相忘。

敬輓叔祖慎靖郡王

永忠

梁園雲掩色，落日失文星。一代風流畫，千秋德業馨。書名垂琬琰，繪事重丹青。應有靈虬駕，隨飆過洞庭。

——以上《延芬室詩集》，上海古籍出版社一九九〇年影印本

閑居八首用紫瓊道人春日園居雜詠原韻

敦敏

其一

閑居宜僻地，花竹自成園。古木幽啼鳥，東風静閉門。疏慵愧高卧，悠忽是虚尊。遺訓遵坡老，括囊六四坤（蘇詩：『我今已括囊，象在六四坤』）。

其二

插柳迂疏徑，移花傍小亭。窻開新草緑，門對遠山青。説鬼何須强，談奇任不經。客來但瀟灑，有

酒莫言醒。

其三

慧意從心出，隨時覺阿難。禪參非好寂，枯坐爲澄觀。浄垢思明鏡，虚靈即涅槃。空言知莫補，理足自相安。

其四

小甕當魚沼，吟瓢汲活泉。萍開一鑒水，月印半池天。佳興幽誰共，真機趣自圓。胸懷歌浩蕩，擬坐海樓前。

其五

對客隨天趣，相將敢妄爲。遥分把酒約，預訂看花期。燕市醅新釀，豐臺鬬艶姿。人生行樂耳，此意吾能持。

其六

短草含生意，萌芽發舊叢。小窻滴竹雨，深巷賣花翁。明眼自青白，孤懷敢異同。當前春爛熳，須看歲寒終。

其七

聚土成山勢，高低山意濃。危巖分古洞，小石疊奇峰。登眺來吟思，經營憶匠宗。翛然具林壑，吾欲信吾從。

其八

未到鶯花麗，春郊興不窮。黄壚颱酒旆，青蘚遞詩筒。淡蕩河干柳，輕柔花信風。韶光悟造化，漫負此微躬。

——以上《惁齋詩鈔》，上海古籍出版社一九八四年影印本

辭薦舉詞科與友人書

李　鍇

鍇白：極承高誼，辱賜薦剡。又荷賢主人虚中降抑，而欲遠攬廣蒐。雖與足下相知以心，要非具撝謙之誠者，不能及此也。僕聞周公一日而見七十士，蹈吐哺握髮之勞，曾無所恤者，不唯光輔王室，亦欲兼聽集思，求賢于廣，以濟其道，是以居懿親之尊，躋元聖之域。衛武公九十有五，猶箴戒於國曰：『自卿以下，至於師長士，無謂我毛耄而舍我，必恪恭於朝以交戒我。』作抑戒之詩以自警，故世加之。以叡聖之名，使二君者好士不篤，求善不至，何以垂休聲至今而不替也哉？雖然，得士爲誰不知

也。其人可傳，必有所聞，而乃蔑如，士之難也。顔臅、郭隗，聞其人矣。完璞全神之義，師處友處之訓，用舍之道，言可尚矣。然而屢説而後同車，申喻而後築宫，遇之難也。至若桓公收九九之薄技，齊竽濫三百之吹，適以假能市拙，各濟其欲而已，惡足道哉？僕老矣，又多尩羸之疾，未嘗多讀書，故前承初命，辭之甚力，自知其不可耳。夫無顔臅、郭隗之賢，而欲輔周公、衛武之聖，使後之人莫知爲誰，非所謂士也。持九九之術，厠三百之數，又非僕之所能也。進退失據，僕且何執乎？且僕居盤山十有六年矣，每清夜撫心，爽然如失，何也？遭際清時，所宜竭蹶犬馬，效鉛刀一割之用，使朝廷無棄物，先人無墜緒，是所願也。然自顧薄劣，仔肩莫任，蹇足易蹶，懼反僨轅，是以灌園種樹，長爲老農，晦其迹者，所以掩其短也。不圖往者虚聲惑聽，竟猥採掇，槧亟梗中，久而未化，然此舉也，諒於知我，而疑於不知我，迹使然也。事既往矣，固宜修我初服，復歸於盤，乃復觸藩羸角，留連無已，將何以自解哉？夫田昔者齊使三返而屠羊反肆，楚幣遠將而莊周曳尾。矯世越俗，心嘗非之，豈謂今日欲同斯義哉？夫田子方、卜子夏、段干木三人者，真文侯之師也。管仲、隰朋者，直齊桓之佐也。江漢之大，寧無其人，唯足下廣魏成之聽，緩叔牙之頰，别延訪之僕，則非其人也。比入山不及，復面留書以申鄙意，惟好我者諒之。鍇白。

——《李鐵君先生文鈔》卷下，《遼海叢書》民國二十四年補輯排印本

上慎郡王二十四韻有序

李　鍇

王秩重价藩，統兹戎寄，股肱王室，表帥群牧，遠近協然。爾乃研經服禮，敦尚儒行，淵乎萃令德之純也。屬者天子求賈馬才，王遠覽兼聽，思有以稱明詔，副上意，物色之餘，謬及於鍇。自惟固陋，慙恧不勝，朽木不任雕文綺，腐芥不足納琥珀，敢曰千金買骨，請自隗始邪？敬賦長律，用識欲言。

日月扶皇極，朝廷建大中。弼諧資衛叔，謨贊屬姬公。鐘鼎光儀肅，圭璋品節隆。應龍佐雲雨，威鳳下梧桐。天秩班群后，懿親特總戎。爪牙深寄託，典禮異尊崇。儒術河間貴，文章子建雄。斷絲三尺劍，破的九年弓。壇坫争推轂，詩書妙發矇。古懷端沕穆，盅器復謙沖。樂善嬉游簡，憐才汲引工。布衣珠館集，上客錦筵同。枚叟專能事，申公辟下風。雪霏毛穎濕，花落研池紅。湫隘衡門底，塵沙賤子蒙。枯楊負膏澤，疲馬策西東。鹵磧留屯戍，宣房受土功。翾蠕無振作，天地有帡幪。白髮衰情入，青袍壯志空。一經韋業廢，曠野阮塗窮。細物迴偏照，虚聲誤大聰。謬承脩綆汲，擬使滯流通。藹藹先春草，棲棲伏渚鴻。撫心增感激，没齒荷昭融。

紫瓊巖引有序

李　鍇

湘南易宗瀛過邯鄲宿，夢客示『紫瓊巖』三字。既入都，應慎郡王辟。一日從容述所夢，王指榜示之曰：『予書齋名也。』顧先兆若夢，異哉！命鍇作《瓊巖引》。

秋風蕭蕭柳葉黄，邯鄲舊夢今蒼茫。一鞭落日者何子？衣銜雲水來瀟湘。茅店無聲霜月起，又入千秋殘夢底。仙人示以紫瓊巖，五色能令雙目眯。吞爻吐鳳神往事，中心丹碧鐫三字。長安索米凡幾春，逢人不敢宣靈祕。楚館賓筵引申白，揭劍乘車爲上客。雲龍傅翼拔地飛，倏忽真落神仙宅。晶簾十二裁清冰，銀虬漏戛琉璃屏。瓊巖主人儼然在，再拜稽首稱宗瀛。幻情真境忽交會，世事茫茫同寤寐。相逢此夜笑無言，夢壘直擊邯鄲碎。

隨園雪夜歌

李　鍇

窮陰薄戰乾坤交，玉龍十二騰踏驕。銀河水凍不作雨，鬱爲譽雪寒飄瀟。鳥毳梢繁重剖析，蟬翼至薄猶鏤雕。大白内瑩不受污，栗氣外迫時相膠。此時梁園一純素，繁縟盪滌空明朝。鄒陽鳴玉枚叟相，歌吟不恤清夜遥。雅音應節騁一擊，哀絃入破還深挑。人籟未息天籟和，錚鏦颯沓輕冰敲。四更寒月破雲出，竹柏低亞晶簾梢。道心役物且物物，洞澈萬有歸清超。

——以上《睫巢集》卷五，《四庫全書存目叢書》影印清乾隆刻本

奉答慎郡王春夜見懷

李 鍇

落花卷輕吹，幽響傳芳晨。虛壑包群蒙，獨永春山春。萬物各有性，任之乃爲真。天地順大宅，箕潁猶同人。遂令巖穴下，而有初古民。尺水非江湖，亦足游細鱗。好風自西來，吹落白雪辭。古錦織作段，綴以五色絲。含香叠餘藴，宛轉勞相思。鴻訓諒爲寶，風吹石蘭老。

慎郡王寫盤陰高適破窻風雨二圖賜寄賦此恭謝

李 鍇

馬上雙圖走飛寄，雲起焱流奪人氣。空中物象方自謀，匠心締構行無事。固知駁還落筆時，右手存天左存地。有時風雨假靈魄，敗緜敝帚成霆擊。有時精義毫末赴，落花游絲不知數。由來真趣必有神，能對春山兩無忤。張常侍，顧吴興，於此何足稱絶能。側身直望九萬里，一片寒雲不可登。

慎郡王辱賜書畫合作卷子敬賦一章以謝

李 鍇

圖書之畫原包義，古拙幾變爲離奇。妙手不可更僕數，合而作者終爲誰。光怪今兹後先接，篋中日月雙丸叠。懸藜結緑等土苴，七尺珊瑚賤於葉。馮翊野人環堵空，不信此卷來山中。捧之不敢下其手，再拜然後開緘封。忽然駁還秋陰逼，但見雄虹映雌霓。紫絲寶網信有徵，樹木皆作琉璃色。再三作態驕老婦，一旦窮儒包萬有。石室金匱兩不殊，山鬼吹燈夜深守。

春雪詩四章應教

李　鍇

其一

去年之秋秋八月，田禾既登秋雨絶。池荷沼葦枯折多，寒皋千里靡蕪輟。今年正月漏早春，雪花小片翻玉塵。滿城争唱豐年曲，喜殺田家種麥人。

其二

冰華粼粼姿態薄，迴翔勢屈東風弱。高樓暝色動虚榍，廉纖細帶疏烟落。暄寒之氣兩未孚，落花飛絮相縈紆。分明到地不著地，化作春波十二渠。

其三

五夜西園戛蒼玉，瑽瑽琤琤清響屬。左歌雲夢起瓊田（張正見詩指張繡園），右寫幽蘭儷妙曲（謝惠連賦指謝香祖）。千金之裘狐白皮，薄寒中人乃若斯。雲罍酌酒持不飲，誰信臨風有所思。

其四

北枝梅花壓新白，况復南塘柳芽坼。區萌已應天地機，肅殺何爲尚金德。飄揚颯遝淺復深，有時拂水還穿林。玄冥敢奪句芒職，同是霑濡萬物心。

——以上《睫巢集》卷六，《四庫全書存目叢書》影印清乾隆刻本

赭白馬歌爲慎王作

李　鍇

有馬有馬來自西，此馬不與凡馬齊。騰驤七日超厥母，習以銜勒裁能羈。方頭彊脊狀殊絶，汗溝深入髆流血。毛梢淺白根薄紅，桃花色奪陰山雪。奔踶桀驁自有心，有時獨立如沉吟。障泥在手不敢下，圉人惆悵秋坰陰。此馬權奇能識主，獨肯當前斂其怒。人心馬力上下交，宛轉游龍爲君舞。枉君青絲轡，辱君金盤陀，食君紅粟亦已多。未嘗一逞追風足，顧影秋陽奈老何。

奉陪慎王登舞劍臺

李　鍇

客乘籃輿王跨馬，盤空直造劍臺下。劍臺石勢嶮不紓，鳥道一綫行亦無。猿騰虎躍乃得上，竟若張翼凌天衢。馬首山，鴨緑水，窅不知千里與萬里，指顧蒼茫在眼底。須臾肅肅來長風，大王起按蒼精

龍。衛公之事有無不可覈（相傳李衛公舞劍於此。按史，衛公未嘗東征，扈從者，李勣也，豈『靖』『勣』聲近而誤與？），回首高歌懷鄭公。

二月二十有二日慎王過訪蘿村猥蒙留宿兼賜新詩適鍇居潞無緣陪奉敬和二律

李鍇

其一

荒林危石擁孤村，沙草春來直到門。敢擬雲中迴赤舄，争看花底駐朱輪。高懷絶俗誰方駕，虚館無人辱降尊。爲問茂陵多病客，可曾旌節詣文園。

其二

雅容僻地兩相忘，木榻茅齋了不妨。寄興自携桑落酒，好賢寧數武陵王。龍蛇蟄伏春潭黑，日月低回大澤荒。老馬未填溝壑在，嘶鳴常是向孫陽。

——以上《睫巢後集》，《四庫全書存目叢書》影印清乾隆刻本

紫瓊巖主人寫雷溪圖恭賦應教

馬長海

丹旭日華宮，柿綾宮監捧。雷溪圖野漁，西塞溪山聳。斷峽走巴江，危灘石浪湧。白日飛晴雷，陰壑人驚悚。大瀑落成川，環存兼抱壟。桑麻與釣具，鄰曲成膠鞏。林果賣蘋婆，家蠶飼玉蛹。爨汲有樵青，棹歌聲渢渢。竊比張志和，高風慚鄙宂。溪光寫鏡清，山翠壓舟重。懸之當卧遊，能不息以踵。社翁爭來觀，嘆羨荷光寵。

——《雷溪草堂詩》，《清代詩文集彙編》影印嘉業堂刻本

慎邸招飲白賁軒即席限秋字應教

馬樸臣

何處亭臺許快遊，西園澄霽足淹留。光分庾杲芙蓉晚，香動淮王桂樹秋。授簡敢聯飛蓋韻，移觴新聽繞梁謳。深叨敬愛情無極，終宴難勝白玉甌。

奉題慎邸遊盤山詩後

馬樸臣

精力能參造化工，光音摩盪入清空。齒含檀特香林雪，韻答魚山梵琯風。寶思似從雙澗落，慧橋

原向萬巖通。塵襟不恨盤遊晚，一卷烟雲在眼中。

——以上《馬相如遺詩》不分卷，上海圖書館藏清抄本

將之范縣拜辭紫瓊崖主人

鄭　燮

紅杏花開應教頻，東風吹動馬頭塵。闌干苜蓿嘗來少，琬琰詩篇捧去新。莫以梁園留賦客，須教七月課豳民。我朝開國於今烈，文武成康四聖人。

——《鄭板橋集·詩鈔》，上海古籍出版社一九七九年點校本

玉女摇仙珮·寄呈慎郡王

鄭　燮

紫瓊居士，天上神仙，來佐人間聖世。河獻徵書，楚元設醴，一種風流高致。論詩情字體，是王孟先驅，鍾張後起。豈屑屑丹青繪事，已壓倒董巨荆關數子。羡一騎翩翩，肯訪山中盤根仙李（謂梅山李鍇）。

我亦青王燒燈，紅牙顧曲，醉卧瑶臺錦綺。一別朱門，六年山左，老作風塵俗吏。總折腰爲米，竟何曾小補民生國計。憑致書青鷹林邊（李氏莊園），紫瓊天上，詩文不是忙中事，舉頭遥望燕山翠。

——《鄭板橋集·詞鈔》，上海古籍出版社一九七九年點校本

畫蘭寄呈紫瓊崖道人

鄭　燮

山中覓覓復尋尋，覓得紅心與素心。欲寄一枝嗟遠道，露寒香冷到如今。

——《鄭板橋集·題畫》，上海古籍出版社一九七九年點校本

和慎郡王果親王皇三子皇四子見懷元韻四律

沈德潛

其一

寒泉瘦石繞吾廬，抱獨常令故舊疏。忽值閒平投卷軸，深慙老耄謝經鋤。高情稠叠兼金似，雅韻芬葩蜀錦如。地隔千重神自浹，何須渺渺歎愁予。

其二

九載睽違金馬廬，頭銜新易是迂疏。遠尋石髓和雲煮，閑種山花帶月鋤。帝子瑶華託休父（程少司馬莘田寄到），鄙人藻采媿相如。貴能下賤情難忘，遥望燕臺一跂予。

其三

鴻章五色下衡廬，知我尋山興未疏。黄海看雲時著屐，赤城採藥自携鋤。欣承錦段情何若，欲和韶音品不如。從此薜蘿添潤澤，寧云歲晏孰華予。

其四

濃翠濛濛罨草廬，松棚豆架景蕭疏。看山每曳鳩頭杖，種樹常携鵶觜鋤。天室下詢情渥矣，田居仰答意恬如。自慚作序非玄宴（時作果親王詩序），慨息粗才獨在予（『慨獨在予』，淵明語）。

——以上《歸愚詩鈔餘集》卷二，《續修四庫全書》影印清乾隆刻本

奉題慎郡王蘭菊遺墨

陳兆崙

朱邸秋園玉茁芽，貌來真色謝鉛華。虛疑南國騷人佩，錯認東籬處士家。樂善每憐香在谷，讀書能遺墨生花（《終南山洞碑記》：好時出墨菊，古用其汁寫書）。不知何似滕王筆，只寫春叢上扇紗。

——《紫竹山房詩文集》詩集卷十，《四庫未收書輯刊》影印清嘉慶刻本

皇四子疊明字韻代柬寄諸同事各爲品目孟公之喻不才何以堪之故亦移用古賢胄事相況以報兼寓頌不忘規之意

陳兆崙

巧炙新簧曲度更，儼然緱嶺鶴雲平。崇師品目人增感（用淮南九師），樂善襟期自夙成。特進早聞稱哲匠（昨已開邸郡王，故以汝陽爲比，杜贈璡詩『特進群公表』，又『辭華哲匠能』云云），宗英行看掩前旌（前旌謂慎邸紫瓊）。抱慚病樹無花實，七啓頒來眼倍明。

——《紫竹山房詩文集》詩集卷十一，《四庫未收書輯刊》影印清嘉慶刻本

慎邸客朱青雷有復至西園詩見示書此以報

陳兆崙

主人却飛蓋，賓客輕八騶。惟有才高論斗石，獨誇詩好如應劉。當年慎邸雅好古，每歎諸生可與語。楚竹吴絲了不關，評書品畫逃蟫鼠。日月曾幾何，苑樹嗟婆娑。風流帝子此承祀（奉旨以皇六子後王承祀），招要故客還山阿。相如自昔推居右，枚叔重來欲成叟。寒具難消縑素油，舊痕空認衣襟酒。樽前漫憮然，即事如當年。盱衡風雪夜，獻酬桃李園。人生萬事多陳迹，記取久要不忘平生言。

——《紫竹山房詩文集》詩集卷十二，《四庫未收書輯刊》影印清嘉慶刻本

慎郡王別業落成應教

夏之蓉

其一

別業初開傍紫宸，文楣畫棟望中新。晴雲隱護階前幕，細草微鋪閣外茵。穿澗瀑聲猶帶雪，出林花氣總宜人。退朝饒有披吟興，吹入瀛臺鳳管新。

其二

朱户深沉曲徑開，雲屏敞處浄纖埃。坐當蕉葉牽書幌，臥看藤花入酒杯。隱約清光生院宇，鬱葱佳氣上樓臺。浮丘詩學傳非遠，編簡應看次第裁。

——以上《半舫齋編年詩》卷四，《四庫未收書輯刊》影印清乾隆夏味堂刻本

題慎邸仿趙松雪水村圖

陳　浩

其一

幾家村舍水西東，樹樹桃花映水紅。最憶江南三月裏，柳絲輕颺酒旗風。

其二

授簡何須雪夜樽，偶因芳草憶王孫。鄒枚避席相如起，齊拂花牋賦水村。

——以上《生香書屋詩集》卷四，《清代詩文集彙編》影印清道光刻本

味甘亭夜坐應教

余洋

亭迴山當檻，窻虚月滿廊。烟深留石色，風定識花香。久客憐平子，深恩感孝王。青尊傾永夜，戀賞詎能忘。

——阮亨編《淮海英靈續集》庚集卷二，《續修四庫全書》影印清道光刻本

侍慎郡王謁丫髻山京東偏二百里許，上列東嶽之神，王奉命祭告，時乾隆七年四月十八日也

彭廷梅

曉嵐習習水潺湲，薄薄凉生短褐間。日上半輪明海國，天邊雙髻露雲鬟。桑麻非復人寰有，雞犬疑從世外閑。北望神京南望岱，尼山未到小東山。

暮春侍慎郡王登雲罩寺舊名紫蓋峰

彭廷梅

策杖攀躋不憚勞，葱葱佳氣滿林皋。春深禁地雲衣暖，光射天門海日高。南面一峰撑紫蓋，東風二月放紅桃。尋芳忘却前谿險，竹杖芒鞵興轉豪。

遊烟月汻

彭廷梅

蒼烟籠水榭，月色澹花汀。歸漁人不見，沙渚宿空舲。

陽園紀事

彭廷梅

園距海淀里許，爲世廟藩邸遊詠所，今歸慎郡王。

高卧華軒慵起遲，日移花影上窻時。二三宧豎輕傳語，王在床前自檢詩。

——以上鄧顯鶴編《沅湘耆舊集》卷七六，《續修四庫全書》影印清道光二十三年新化鄧氏南村草堂刻本

慎邸賜詩送行恭和留别

易宗涒

五載王門久曳裾，草茅筆札愧相如。繫銅東閣朝分韻，翦燭西堂夜校書。儉腹每虚前席問，菲材多負築臺居。瀕行尚訂春初約，多恐疏慵賦遂初。

——鄧顯鶴編《沅湘耆舊集》卷八四，《續修四庫全書》影印清道光二十三年新化鄧氏南村草堂刻本

冬初同謝皆人韓欽甫侍慎郡王貫臺應教

彭廷梅

虚空静無塵，微風動修竹。疏影瀉翠陰，簌簌聲斷續。短景延冬晷，野徑餘秋菊。相對澹忘言，千古成香谷。

——徐世昌編《晚晴簃詩匯》卷五二，民國十八年天津徐氏退耕堂刊本

光明殿寓齋應慎郡王教

蔡以臺

左右鄒枚幕裹賓，樗材也許奉清塵。棋敲暖玉甘饒子，詩效寒郊肯讓人。兔魄乍虧三日照，桃花依舊十分春。選樓開處多閑暇，倩問朝天酒幾巡。

——徐世昌編《晚晴簃詩匯》卷八八，民國十八年天津徐氏退耕堂刊本

後記

整理允禧詩文集一事，是二〇一五年便已商定了的。當時由李小龍老師推薦我加入了杜桂萍老師的項目團隊，主要考慮的是《清代詩人別集叢刊》之中可以加入一位著名的宗室詩人。然而由於自己對于文獻整理毫無概念，所以『受命以來，夙夜憂嘆』，以至于『逡巡而不敢進』。在緩慢的録入文本和收集材料的過程中，我也没有想清楚預期的讀者群體，因此在比對文本時做了很多無用功。一不小心，整理的工作便拖延到了二〇一八年。

二〇一九年一月，杜桂萍老師組織了『清代詩文文獻整理與研究論壇』，在論壇上聆聽了杜澤遜教授、趙伯陶編審、周絢隆編審、葛雲波編審對于古籍文獻整理的指導與建議，這才算是對這項工作有了一個初步的認知。在此之後，重新選定了底本，整理速度得以加快，但在整理過程中還是遇上了一些困難——趙旭老師、杜廣學老師、吴沂澐老師都提供了慷慨的幫助，甚至替我解決了很多我個人無法解決的問題。在書稿基本完成之後，杜桂萍老師與鄒宗良教授分别審閲了全文，并幫忙修正了一些錯誤，這也讓我再次意識到了古籍整理工作的難度，同時也感到非常的慚愧。最後，責任編輯董岑仕對于本書的諸多細節進行了校正，也提示了一些版本校勘方面需要注意的重點。

在此，我向以上諸位師友表示真摯的謝意。文獻整理的工作確實讓我學到了很多以前完全不瞭解的知識。然而由于個人學識所限，本書中很可能還存在一些錯誤，這完全是我自己的責任。誠懇地希望本書的讀者能够予以批評指正。

顔子楠

二〇二〇年二月